Beriah Gwynfe Evans
Bronwen

Beriah Gwynfe Evans (1848-1927) oedd un o Gymry llengar mwyaf gweithgar ei oes. Ar wahanol adegau o'i oes roedd yn ysgolfeistr ac yn newyddiadurwr, ond roedd hefyd yn un o lenorion mwyaf cynhyrchiol y Gymraeg yn y bedwaredd ganrif ar bymtheg. Ysgrifennodd nifer o lyfrau ffeithiol a dramâu a nifer fawr hefyd o nofelau yn y Gymraeg a'r Saesneg, llawer ohonynt yn portreadu digwyddiadau a chyfnodau o hanes ei wlad mewn ymgais bwriadol i efelychu yn y cyd-destun Cymreig yr hyn yr oedd Walter Scott wedi'i wneud yn yr Alban gyda'i gyfres o nofelau hanesyddol.

Mae'n ymddangos mai *Bronwen*, 'Chwedl Hanesyddol am Owain Glyndŵr', oedd nofel gyhoeddedig gyntaf Evans. Enillodd y fersiwn Saesneg wobr yn Eisteddfod Caerdydd 1878, ac ymddangosodd y fersiwn Cymraeg sydd yn y gyfrol hon, sef addasiad yr awdur ei hun gyda rhai ychwanegiadau nad ydynt yn y gwreiddiol, yn *Tarian y Gweithiwr* ar ddechrau 1880 (roedd cyfieithiad Cymraeg arall ohoni eisoes wedi ymddangos yn *Y Drych* flwyddyn ynghynt). Dyma'r tro cyntaf i unrhyw fersiwn o'r nofel ymddangos ar ffurf cyfrol.

Beriah Gwynfe Evans

Bronwen
Chwedl Hanesyddol
am
Owain Glyndŵr

Llyfrgell Gymraeg Melin Bapur
Golygydd Cyffredinol: Adam Pearce

Beriah Gwynfe Evans (1848-1927)

Cynnwys

Cyflwyno *Bronwen* vii

Rhagymadrodd yr Awdur.....................................1

Rhagdraeth 5

Rhagarawd.. 12

Pennod I Yr Wyryf Deg o Rug 33

Pennod II Yr Ymosodiad 40

Pennod III Y Waredigaeth 50

Pennod IV Y Ffermdy Cymreig............................ 61

Pennod V Y Meistr a'r Gwas: Castell Rhuthun.... 71

Pennod VI Yr Esgob a'r Bardd: Sycharth 78

Pennod VII Cadair Bronwen 87

Pennod VIII Y Prawf.. 96

Pennod IX Gwrthodiad Dirgelaidd...................... 112

Pennod X Dechreuad y Diwedd.......................... 116

Pennod XI Naid yr Ysbeiliwr.............................. 129

Pennod XII Y *Welsh Harp*, Llandeilo Fawr 140

Pennod XIII Dau Gyfaill Teilwng....................... 152

Pennod XIV Y Cylchwerthwr.............................. 161

Pennod XV Ffair Hynod 174

Pennod XVI Y Marchog Du................................. 193

Pennod XVII Rhyfel Dymor Trychinebus.......... 202

Pennod XVIII Negesydd Bradwrus..................... 210

Pennod XIX Y Llysgenhadaeth yn Rhuddlan 218

Pennod XX Y Ffleminiaid................................. 232

Pennod XXI Y Fföedigaeth Nosol 237

Pennod XXII Y Mynach-Fradwr.......................... 245

Pennod XXIII Idris i'r Waredigaeth 250

Pennod XXIV Gwobr y Bradwr.......................... 256

Pennod XXV Y Marchog Du i'r Waredigaeth ... 265

Pennod XXVI Helyntion Pwysig 273

Pennod XXVII Coroniad a Datguddiad 284

Ôl-arawd... 292

Cyflwyno *Bronwen*

(Pa enw i'w roi ar nodyn cyflwyniadol i nofel sydd ganddi 'Rhagymadrodd,' 'Rhagdraeth' *a* 'Rhagarawd' yn barod?)

Er nad yw enw Beriah Gwynfe Evans (1848-1927) yn hollol anhysbys, o fewn ysgolheictod llenyddiaeth Gymraeg o leiaf, yn sicr nid yw'n debygol o fod yn gyfarwydd iawn chwaith i'r lleygwr. Roedd yn ffigwr digon blaenllaw yn ei oes ei hun fodd bynnag, un o'r gwŷr llengar eithriadol gynhyrchiol hynny oedd yn rhyfeddol o gyffredin yn oes Fictoria, ac fel petaent yn ceisio cynnal y diwydiant cyhoeddi Cymraeg ar eu pennau eu hunain. Does ond rhyfeddu at gynhyrchedd Beriah (mae'n anochel mai i'w enw personol y bydd enw fel 'Beriah Evans' yn cael ei dalfyrru bob tro!). Cyhoeddodd o leiaf chwech o ddramâu ond cofnodir iddo ysgrifennu o leiaf un ar ddeg eto na chawsant eu cyhoeddi. Dros yr un cyfnod cyhoeddodd o leiaf wyth nofel yn Gymraeg, o leiaf tair nofel Saesneg, ac o leiaf tair eto ymddangosodd mewn fersiynau yn y naill iaith a'r llall hefyd. Yn sicr ysgrifennodd ragor na chawsant eu cyhoeddi. I hyn oll rhaid ychwanegu llyfrau crefyddol a hanesyddol, gan gynnwys *Diwygwyr Cymru*, hanes Anghydffurfiaeth Gymreig, a *Rhamant Bywyd Lloyd George*, cofiant y gwleidydd Cymreig enwocaf erioed. Ac wrth gwrs nid yw hynn yn cynnwys y doreth o ysgrifau ac erthyglau o'i eiddo a ymddangosodd mewn papurau newydd, heb sôn am waith golygyddol, gweinyddol a'i waith fel ysgolfeistr. Ceir darlun rhyfeddol ohono yn y cofiant byr lluniodd E. M. Humphreys iddo yn *Gwyr Enwog Gynt:*

Gweithiodd bob amser yn ddiflino a gweithiodd hyd y diwedd. Bûm lawer gwaith yn yr ystafell fechan ym Mhen y Bryn y byddai'n gweithio ynddi. Yr oedd yno lwythi o bapurau newydd ac o lyfrau y byddai arno eisiau ymgynghori â hwynt. Ni welais ganddo dân yno erioed, hyd yn oed yn nhrymder gaeaf; pan fyddai'r hin yn oer gwisgai diped ffwr dros ei ysgwydd a chadwai ei draed mewn bocs wedi ei leinio â phapurau – syniad rhagorol. Ofer fyddai chwilio amdano yn y prynhawn; ar hyd y blynyddoedd byddai yn myned i orffwys ar ôl cinio. Priodolai ef ei allu i weithio am oriau meithion, hyd yn oed ar ôl iddo fynd yn hen ŵr, i'r arfer hon. (t.129)

Ganwyd Beriah yn Nantyglo, bellach yn rhan o Flaenau Gwent, yn 1848. Roedd ei dad, Evan Evans Nantyglo (1804-1886), yn weinidog a phregethwr enwog gyda'r Annibynwyr. Pan ymfudodd ei rieni i'r Unol Daleithiau yn 1867, arhosodd Beriah, oedd yn 19 oed, yng Nghymru a symud i Wynfe, Sir Gaerfyrddin, gan ddod yn ysgolfeistr a chymryd enw ei gartref newydd yn rhan o'i enw yntau. Fel y gwnaeth ffigyrau blaenllaw eraill yn y byd Cymraeg a weithiodd mewn ysgolion, mae'n hysbys i Beriah ddefnyddio'r *Welsh Not* er mwyn annog ei ddisgyblion i ddysgu Saesneg (er y byddai, yn ddiweddarach, yn edifarhau hyn o waelod ei galon, a chondemnio'r arfer yn gyhoeddus). Ymddengys iddo ysgrifennu ei stori gyntaf yn bymtheg oed, ond daeth yn hysbys i'r cyhoedd yn 1879 – yr un flwyddyn dechreuodd *Y Dreflan* Daniel Owen ymddangos – pan enillodd wobrau mewn Eisteddfodau gwahanol am ddrama Gymraeg, *Owain Glyndŵr*, a nofel Saesneg ar yr un testun, *Bronwen*, a farnwyd gan y beirniad, y nofelydd Llew Llwyfo, yn orau o saith ar hugain mewn cystadleuaeth am '*a novel in English on a Welsh theme*'. Y flwyddyn ganlynol addasodd y nofel i'r Gymraeg, gan ychwanegu deunydd ychwanegol iddi wrth wneud; y testun Cymraeg yma sydd yn y llyfr hwn. Dyma oes aur y wasg Gymraeg, ac yr un flwyddyn ymddangosodd y *Bronwen* Cymraeg sefydlodd Beriah gylchgrawn, *Cyfaill yr Aelwyd*, gan barhau'n olygydd arno hyd 1891. Cyhoeddodd nifer fawr o nofelau – llawer ohonynt ar dudalennau *Cyfaill yr Aelwyd* – ac yn 1885 cefnodd ar yr ysgol er mwyn dilyn gyrfa mewn newyddiaduriaeth a gwleidyddiaeth, gan olygu ystod o gyhoeddiadau eraill yn cynnwys y *Cardiff Times*, lle ymddangosodd rhai o'i nofelau Saesneg, ac yn ddiweddarach y *Genedl* a'r *Tyst*. Daeth yn rhan flaenllaw o'r mudiad proto-genedlaetholgar *Cymru Fydd* ac yn yr 1890au ymddangosodd ei ddychan gwleidyddol, *Dafydd Dafis*, sef, mae'n debyg i mi, ei nofel olaf. Canolbwyntiodd ar ddramâu a gweithiau hanesyddol wedi hynny, gan barhau'n weithgar mewn cylchoedd gwleidyddol a gyda'r *Cymdeithas yr Iaith Gymraeg* gyntaf (mudiad gwahanol i'r Gymdeithas fodern a ffurfiwyd yn yr 1960au; ei nod oedd hyrwyddo'r Gymraeg yn y gyfundrefn addysg). Bu hefyd yn gofiadur yr Orsedd am gyfnod. Er iddo fod yn Rhyddfrydwr am lawer o'i oes cysylltwyd ef â'r Blaid Lafur am gyfnod yn yr 1910au ac ymddengys iddo ymuno â'r egin-Blaid Genedlaethol Gymreig (Plaid Cymru) ychydig cyn iddo farw yn 1927.

Mae bywyd a gwaith Beriah yn eithriadol o ddiddorol a byddai'n sicr yn destun teilwng i astudiaeth gofiannol lawn. Tameidiol hyd yn hyn fodd bynnag yw'r astudiaethau sydd wedi bod ohono a'i waith. Yn *Cenedl o Bobl Ddewrion* dangosodd E. G. Millward mai Beriah yn anad neb arall a atgyfododd y ddrama Gymraeg yn dilyn tranc yr anterliwt; ef oedd "Tad y ddrama Gymraeg" chwedl R. G. Berry. Er gwaethaf helaethder ei waith ym maes y nofel, anwybyddwyd ef yn llwyr gan astudiaethau ffurfiannol y nofel Gymraeg, a dim ond yn ddiweddar iawn y cyhoeddwyd dadansoddiad academaidd trylwyr o'i nofel hynod *Dafydd Dafis,* gan M. Wynn Thomas yn y gyfrol *Perfformio'r Genedl. Dafydd Dafis* oedd nofel olaf Beriah a'r unig un i ymddangos ar ffurf cyfrol, fodd bynnag er mor ddiddorol yw'r nofel honno mae hi braidd yn annodweddiadol o'i waith am ystod o resymau: nofel wleidyddol, ddychanol, a doniol yw hi, â Llundain a Chymry cyfoes Beriah ei hun yn gefndir iddi. Bydd yn cael ei hail-gyhoeddi maes o law fel rhan o'r gyfres hon.

Perthynai mwyafrif nofelau Beriah, fodd bynnag, i *genre* y rhamant hanesyddol, a gyda'r cyntaf, *Bronwen,* mewn llawer ffordd gosododd y templed ar gyfer y gweddill. Dylanwad mawr Beriah'r nofelydd oedd yr Albanwr Walter Scott (1771-1832), nofelydd mwyaf poblogaidd y bedwaredd ganrif ar bymtheg a sefydlwr y rhamant hanesyddol Ewropeaidd. Gyda nofelau fel *Waverley* (1814) a *Rob Roy* (1817) gwreiddiodd Scott hanes yr Alban yn y meddylfryd rhamantaidd, ac ymgais hollol fwriadol oedd rhamantau hanesyddol Beriah i wneud yr un peth gyda hanes Cymru. Yn ei ragymadrodd, nad yw'n ymddangos yn fersiwn Saesneg y nofel, mae Beriah yn amlinellu'r cysylltiad:

> mae yr awdur yn aml wedi gofidio am y ffaith nad oes yr un Cymro erioed wedi cynnig cyflawni i'r gangen hon o'r genedl Geltaidd y gwasanaeth amhrisiadwy wnaeth Syr Walter Scott i'r Ysgotiaid, er bod ym mlwyddolion Cymru, yn yr ysgrifau gwerthfawr a drysorir mewn llyfrgelloedd cyhoeddus a phersonol, fwynglawdd cyfoethog, yr hwn, yn nwylo cloddiwr celfaidd, allai brofi yn drysor mor

amhrisiadwy i'r genedl Gymreig ag y profodd y traddodiadau a driniwyd mewn dull mor feistrolgar gan Scott, i'w wlad enedigol yntau. (tt.1-2)

Dyma ddatganiad hollol glir o strategaeth a bwriad yr awdur felly, sef codi ymwybyddiaeth y Cymro o'i etifeddiaeth genedlaethol, arwrol. Fel y mae E. G. Millward yn esbonio yn ei bennod ar y Rhamantau Hanesyddol yn *Cenedl o Bobl Ddewrion*,

Fel llenorion poblogaidd synhwyrai'r awduron hyn angen dyfnach yn eu cynulleidfa, yr angen am ddelwedd gadarnhaol ohonynt eu hunain fel iawn am ddiffyg safle a diffyg urddas eu hiaith a'i chenedl yn y byd Victorianaidd. (t.117)

Cyfieithiad gan fwyaf yw'r *Bronwen* Gymraeg o'r fersiwn Saesneg luniodd Beriah y flwyddyn flaenorol; fodd bynnag manteisiodd ar y cyfle i dorri rhai deunyddiau ac i ychwanegu rhannau eraill: nid yw'r ddwy fersiwn yn union yr un fath a dylir ystyried y nofel Gymraeg yn gynnyrch gwreiddiol meddwl Cymraeg yn hytrach na rhoi iddi statws "israddol" ar sail ei chefndir fel cyfieithiad. Dechreua plot *Bronwen* gydag Owain Fychan – nid yw eto'n Owain Glyndŵr – yn lladd Hywel Sele mewn damwain hela, hen draddodiad yn hanesyddiaeth Cymru ond digwyddiad nad yw wedi'i grybwyll mewn unrhyw gofnod o'r oes dan sylw, ac na allwn ddweud ag unrhyw sicrwydd iddo ddigwydd go iawn. Pridd ffrwythlon i'r nofelydd yw'r tir amwys hwn rhwng ffaith a ffuglen, ac mae Beriah yn lleoli'r digwyddiad dros ddegawd *cyn* gwrthryfel Glyndŵr, gan ei ddefnyddio felly i ddarparu, yn ddiweddarach, rhai o hoff gonfensiynau'r nofelwyr oes Fictoria: dirgelwch, cyd-ddigwyddiad, a datrysiad dedwydd; er wrth gwrs ar y pryd mae arwyddocâd y digwyddiadau hyn yn aneglur i'r darllenydd.

Mae plot go iawn y nofel yn dechrau o'r diwedd gyda chyflwyno Bronwen ei hun dan ormes gŵr drwg y stori, y marchog Ffrengig ffuglennol, Philip Marglee. Mae hwnnw wedi dod i feddiannu darn o dir Owain ar ran ei feistr, y Barwn de Grey, ac yn manteisio ar y cyfle i fwrw ei chwant ar y Gymraes ddiymadferth. Daw ei chydwladwyr i'w hachub wrth gwrs, yn gyntaf ym mherson grŵp o ffermwyr ac yn ddiweddarach ei hewythr, sef Owain Glyndŵr ei hun, a'i fab yntau, Gruffydd, gwir arwr y nofel. Maent yn erlid Marglee o'r fan, sy'n mynnu dial arnynt drwy fanipwleiddio'i feistr i beidio â chymodi â'i gymydog, a thrwy hynny'n cyfannu'n ddiarwybod at ddechrau'r gwrthryfel.

Mae'r portread o Marglee a de Grey ym mhennod V yn ddiddorol eithriadol, gyda'r Arglwydd wedi'i bortreadu fel ceiliog dandi merchetaidd, gyda Marglee mewn rheolaeth mewn gwirionedd er gwaetha'i statws cymdeithasol is. A fwriadwyd rhyw is-destun cyfunrywiol i berthynas y ddau? Yn sicr mae'n bosib, er nad yw de Grey'n ymddangos digon yng ngweddill y nofel i wneud hyn yn fwy eglur.

Tra bod hyn yn mynd ymlaen, mae Iolo Goch, bardd Owain, yn proffwydo ei fuddugoliaeth a'i esgob yn ei gynghori i fod yn ofalus; ac yn y cyfamser, wedi trechu blaidd, mae Gruffydd a Bronwen yn syrthio mewn cariad gyda golygfa gariadus awgrymog ar ochr y mynydd. Fodd bynnag, pan aiff Gruffydd i ofyn caniatâd Madog, Tad Bronwen a brawd Owain, i briodi Bronwen, caiff wybod na fydd Owain byth yn caniatáu hyn, er nad yw'n fodlon esbonio pam: dyma gyflwyno felly un o ddau brif ddirgelwch y nofel: pam nad yw Owain yn fodlon i Gruffydd briodi Bronwen?

Ar ôl portreadu Glyndŵr yn llys y brenin Seisnig Harri IV – sy'n ddiafol digyfaddawd yn *Bronwen* – cawn ein taflu wedyn i'r gwrthryfel ei hun, ac mae Beriah yn dangos gwahanol ddigwyddiadau ac elfennau o'r rhyfel mewn ffordd sy'n ofalus ac eto'n gyffrous. Caiff Bronwen ei chipio gan Marglee a'i hachub drachefn nifer o weithiau, gan dreulio mwyafrif y nofel oddi ar y llwyfan; daw Marchog Du i'r fei nad oes neb, heblaw Brenin Lloegr am ryw reswm, yn ei adnabod (dyfais yw hon cipiodd Beriah o *Ivanhoe* Scott, y'i cafodd yn y bôn o'r rhamantau Arthuraidd); cawn frwydrau a gwarchae; caiff Owain, Gruffydd a'r Marchog Du gyfle i ddangos eu gwrhydri a'u cyfrwystra; caiff Marglee a Harri'r IV gyfleoedd lawer i ddangos eu diefligrwydd; a daw'r nofel i'w huchafbwynt gyda golygfeydd ar y Gogarth fawr, a Marglee o'r diwedd yn cael ei drechu. Mae'r nofel yn gorffen gyda Glyndŵr yn fuddugoliaethus ac yn cael ei goroni'n Tywysog Cymru, y ddau ddirgelwch – pwy yw'r Marchog Du, a pham nad yw Owain am i Bronwen a Gruffydd briodi? – yn cael eu datrys a phawb yn hapus, neu'n farw, yn ôl eu haeddiant.

Drwy ddod a'r nofel i ben â choroni Owain mae Beriah yn osgoi gorfod ymdrin â'r ffaith hanesyddol sylfaenol mai methiant oedd gwrthryfel Glyndŵr (mae'r 'ôl-arawd' sy'n crynhoi'r digwyddiadau wedi'r coroni yn drychinebus a byddai'r nofel yn well pe na bai wedi'i chynnwys). Serch hynny, ac er gwaethaf tueddiad Beriah i ddwyn i'r sylw manylion amherthnasol (sydd fwyaf amlwg ar ddechrau'r nofel, er enghraifft y disgrifiadau o Ddolgellau a Llangollen) mae llawer i'w werthfawrogi yn strwythur, cynnwys a phlot *Bronwen*, yn enwedig o ystyried mai dyma nofel gyntaf ei hawdur, ac yng nghydddestun rhai o'r rhagdybiaethau ynghylch nofelau Cymraeg y cyfnod. Fel y soniwyd eisoes, ysgrifennwyd *Bronwen* ar yr un pryd â nofel gyntaf Daniel Owen, *Y*

Dreflan, ac er mai nofel Owen brofodd fwyaf poblogaidd o bell ffordd rhaid cydnabod bod strwythur a seilwaith nofel Beriah'n rhagori ar eiddo'i gyfoeswr. Drwy astudio modelau Saesneg datblygodd Beriah ddealltwriaeth o sut i lunio plot cyffrous a chydlynol ac o sut i reoli llif nofel. Nid y plot yw unig rinwedd y nofel chwaith: mae'r elfennau onomastig yn y nofel – yr ymdrech i 'esbonio' enwau Cadair Bronwen, Cwm Llawenog, Llam y Lleidr a Llety Fadog, bob un ohonynt yn enwau go iawn, ond y straeon am eu henwau yma'n ffuglennol – yn nodwedd hyfryd o Gymreig, sy'n dwyn i gof y Mabinogi, ac yn wir yn gyffredinol mae cyfuno gofalus Beriah o'r elfennau ffuglennol a'r elfennau hanesyddol yn gweithio'n dda iawn, er gwaethaf ambell i fan gwan yn y ddau (yr ôl-arawd er enghraifft, fel y nodwyd). Gellir deall y 'manylion amherthnasol' crybwylledig hefyd yn nhermau dymuniad yr awdur i gyfrannu at fyd ehangach ei greadigaeth a'i gosod yn ei chyd-destun Cymreig; 'world-building' fyddai'r term Saesneg.

Er gwaetha'i dechrau digon araf, ar y cyfan mae'r nofel yn gyffrous a gafaelgar, ac yn ateb da i unrhyw gyhuddiad bod nofelau Cymraeg y bedwaredd ganrif ar bymtheg yn *ddiflas* neu'n sych. Yn wir, bydd ambell olygfa dreisgar – gorchestion y Marchog Du ym mhennod XVII er enghraifft – yn synnu unrhyw ddarllenydd sy'n cymryd yn ganiataol na fyddai awduron oes Fictoria'n meiddio ysgrifennu'r fath bethau. Yn sicr, gellir dweud bod llawer o'r deunydd yn ystrydebol ac mae'r cymeriadu yn wan – mae Marglee a'r Brenin Harri yn ddrwgweithredwyr un-dimensiynol, Gruffydd yn arwr un-dimensiynol, a ni fydd cymeriad Bronwen yn plesio neb sy'n gobeithio cael hyd i gymeriadau benywaidd cryf ac aml-haenog (er, dydy hi ddim yn *hollol* ddiewyllys: mae'n ymateb yn ffraeth i

Marglee a Gruffydd, yn achub bywyd Idris ym mhennod XI a rhyddhau Gruffydd ym mhennod XXV, ac yn ymdrechu i amddiffyn ac i ryddhau ei hun o'i gormeswyr ar sawl achlysur, hyd yn oed os yw'r ymdrech yn tueddu i'w gyrru i lesmair wedyn). Ni ellir dweud bod yr un o gymeriadau'n wreiddiol nac mewn gwirionedd yn datblygu mewn unrhyw ffordd erbyn diwedd y llyfr. Ond rhaid ystyried hyn oll yng nghyd-destun confensiynau'r ffurf, a swyddogaeth gymdeithasol, hanesyddiaethol ehangach y rhamant hanesyddol. Mewn ffordd debyg, ac fel yr wyf wedi dadlau wrth drafod rhai o nofelau eraill y cyfnod, ni ddylid chwaith ystyried y dirgelwch – pwy yw Bronwen a'r Marchog Du? – yn 'wendid': roedd pethau o'r fath yn ddisgwyliedig, rhan o offer safonol y nofelydd.

Gwir wendid y nofel, ac un mwy difrifol na hynny, yw'r iaith ac arddull. Yn ei ddramâu, chwedl E. G. Millward, "Ar ei gwaethaf y mae iaith ei gymeriadau yn chwerthinllyd o anystwyth a rhodresgar... Ar ei gorau y mae ei arddull yn dderbyniol... ond yn ddifywyd." (t.151) Mae gen i bob cydymdeimlad gyda'r sawl sy'n gweld arddull Beriah yn *Bronwen* yn hirwyntog. Mae'n frith hefyd o nodweddion Seisnigaidd – "cymryd lle", "ymwneud yn syth am yr afon" (*making straight for the river*), "symio i fyny" – sy'n gallu taro'n chwithig iawn ar y glust fodern. Ond, i amddiffyn Beriah, rhaid nodi mai amrywiol iawn oedd ansawdd arddull llawer iawn o ryddiaith Gymraeg y cyfnod, a dylid nodi hefyd mai mater o arfer yw hyn i ryw raddau, ac mae'r chwithdod yn lawer i'r darllenydd sydd wedi arfer â Chymraeg y bedwaredd ganrif ar bymtheg. Ni ddylid anghofio eto chwaith bod ieithwedd chwithig, chwyddedig yn fai ar weithiau nofelwyr mawr Saesneg y ganrif hefyd, Scott yn anad neb (nid yw fersiwn Saesneg *Bronwen* dim gwell).

Mae E. Morgan Humphreys yn cloi ei bortread drwy

farnu (yn ddigon cywir, mewn gwirionedd) na fyddai Beriah yn parhau'n enw adnabyddus wedi marwolaeth y rhai oedd wedi'i adnabod yn bersonol. Roedd "yn gwbl amddifad o'r synnwyr hanesyddol," meddai; haeriad braidd yn annheg hwyrach, ac nid yw'n crybwyll nofelau hanesyddol Beriah. A bod yn deg arno, cyn cyhoeddi'r gyfrol hon mae'r nofelau hyn wedi bod yn amhosib i neb eu darllen oni bai bod ganddynt fynediad at archif papurau newydd. Bydded i'r darllenydd farnu. Hwyrach nad yw *Bronwen* yn gampwaith llenyddol, ond â chymryd bod rhamant yr ymdriniaeth o'r testun yn apelio at y darllenydd, a'i fod yn fodlon trin y nofel ar ei thermau ei hun, yna mae yma lawer iawn i'w werthfawrogi a'i fwynhau. Roedd y rhamant hanesyddol yn un o *genres* mwyaf poblogaidd nofelwyr Cymraeg y bedwaredd ganrif ar bymtheg – heblaw *Bronwen* ysgrifennwyd o leiaf tair nofel Gymraeg arall am wrthryfel Glyndŵr yn y cyfnod – fodd bynnag ychydig iawn o sylw mae'r ffurf yn ei chyfanrwydd wedi ei dderbyn hyd yn hyn wrth drafod hanes llenyddiaeth Gymraeg. Roedd Beriah Evans yn sicr yn ŵr o'i gyfnod (awgryma Humphreys fod hyd yn oed gwaith beirdd fel T. Gwynn Jones ac W. J. Gruffydd yn drech nag ef), ond â'r cyfnod hwnnw'n prysur ymbellhau o'n cyfnod ni heddiw, onid yw'n bryd ail-tafoli'r nofelau hyn?

A. P.   2025

Ffynonellau:

Humphreys, E. Morgan (1953) *Gwyr Enwog Gynt (Yr Ail Gyfres)*, Gwasg Aberystwyth.

Geraint H. Jenkins (1999) 'A Gafodd Cymru Chwarae Teg? Cyfrifiad 1891 a'r Iaith Gymraeg', *Welsh Book*

Studies 2

E. G. Millward (1991) *Cenedl o Bobl Ddewrion*, Llandysul: Gomer.

E. G. Millward (2000) 'Beriah Gwynfe Evans: A Pioneer Playwright-Producer' yn *A Guide to Welsh Literature c.1800-1900*, Caerdydd: Gwasg Prifysgol Cymru, tt.166-185.

Thomas, M. Wynn (2017) 'Chwarae Rhan yng nghynhyrchiad Cymru Fydd' yn Anwen Jones (gol.) *Perfformio'r Genedl*, Gwasg Prifysgol Cymru, tt.91-116

Di-enw, 'Beriah Gwynfe Evans', *Papur Pawb*, 19 Ionawr 1895.

Nodyn ar y testun:

Diweddarwyd orgraff y testun yn unol ag arferion Cymraeg fodern (e.e. dweyd > dweud; heddyw > heddiw; dwylaw > dwylo ac ati. Newidiwyd enwau personol i'r ffurfiau sydd fwyaf cyfarwydd heddiw (yn fwyaf amlwg, newidiwyd 'Owen Glyndwr' i 'Owain Glyndŵr', heblaw pan fo'r defnydd o 'Owen de Glendore' yn fwriadol). Gwnaed yr un peth â rhai geiriau e.e. paisarfau > arfbais. Fodd bynnag nid ydw i wedi 'cywiro' defnydd ansafonol neu Seisnigaidd o ferfau (e.e. "y ddyrnod erchyll a'i cwympodd i'r ddaear,") na dylanwad ymadroddion Seisnig y byddwn heddiw'n eu hystyried yn wallus (e.e. "cymryd lle", "ymwneud am"). Rydw i wedi paragraffu yn wahanol lle teimlais bod angen torri paragraff i fyny neu cyfuno rhai bychain, ac mewn ambell le rydw i wedi atalnodi brawddeg yn wahanol; ac rydw i wedi cywiro ambell wall gosod amlwg. Mewn ambell i le lle'r oedd ambell air yn y gwreiddiol yn aneglur oherwydd cyflwr gwael y papurau gwreiddiol, bu'n rhaid ceisio dyfalu orau beth oeddynt i fod. Ychwanegwyd troednodiadau i esbonio rhai termau neu i ehangu ar y cyd-destun hanesyddol; nid yw'r un o'r rhain yn y gwreiddiol. Er mwyn osgoi tarfu ar lif y stori gyda throednodyn, esbonnir ambell derm all fod yn anghyfarwydd o fewn y testun mewn [*cromfachau sgwâr*].

Rhagymadrodd yr Awdur

Danfonwyd y gwaith hwn i gystadleuaeth oedd yn gyfyngedig i destunau o gymeriad hollol Gymreig, ond gan fod pob cystadleuwr at ei ryddid i ddewis testun hen neu ddiweddar, dewisodd yr awdur gymryd i fyny ddarluniad arferion a defodau, ac i gofnodi gyda pheth manylrwydd prif ddigwyddiadau amser Owain Glyndŵr.

I hyn yr oedd yn cael ei arwain gan lawer o ystyriaethau. Un o'r cyfryw yw y ffaith fod haneswyr, fel rheol, wedi talu llawer llai o sylw i'r ffeithiau cysylltiedig â hwn – mewn effaith y Gwrthryfel Cymreig diwethaf – nag oedd eu pwysigrwydd yn eu haeddu. Mae y testun, yn y rhan amlaf o'r gweithiau hanesyddol, yn cael ei droi o'r neilltu gydag ond ychydig eiriau; mewn rhai enghreifftiau, yn wir, yn cael ei bwytho, fel pe bai, fel ychwanegiad di-bwys wrth y Gwrthryfel Percyaidd a'i canlynodd! Mae y blaenor enwog Owain Fychan, o Glyndyfrdwy, yr hwn a goronwyd yn Dywysog Cymru yn Machynlleth, ym mhresenoldeb cynrychiolwyr swyddogol o leiaf ddau o'r prif Alluoedd Ewropeaidd – Ffrainc a Sbaen – yn cael ei arddangos yn yr hanesion Sacsonaidd mewn golau mwy tebyg i bennaeth lladron nag i arweinydd, ac arweinydd llwyddiannus cenedl yn ymladd am ei hannibyniaeth.

Eto ymhellach, mae yr awdur yn aml wedi gofidio am y ffaith nad oes yr un Cymro erioed wedi cynnig cyflawni i'r gangen hon o'r genedl Geltaidd y gwasanaeth amhrisiadwy wnaeth Syr Walter Scott i'r Ysgotiaid, er bod ym mlwyddolion Cymru, yn yr ysgrifau gwerthfawr a drysorir mewn llyfrgelloedd cyhoeddus a phersonol, fwynglawdd cyfoethog, yr hwn, yn nwylo cloddiwr celfaidd, allai brofi yn drysor mor amhrisiadwy i'r genedl Gymreig ag y profodd y traddodiadau a driniwyd mewn dull mor feistrolgar gan Scott, i'w wlad enedigol yntau. Mae yn wir fod gennym ein casgliadau o chwedleuon a thraddodiadau mewn gwahanol ffurfiau, un o'r mwyaf cyflawn, ac o bosibl y gorau yn ei ffordd ei hun yw yr erthyglau galluog a diddorol a elwir *Tales and Sketches of Wales — Past and Present*, gan Mr. Charles Wilkins, Merthyr, yr ail gyfres o'r rhai sydd yn awr yn ymddangos yn y *Weekly Mail*, a'r gyfres gyntaf sydd yn ddiweddar wedi ei chyhoeddi mewn cyfrol hardd. Llyfr gwerthfawr arall sydd wedi ymddangos oddi ar pan ysgrifennwyd y gwaith presennol gyntaf yw *British Goblins*, gan Mr. Wirt Sikes. Ond, wedi'r cwbl nid yw y rhai hyn ond y defnyddiau y rhai y medrai athrylith fel eiddo Scott eu gwau yn gyfres o Ramantau Cymreig nodweddol, mor ddiddorol a gwerthfawr â'r *Waverley Novels* ei hun.

Gan weld y maes eang hwn heb ei feddiannu, anturiodd yr awdur yr ymgais distadl canlynol, ac, er mwyn ymwybyddiaeth ddofn o'i amherffeithion lluosog ac amlwg, eto nid heb obaith y gallai lenwi angen presennol, ac o bosibl annog trwy yr amherffeithion hyn rhyw ysgrifbin mwy galluog i gymryd i fyny y gorchwyl, ac i roddi i'r byd gyfres o Chwedlau Hanesyddol am Gymru.

Nid yw y tudalennau canlynol, wedi'r cwbl, ond teyrnged annheilwng o barch i'r gwron enwog, dewrder ac athrylith filwrol yr hwn, ynghyd â ffyddlondeb diamheuol ei wŷr, a gwladgarwch disglair a phenderfynol trigolion y wlad benbaladr, a alluogodd Glyndŵr i wrthsefyll a'i ganlynwyr anghelfydd filwyr lluosog a phrofedig brenin mor alluog â Harri IV, peri i orsedd gadarn Bolingbroke grynu i'w sylfaeni,* troi y

---

* *Bolingbroke:* Y brenin Harri IV o Loegr.

cyn-gyfreithiwr yn un o faeslywyddion enwocaf ei oes, gwneud y bonheddwr gwledig, cymharol dinod, yn Dywysog gwlad eang, ac ennill ei hannibyniaeth i Gymru ar ôl iddi orwedd am ganrif yn sathredig dan draed y Normaniaid trahaus-falch.

Rhaid i'r caredigrwydd a'r ffafr cyffredinol â'r rhai y croesawyd *Bronwen* ar ei hymddangosiad cyntaf yn Saenseg yn y *Weekly Mail,* a'r ffaith ei bod wedi ei hystyried yn ddigon pwysig i'w heilebu yn un o newyddiaduron Seisnig New York, ac i'w chyfieithu gan olygydd y prif newyddiadur Cymreig yn America, wasanaethu fel esgus yr awdur am ei chyflwyno mewn diwyg Cymreig o waith cartref i'w gydgenedl.

Nid oes gan yr awdur ond i ychwanegu ei fod wedi cymharu yn ofalus yr awduron gorau am y rhan hanesyddol o'r gwaith, a bod yr hyn roddir yma fel ffaith *yn* ffaith ac nid ffug. Gwahaniaetha y darllenydd deallgar yn rhwydd y mannau lle y mae yr awdur yn gadael ei sedd fel hanesydd ac yn ymaflyd yn ei ysgrifbin fel nofelydd. Dymuna yr awdur gydnabod ei rwymedigaeth i awduron y gwahanol weithiau hanesyddol y mae wedi crynhoi ei ddefnyddiau ynddynt; ac, am ddarluniadau o'r cyfryw olygfeydd nad yw ef yn arbennig wedi ymweld â hwynt, neu nad oedd eisoes yn bersonol gynefin â hwynt, i wahanol arweinlyfrau, ymhlith y rhai y teilynga y *Gossipping Guide to Wales* yn neilltuol gael ei nodi.

B. G. E.
Gwynfe, Rhagfyr 18fed, 1879.

Rhagdraeth

Mae hen wlad fy nhadau yn annwyl i mi,
Gwlad beirdd a chantorion enwogion o fri;
Ei gwrol ryfelwyr, gwladgarwyr tra mad –
Tros ryddid gollasant eu gwaed.

Hen Gymru fynyddig – paradwys y bardd
Pob dyffryn, pob clogwyn, i'm golwg sydd hardd;
Ni luddiwyd yr awen gan erchyll law brad,
Na thelyn berseiniol fy ngwlad.
      – Cân Gymreig[*]

Mae yn ein plith dosbarth o benboethiaid nad ydynt byth yn blino clodfori "Cymro, Cymru, a Chymraeg;" y rhai a edrychant ar y Cymro cynoesol fel hanner-duw, ac ar y Cymro diweddar fel yn etifeddu y rhan fwyaf o'r rhinweddau goronant ei gyndaid hanner-ddwyfol â gogoniant; rhai ystyriant mai Cymru oedd y wir Ardd Eden, a'r rhai nad ydynt am foment yn amau nad Cymraeg fydd iaith gyffredinol Paradwys! Y mae hefyd dosbarth sydd yn mynd i'r eithafion gwrthwynebol: Cymry dirywiedig. Er bod yr enw Cymru yn cael ei ddiraddio wrth ei gymhwyso at wrthrychau mor annheilwng – Dic Siôn Dafyddion y genedl, y rhai sydd arnynt gywilydd o'u cenedl, eu gwlad, a'u hiaith; ond o'r rhai y mae gan y genedl ei hun lawer mwy o achos cywilydd; personau, y rhai trwy eu gwadiad annheilwng

---

[*] Er bod y gân enwog hon eisoes yn boblogaidd adeg ysgrifennu *Bronwen* nid yw'n debyg y byddai darllenwyr wedi cyfeirio ati fel 'anthem genedlaethol' eto.

o Wlad eu Tadau ydynt wedi gwneuthur llawer i feithrin, ie, ac i genhedlu yn meddwl y Sacson ffroenuchel y gwawd dirmygus hwnnw o Gymru ac o bob peth Cymreig y mae y Saeson bob amser yn rhy barod i amlygu. Rhwng y ddau eithafion hyn, fodd bynnag, yr ydym yn cael mwyafrif mawr y Cymry synhwyrol, ac yn enwedig y Cymry goleuedig. "Cas gŵr na châr y wlad a'i mago," medd yr hen ddihareb, a'r un syniad yn hollol sydd wedi ei amlygu yng ngeiriau adnabyddus y bardd:

> *'Lives there a man with soul so dead*
> *Who never to himself hath said*
> *'This is my own, my native land'."*

Mae y dynion hyn yn caru eu gwlad gyda serch pur ac anfarwol; ond, er bod cariad yn ddiarhebol ddall, nid ydynt yn cau eu llygaid i'r ffaith nad yw eu gwlad na'u cenedl yn ddifai; dynion sydd yn cydnabod ac yn gofidio am lawer o frychau ar y ddau, ond eto a ddwedant

> *'Er maint dy feiau, Gwalia,*
> *Dy garu eto wyf!"*

Er yn cydnabod y gall fod llawer o bethau cysylltiedig â'n gwlad ac â'n pobl, am y rhai gorau po leiaf a ddwedir, nid ydym yn petruso dweud fod llawer o bethau eraill yn anwahanadwy gysylltiedig â Chymru a Cymry o'r rhai y gallwn yn briodol ymfalchïo.

Un anrhydedd ymhlith lliaws eraill ydym yn hawlio i Gymru yw ei diddordeb hynafiaethol digymar. Gallwn, heb ofni gwrthddywediad, ddatgan nad oes wlad yn y byd gynhigia faes mwy cyfoethog i astudiaeth hanesyddol ac ymchwiliad hynafiaethol nag a geir yng nghysegr Sancteiddiaf y Derwyddon, lle genedigaeth Caradog, a chartref Arthur.

Y mae yr olion Derwyddol, y cylchau cyntefig, y cromlechau, y meini hirion, y carneddau, y gwersyllfaoedd Prydeinig a Rhufeinig, yr hen amddiffynfeydd cyntefig, a'r cestyll mwy diweddar a chelfgar eu hadeiladaeth, olion o'r oll o'r rhai ydynt eto yn amlwg mewn llawer rhan o Gymru, yn gwahodd sylw yr hynafiaethydd, ac yn addo iddo ad-daliad gwell am ei lafur nag a geir, o bosibl, mewn un rhan arall o'r Ynysoedd Prydeinig. Mae llawer o'r llanerchau hyn wedi bod yn weithredfeydd digwyddiadau mor bwysig yn eu canlyniadau nes ydynt o fri, nid yn unig cenedlaethol, ond ymron cyffredinol, ac fel y cyfryw haeddant, a chant eu cadw mewn cof yn nhudalennau hanesion y byd. Am eraill, nid oes gennym ond traddodiadau llwydion, wedi eu gordyfu gan fwswgl cenedlaethau dilynol, y rhai, fodd bynnag, ffurfiant gantau cyfaddas i'r darluniau gynigir gan dyrau adfeiliedig, eiddew-guddiedig, ysbryd-gythrybledig yr hen gestyll alwodd y traddodiadau hyn i fodolaeth. Am eraill drachefn, y mae yr atgof am y gweithrediadau o ddewrder neu euogrwydd gyflawnwyd arnynt wedi eu claddu mewn ebargofiant gan bentyriadau oesoedd dilynol, fel y mae llawer i hen ddinas Brydeinig yn gorwedd yn guddiedig o dan y porfeydd peraroglus, neu feysydd llafur donnir gan yr awel, ambell i gofarwydd o'r hon a droir i fyny gan swch yr aradrwr anllythrennog, ond yr hon nid yw yn gofyn ond ymchwiliad rheolaidd yr hynafiaethydd i'w chyflwyno ger ein bron yn ei holl ogoniant cyntefig.

Gallwn hefyd gyda chyfiawnder hawlio i'n gwlad banorama enfawr amrywiaethol o geinion naturiol, o fynydd a dyffryn, chwyrnffrwd fynyddig ac afonig dawel, y llyn wenog, rhaeadr daranllyd, a môr ymchwyddog, rhostiroedd anial a dyffrynnoedd ffrwythlon, llethrau porfaog, creigiau gwgus, ucheldiroedd dail-goronedig, a bannau cwmwl-gapiedig. O fewn terfynau cyfyng y Dywysogaeth, gellir cael y rhan fwyaf o'r prydferthion, os ar raddfa lai, ellir eu canfod ar wibdaith i wastatiroedd Firainc, mynyddoedd Switzerland, ac ucheldiroedd Ysgotland. Y mae yr Ysgotiaid – er mor wladgar ŷnt – yn cydnabod ac yn addoli ceinion golygfeydd Cymru. Mae un o'r enwocaf o Ysgotiaid diweddar wedi dweud, "A welsoch erioed ddim mor brydferth â dyffryn Cymreig? Mae gennym uwch mynyddoedd yn Ysgotland, golygfeydd tecach o gwmpas y llynnoedd Seisnig hardd, er nad yw y mynyddoedd cyfuwch ag ŷnt yng Nghymru; ond ni all Gogledd Lloegr na'r Ysgotland; ie, na holl Switzerland, arddangos dim mor dawel, rhamantus, clyd, a phrydferth, â dyffryn Cymreig. Nid oes dim yn debyg iddo, yr wyf yn credu, yn yr holl fyd!" Fe allai pe byddai *Cymro* wedi rhoddi datganiad i'r fath ganmoliaeth digymysg, y chwerddid am ei ben, ond pan y sieryd y Professor Wilson felly, rhaid i hyd yn oed y Saeson gwawdlyd ymfodloni i dderbyn y dyfarniad.[*]

Nid yn anaml y digwydd i'r hynafiaethydd selog a'r celfluniwr sydd yn caru anian gydgyfarfol ar yr un llannerch yng Nghymru mewn man wedi ei santeiddio i'r hynafiaethydd gan ei ddiddordeb hanesyddol a'i draddodiadau hynafol, ac wedi ei gysegru i'r anian-addolwr gan y llaw hael â'r hon y mae y dduwies wedi taenu ei cheinion o graig a gwastatir, a choediog a mynydd-dir, a llyn, ac afon, a môr trwy y gymdogaeth. O fewn pellter o lai na deng milltir – taith diwrnod rhwydd i hynafiaethydd neu gelfwr brwdfrydig – ceir

---

[*] Mae'n debyg mai eiddo Daniel Wilson (1816-1892) yw'r dyfyniad, archeolegydd o Albanwr ddaeth yn ddiweddarach yn athro yn Nhoronto, Canada.

yn aml yr holl gyfoeth ceinion naturiol hyn yn tyrru at ei gilydd, a'n hanhawster ni yw nid i gael gwrthrychau teilwng o'n hymchwiliad a'n hedmygedd, ond, mewn gardd mor beraroglus gan liaws blodau, penderfynu pa flodeuyn i'w dynnu, ac mewn mwynglawdd mor gyfoethog o feini gwerthfawr, pa em i'w ddewis.

O fewn pellter o bum' milltir fel yr ehed y frân o'r fan lle yr wyf yn ysgrifennu hyn o linellau, gellir cael un o'r dyffrynnoedd tlysaf a mwyaf ffrwythlon yng Nghymru, ac un o'r rhandiroedd mwyaf anial a digynnyrch yn y wlad, pâr o lynnoedd mynyddig gogoneddus, ac un o'r dyfr-ogofeydd helaethaf yn yr ynys; cartref a chwaraefa y tylwyth teg, a thrigfa ellyllon; hen heol Rufeinig, a mwynglawdd arian fu gynt yn werthfawr; cylch Derwyddol, amryw garneddau, gwersyll Prydeinig, hen gastell barwnaidd, llys un o Dywysogion enwocaf y Deheubarth, gweithredfa un o orchest-gampau Arthur, a gorffwysfan un o'r Cenhadon Apostolaidd; yn gymysgedig felly olygfeydd o dywallt gwaed, o ddiplomyddiaeth, o ddefodau crefyddol, ac o ofergoeledd, a'r oll ymron o fewn sŵn un o'r llanerchau masnachol mwyaf prysur yng Nghymru!

Buasai, fe ddichon, yn anhawdd cael maes mwy cyfoethog mewn pethau o'r natur ddisgrifiwyd nag a geir wrth gymryd Dolgellau fel canolbwynt a thynnu cylch mewn pellter, dyweder o saith neu wyth milltir o'r canolbwynt hwnnw. Ar ymyl y cylch hwn i'r dwyrain ceir yr Aran Fawddwy ddyrchafedig, tra yn golchi y cylch ar y gorllewin mae tonnau môr Aberteifi, ac o fewn y cylch ceir y Gader Idris frenhinol; dyffrynnoedd yr Wnion a'r Mawddach, i'r rhai y tal y Cain a'r Eden eu teyrnged ddyfrol; a llynnoedd Llyn y Gader, Llan Cae, Llyn Mwyngil, Llyn Trigraienyn, Llyn Cynwch, Penmaenpwll, a llu eraill; Rhaeadrau Pistyll Mawddach,

a Rhaeadr Du, ynghyd ag Aber ardderchog y
Mawddach.[*]

O fewn i'r cylch swynedig hwn yr ydym yn gosod ein
golygfa gyntaf, ond cyn y dygwn ein chwaraewyr ar y
chwaraefwrdd, gadewch i ni godi ychydig ragor ar y llen,
a chymryd golwg mwy eang o'n hamgylch. Gan sefyll ar
ymyl allanol ein cylch ar ben dyrchafedig yr Aran
Fawddwy, cawn weld o'n blaen ac o'n hamgylch un o'r
golygfeydd ehangaf a thlysaf a ellir ei chael hyd yn oed
yng Nghymru. Yr ydym yn sefyll yn uniongyrchol
uwchben tarddleoedd yr afonydd ffurfiant dri o'r
Aberoedd pwysicaf yng Nghymru. O fewn ein cylch
mae un o darddleoedd yr Wnion, yr hon, yn unedig â'r
Mawddach, a egyr ei chamlas ger y Bermo. Ar ymyl
allanol ein cylch o'r dwyrain o'n safle, mae Craig Llyn
Dyfi, afonig wylaidd yr hon, yn dal yn dynn wrth ei
henw bedydd, a dderbyn gymorth afonydd eraill i
ffurfio Aber y Dyfi. Yn ymyl tarddle y Dyfi, ychydig i'r
Gogledd, tardda dyfroedd Cwm Croes, y rhai yn Llyn
Tegid ymgymysgent â'r Dyfrdwy a'r Lliw, ac yna yn
unedig llifant allan yn y Dee frenhinol, ac yn eu haber
pendefigaidd ymgollant ym Môr Iwerddon. Gan edrych
i'r cyfeiriad hwn – y Gogledd ddwyrain – gallwn weld
safle Dyffryn prydferth Clwyd wrth y mynyddoedd
Clwydaidd tu hwnt iddo, ac yn hynod yn eu plith Moel
Famau a Thŵr y Jiwbili. Yn nes atom, ac yn fwy i'r
deheu, mae mynyddoedd y Berwyn, rhwng y rhai a
mynyddoedd Clwyd y gorwedd gweithredfeydd
gorchestion Owain Glyndŵr, gorchestion y cawn y
pleser o'u cofnodi, a'r rhai a ddyrchafasant y
bonheddwr gwledig i fod yn Dywysog Coronog Cymru.
Gan ddilyn cwrs yr haul, gwelwn yn ymagor o'n blaen

---

[*] Un o ychydig feirniadaethau Llew Llwyfo ynghylch *Bronwen* oedd
union gywirdeb daearyddol y disgrifiad hwn.

randir helaeth o wlad hyd nes y rhwystrir ein golygfa gan Bumlumon crwn; yna, ymlaen eto hyd nes cawn gipolwg ar draethau Penfro, o'r hwn y dilynwn y môr-linell ar hyd môr Aberteifi. Yna rhyngom a'r Afon Menai gwelwn yr Wyddfa, yn cael ei chanlyn gan Garnedd Dafydd a Charnedd Llywelyn; tu hwnt i'r dyffryn rhyngom, gwelwn yr Arenig Fawr, i'r gogledd a'r dwyrain o'r hwn y cawn gipdrem ar yr Afon Conwy, Rhein-debyg. Deil yr olygfa ysblennydd gawn felly gymhariaeth ffafriol â dim y mae hyd yn oed y teithiwr Swisaidd erioed wedi ei brofi. O fewn y wlad gynhwysir yn yr olygfa hon, ceir prif weithredfeydd y penodau canlynol.

Rhagarawd

All nations have their omens drear
Their legends wild of foe and fear,
To Cambria look — the peasant see
Bethink him of Glendowerdu,
And shun the "Spirits Blasted Tree."
— Walter Scott, *Marmion*

Yn nyffryn yr Wnion, yn cael ei mynwesu gan fannau dyrchafedig Cynwch, Orthrwm, Fawddwy, Cribin, a Cader Idris, gorwedd hen dref gymen Dolgellau. Ymffrostia yn y ffaith mai hi yw prif dref Sir Meirion; ymfalchïa yn y meddiant o garchar y Sir, yr hwn am ei hyllrwydd di-gyffelyb, pe heb un rheswm arall, anoga y neb a aiff heibio i echryn a brysio o'i gymdogaeth; y dref hon yw pencadlys dewisol byddin flynyddol o ymwelwyr a'u bryd ar weld Cader Idris a'r golygfeydd amgylchynol; ym-ogonedda ei bod yn orsaf bwysig ar un o brif reilffyrdd Cymru, ac eto, gyda'r holl anogaethau hyn i ddeffro, ac ymysgwyd, ac ymwisgo yn ôl defod y Bedwaredd Ganrif ar Bymtheg frysiog, o'r bron nad yw yn parhau i fod yn un o drefi yr henfyd, yn hynod yn ei symlrwydd cyntefig, ac yn chwerthingar yn ei chymenrwydd. Rhydd i ni y syniad o fod wedi mynd i gysgu rai canrifoedd yn ôl, ac yn awr yn cael ei hysgwyd yn arw ac annisgwyliadwy o'i chwsg gan floeddiadau yr ymwelwyr, ffwdan y gweision yn y gwestai, ac ysgrech fuddugoliaethus yr ager-beiriant ar ôl llwyddo i daflu y tramoriaid hyn i ganol yr hen dref, yr hon nid yw eto wedi llwyr roddi heibio rwbio ei llygaid yn ei syndod at y deffroad sydyn hyn.

Y mae yr hen Fuller ysmala, ers dau gan' mlynedd yn

ôl, wedi disgrifio yr hyn oedd neilltuolon y dref y pryd hwnnw. Dywed, "Gwyddys fel ffaith am Dref Marchnad, yr hon a elwir Dolgelthey, yn y Sir hon, fod: 1. Ei muriau yn dair milltir o uchder – y mynyddoedd a'i hamgylchynant. 2. Dynion yn dyfod iddi dros y Dwfr – ar Bont deg, ond 3. Yn mynd allan ohoni o dan y Dwfr – yn syrthio o'r graig ac yn cael ei gludo mewn cafn (dan yr hwn y rhaid i'r teithiwr fynd). 4. Y Clochdy yn tyfu ynddi – pan fod y clychau yn grogedig ar Ywen."[*]

Fel pe na bai yr uchod yn ddigon o neilltuolon, gallwn ychwanegu fod y dref fel drysfa, heolydd bychain culion yn arwain i neb-le, ac o'r braidd un o'r heolydd hyn yn ddigon llydan i hawlio ei galw yn stryd, ac nid oes rhyw lawer o amser er pan nad oedd prif heol y dref ond prin pedair llathen o led. Gellir disgrifio y dref fel cymysgedd o sgwariau bychain, y rhai a daflwyd i lawr blith draphlith fel yr oedd chwaeth amrywiol y gwahanol adeiladwyr o bryd i bryd yn eu cymell, heb yr un ymgais canfyddadwy at reol, na threfn, na chynllun o fath yn y byd.

Ond nid â'r dref ei hun gymaint ag â'i chylchoedd uniongyrchol y mae a wnelom ni yn awr. I'r gogledd o'r dref, mewn pellter o rhyw ddwy neu dair milltir, cyfyd dau efell bannog, Moel Cynwch a Moel Offrwm, neu Moel Orthrwm, fel ei gelwir yn ddiwahaniaeth yn awr, ac yn un o'r traddodiadau lleol y mae y ddau ystyr yma yn cael eu huno mewn modd tra hynod. Dywedir bod y mynydd hwn yn llefod un o'r pwysicaf o'r Cylchau Derwyddol, lle y cyflawnid y defodau mwyaf dirgel, a lle yr oedd yr aberthau yn cael eu hoffrymu; am hyn gelwid ef wrth yr enw cyntaf: Moel Offrwm. Pan oresgynnodd y llengoedd Rhufeinig y wlad gan ei hanrheithio hi, a halogi temlau santaidd y Derwyddon, darfu i nifer o'r

---

[*] At Thomas Fuller (1608-61), llenor Seisnig cynnar, mae'n cyfeirio yma, mae'n debyg.

gormeswyr creulon ymweld â'r lle hwn; daliasant yr offeiriaid, gan osod dwylo cysegr-ysbeiliol arnynt, ac a goronasant eu gorthrwm creulon trwy osod yr offeiriaid i farwolaeth ar eu hallorau eu hunain!

Gan ddyfod yn ôl o Moel Offrwm, wrth droed Moel Cynwch, deuwn heibio llyn mynyddig adwaenir wrth yr enw Llyn Cynwch. Ychydig yn nes ymlaen eto, yn Nyffryn Glanllwyd, yng nghymdogaeth uniongyrchol Dolgellau, ceir hyd heddiw adfeilion o'r hyn fu gynt yn adeilad urddasol, sefydliad Sistersaidd adwaenid wrth yr enw Abaty Cymer. Ar yr adeg am yr hon yr ysgrifennwn – diwedd y 14eg ganrif – yr oedd y Sefydliad hwn yn llawn llanw ei ogoniant a'i lwyddiant. Rhyw ddau can mlynedd cyn hynny y sefydlwyd ef gan ddau frawd urddasol, Gruffydd ap Cynan a Meredydd ap Cynan, Arglwyddi Meirion, ac wyrion ac etifeddion yr enwog Owain Gwynedd, Tywysog Gogledd Cymru. Yr oedd nawddogaeth tywysogaidd y sefydlwyr urddasol wedi ei barhau i'r abaty gan eu holynwyr cyfartal-urddasol, teulu tywysogaidd Fychan, neu Vaughan. Yr oedd un gangen o'r teulu urddasol yma yn preswylio yn y gymdogaeth; yr oedd hen blasty Hengwrt, o fewn milltir i'r abaty, wedi bod yn enedigle cenedlaethau o Fychaniaid, y rhai oeddynt wedi chwarae yn y parc rhwng eu cartref a'r abaty, wedi cyrraedd eu holl ddysg llyfr dan ofal mynachod yr abaty, a phan yn y diwedd y gadawsant y byd hwn gosodwyd eu hesgyrn yn naeargelloedd yr abaty yn sŵn corganau ac offeren mynachod yr abaty.

Rhwng yr abaty a Hengwrt gwelir eto adfeilion hen Gastell Cymer, yr hwn, hyd yn oed yn y cyfnod am yr hwn yr ysgrifennwn, nid oedd ddim amgen nag adfeilion. Yr oedd y castell – un o'r hynaf yn y wlad – wedi ei adeiladu gan un o hynafiaid teulu Fychan, ac yr oedd wedi bod yn ei amser yn lle nodedig, a dangosai hyd yn oed ei adfeilion fod llawer mwy o sylw wedi cael ei dalu i sicrhau cadernid sylweddol nag unrhyw ymgais at brydferthwch ardebaidd [*ymddangosiadol*]; yr oedd yn amlwg bod holl ymgais yr arch-adeiladydd wedi cael ei gysegru i'r gwaith o wneud y castell yn amddiffynfa fawr olaf, i'r hon y gallai yr amddiffynwyr gilio mewn angen, gyda sicrwydd ymron hollol y gallent yno herio holl allu y cyfryw beiriannau rhyfel ag oedd celfyddyd y cyfnod hwnnw wedi gallu eu dyfeisio. Yr oedd yr oll wedi ei wneud yn is-wasanaethgar i'r un diben mawr — amddiffyniad herfeiddiol; ac, mor bell ag yr oedd galluoedd milwrol yr amser yn cyrraedd, yr oedd yr amcan wedi ei sicrhau. Safai y castell yng nghanol gwersyll amgaeredig, ar ffurf cylch yn rhyw gant a hanner o droedfeddi o dryfesur. Yr oedd yn amlwg nad oedd yr un prinder defnyddiau wedi ei deimlo yng ngwneuthuriad y gwersyll amgaeredig na'r castell ei hun — calon, fel petai, y corff enfawr yma; yr oedd yr oll yn gyfansoddiedig o grynfeini enfawr o gerrig llwydion, digonedd o'r rhai oeddent barod wrth law yn y mynyddoedd creigiog amgylchynol. Cynhwysai adfeilion y castell a'r gwersyll ddigon o ddefnyddiau i adeiladu tref gyfan yn ôl arferiad y dyddiau presennol. O'r hen amddiffynfa deuluol hon, yr oedd cenhedlaeth ddiweddarach o'r Fychaniaid wedi adeiladu, ac wedi symud i, blasty cymdogaethol Hengwrt, yr hwn oedd drachefn erbyn hyn yn ei dro wedi syrthio i anffafr, a dangosai eisoes arwyddion o adfeiliad cynamserol, ac yr oedd plasty teuluaidd y Fychaniaid yn y cyfnod dan sylw wedi ei gyfodi yn y pen arall i'r parc ac wedi ei gyfenwi Nannau — a bellach ers cryn amser yr oedd yr enw Fychan o Nannau wedi bod yn air teuluaidd ymhell ac yn agos. Arglwydd presennol Nannau oedd Syr Hywel Sele, bonheddwr dewr, mawrgalon a charedig, ie, yn feius felly, yn cael ei garu gan bawb a'i hadwaenai, ond eto drwy'r cwbl yn cael ei flino gan dymer frysiog a thueddfryd eiddigus oeddent ar ragor nag un amgylchiad wedi ei arwain i gyflawni gweithredoedd o'r rhai, pan ddeuai ato ei hun, yr oedd yn ddwfn edifarhau.

Yr oedd y pedwar pwynt yma, Moel Offrwm a Nannau ar y naill ben, ac Abaty Cymer a Hengwrt ar y llall, yn ffurfio pedair ongl i hirgul reolaidd, o fewn i'r hon y gorweddai Parc Nannau – parc godidog, a llawn cyflenwedig ar gyfer helwriaeth. Yn y parc hwn yr oedd cenedlaethau lluosog o Fychaniaid, a chynifer â hynny o genedlaethau o gynghorwyr ysbrydol y teulu – mynachod llonwych, helwyr cedyrn Abaty Cymer, wedi mwynhau holl bleserau helwriaeth, wedi astudio ac ymarfer holl ddirgelion coedwigaeth, hebogyddiaeth a helyddiaeth, ac nid oedd y Fychaniaid yn ymfalchïo yn fwy mewn dim, nac yn fwy eiddigeddus am ddim, nag am y campau helwriaethol gellid eu mwynhau ym Mharc Nannau. I'r fath eithafion yn wir yr oedd Syr Hywel Sele wedi cario yr eiddigedd yma, nes yr oedd wedi dirgymell ar i fynachod Cymer naill ai roddi i fyny yn hollol yr helgwn ysblennydd oedd yn eu meddiant, neu symud y cyfryw i Nannau a'i huno â'r helgwn yno, dan boen, os anufuddhaent, o beidio mwy gael eu caniatáu i gyfranogi o unrhyw helwriaeth ym Mharc Nannau. Yn dra anfodlon, yn wir, y darfu i'r mynachod llonwych ymostwng i'r weithred uchel-lawiog hon; ond pan ddeallasant trwy brofiad nad oedd y cyfnewidiad wedi'r cwbl ond yn eu gorfodi i fwynhau marchogfa am ddwy filltir drwy y parc, gwell gwydraid o win yn Nannau nag oedd hyd yn oed yn eu meddiant hwy yn yr Abaty, a'r caniatâd mwyaf calonnog i gymryd cŵn, ceffylau, gweision, a gweinyddion Nannau i'w cynorthwyo yn yr helfa, daethant yn raddol yn fodlon i'w tynged.

Digwyddodd ddarfod i Syr Hywel, rhyw ddiwrnod yn y flwyddyn 1390, glywed sain adnabyddus hyddgwn ym Mharc Nannau. Gyda gwaedd frysiog o anfodlonrwydd, galwodd am ei helfeistr a gofynnodd paham y caniataodd i'r cŵn fynd allan felly heb ofyn ei gennad ef. Atebodd y gwas syn fod holl gwn Nannau y funud honno yn ddiogel yn eu cyndai.

"Ai felly?" bloeddiai y pendefig. "Yna, myn gwaed fy nhad, ca' y neb sydd yn hel hydd ym Mharc Nannau heddiw gyfarfod â bwch na ddisgwyliodd amdano!" a chan ymaflyd mewn bwa a saeth sengl o'r neuadd fel y rhedai allan, brysiodd, a'i wyneb yn goch gan ddigofaint, i weinyddu cosb ddyladwy ar yr herwheliwr beiddgar.

Adroddwn ran o'r gweddill o'r hanes yn y rhydd-gyfieithiad canlynol o faled pruddaidd alluog a theimladol y Parch. George Warrington:

> Rhyw wladwr sylwodd ar ei wg,
> Fe'i gwelodd ger y llyn mawr, du;
> Fe'i gwelodd ger y Dderwen Fall,
> Ond, ni ddychwelodd byth i'w dŷ!
>
> Aeth tridiau heibio – ni chaed gwir,
> Pa le y gallai'r Pennaeth fod?
> Mewn dychryn gwyllt y gweision aent,
> Ond heb gael i'w hymchwiliad nod.
>
> Pob deiliad chwil ar fynydd ban
> Y gwastad dros, y cuddlwyn drwy,
> Ond, ofer oedd eu manwl chwil,
> Ni welsant byth y pennaeth mwy!
>
> Dychymyg mewn dullweddau fil
> A ddyg y pennaeth nôl i'r fan,
> Gan rai, fe'i gwelwyd ar y Moel,
> Gan rai ar hyd y droellog lan.

> Synlwythog âi y si o gylch
> A dychryn wnâi'r gwrandawr'n fud,
> Pob gwladwr deimlai'i golled brudd,
> Ond hoff yr hanes oedd i gyd.
>
> Gwêl creigiau'r Gader olau glas,
> Drysorol ochain gwyd i'r nen,
> A dwedwyd bod ochenaid ddofn
> Yn codi o'r Falledig bren![*]

Er mwyn egluro y digwyddiad hynod hwn, mae yn rhaid mynd yn ôl i gyfnod ryw ddeng mlynedd ar hugain cyn yr amser y cymerodd y digwyddiad anffodus sydd gennym i'w gofnodi. Gan olamu y deng mlynedd ar hugain hyn, cawn Hywel Sele yn hogyn cryf, heini, ryw ddeuddeg mlwydd oed, a chefnder iddo o'r enw Owain Fychan ryw flwyddyn yn iau. Yr oedd yr hogiau yn gydymgeiswyr mewn chwarae, cydymgais yr hwn ar ran Owain oedd bob amser yn un gyfeillgar, ond ar ran ei gefnder mwy brysiog oedd yn aml yn dirywio i elyniaeth ffyrnig. Aeth deuddeg mlynedd heibio, a chafodd yr hogiau oeddent yn gydymgeiswyr mewn chwarae eu hunain yn gydymgeiswyr mewn carwriaeth, a'r ddau yn ceisio ennill serch morwynig oedd yn enwog am ei phrydferthwch; terfynodd y gydymgais yma o blaid Hywel, a siomiant cyfatebol i Owain druan, yr hwn a ymostyngodd gorau gallai i'r hyn oedd yn anocheladwy. Gellid tybio, os buasai unrhyw deimlad chwerw yn aros ym mynwes un o'r ddau gefnder, mai ym mynwes y carwr siomedig, Owain Fychan, ei ceid; ond nid felly yr oedd. Ni chynhwysai calon agored, gonest Owain dim ond parch i'w gefnder mwy llwyddiannus, gydag un

---

[*] George Warrington (1744-1830), bardd a anwyd yn Wrecsam ond a ganai yn Saesneg.

gongl fechan ddirgel yn yr hon y parhaodd am rai blynyddoedd yn gell gysegredig i'w golledig Myfanwy. Yr oedd Hywel Sele, ar y llaw arall, ymhell iawn rhag coleddu y teimladau mwyaf caredig at ei gefnder. Yn un peth, Owain oedd cynrychiolydd y gangen hynaf o'r teulu, ac yr oedd, fel y cyfryw, yn uwch ei urddas nag Hywel, ac yn hawlio yr holl ragorfreintiau perthynol i bennaeth teulu Fychan. Eto, ni chaniatâi natur eiddigus Hywel iddo yn hollol anghofio fod ei gefnder wedi bod yn gydymgeisydd ag ef am sicrhau ei anwylaf Myfanwy, er mai cydymgeisydd aflwyddiannus y bu. Yr oedd y rhai hyn, ynghyd ag achosion eraill, wedi arwain Hywel i fynwesi teimladau y gwrthwyneb i gyfeillgar tuag at ei gefnder, er bod ar yr un pryd ei natur well yn cilio rhag y dihirwch i'r hwn yr arweiniai ei eiddigedd ef, ac yn aml crynai gan arswyd pan dynnai yn ôl oddi ar y dibyn erchyll i'r hwn yr oedd ei deimladau euog eiddigus wedi ei arwain yn ddiarwybod iddo'i hun.

Owain, yn gweld ei gynigiadau cyfeillgar yn cael eu cyfarfod â rhywbeth gwaeth nag oerfelgarwch, a ddaeth ar ei ran ei hun yn dawedog, a thra yr ymgadwai rhag unrhyw arddangosiad cyhoeddus o ddigofaint tuag at ei gefnder, a rhag teimladau o elyniaeth dirgel tuag ato, eto, caniataodd i'r rhwyg raddol ledu, fel yn y cyfnod at yr hwn yr ydym yn awr wedi cyrraedd, yr oedd peth perygl i'r oerfelgarwch dorri allan mewn dull ffyrnig pe digwyddai i'r cefndryd gyfarfod, ac i'r wreichionen leiaf gael ei thaflu i'r chwyth-glawdd oedd mor barod i ffrwydro.

Yr oedd Abad teilwng Cymer wedi sylwi gyda gofid ar y rhwyg yn raddol ymledu rhwng pennau yr hen deulu i'r hwn yr oedd ef a'i urdd mor ddyledus, a barnai fod yr amser wedi dyfod bellach iddo ef gyfryngu, a dwyn oddi amgylch, os yn bosibl, cymod trylwyr. Gyda'r bwriad canmoladwy hwn mewn golwg, yr oedd wedi cymryd mesurau, y rhai, fel yn anffodus y profodd y canlyniad, a frysiasant y ddamwain drychinebus oeddent hwy wedi eu bwriadu i'w rhagflaenu. Yr oedd wedi danfon gwahoddiad taer i Owain Fychan, o Glyndyfrdwy, i ddyfod ato ef i Abaty Cymer, gan fwriadu, ar ei ddyfodiad, i ddanfon am Hywel Sele, ac yna, yn y dull mwyaf argraffiadol, ar ôl gweinyddiad yr Offeren Santaidd, i alw ar y ddau gefnder i gymodi â'i gilydd. Hyderai lawer ar dueddfryd agored Owain, ac ar galon gwir garedig Hywel, i'w alluogi ef i ddwyn oddi amgylch yr atgymodiad trwyadl hwnnw rhwng ei noddwyr, am yr hwn y gweddïai mor daer.

Ar y dydd tyngedfennol hwn, yr oedd Owain wedi cychwyn gyda'r amcan o ateb gwahoddiad yr Abad, a chan osgoi cartref ei gefnder trwy fynd ychydig o amgylch, yr oedd wedi dyfod i'r parc ar ei ffordd i'r Abaty. Cyd-deithiai gydag ef ddau hyddgi ffafredig, disgynyddion llinol y byd-enwog Gelert, helgi ffyddlon ond anffodus Llywelyn. Yn sydyn, yn union ar ei lwybr, cyffrôdd carw coch ysblennydd, yr hwn, gan lamu yn frysiog, a ruthrodd i ffwrdd mewn dychryn. Cyfarthai'r cŵn yn unllais, gan erlid yr helwriaeth yn egnïol. Teimlai Owain, gan gofio am eiddigedd ei gefnder ym mhob dim perthynol i'r helwriaeth, awydd alw y cŵn yn eu holau, ond cyn y daeth ddigon ato ei hun i wneud hynny yr oeddent hwythau wedi twymo yn ormodol at y gwaith i wrando ar hyd yn oed ei alwad ef. Penderfynodd gan hynny aros y canlyniad, gan wylio gyda diddordeb di-anadl ffawd yr helwriaeth. Yr oedd y bwch yn un godidog, yn ei lawn nerth, a chyflwynai i lygad craff yr heliwr gwir ddelfryd gwrthrych teilwng i'w hela, pan, a'i ben yn uchel, a'i gornosglau [*cyrn*] yn lledu ymhell, yr ymdrechai a chamau enfawr a chyflym i ymbellhau o'i erlidwyr. Yr oedd yr helgwn, fodd bynnag, o linach rhy urddasol, ac wedi eu haddysgu yn rhy dda i'w hoff gwaith i ildio, ac ymhen peth amser daeth yn amlwg os na ddigwyddai rhywbeth annisgwyl o blaid y bwch fod ei dynged wedi ei selio. Cydweithiai y cŵn ysblennydd yn gampus â'i gilydd, gan ddirwasgu pob gewyn er dwyn yr helwriaeth i'r llawr. Rhoddai y gwastatir eang olygfa ysblennydd i Owain ar yr helfa, a chyda chalon yn uchel guro, gwelodd y bwch yn gorfod troi yn ei ôl, ac yn awr yn cyfeirio yn uniongyrchol i'r man o'r hwn y cychwynnodd, ac ar yr hwn y safai Owain. A'i ochrau yn orchuddiedig gan ewyn, a'i lygaid yn olau gan ddychryn, ymlaen y daeth yr anifail godidog, gan gyfeirio yn unionsyth at Lyn Cynwch, dyfroedd yr hwn olchent y graean o fewn dwsin o lathenni i'r man y safai Owain. Yr oedd yn amlwg mai ei amcan oedd neidio i'r dŵr, gan hyderu felly allu cyrraedd cysgod cyfeillgar y goedwig a'r creigiau tu hwnt; a'r cŵn hwythau, fel pe yn deall hyn, ymddangosent fel y bwch ei hun, i ddyblu eu hymdrechion fel y dynesent at y llyn. Nes, nes y daethant. Dwsin o hyddgamau ymhellach, y bwch dewr, a thi a wyneba y tonnau ac a wellhâi dy siawns am fywyd! Yr oedd yr olaf ond un o'r hyddgamau angenrheidiol wedi ei gymryd; buasai un yn rhagor wedi ei daflu yn ddiogel i'r dwfr, pan, gyda naid anferthol daliodd un o'r cŵn ef gerfydd ei wddf, ac a'i dygodd yn diferol ar ei liniau ar ymyl y dwfr. Gyda bloedd orfoleddus, neidiodd Owain, wedi ei gario ffwrdd gen ei ddiddordeb, ymlaen, tynnodd ei gyllell, a chan daflu ei hun ar yr helwriaeth ymdrechol, ac ag un ergyd cryf a chywir, torfynyglodd [*tynnu pen*] y bwch, a gosododd derfyn ar ei ymdrechion.

O fewn llai nag ugain llath i'r fan lle yr oedd yr ymdrech olaf hon wedi digwydd, safai hen dderwen falledig, ymddangosiad yr hon brofai yn amlwg mai ceubren oedd. Pan neidiodd Owain ar ei draed ar ôl lladd y bwch, canfu, er ei fraw, yn sefyll wrth ymyl y Dderwen Fall, a'i holl wyneb yn ddirdynedig gan ddigofaint, ei gefnder, Hywel Sele!

Yr oedd hi'n bur sicr bod seiniau yr helfa wedi arwain Hywel at chwaraefa camp olaf Owain, ac, och! i'w dynged ei hun. Ar y foment y daeth Hywel gyntaf i'r golwg yr oedd Owain yn y weithred o dorfynyglu y bwch – un o frenhinoedd helwriaeth Parc Nannau. Rhuthrodd lu o deimladau trwy fynwes pennaeth digofus Nannau. Wele yma gyfle iddo symud o'i ffordd bennaeth y teulu, gwrthrych ei genfigen! Wele yma gyfle i gladdu unwaith ac am byth pob perygl o gyffroi eto ym mynwes Myfanwy unrhyw wreichion o'r hen serch allai fod eto yn aros! Ac onid oedd ganddo achos? Onid oedd ganddo hawl? Ai nid ei ragorfraint ef oedd cosbi, ie, hyd farw, y neb a ddaliai yn llaw-ruddog yn y weithred o ladd helwriaeth Parc Nannau heb ei ganiatâd? Gan wrando ar y cythraul sibrydai y meddyliau annheilwng hyn yn ei glust, gosododd y pennaeth eiddigus a digofus y saeth ar linyn y bwa, ac yr oedd yn y weithred o dynnu y saeth i'r pen pan gododd Owain ar ei draed, a chan wynebu ato, a chynnig y nod tecaf ellid gael, ymddangosai fel pe yn gwahodd ei dynged. Heb betruso am foment, gollyngodd Hywel y saeth i hedeg. Yr oedd yn anelwr rhy gyfarwydd i fethu yn ei nod er ei fod yn crynu gan gyffro, ac hedodd y saeth yn gywir at galon Owain!

Buasai y saeth odid wedi ei hanelu mor gywir at galon Owain yn sicr o fod wedi cyrraedd y nod, ac wedi cau am byth yrfa Owain Fychan cyn i eiddo Owain Glyndŵr ddechrau, oni bai i amgylchiad na ellid ei ragweld ddigwydd.

Yr oedd un o'r cŵn oeddent wedi gwneud cymaint er dwyn oddi amgylch y cyfarfyddiad tyngedfennol yma rhwng y ddau gefnder, yn ei or-lawenydd wrth ddwyn yr helwriaeth i'r llawr, yn y weithred o neidio ar ei feistr i'w longyfarch yn ei ddull ei hun, ar y foment y

gollyngwyd y saeth oddi ar fwa Hywel, ac felly yn ffurfio
tarian dros fynwes Owain mewn pryd i achub ei fywyd,
ond yn rhy ddiweddar i alluogi Hywel i newid ei aneliad.
Terfynodd cyfarthiad llawen yr anifail godidog hwn
mewn udiad torcalonnus fel y trywanodd pen haearn y
saeth ei galon; gyda'r fath rym a chywirdeb oedd y
negesydd milwrol wedi ei hyrddio, fel y treiddiodd y
saeth trwy gorff y ci, trwy siaced ei feistr, gan roddi
clwyf ysgafn ar fron Owain yn uniongyrchol uwchben
ei galon. Syrthiodd y ci i'r llawr. Penliniodd Owain, a'i
galon ar rwygo gan alar, wrth ei ochr, gan ymdrechu i
leddfu ei boen trwy ei godi oddi ar y ddaear. Yr oedd y
ci godidog fel pe bai'n deall teimladau ei feistr, a chydag
ymdrech olaf, cododd ei ben a llyfodd foch ei feistr, ac
yna, gyda chryniad ingol trwy ei holl gorff, syrthiodd yn
ôl ym mreichiau Owain, yn farw!

Buasai Owain wedi ei gyfiawnhau pe rhoddasai
agoriad i deimladau digofus mewn geiriau bygythiol a
gweithredoedd gelynol. I heliwr mor selog, buasai o'r
ddau yn rhwyddach ganddo faddau cais at ei fywyd ei
hun nag i weld cyfaill mor ffyddlon yn yr helfa yn cael
ei daro yn farw yn y weithred o gynffonlonni arno, heb
un ymdrech i ddial y weithred. Ond er bod ei fynwes yn
cael ei rhwygo gan deimladau cynhyrfus, llwyddodd
Owain i wasgu yn ôl y geiriau digofus ymgodent i'w
wefusau heb eu galw, ac felly gyda breichiau plethedig,
a wyneb trist, arhosodd ddatblygiadau pellach.

Yr oedd Hywel, os yn bosibl, yn fwy digofus wrth y
tro sydyn hyn yn yr amgylchiadau, a llonyddwch
gorfodol amlwg ei gefnder, nag y buasai gan yr enllib
ffyrnicaf, a chan yrru ei hun i ddigofaint ychwanegol,
nesaodd yn nwydwyllt at Owen, yr hwn a arhosai yn
ddigyffro ei ddynesiad.

Yr oedd yn olygfa i ddarlunydd. Yno yr oedd y llyn
Wenog, â dyfroedd yr hwn yr ymgymysgodd y gwaed

coch, ac ar wyneb tawel yr hwn yr oedd bannau creigiog y Moel Cynnwch cymdogol a'r Gader Idris bellennig ei hunan; y carw pendefigaidd yn gorwedd yn farw ar y tywod, yn yr hwn yr oedd ei gyrn anferth wedi eu rhannol gladdu; y ci byw yn llyfu ei gydymaith marw yn alarus, gwaed calon yr hwn oedd yn lliwio bon plygedig y saeth angheuol. At hwn yr oedd y cyferbyniad welid rhwng tawelwch allanol Owain, llinynnau gweithiol wynepryd yr hwn yn unig dystiolaethant i'r orfodaeth ofnadwy roedd yn defnyddio i gadw i lawr y digofaint mewnol oedd yn rhuthro i'r lan, a wyneb cynhyrfus Hywel, pan, gyda'r bwa oedd nawr yn ddiwerth yn y naill law a'i gleddyf noeth yn y llall, y dynesodd at ei gefnder, gan fwrw allan ffrwd o enllib yn ei erbyn.

"Ai ni fuasai yn eich gweddu chwi yn well, Syr Owain," meddai, "i ddefnyddio y cleddyf grogwch wrth eich ystlys fel dewrach gwŷr, nag i ryfela fel hyn yn erbyn bwystfilod diniwed eich cymdogion?"

"Nage, fy nghefnder," atebai Owain, "nid yw yn gweddu i un ohonom i ryfela â'r llall â geiriau na chleddyfau, ond i fod mewn heddwch â'n gilydd."

"Na chefndera fi," atebai Hywel, "ond os wyt ddyn, tyn dy gledd ac amddiffyn dy hun."

"Nage, nage," meddai Owain, "ni allaf dynnu cledd yn erbyn gŵr Myfanwy, ac nid yw yn gweddu i tithau ddadweinio dy gledd yn erbyn mab i frawd dy dad."

"Myn y nefoedd uwch fy mhen!" llwfai y gŵr digofus ac eiddigeddus, "Ni chei byth mwy barablu enw Myfanwy yn fy nghlyw!" A chan godi ei gledd, cynigodd ergyd at Owain ddiamddiffyn fuasai wedi profi yn fwy effeithiol nag a wnaeth y saeth, oni bai i Owain ei osgoi trwy neidio yn ystwyth i'r naill ochr.

Yr oedd yr helgi oedd wedi bod yn udan uwchben ei gydymaith marw yn ymddangos fel petai'n deffro gyda geiriau cynhyrfus Hywel, ac, fel y neidiodd ei feistr i'r naill ochr i ddianc rhag ergyd Hywel, neidiodd y ci o flaen ei feistr dan chwyrnu, gan ddinoethi ei ddannedd ar ei elyn.

"Dos o'm ffordd, y corgi!" llefai Hywel, gan daro y ci â'r bwa a'i gicio â'i droed.

"Nage, myn fy enaid, farchog annheilwng!" llefai Owain; "Ni chei chwarae cyffelyb gast i'm ci ffyddlon hwn ag a wnest i'w gydymaith; gan hynny, atolwg, gad iddo, ac na themtia fi ragor."

"Ha! Ac a gefais i fan gwan i ti glwyfo o'r diwedd?" ebe Hywel, gan gynnig ergyd â'i gleddyf at y ci fuasai wedi profi yn angheuol i'r anifail oni bai i Owain, gyda chyflymder y meddwl, daro i'r neilltu yr ergyd dialgar â'i gleddyf ei hun, yr hwn oedd ef yn y cyfamser wedi ei ddadweinio.

Yr oedd yn amlwg bellach y byddai yr ymladdfa yr oedd Hywel wedi gwneud ei orau i'w gynhyrfu, ond roedd Owain cyhyd wedi ymdrechu i'w osgoi, yn digwydd. Yr oedd y ddau ymladdwr yw gleddyfwyr medrus, gydag ond ychydig wahaniaeth yn eu celf. Yr oedd gan Hywel, fodd bynnag, y fantais o rym o'i blaid, gan ei fod yn un o ddynion mwyaf cawraidd yr oes. Yr oedd y fantais yma fodd bynnag yn cael ei lwyr gydbwyso gan hunanfeddiant perffaith Owain, yr hwn a'i alluogai i ddwyn i weithrediad pob cywreinddull ar drin ei gledd o'r hwn yr oedd y fath feistr perffaith

Yr oedd Hywel, ragor nag unwaith, yn ei or-awydd i roddi clwyf angheuol i Owain, wedi gadael ei berson ei hun yn an-wyliedig, a daeth yn fuan yn amlwg mai dymuniad anrhydeddus Owain i arbed ei gefnder ffyrnig yn unig oedd yn ei rwystro rhag dwyn y frwydr i derfyniad trwy roddi ergyd marwol. Yr oedd ei holl ymdrechion yn cael eu neilltuo i'r gorchwyl o amddiffyn ei hun, ac i ddiarfogi ei wrthwynebydd, tra yn gwylio rhag gwneuthur ymosodiad ei hun ar berson Hywel. Yr oedd hyn o angenrheidrwydd yn gwneud yr ymrysonfa yn un anghyfartal iawn a rhagor nag unwaith cnawdwyd cledd Hywel yn ysgafn ym mherson Owain. Fflachiai y cleddyfau yng ngoleuni disglair yr haul fel y trawent yn erbyn ei gilydd ac yr ymdroent fel seirff am ei gilydd; deuai anadl yr ymladdwyr yn drwm a chyflym, a thonnai eu mynwesau gan eu hymdrechion enfawr; ac er bod Hywel yn parhau i gynnal y frwydr ymlaen gydag ymdrech diflino a bwriadau marwol, eto yr oedd yn amlwg na allai un o'r ddau barhau i ddal y dirwasgiad yn hir. Darfu i'r ymladdfa, fodd bynnag, oedd wedi parhau cyhyd heb yr un gweledydd ond helgi Owain, yr hwn oedd wedi gwylio pob tro yn nhrai a llanw y frwydr fel pe yn deall yn llawn ei ystyr angheuol, ond oedd ei hun yn meddu ar ysbryd rhy anrhydeddus i ymyrrid hyd nes galwai ei feistr arno i wneud hynny, ddyfod i derfyniad sydyn a hollol annisgwyliadwy. Yr oedd yr ymladdfa wedi ei chario ymlaen ar y fan lle yr oedd ymdrechion olaf y carw wedi cymryd lle, a'r man lle yr oedd ei waed ef, yn gymysgedig â gwaed y ci ffyddlon, wedi ei dywallt. Yr oedd y ddaear waedlyd yn awr wedi ei sarnu gymaint gan yr ymladdwyr nes ei bod yn beryglus o lithrig, ac yr oedd perygl bob munud y byddai i'r naill neu y llall golli ei droed. Yn sydyn teimlodd Owain ei hun yn syrthio, ac yn ei ymdrech i achub ei hun rhag syrthio wysg ei gefn, collodd am foment y wyliadwriaeth honno dros ei berson oedd wedi ei ddiogelu cyhyd rhag cleddyf sychedig ei gefnder. Gyda bloedd o lawenydd, cymerodd Hywel fantais o anffawd ei gefnder ac anelodd ergyd farwol yn gywir at galon Owain. Darfu, fodd bynnag, i'r anffawd oedd wedi gwneud hyn yn bosibl, hefyd yn awr wneud yr ergyd farwol a fwriadwyd bron yn hollol ddiniwed, ac ar yr un pryd setlodd dynged Hywel. Yr oedd Owain trwy ymdrech enfawr wedi cadw ei hun rhag syrthio wysg ei gefn, ond ar y foment yr anelodd ei elyn at ei galon darfu i Owain, oedd eto heb adennill gafael ei droed ar y ddaear lithrig, syrthio ar ei wyneb. Y canlyniad oedd i gleddyf Hywel, yn lle ymgladdu yng nghalon Owain, yn unig lithro dan ei gesail, gan roddi clwyf poenus, ond heb fod yn beryglus, tra darfu i flaen cleddyf Owain – yn hollol anfwriadol, ac yn wir yn hollol tu hwnt i'w allu i newid ei gyfeiriad – gyfarfod Hywel yn llawn yn ei fynwes; a chyda'r fath nerth y taflwyd Owain yn erbyn Hywel fel yr aeth carn y cledd gydag ergyd trwm yn erbyn ei fron fel y syrthiodd y ddau i'r llawr, a thorrodd blaen cledd Owain ymaith yng nghorff ei elyn fel y syrthiodd i'r ddaear.

Yn hurt gan y cwymp, cododd Owain ei hun yn araf, ac yr oedd bron â gwallgofi wrth y terfyniad trychinebus hwn i'r ymladdfa. Cododd ben ei gefnder, ond nid oedd dim arwyddion bywyd. Llanwodd ei het yn frysiog â dwfr gloyw y llyn, gan olchi wyneb a thalcen Hywel, ac ymdrechu gwasgu ychydig ddiferion rhwng y dannedd tynn-gaeedig, ond roedd y cwbl yn ofer.

Rhoddodd le i'w alar mewn wylofain, a theimlai y byddai yn well ganddo fod wedi marw ei hunan na phrofi fel hyn yn achos anfwriadol angau ei gefnder.

Nid oedd ganddo, fodd bynnag, ond amser byr i ystyried. Cofiodd, pe caed ef fel hyn wrth ochr corff ei gefnder trancedig, y rhedai y perygl ofnadwy o gael ei ystyried yn llofrudd, gan nad oedd neb i brofi sut y digwyddodd; ac, mewn unrhyw amgylchiad, byddai y wybodaeth fod Hywel Sele wedi cyfarfod â'i angau ar law Owain Fychan yn achosi y fath rwyg yn nheulu Fychan nad oedd wedi cymryd lle ers cenedlaethau, a buasai yntau yn cael ei ochel fel llawruddiog – llawgoch, llofrudd!

I ychwanegu at ei anawsterau, ar y funud hon clywodd lais plentynnaidd yn galw "Tada! Tada!" a daeth y ddrychiolaeth dlysaf o blentyndod angylaidd welodd erioed ymlaen yn ysgafn-droed heibio'r Dderwen Falledig tuag atynt. Geneth ydoedd, wedi gweld, o bosibl, ryw bump neu chwech haf, yr hon ddygai yn ei gwisg, ei symudiadau rhydd, dillyn, ei thalcen llydan a'r gwythiennau gleision i'w canfod mor amlwg drwy y croen trylain, holl nodau digamsyniol genedigaeth urddasol.

Yr oedd Myfanwy Sele fechan, tra yn chwarae yn y parc, wedi gweld ei thad yn brysio tua'r llyn, ac, yn ei chariad plentynnaidd tuag ato, wedi canlyn ei gamau, gan alw arno pa ffordd yr âi. Yr oedd ei ddigofaint nwydwyllt at y troseddwyr, fodd bynnag, wedi cau ei glustiau rhag pob sŵn, fel yr oedd wedi cau ei galon rhag pob teimlad caredig, felly, gyda chamau buan yr oedd wedi brysio ymlaen yn anwybyddus o'i phresenoldeb. Yr oedd y plentyn wedi ei ganlyn, ac yr oedd ei chamau plentynnaidd wedi ei dwyn i'r fan pan oedd y cwbl drosodd, a phan oedd Owain yn ymdrechu gwasgu y diferion dwfr rhwng y dannedd tynn-gaeedig. Deallodd y plentyn ar yr edrychiad cyntaf fod rhywbeth o'i le, ond yr oedd wynepryd agored ond galarus Owain, a'i ymdrechion amlwg i gynorthwyo ei thad, yn profi i'w meddwl plentynnaidd nad oedd ganddi ddim i'w ofni, felly, gan benlinio wrth ymyl corff ei thad, anwylai ei wallt tywyll cyrliog, a chan gusanu yn nwydus ei wefusau oerion gleision, llefai "Tada! Tada!"

Yr oedd galar Owain am yr amgylchiad anffodus yn cael ei ddyfnhau ddengwaith gan yr olygfa gyffrous ar y plentyn oedd ef wedi ei wneud yn amddifad yn annwylo corff marw ei thad, a tharddodd ei ddagrau o'r newydd.

"Pam *chi* llefain?" gofynnai yn ei dull plentynnaidd. "Chi wedi cael niwed?" ychwanegai, gan weld y gwaed yn diferi yn araf o glwyfai Owain.

"O! Nefoedd drugarog!" ochneidiai Owain. "Pa beth

a wnaf!"

"Peidiwch crio," meddai y plentyn, "helpaf chi. Cusanaf chi hefyd. Mae tada yn pallu cusanu fi; tada cysgu;" a chan godi ei gwefusau rhosynnaidd tuag ato, gwasgodd Owain gusanau nwydus ar ei gwefusau, a'i bochau, a'i thalcen; yna, dirgrynodd wrth feddwl ei fod ef, llofrudd· ei thad, fel hyn yn halogi purdeb yr amddifad diniwed.

Yr oedd yr amser, fodd bynnag, yn brysio heibio, ac yr oedd pob moment yn ychwanegu at ei berygl. Tra y llefarai y plentyn, trawodd meddylddrych sydyn ef, a chan edrych oddi amgylch, cyfarfu ei lygad â'r Dderwen Falledig. Gan neidio ar ei draed, archwiliodd y goeden yn frysiog, a gwelodd fod y ceudod oddi fewn yn ddigon i ateb ei ddiben. Yn gyntaf oll ymaflodd yn y carw, achos cyntaf y drychineb ofnadwy, ac a'i cariodd at y goeden gan ei daflu i lawr yng nghongl pellaf yr ogof dderi. Yna gwnaeth yr un peth â chorff marw y ci. Gan droi drachefn at y plentyn oedd wedi gwylio pob symudiad o'i eiddo gyda golwg ddifrifol, dywedodd:

"Mae tada yn cysgu. Ni a'i gosodwn ef yn y goeden, ac a awn adref at mama."

Cydsyniodd y plentyn. Cododd Owain ei elyn syrthiedig yn dyner, ac, yn cael ei ganlyn gan y plentyn, cariodd ef at y goeden, gosododd y corff i eistedd tu mewn, un fraich yn gorffwys ar gorff y ci, a'i gefn a'i ben yn pwyso yn erbyn cyff y goeden, gan gael iddo felly ar unwaith arch a bedd. Yna, gan osod y llwyni yn y fath fodd ag i guddio yn hollol y mynediad, cymryd y plentyn yn ei freichiau, ac yn cael ei ganlyn gan ei gi, gadawodd y lle, gan gyfeirio ei gamau tua'r coed, cysgod cyfeillgar y rhai y llwyddodd i'w gyrraedd heb fod un llygad dynol wedi canfod y trychineb a'i ganlyniadau.

*   *   *

Ymhen tair blynedd ar ôl y digwyddiadau y disgrifiasom, disgynnodd marchog llawn arfog oddi ar gefn ei farch ar lan Llyn Cynwch, a chan edrych o'i ddeutu i gael gweld ei fod yn unig, cododd ei fiswrn [*Visor*] gan ddangos wyneb gwelw Syr Owen de Glendore, fel ei hadwaenid yn llys Lloegr. Gyda chamau brysiog ond crynedig, cyflymodd tua'r Dderwen Falledig, a chan wthio y llwyni o'r neilltu, edrychodd i mewn. Yno yr oedd esgyrn maluriedig y bwch, yno yr oedd ysgerbwd y ci, ac yno, yn uniongyrchol o'i flaen, yr oedd wynepryd ysgyrnygol asgwrnglwm [*Sgerbwd*] dynol, esgyrn gwynion yr hwn ddisgleirient yn y pelydryn o oleuni a dreiddiai rhwng y llwyni gwahanedig. Crynhodd dafnau o chwys oeraidd ar dalcen y marchog, a chyda symudiad brysiog ailosododd y llwyni yn eu lle, a chan lamu ar gefn ei farch, carlamodd ymaith, ac yn fuan diflannodd o'r golwg yng nghysgodion tywyll y coed gerllaw.

SYLW: Y mae amryw ffurfiau i'r traddodiad hwn. Un o'r rhai mwyaf barddonol yn ddiamau yw yr un gynhwysir yn y baled y cyfeiriwn ati. Y mae awdur y gwaith presennol, fodd bynnag, wedi gwyro cryn lawer oddi wrth y baled, ac, fel y gwelir mewn penodau canlynol, wedi cyfnewid yr hanes i raddau helaeth. Y mae yn rhannol wedi uno hanes adroddiad barddonol Mr. Warrington gydag un mwy difywyd Mr. Pennant, tra nad yw wedi canlyn y naill na'r llall yn rhy gyfyng. Mae'r faled, fodd bynnag, mor ddarluniadol a galluog, fel y maddeuir yn rhwydd imi am wneuthur dyfyniadau pellach ohoni. Darfu i Glyndŵr, ar ei wely angau, orchymyn un o'i gyfeillion mwyaf mynwesol i gario i weddw Syr Hywel Sele hanes o'r digwyddiad. Cafodd Madog, ar ôl marchogaeth yn gyflym ar farwolaeth Owain i gyflawni y genadwri, ymddiddan ag Arglwyddes Sele, a dywedodd:

Dygiedig gan helwriol aidd
  Ymhell o'i gartref, pell o'i dŵr,
Pell o wyll coed Garthmaelau hen,
  Y tir agored gadd Glyndŵr.

Ag uchel ben, llydanfrig gyrn,
  Coch-garw godai, croesai'r paith;
Wrth weld hyn, yn wyllt gan ddig,
  O'r coed yn ffyrnig Hywel ddaeth.

Edliwiai'n chwerw, beiai'n llym,
  Ei chwyrnwyllt lid dywalltai ef,
Difenwai'r Pennaeth gwan ei arf
  A heriai'r cledd ag uchel lef.

Glyndŵr, am unwaith, weiniai gledd,
  Ac, eto'n groes, ni syflai gam,
Olew i dân oedd geiriau teg
  Wnâi'r dig yn angerddusach fflam.

Brwydrasant. Er yn hir amheus,
  Glyndŵr a rodd angheuol friw
Rhaid eto 'mlaen i'm chwedl fynd,
  A'r weithred olaf – erchyll yw.

*   *   *

Fe welodd lydan Dderwen Fall
  Ddeifiedig gan y fellten boeth,
Ei chyff oedd gau o'r brig i'r gwraidd,
  A'i breichiau crychlyd oll yn noeth.

"Boed hon," eb ef "yn feddrod it!"
  (Y meddwl hwn oedd farwol fai);
Fe gododd fry y pennaeth tlawd,
  Tu fewn gollyngai'r corff yn glau.

Achosodd hanes erchyll Madog gyffro enfawr, a brysiodd deiliaid Nannau yn uniongyrchol i brofi y chwedl. Ar ôl cyrraedd y goeden, a thorri agoriad drwy y rhisgl pydredig: —

> Gwrthlament 'nôl! y ddeheulaw'n
>   Gaeedig, ddaliai rhydlyd gledd,
> A fflachiai gynt mewn llawer cad;
>   Gwych wisgo wnaent y corff i'w fedd.
>
> I feddgor Cymer dygwyd ef,
>   A defod sanctaidd gweddïent hwy,
> Naw mynach ganent alarnad,
>   A'r ysbryd dig gadd lonydd mwy.

Pennod I
Yr Wyryf Deg o Rug

Pwy na chlywodd am Ddyffryn Llangollen byd-enwog? Yma gall y pysgotwr dreulio ei ddyddiau yn y mwynhad o'i hely dewisol; yma gall y celfluniwr gael natur bob amser yn barod i roddi iddo 'eisteddiadau' yn ei holl wahanol agweddau; yma gall y daearofydd [*geolegydd*] ddefnyddio ei forthwyl i bwrpas da, a chrynhoi cyflenwad digonol o enghreifftiau o weddillion cyfluniol y creigiau Cambriaidd, Silwraidd ac ulyf-ddygol; [*Carbonifferaidd*] ac yma gall yr hynafiaethydd gael digon o wrthrychau i lanw ei fyfyrdod yn y creiriau lluosog a geir o'r cyn-oesoedd, o genedlaethau ydynt wedi mynd heibio, o genhedloedd ydynt yn awr ymron wedi eu llwyr anghofio.

Saif tref Llangollen yng nghanol y dyffryn enwog, ac ymddengys bod yr awdurdodau wedi ymborthi ar ysbryd cynnydd ac wedi ymdrechu gwneud eu tref yn deilwng o'r dyffryn prydferth y saif ynddo. Yn y rheidiau diweddar o adeiladau cyhoeddus, dyferffosi, dwfrgyflenwad, moddion adloniant ac atgyweirio, a'r aneirif bethau eraill ânt i wneud i fyny cyfanswm daioni y bedwaredd ganrif ar bymtheg – cysur – deil Llangollen gymhariaeth ffafriol â'r rhan fwyaf o drefi gwledig Cymru. Disgrifiai un ysgrifennydd ers hanner can' mlynedd yn ôl y lle fel "un ystryd hir gwael balmantedig, ac un fyr ar groes, ynghyd â chyrt a heolydd lluosog." Oddi ar y pryd hwnnw mae taith cynnydd y lle wedi bod yn gyfartal gyflym ac amlwg.

Un o atyniadau presennol y lle yw Plas-newydd, lle y bu fyw Boneddigesau enwog Llangollen – yr Arglwyddes Elenor Butler, a Miss Ponsonby, y rhai a gyd-drigasant yn y gongl neilltuedig hon am hanner can' mlynedd. Lledodd clod y meudwyon benywaidd hyn ymhell, ac yn eu hamser nid oedd yr un ymwelydd â'r lle yn fodlon ymadael heb gael golwg ar "Y Boneddigesau." Un o'n neilltuolion oedd gwisgo yn debyg iawn i arfer gwrywod. Ysgrifenna un hanesydd amdanynt: – "Fel yr eisteddant, nid oes yr un nod i'w gwahaniaethu oddi wrth wrywod; eu gwisgoedd, eu dull o flodio eu gwallt, eu cadachau gwddf arsythus, y rhan uchaf o'u gorwisgoedd, y rhai a wisgant bob amser, hyd yn oed ar ginio, wedi eu gwneud yn gywir fel cot gwryw, a hetiau gwrywod, rhai llostlydain duon rheolaidd. I goroni y cwbl, yr oedd eu gwallt wedi ei gropio, yn arw, ffluwchog, a chyn wyned â'r eira." Mae y tŷ yn yr hwn y preswylient, a'r hwn am y rheswm hynny sydd yn enwog, yn haeddu sylw neilltuol. Mae yn nyth bychan perffaith o brydferthwch; coety bychan hynafol, cysgodedig gan goed, ac â'r wyneb allanol yn ogystal â'r mewnol wedi ei lwyr orchuddio â cherfwaith o dderi.

Ar yr ochr arall i'r dyffryn saif adfeilion Dinas Brân, fu unwaith mor enwog, a'r hwn ffurfiau un arall o atyniadau y lle. Safai y castell ar fryn, amryw gannoedd o droedfeddi uwchlaw y dyffryn, yng ngwely creigiog yr hwn y gellid gweld dyfroedd gwynedig y Dyfrdwy yn llamu yn llon a thrystfawr ar eu taith. Ni wyddys pwy oedd sylfaenydd cyntaf y castell, ond nid oes amheuaeth nad oedd y fan lle saif yr adfeilion yn awr yn safle amddiffynfa Brydeinig hynafol dyddiedig o leiaf mor belled yn ôl â chanrifoedd cyntaf yr oes Gristnogol. Yr oedd yr adeilad cyntefig hyn, fel y cynyddai celf, ac y gofynnai rheidiau oesoedd dilynol, wedi ei ychwanegu, ei gyfnewid, a'i helaethu nes yr oedd ar yr amser yr ysgrifennwn amdano yn adeilad mawr, yn wir, rhwng yr allandai cysylltiedig ag ef, yn agos i ganllath o hyd wrth hanner hynny o led. Ychydig flynyddoedd cyn yr amser hwn, yr oedd y castell hwn yn gartref i ddynes

brydweddol adnabyddus – Myfanwy Fychan, o Ddinas
Bran. Cedwir enw a rhinweddau y foneddes hon mewn
cân. Yr oedd bardd enwog o'r cyfnod hwnnw, Hywel ab
Einion Llygliw, ymhlith eraill, wedi ei daro gan ei
phrydferthwch, ond ofer fu ei gais amdani. Cafodd ei
deimladau ffrydle iddynt eu hunain trwy gymorth ei awen,
oedd ymron mor annwyl â'i fun. Mae yr aralleiriad
canlynol o ran o'r gân wreiddiol yn arddangos gallu
awenyddol y bardd:

> Myfanwy! ym mhrydain wyt seren ddisgleiriach!
>   Er croes wyt ti Hywel, ti wyryf anfwyn,
> Fe'm lleddfir pan gogiaf o'th wawl gyfranogaf,
>   Pan yn medd yr abaty distewi fy nghwyn!
> I emu awenfos ddyfodol rhyw fanon[*]
>   Rhyw frawd-fardd fy nagrau yn ei erlawnt a rydd;
> Tra Dyffryn Llangollen a harddir gan afon
>   A'm henw'n unedig "Myfanwy" a fydd!

Mewn cyfnod diweddarach canodd bardd Seisnig am
fanon arall o Langollen:

> Yn wir, yn fy nghalon, rwy'n caru Llangollen,
> A'r fwyn Jenny Jones, hefyd, wir garu'r wyf.

Fel hyn ym mhob oes mae Llangollen a'i chylchoedd
wedi bod yn enwog am wyryfon prydferth, ac yn yr
amser am yr hwn ysgrifennwn, yr oedd y gymdogaeth
yn fyw gan glodydd un fedrai hawlio cymaint clod am ei
glendid ag unrhyw fanon fu erioed yn Llangollen.

Yr oedd yn brynhawn teg yn y flwyddyn 1400. Yr
oedd yr eira eto yn coroni bannau y Berwyn, ac yn
disgleirio nes dallu llygaid yr edrychydd fel y syrthiai

---

[*] *Gemu:* addurno; *Bos:* darlun addurniadol ar darian (Saes. *Boss*).

pelydrau yr haul ar ei risiaint [*crisialau*]. Llifai y Dyfrdwy ymlaen yn ffrochwyllt, ei dyfroedd wedi eu tywyllu gan lifoedd y gwanwyn oeddent eto heb lwyr ostwng. I'r gogledd gellid canfod Mynyddoedd Clwyd yn cadw eu gwyliadwriaeth diflino dros y dyffryn prydferth isod. Rhwng trethffrydiau [*tributaries*] dwyreiniol y Clwyd a dyffryn y Dyfrdwy, yr oedd rhandir o wlad adwaenid wrth yr enw Y Croesau. Mae tarddiad yr enw, neu y rheswm paham ei chymhwyswyd at y rhanbarth yma, yn ansicr, ond y mae yr enw "Croes" yn ffurfio rhan o wahanol enwau yn y gymdogaeth. Terfyn deheuol y rhanbarth dan sylw yw cwm adwaenir wrth yr enw Pantygroes, enw a Ladineiddiwyd wedi hynny i *Valle Crucis*, oddi wrth yr hwn y cymerodd yr abaty, adeiladwyd wedi hynny yn y dyffryn, ei enw. Mae amcandybiau lluosog wedi eu dwyn ymlaen i esbonio rhoddiad yr enw, ac y mae un person cywrain yn tybied fod yr enw wedi ei roddi i'r abaty, ac o'r abaty i'r gymdogaeth, oddi wrth y ffaith fod gan fynachod Valle Crucis yn eu meddiant yr hwn a dybid oedd yn ddarn o'r wir groes, a'r hwn y credid ei fod wedi cyflawni cyfres hynod o wyrthiau; a meddiant yr hwn o ganlyniad oedd wedi gwneud yr abaty a phob peth perthynol iddo yn wrthrychau cenfigen y crefyddau cylchynol. Yn anffodus i'r rhesymiad yma, yr oedd y cwm wedi ei alw yn Pantygroes, a'r rhandir gerllaw wedi ei adwaen fel Y Croesau, ymhell cyn i'r abaty gael ei adeiladu, ac mewn canlyniad, ymhell cyn y gallai fod y gymdogaeth wedi ei dylanwadu gan y darn gwerthfawr o'r wir groes. Y syniad ymddengys yn fwyaf tebyg i'r gwir yw yr un sydd yn priodoli yr enw i osodiad hen golofn neu groes Gymreig yn y gymdogaeth, rhan o'r hon sydd eto yn aros, ac a elwir heddiw, fel y gwneid y pryd hwnnw, yn 'Golofn Eliseg,' at yr hon y cyfeiriwn eto.

Yr oedd y rhanbarth yma – Y Croesau – ar y pryd, i

raddau helaeth, yn rhostir gwyllt, yn werthfawr yn unig fel helwrfa dewisol. Yma a thraw, fodd bynnag, yr oedd hyd yn oed y pryd hwnnw ambell fferm, ar y rhai y gwneid ymgeisiadau anghelfydd i drin y tir yn ôl y dull cyntefig oedd mewn arferiad y pryd hwnnw. Y pwysicaf o'r ffermydd hyn oedd un a elwid Glanmorwynion, a'r hon orweddai yn nyffryn bychan tlws Morwynion. Y deiliad y pryd hwnnw oedd Llywelyn ap Huw, hen ganlynydd ffyddlon i deulu Fychan, a than arglwydd-addefiad personol i'r pennaeth – Owain Fychan o Glyndyfrdwy. Tu hwnt iddo codai copa noeth Moel y Gamelin. Yr oedd y llethr yn drwm-goediog, ac yn y man lle yr agorai y dyffryn, dair milltir oddi yno, gellid gweld hen amddiffynfa Caer Drewyn.

Yn lledorwedd mewn esmwythder moethus ar welltglas bryncyn bychan ychydig uwchlaw yr amaethdy, yr oedd geneth ieuanc o brydferthwch neilltuol. Yr oedd yn ymddangos rhwng pymtheg ac un mlwydd ar bymtheg oed. Ei gwisg ydoedd gŵn iselgorff, yr hwn yn eistedd yn dynn at y corff, a ddatguddiai bronddelw moethgar teilwng o'r dduwies Gwener ei hun, tra yr oedd y gwregys addurnedig oedd wedi ei dynnu yn dynn am ei chanol yn rhoddi mwy o amlygrwydd i linelliad telediw y rhan isaf o'r corff. Yn ei llaw daliai gap bychan felfed, yr hwn arferai goroni ei phen, tra yr oedd cyfoeth o wallt disglair du yn tonni i lawr hyd ei gwregys, gan ei fod newydd ei ryddhau o'r rhwyd eurbleth arferai ei ddal, ond gyda'r hwn yn awr y chwaraeai gyda'i llaw. Dros ei gŵn gwisgai siaced fyr, wedi ei addurno â ffwr bali; yr oedd wedi datod hon a'i thaflu yn agored, gan arddangos corff y gŵn oddi tanodd, ar yr hwn yr oedd, wedi ei wniadweithio mewn edef aur ac arian, arfbais rhyw deulu urddasol. Yr oedd hyn ynddo ei hun yn ddigon i brofi ei bod o waed pendefigaidd, ac mewn cytgordiad perffaith â hyn oedd y talcen llydan, y trwyn ysgafn eryrain, y croen trylain, trwy yr hwn yr oedd gwosolwaith [*ceinder*] meindlws y gwythiennau gleision yn dra amlwg, y bysedd main hirion, a'r ddullwedd annisgrifiadwy hynny o uchafiaeth a nawsiai y cwbl. Pan, ar ôl ymchwil fanylach, y cawn fod yr arfbais gweithiedig ar gorff y gŵn yn cynnwys llew cyrneidiol, ynghyd â thri elestr, nid oes gennym un anhawster i ddeall fod yr eneth yn hawlio ei bod o waed brenhinol Cymru, ac yn perthyn i deulu pendefigaidd Fychan.

Yr oedd y goedwig gydwasgol ddilladai lethr y bryn yn estyn hyd o fewn ugain llath i'r fan lle y lledorweddai y fanon bendefigaidd; tra rhyw ddau neu dri chant o lathenni yn is, ac ar yr aswy iddi, gellid gweld to gwellt a simne wialwaith Glanmorwynion; tra yr oedd y nant furmurog, yr hon, yn chwyddedig gan y llif-ddyfroedd diweddar yn awr a ddadwrdd-ymgeisiai yr anrhydedd o'i hystyried yn afon, yn llifo yn uniongyrchol oddi tani.

Yr oedd yr wyryf wrthi ei hun; yr oedd wedi ymneilltuo i'r eisteddle hyfryd hwn i fwynhau mewn unigedd yr olygfa ysblennydd. Ymddangosai cân lon yr adar yn y coed gerllaw a'r perthi o'i chwmpas, fel pe yn ei hysbrydoli hithau, canys gan hanner godi ar ei phenelin, torrodd allan yn sydyn mewn llais gwrthalaw godidog i ganu y gân Gymreig a ganlyn, ar alaw adnabyddus: —

> "Mae llawer merch yng Nghymru
>   Yn canu heddiw'n llon,
> A'i chalon sydd yn llamu
>   Gan gariad dan ei bron;
>
> Cydganaf innau'n llawen
>   Â'u llon galonnau hwy:
> Enillwyd calon Bronwen!
>   A wyddoch chwi gan bwy?

Yr adar ganant odlau,
  Gusanant yn y llwyn;
Cusanu brig y tonau
  Mae'r awel dyner fwyn;

A'r blodau – y wenynen
  Gusana'u gruddiau hwy;
Cusenir gruddiau Bronwen!
  A wyddoch chi gan bwy?"

Gyda'i bod yn gorffen canu, teimlai ei hun yn cael ymaflyd ynddi yn drwsgl, a'i dwy foch yn cael eu cusanu yn anfoesgar gan bâr o wefusau barfog. Gan ysgwyd ei hun yn rhydd, ac ysgrechian mewn dychryn sydyn, neidiodd ar ei thraed, a chafodd ei hun yn wynebu golwg feiddgar milwr, yr hwn gyda gwên wawdlyd ar ei wyneb, a'i freichiau yn awr ymhleth ar ei ddwyfron a ddynwaredai fyrdwn y gân yr oedd hi newydd orffen:

"Cusanwyd gruddiau Bronwen!
  A wyddost ti gan bwy?"

Darfu i'r ffraethebiad hyn, yr hwn wnaeth i'r gwaed i ymdorri drwy ei gwythiennau, gan orchuddio ei bochau, ei thalcen, ei gwddf, a'i chlustiau â gwrid cywilydd, gael ei dderbyn gyda chwerthiniad uchel gan ddau o is-filwyr, y rhai oeddent yn amlwg yn mwynhau anghysurwch yr eneth a ffraethineb a dewrder eu blaenor. Â'i chalon yn syrthio o'i mewn, canfyddai Bronwen druan ei bod yn hollol yn nwylo y dieithriaid geirwon hyn, y rhai yr adnabyddai hi wrth eu gwisgoedd oeddent Saeson, am greulondeb y rhai at enethod Cymreig yr oedd hi yn aml wedi clywed; eto er ei bod yn teimlo ei dinerthedd ei hunan, penderfynodd wneud y gorau o'r gwaethaf, ac felly llygadai ei gelynion â golwg drahaus-falch o ddiystyrwch oeraidd.

Pennod II
Yr Ymosodiad

Er mwyn egluro pa fodd y cymerodd y cyfarfyddiad hwn le, mae yn angenrheidiol edrych yn ôl am funud ar hanes blaenorol Y Croesau. Yr oedd y rhandir a elwid felly yn gorwedd rhwng meddiannau tirol diamheuol Syr Owain Fychan o Glyndyfrdwy, ac eiddo Syr Reginald de Grey, o Ruthin, ac yr oedd wedi bod yn hir yn destun cyndyn ddadlau rhwng y pennaeth Cymreig a'r arglwydd Normanaidd.[*]

Yr oedd Reginald de Grey arall, hendaid yr arglwydd presennol o'r un enw, ac ŵyr Walter de Grey, Canghellor y Brenin John, ac wedi hynny Archesgob Caerefrog, wedi derbyn gan Edward I rhodd dirol yn cynnwys "Castell Ruthine yng nghyd â'r holl diroedd yn yr oll o Gantred Deffrenclut (Dyffryn Clwyd), a Chantred Englefield."

Honnai Arglwydd de Grey, a gwadai Owain Glyndŵr, fod y tir a elwid Y Croesau yn gynwysedig yn y rhodd dirol yma: haeriai yr olaf, gyda digon o reswm, na allai'r tir fod yn Nyffryn Clwyd ac yn Nyffryn y Dyfrdwy, a chan ei fod tu hwnt i amheuaeth yn yr olaf ni allai fod yn y blaenaf. Nid ymfodlonai de Grey i'r ymresymiad yma, a chan na allai orfodi Syr Owain i ganiatáu ei hawl apeliodd at y gyfraith. Ar ôl gwrandawiad amyneddgar, ac ymchwiliad gofalus a manwl, penderfynodd y llys, rai blynyddoedd cyn hyn, yn ffafr Syr Owain, a gorfu i de Grey lyncu ei soriant a thaflu golygon hiraethus at y tir a chwenychasai, ond yn

---

[*] Mae'n bur debyg erbyn y cyfnod hwn y byddai trwch helaeth os nad pob un o'r arglwyddi Normanaidd wedi'u Seisnigo yn ieithyddol ac yn ddiwylliannol.

awr oedd wedi ei golli. Pan ddarfu i Bolingbroke, gyda'r hwn yr oedd de Grey yn ffafrddyn, esgyn i'r orsedd, penderfynodd gwrthwynebydd Owain wneud ail gynnig. Gan hynny, cynigiodd am brawf newydd; a chan fod de Grey yn adnabyddus fel person ffafredig gan y llys, a bod Syr Owain yn gyfaill ffyddlon i Richard II, oedd Henry wedi ei ddiorseddu, darfu i'r llys at yr hwn yr apeliodd de Grey yn awr – a hyn ar ôl yr ymchwiliad mwyaf arwynebol, ac heb gymaint â rhoddi mantais i Owain i ddadlau ei hawliau ei hun – ddyfarnu yn ffafr de Grey.

Ymhlith canlynwyr de Grey yr oedd anturiwr Ffrengig a gyfenwai ei hun Syr Philip Marglee, yr hwn drwy ei gyfrwystra a'i feiddgarwch oedd wedi ennill dylanwad mawr ar de Grey, ac yr oedd yn awr yn llanw y swyddi mwyaf anghyfartal dan de Grey, gan ei fod yn unig yn ei berson ei hun raglaw i'w arglwydd yn yr holl wasanaeth milwrol, a goruchwyliwr tirol yr etifeddiaeth. Rhaid cyfaddef fod Syr Philip yn meddu cymwysterau neilltuol i'r ddwy swydd. Yr oedd yn wrol, yn deall y broffesiwn filwrol yn dda, ac wedi gweld gwasanaeth milwrol hirfaith, a thra y cymeradwyai ei hun i'r milwyr cyffredin fel dyn llawen diofal, camgymerai y marchogion ei afrywiogrwydd yn lle byrbwyllter gonest. Drwy weniaith, ffalsedd, dichell, a brol, yr oedd wedi ennill y fath ddylanwad ar de Grey fel yr oedd yn alluog i'w ddenu i wneud unrhyw beth a fynnai, a hynny yn y fath fodd fel y credai ei arglwyddiaeth mai cario allan ei syniadau ei hun yr oedd pan mewn gwirionedd cymryd ei arwain, gerfydd ei drwyn megis, yr oedd gan ei was! Yn ei gymeriad fel goruchwyliwr tirol, buasai yn amhosibl i'r gormes-deyrn creulonaf ddymuno ei *well*, ac ni allai y gorthrymedig byth ofni ei *waeth*. Gwnaeth ei hun yn fuan yn berffaith hyddysg yn holl adnoddau etifeddiaeth de Grey, a thrwy wasgu a gormesu y tenantiaid ychwanegodd ychydig at dderbyniadau blynyddol ei feistr, tra ar yr un pryd y gorlenwodd ei bwrs gwag ei hun.

Dyma y person oedd wedi llwyddo trwy gamddarluniadau ac ymresymiadau cyfrwys i dueddi ei feistr ar y cyntaf i hawlio y tir, ac oedd wedi cymryd mantais o'r ffafr yn yr hwn y delid de Grey yn y llys, i ddylanwadu ar y barnwyr i ffafrio ei feistr ac atal danfon y rhybudd priodol i Syr Owain i'w alluogi i amddiffyn ei achos ei hun. Bu yn ddigon gofalus, fodd bynnag, i gadw oddi wrth ei feistr y dichell a'r twyll a ddefnyddiwyd yn yr ymdrafodaeth; canys er bod de Grey yn cyfranogi yn helaeth o'r diystyrwch ddangosai y Normaniaid at y Cymry anwaraidd, fel y cyfrifent hwynt, eto yr oedd ar Marglee ofn y buasai cariad de Grey at degwch a chyfiawnder yn ei gymell i wrthod derbyn cynnyrch y fath dwyll ac anonestrwydd. Gwasanaethai'r eglurhad yma i daflu goleuni ar lawer o bethau yn y penodau dilynol, fyddent heb hynny yn anhawdd eu deall. Yr oedd Marglee yn awr wedi ei ddanfon i roddi y rhybuddion angenrheidiol i'r tenantiaid ac i Syr Owain 'de Glendore,' ac er mwyn bod yn barod i gyfarfod ag unrhyw ddigwyddiad allai cymryd lle, aeth â chwmni o filwyr gydag ef, y rhai a adawodd i orffwys yn y coed, oddigerth dau o'r dihirod gwaethaf ohonynt, y rhai aent gydag ef tuag annedd-dy Llywelyn ap Huw. Fel yr oeddent yn dynesu at derfyn y goedwig, tynnwyd sylw Marglee gan ysgydwad gwisg menyw yn y llainder [*stribyn tir*] agored, a chan roddi arwydd i'w ganlynwyr fod yn ddistaw ysbiodd ymlaen rhwng y coed, a safodd am foment wedi ei bêr-lesmeirio gan y ddrychiolaeth brydferth o'i flaen. Pan oedd ar neidio ymlaen o'r coed, dechreuodd y feinwen ei chân; gan ei bod gymaint dan ddylanwad ei chân nes yr oedd, fel yr eos, yn anghofus o bob peth arall, nid oedd wedi sylwi ar ddynesiad lladradaidd y milwr-oruchwyliwr, yr hwn nad oedd alluog i wrthsefyll y brofedigaeth osodwyd o'i flaen gan ymddangosiad y foneddiges ieuanc brydferth.

Yn awr heb ddim cywilydd ar ei wyneb dan edrychiad diystyrllyd y fanon oedd wedi ei sarhau ganddo, gwatwarodd Marglee unwaith eto fyrdwn ei chân; –

> "Cusanwyd graddian Bronwen,
>   A wyddost ti gan bwy?"

Deallodd Bronwen oddi wrth lifrau y milwyr, ac arfbais eu blaenor, mai un o swyddogion de Grey oedd wedi ei sarhau fel hyn; ac yr oedd cymeriad Marglee mor nodedig drwy y wlad fel barnodd hi yn fuan pwy ydoedd ef. Darfu i hyn, fodd bynnag, er ei fod yn rhoddi iddi achos ychwanegol i ofni, ar yr un pryd roddi iddi ynni adnewyddol i ymwroli ac amddiffyn ei hun, ac felly gan ateb ei edrychiad.

"O, gwn yn rhy dda gan bwy. Gan un sydd yn ceisio cuddio ei enedigaeth isel-wael dan deitl marchog!"

"Myn fy ffydd," ebe Marglee, "ychydig feddyliais y gallai gwefusau mor felys barablu geiriau mor chwerwon â'r rhai hynna."

"Gan un," ychwanegai Bronwen, "sydd dan wisg dyn gwrol yn cuddio calon llwfrddyn!"

"Llwfrddyn neu beidio," atebai y marchog ffugiol, "yr wyf yn ddigon gwrol i gusanu eich bochau, y forwyn ffroenuchel!"

"Gan un," ychwanegai hithau, "sydd yn ddigon o lwfrddyn i gymryd yr hyn nad oes ganddo obaith y gall byth ei ennill."

"Os gwaith llwfrddyn yw cusanu eich gwefusau melys, myn y nef ei hun yr wyf yn gobeithio y parhaf byth y fath lwfrddyn," chwarddai Marglee.

"Gan un sydd yn ddigon beiddgar i fygwth morwyn ddiamddiffyn, ond yr hwn fuasai yn ddiddadl yn tymheru ei wroldeb trwy bwyll a gochelgarwch pe cyfarfuasai â dyn;" a chyda'r gair olaf trodd gyda threm drahaus i fynd ymaith.

Trawyd y milwr oedd yn sefyll yn ei llwybr, sef un o'r ddau ddaethent gyda Marglee, â chymaint syndod wrth weld ei dewrder a'r olwg drahaus ar ei hwyneb, fel y symudodd ar unwaith o'i ffordd, gan foesymgrymu iddi yn anfwriadol. Ond Marglee, nwydau yr hwn oeddent wedi eu cynhyrfu, ac a sychedai am ddial ar y feinwen ffroenuchel oedd wedi ei wrthsefyll mor ddiystyrllyd, a gyfarchodd y milwr â rhegfeydd am adael y ffordd yn glir i Bronwen. Neidiodd ymlaen ar ôl yr wyryf oedd yn encilio, a gafaelodd yn ei siaced o'r tu cefn gyda'r fath rym nes dryllio y dolenni oeddent yn dal y siaced a chorff y gŵn yn gaeedig ar y ddwy-fron, gan arddangos trwy hynny fronnau disgleirwyn yr eneth oedd yn gyflawn gyfiawnhau yr enw oedd arni—Bronwen.

Yr oedd tân y ddicllonedd yn ei llygaid, ynghyd â'r gwaed a ruddgochodd ei bochau yn ychwanegiad at ei phrydferthwch yng ngolwg y dihiryn creulon oedd wedi ymaflyd ynddi. Canfu yntau yn fuan mai nid Saesones lwfr a gwanllyd oedd ganddo i ymwneud â hi, ond Cymreiges ieuanc oedd wedi treulio y rhan fwyaf o'i hamser yn yr awyr agored, ymdeithiau mynych yr hon ar lethrau bryniau creigiog gwlad ei genedigaeth oeddent wedi cryfhau ei gewynnau fuasai bywyd mewnol y boneddigesau Normanaidd wedi eu llesgáu; a gorfodwyd ef yn fuan i alw am gymorth ei wŷr i ddal y forwyn oedd yn awr wedi ei chynhyrfu i'r eithafion mwyaf gan y perygl yr oedd ei bywyd a'i hanrhydedd ynddo.

"O! Nefoedd drugarog, amddiffyn fi!" llefai, ac yna rhwygodd yr awyr ag ysgrech ar ôl ysgrech fel yr oedd y dihirod yn ceisio ei llusgo ymaith tua'r coed.

"Mil o ddiafoliaid!" llefai Marglee, "Bydd i'r gythraules ysgrechlyd gynhyrfu yr holl gymdogaeth, a chawn holl Gymry coesau noethion y lle oddeutu ein clustiau!" a tharodd ei law ar enau Bronwen i atal ei dolefau.

Yr oedd ei hysgrechfeydd, fodd bynnag, wedi ateb eu diben, canys gyda bloedd uchel neidiodd Cymro coesnoeth, fel y dywedai y dihiryn, dros y clawdd, a chan ddim ond aros i gipio pastwn enfawr o'r gwrych, a chodi ei fysedd i'w enau i roddi chwibaniad treiddiol a atseiniodd drwy a thros y dyffryn, rhuthrodd ymlaen.

"Rŵan, Jake," ebe Marglee wrth un o'r ddau filwr, "gwastadha gyfrif y Cymro byrbwyll acw, a thyrd dithau Tom Hirgoes," ebe fe wrth y llall, coesau anferth yr hwn enillodd yr enw iddo, "cynorthwya fi i gario y feiden [*jaden*] tua'r coed!"

Yr oedd, fodd bynnag, wedi camfarnu y dyn oedd ganddo i ymwneud ag ef; canys darfu i'r Cymro — yr hwn oedd yn ŵr cryf, trigain oed, ymlynwr wrth deulu Fychan, ac wedi gweld llawer o wasanaeth milwrol yn ei ddyddiau boreol — ddefnyddio ei bastwn mor ddeheuig a tharo Jake nes y gorweddai yn ei waed ar y glaswellt, ac mewn eiliad canfu Marglee y Cymro buddugoliaethus yn ei wynebu yntau gyda'i arf hynafol ond effeithiol. Gallai weld hefyd yr un pryd hanner dwsin o weithwyr Cymreig yn rhedeg tuag atynt o faes gerllaw, wedi harfogi â rhawiau, ffyrch ac offer cyffelyb. Yr oedd yn amlwg y byddai rhaid iddo naill ai ollwng ei ysglyfaeth o'i afael, neu alw ei filwyr o'r coed i'w gynorthwyo. Mewn amrantiad cododd at ei enau utgorn arian oedd yn crogi wrth ei wregys, a seiniodd arwydd uchel nes oedd y bryniau yn atseinio. Atebwyd ef yn fuan gan lais treiddiol utgorn arall, ond mewn cyfeiriad gwahanol i'r lle y gadawodd ef ei filwyr. Gan regi anufudd-dod tybiedig ei wŷr yn gadael y lle y gadawodd ef hwynt, tynnodd ei gleddyf allan. Parhaodd i ddal Bronwen yn dynn â'r naill law am ei gwasg; yr oedd hithau erbyn hyn wedi gwanhau cymaint wrth ymdrechu cyhyd yn erbyn y filain fel na allai ymdrechu mwy; ceisiodd Marglee bellach wneud ei ffordd tua'r coed. Yr oedd hyn, fodd bynnag, yn amcan na arfaethwyd iddo gyflawni, canys yn fuan gwelodd ei unig gynorthwywr, Tom Hirgoes, yn cael ei ddiarfogi trwy i'r Cymro dewrgalon wneud ei gleddyf yn ganddryll ag un ergyd â'i bastwn onnen.

Y funud hon, hefyd, rhuthrodd gweision a meibion dewrion Llywelyn ap Huw i faes yr ymdrechfa. Ymddangosai yn sicr ar hyn o bryd y buasai Marglee yn derbyn tâl teilwng am ei amrywiol ddrwg-weithredoedd, ac y buasai i gorff y marchog syrthio yn aberth dirmygus dan ddyrnodion y Cymry ystyriai efe mor anwaraidd. Yn bur anfynych, fodd bynnag, mae y diafol yn cefnu ar ei eiddo ei hun, o leiaf nes byddo tymor eu gwasanaeth ar ben. Felly bu yn yr amgylchiad hwn.

Rhuthrodd ymlaen o'r goedwig gerllaw ddwsin o ddynion de Grey a chanlynwyr Marglee. Ymddangosai fod ffawd rhyfel wedi cyfnewid unwaith eto. Gallai Bronwen druan ddarllen yn rhy amlwg ei thynged ddyfodol, echryslonrwydd yr hon oedd yn cael ei hadlewyrchu yn y wên fuddugoliaethus oleuodd wynepryd ei chwaethwr pan welodd fod cymorth amserol wedi dyfod iddo. Pa obaith allai yr ychydig Gymry diarfog, er mor wrol oeddynt, gael am lwyddiant wrth ymladd yn erbyn milwyr Seisnig profiadol yn meddu yr arfau gorau?

Teimlai Marglee ei hun wedi ei foddhau gymaint gan y cyfnewidiad hwn yn agwedd pethau, ac mor llawen yn y sicrwydd fod Bronwen yn gwbl yn ei feddiant, fel y penderfynodd arddangos mawrfrydigrwydd buddugoliaethus, a gadael i'r hen Gymro fynd yn rhydd heb dderbyn y gosb oedd ei feiddgarwch wedi gwahodd. Gan ddal ei afael yn dynn am ganol Bronwen, dywedodd:

"Yn awr, hen ddyn, dos di adref, tydi a'th weision coesau noethion, i edrych ar ôl eich busnes eich hun; paid ymyrraeth rhagor â'th well, eithr yn hytrach canmola dy ffawd dy fod yn cael dy adael yn rhydd rhag y gosb ddyledus am y driniaeth arw a roddaist i'm dynion."

"Na wnaf byth! Myn Sant Dewi!" ebe y Cymro anorchfygol mewn Saesneg amherffaith. "Ni edrychaf byth ar un o deulu Fychan yn nwylo y Sais tra byddo gennyf bastwn yn fy llaw! Dewch, fechgyn," ychwanegai yn Gymraeg wrth ei ganlynwyr, "ni cha' neb byth ddweud i Llywelyn ap Huw oddef i Gymraes gael amharch tra y gall ef sefyll; haeddem fod tan gywilydd tragwyddol pe goddefid i gymaint â gwelltyn o ben prydferth Bronwen Fychan, o Rug, gael cam tra y bydd Cymro â diferyn o waed Cymreig yn ei wythiennau yn sefyll yn ei hymyl."

"Os gwelwch yn dda, Syr Philip," ebe un o'r dynion, "os Bronwen Fychan o Rug yw y forwyn hon, byddai yn well inni osod ein dwylo yn y tân na'i niweidio. Ac edrychwch," ychwanegai, gan gyfeirio ei fys at yr arfbeisiau ar ei gwisg, "dyna arfbais teulu Fychan yn ddigon amlwg."

"Dal dy dafod, pa un bynnag a weli di'n dda ai peidio!" llefai y marchog cynhyrfus. "A wyt ti yn tybied y gollyngaf fy ysglyfaeth i ddianc yn awr ar ôl imi ei chael i'm llaw? Na wnaf, myn fy ngobaith am Baradwys, pe byddai yn ferch i'r Brenin ei hun!"

"Er mwyn eich gobaith am Baradwys, Syr Farchog," llefai yr eneth, "na wnewch imi niwed. A wyt yn tybied na fydd i'r nefoedd ddial arnat am dy bechod yn niweidio morwyn ddiamddiffyn?"

"Gwnaed y nefoedd beth a fynno," llefai y Marchog yn nwydus, "ond pe gwyddwn mai uffern ei hun fyddai fy rhan yfory, mynnaf o'r hyn leiaf flas ar Baradwys gyda thi heno!" ac unwaith eto ymdrechodd wasgu ei gusanau halogedig ar ei gwefusau gwahanedig.

Bu agos i'r hyfdra yma gostio yn ddrud iddo, canys cynhyrfwyd un o'r gweision i'r fath raddau wrth weld Bronwen Fychan o Rug yn cael y fath sarhad, fel yr anelodd ergyd ffyrnig at y marchog, ergyd fuasai o bosib yn angheuol oni bai i un o'r milwyr ei weld mewn pryd i'w droi o'r neilltu, a rhoddi ergyd ffyrnig â charn ei gledd ar ben y llanc anffodus nes ei daro yn ddideimlad i'r ddaear. Hyd yn oed fel yr oedd, yr oedd un o bigau llym y fforch wedi treiddio trwy ddillad y marchog nes tynnu gwaed.

Gwnaeth y digwyddiad hwn hi yn amhosib i ddwyn y pleidiau i gymod â'i gilydd; terfynwyd y cadoediad byr oedd wedi cymryd lle trwy gydsyniad y ddwy blaid, a chyda bloeddiadau uchel oddi wrth y Cymry dewr, a rhegfeydd dychrynllyd o eiddo eu gwrthwynebwyr barfog; ail-ddechreuwyd y frwydr gydag ynni adnewyddol a ffyrnigrwydd ychwanegol. Rhoddwyd yn rhwydd ergydion trymion, a thalwyd pob ergyd yn ôl yn onest gan y ddwy blaid. Archollwyd pennau, clwyfwyd aelodau, a thywalltwyd gwaed, ac am ennyd ymddangosai fel pe byddai cyfiawnder achos y Cymry, a'r dewrder ffyrnig â'r hwn yr ymladdent dros Bronwen, droi y fantol o'u plaid. Ond yn fuan daeth yn amlwg nad oedd ganddynt hwy a'u harfau amhwrpasol un siawns o flaen hunanfeddiant a chelfyddyd arf-driniaeth eu gelynion, er bod yr olaf ar y cyntaf wedi gorfod cilio yn ôl o flaen ymosodiad ffyrnig y Cymry.

Gorfodwyd y dewr Llywelyn ap Huw a'i ganlynwyr i gilio yn raddol ond sicr yn ôl gam ar ôl cam, gan selio, trwy hynny, dynged Bronwen druan!

Ond, ar y foment honno, ymddangosodd chwaraewyr newydd ar y chwaraefwrdd, ym mherson dau farchogwr oeddent wedi llamu dros y berth ymhen pellaf y cae, a'r rhai a floeddient yn uchel yn Saesneg fel yr oeddent yn carlamu tuag atynt ar yr ymladdwyr i ymatal.

Darfu i'r ddwy blaid, fel pe buasent yn cydnabod awdurdod yn lleisiau y marchogion dynesol, ufuddhau, gan orffwys ar eu harfau.

Mygodd Marglee lw rheglyd rhwng ei ddannedd am yr ymyriad yma. Pwy bynnag allai y dieithriaid hyn fod, gallai ef wneud yn well hebddynt. Os profent mai Cymry oeddent, byddent yn atgyfnerthiad gwerthfawr i'w elynion fuasent yn debyg o droi y frwydr yn ei erbyn. Hyd yn oed os profent mai marchogion Normanaidd oeddent, yr oedd llw urddol y cyfryw yn eu gorfodi i amddiffyn y rhyw deg; byddent felly yn sicr o ddwyn ei ysglyfaeth oddi arno, hyd yn oed er y gallent ei gynorthwyo i gosbi y Cymry gwledig oeddent wedi cynnig gwrthwynebiad mor annisgwyl iddo.

Yr oedd y milwyr Seisnig a'r gwladwyr Cymreig yn disgwyl gyda diddordeb neilltuol ddynesiad y dieithriaid, gan y credai pob un o'r ddwy blaid y byddai atgyfnerthiad mor bwysig i'r naill ochr neu y llall benderfynai y frwydr. Ond ni ddisgwylid dynesiad y dieithriaid gyda diddordeb mwy pryderus na chan yr wyryf brydferth ddelid yn garchares gan Marglee. Os profent yn Saeson, byddai yn well ganddi groesawi angau ei hun na'r dynged a'i harhosai. Ond – ond – os profent yn Gymry byddai hynny yn diogelu gwaredigaeth uniongyrchol rhag tynged gwaeth o lawer na marwolaeth ei hun. Dynesai y marchogwyr yn gyflym. Pwy oeddent, a pha beth oedd eu neges?

Pennod III
Y Waredigaeth

Nid aeth munud heibio er pan glywyd hwy gyntaf, cyn eu bod yn eu gweld yn dynesu mor gyflym tuag atynt, a thybiasant y byddent gyda hwy cyn pen munud arall, gan eu bod yn marchogaeth yn hynod o gyflym. Dichon y tybia y darllenydd fod digon o wahaniaeth rhwng y bonheddwyr Cymreig a'r marchogion Seisnig, neu Normanaidd, yn y bedwaredd ganrif ar ddeg, fel na ddylasai amheuaeth fod ar feddwl neb yn eu cylch hyd yn oed yn y pellter. Ond nid yw y syniad hwn yn hollol gywir; canys yr oedd yn anhawdd gwahaniaethu rhwng y Cymry, y Saeson, a'r Normaniaid, heb syllu arnynt yn fanwl, yn eu hymyl. Arferai marchogion y cyfnod hwnnw osod eu gwisgoedd milwrol o'r neilltu yn eu hymdeithiau cartrefol, os na fyddent yn mynd ymhell oddi cartref, neu mewn perygl o ymosodiad; felly nid oedd yn hawdd eu gwahaniaethu oddi wrth ddinasyddion cyffredin. Yr oedd marchogwriaeth yn dechrau mynd allan o arferiad ar yr amser hwnnw, a chanwyd ei gnul gan y magnelau amherffaith a ddefnyddiwyd ym mrwydr Crécy mwy na hanner canrif yn flaenorol. Daeth yn amlwg yr amser hwn nad oedd y rhyfel-wisg a allai wrthsefyll blaen dur saeth y bwa croes a saeth y bwa hir yn effeithiol mwyach i ddal yn erbyn y nerth newydd, yr hwn, yn ôl barn yr holl farchogion da, oedd yn dyfod oddi wrth y diafol ei hun. Yr oedd y marchogion, gan hynny, yn y cyfnod hwnnw yn hollol wrthwynebol i'r gallu hwnnw, ac yn gwawdio y defnydd a wneid o bylor gwn mewn rhyfel. Mae hyn yn esbonio arafwch cynnydd arfau tân mewn rhyfel oedd o'r amser y defnyddiwyd hwy gyntaf yn mrwydr Crécy, hyd y cyfnod am yr hwn yr ydym yn ysgrifennu. Fel y dwedwyd yn flaenorol, yr oedd marchwriaeth milwrol yn mynd o arferiad. Dengys pluen ym mha gyfeiriad y bydd y gwynt yn chwythu, ac nid oedd amheuaeth yn awr nad oedd yr hyn a fu mewn bodolaeth am ganrifoedd i roddi lle i allu cryfach a mwy effeithiol. Ond er hynny yr oedd urdd y marchogion yn parhau mewn bri ac anrhydedd mor uchel ag erioed. Ystyriai etifeddion y teuluoedd mwyaf urddasol yn y byd Cristionogol fod yn anrhydedd iddynt dreulio bore eu hoes i ddysgu marchogaeth a gwasanaethu y marchogion. Pa fodd bynnag, yr oedd llawer ohonynt wedi colli yr ynni a'r ysbryd anturiaethus a'u nodweddai mewn amser a basiodd. Teimlai llawer ohonynt fod yr arwisgoedd haearn yn rhy drymion, ac anhwylus, fel yr oedd yn dda ganddynt gael eu taflu ymaith, a'u newid am wisgoedd mwy cysurus. Fel peth cyffredin yr oedd y marchog yn barod i roddi ei wisg filwrol amdano, os deuai amgylchiad i alw am hynny, ond ar y llaw arall, yr oedd yn fwy parod i ddefnyddio pâr o ddillad melfed, esmwyth, ac addurnedig.

Yr oedd y genedl Sacsonaidd a'r Normaniaid wedi bod drwy y blynyddoedd blaenorol nid yn unig yn hollol wahanol yn eu gwisgoedd, eu defodau a'n harferion, ond hefyd yn elynion chwerw a phenderfynol; eithr erbyn y cyfnod dan sylw yr oeddynt wedi ymheddychu a thebygu llawer i'w gilydd. Y mae yn wir fod iaith y llys yn parhau yn Ffrangeg Normanaidd, ond iaith gyffredin y wlad oedd Saesneg, fel ei cheir yng ngweithiau barddonol Geoffrey Chaucer, tad y bardd Saesneg. Ymdoddodd y ddwy genedl y naill i'r llall, fel nad oedd llawer o wahaniaeth yn awr rhwng y marchogion Normanaidd a'r pendefigion Seisnig; ac ymhellach, nid oedd rhyw lawer iawn o wahaniaeth rhyngddynt a'r

bonheddwyr Cymreig chwaith. Dealler hefyd nad
hanner barbariaid oedd y Cymry yn y cyfnod hwnnw,
fel yr amcana rhai awduron Seisnig brofi. Mae yn wir
fod llawer ohonynt wedi eu hamddifadu o fanteision a
fwynheid gan eu gorthrymwyr oeddynt yn byw yr ochr
arall i Glawdd Offa. Ond yr oedd llawer o'r Cymru yn
mwynhau rhagorfreintiau y Saeson, gan anfon eu plant
i'r Urddysgolion Seisnig i dderbyn addysg o'r radd
flaenaf. Ymhlith y dysgedigion ar y pryd yr oedd llawer
o Gymry pur a digymysg, ac yr oeddynt hefyd yn troi
yng nghylchoedd uchaf y llys. Hefyd yr oedd
bonheddwyr Cymreig ymhlith y marchogion, y rhai
fuasent yn alluog i alw atynt gannoedd o ryfelwyr gwrol,
disgynyddion canlynwyr dewrion Llywelyn, y blaenor
pybyr; ac yr oedd y rhai hyn bob amser yn alluog i ddal
eu tir yn wyneb y Saeson a'r Normaniaid. Cydnabyddai
y Saeson ac ymffrostiai y Cymry am wrol-weithrediadau
Syr Hywel y Fwyall, ab Einion, ap Gruffydd, ap Hywel
– disgynnydd etifeddol Collwyn ab Iago, Arglwydd
Arfon, yr hwn a gynorthwyodd gymaint ar y Tywysog
Du yn ei fuddugoliaeth yn Poitiers; ac yr oedd y
Normaniaid a'r Saeson yn cydnabod hyn oll. Syr Hywel
y Fwyall, ym mhoethder y frwydr, a ymaflodd yn y
Brenin Ffrengig ag un law, gan ei godi yn syth i fyny o'i
gyfrwy, ac er dangos ei fawr nerth, torrodd ymaith ben
ceffyl y Brenin ag un dyrnod â'i law arall! Yr oedd llawer
o ddynion cyfrifol yr amser hwnnw yn esgobion,
cyfreithwyr a rhyfelwyr, yn cydnabod eu bod yn Gymry,
er nad oeddynt bob amser yn ymffrostio yn hynny, a
theimlent i'r byw ynghylch pob peth cysylltiedig â'u
gwlad; ac yr oeddynt yn barod bob amser i ddangos,
drwy air neu weithred, eu cysylltiad anwahanadwy â
Chymru. Yn ystod y can mlynedd oedd wedi mynd
heibio er marwolaeth Llywelyn a darostyngiad Cymru,
yr oedd y Cymry wedi cynyddu llawer yng nghylchoedd

uchaf cymdeithas. Nid y lleiaf yn eu plith oedd y marchog Normanaidd (yn ôl pob ymddangosiad) a elwid Syr Owen de Glendore, neu mewn gwirionedd y pennaeth Cymreig Owain Fychan, neu Owain Glyndŵr, fel yr hoffai llawer ei alw ar y pryd. Yn ystod teyrnasiad y Brenin blaenorol, yr oedd Glyndŵr wedi ennill yr anrhydedd uchaf fel bargyfreithiwr a dadleuydd yn y llysoedd Seisnig, a ffafr-ddyn personol y penadur; ac ar feysydd rhyfel profodd ei hun yn filwr gwrol, ac yn farchog ymarferol a medrus. Na fydded i neb feddwl ein bod yn mynd i faes dychymyg, allan o derfynau y gwirionedd wrth ddangos safle y bonheddwyr Cymreig yn y cyfnod dan sylw, canys mae yr oll a ysgrifennwyd yn ffeithiau hanesyddol, credadwy i bob efrydydd gonest sydd yn deall hanes y cyfnod dan sylw.

Mae yn amlwg oddi wrth y ffeithiau hyn fod yn amhosibl i Bronwen a'r ymdrechwyr ddeall yn sicr pa un ai Normaniaid, Saeson, ynte Cymry oeddynt y gwŷr meirch a farchogent tuag atynt; eithr yr oedd yn hollol amlwg wrth eu gwisg eu bod yn bendefigion. Ar eu pennau yr oedd penwisg felfed gydag eryr a phluen chwifiedig, ac ar wasgod pob un mewn gwniadwaith sidan amryliw ar felfed gwyrdd yr oedd arfbais rhyw deulu na ellid ei ddarllen yn y pellter, er ei fod yn amlwg i'r llygad. Wedi iddynt ddyfod yn ddigon agos, fel y gellid gweld eu hwynebau heirdd, deallwyd eu bod yn hynod o debyg i'w gilydd, a'u dillad yr un fath. Yr oedd eu gwallt yn ddu, yn hir, tonnog a chrychlyd, ac yn cyrraedd hyd at eu hysgwyddan, a'u llygaid treiddiol a gwreichionnog o'r un lliw, yn edrych allan dan aeliau cudynnog, gyda difrifoldeb mawr, a gwefus uchaf y ddau yn wasgedig, yr hyn a arwyddai wroldeb a phenderfyniad. Yr oeddynt yn wahanol o ran oedran, ac ymddangosai y talaf tua deg a deugain oed, tra yr oedd y llall tua dwy ar bymtheg oed, ac er ei fod yn eiddil ac ysgafn ar y pryd, yr oedd yn dangos arwyddion y byddai iddo yntau dyfu yn ddyn mawr. Daeth yn hollol amlwg yn fuan mai tad a mab oeddynt. Wedi iddynt gyrraedd y man lle yr oedd Bronwen a'r ymrysonwyr, gwelwyd fod y gwniadwaith achyddol ar eu dillad yr un peth ag oedd ar wisg Bronwen. Tra yr oedd y gwniadwaith dan sylw ar y fron dde, yr oedd y ddraig wen wedi ei gweithio yn dra hynod ar y chwith, yr hyn oedd yn profi ar unwaith eu bod yn perthyn i gangen o Deulu Brenhinol Cymru.

Cyn bod y manylion hyn yn hollol amlwg, pa fodd bynnag, yr oedd llygaid treiddiol Llywelyn ap Huw wedi canfod pwy oedd yn dyfod, ac ymhen eiliad dechreuodd chwifio ei bastwn o gwmpas ei ben, o'r hwn yr oedd gwaed yn treiglo ar hyd ei foch, a bloeddiodd mewn llawenydd mawr, "GLYNDŴR! GLYNDŴR!" Ac mewn amrantiad wedi hynny banllefodd ei ddilynwyr, "Glyndŵr! Glyndŵr!" Yr oedd llawen-floeddiadau gwresog y Cymru yn disgyn ar galonnau euog y treisiwr a'i ganlynwyr fel dwfr rhew.

"Beth yw ystyr y cythrwfl anweddus hwn, y cnaf?" gofynnai yr hynaf o'r ddau farchog, yr hwn oedd yn tynnu yn ffrwyn ei geffyl fel yr oedd yn ei ddwyn i sefyll rhwng yr ymladdwyr. Cyn y gellid ateb y cwestiwn, neidiodd yr ieuangaf oddi ar ei farch, a llamodd at Bronwen, yr hon oedd yn gaeth yng nghrafangau Marglee.

"Gollwng dy afael o'r foneddiges yma, yr adyn brwnt!" bloeddiai y gŵr ieuanc; ac fel yr oedd Marglee yn ysgyrnygu ei ddannedd, ac yn gwasgu Bronwen yn dynnach, ni chymerodd y gŵr ieuanc drafferth i dynnu allan ei gleddyf ei hun, ac yn hollol ddi-ofn o gleddyfau y lleill, trawodd Marglee â'i ddwrn caeedig dan ei glust dde, gyda'r fath nerth nes ei ddymchwel ar ei hyd ar y ddaear; ac fel yr oedd y dihiryn yn syrthio daliodd y gŵr ieuanc Bronwen rhag cwympo gydag ef!

Y tad, ar ôl gwenu o fodlonrwydd oherwydd gwroldeb ei fab, a drodd drachefn at y milwyr oeddynt yn awr yn crynu gan ofn, gan ofyn yn anfoddog yr un cwestiwn. Yr oedd y cyfnewidiad cymaint i Bronwen pan y trawodd Glyndŵr ieuanc yr adyn oedd yn ei chaethiwo, fel yr aeth i lewyg yn y fan, ac yr oedd yn hollol anymwybodol; a phan ymaflodd y llanc ieuanc ynddi rhag iddi syrthio, canfu yn ei freichiau gorff marw, yn ôl pob ymddangosiad. Yr oedd ei dwyfron o angenrheidrwydd yn noeth, ers yr amser y daeth ei dillad yn rhydd wrth i Marglee geisio ei dal, ac nid oedd dim yn gorchuddio ei brest, oedd cyn wyned â'r eira, ond ei gwallt hirllaes oedd wedi syrthio ymlaen dros ei hysgwyddau, yr hwn oedd yn loyw-ddu fel y frân, ac felly yn wrthgyferbyniol hynod i'r ddwyfron glaerwen oedd dano. Cariodd y gŵr ieuanc hi yn dyner yn ei freichiau at ffrwd o ddwfr rhedegog oedd gerllaw, a throdd yn ôl y gwallt modrwyog oedd yn gorchuddio ei gruddiau, a golchodd ei thalcen gyda'r dwfr oer ac adfywiol. Pan ddadebrodd Bronwen o'i llewyg, teimlai bâr o wefusau yn gwasga yn dyner a lladradaidd yn erbyn ei thalcen, a chyfarfu ei llygaid edrychiad blysiog a daniodd ar y foment edrychiad cynsyniadol; yna daeth y wynepryd fu yn welw lwyd fel wyneb y marw unwaith yn rhagor yn wridgoch, pan sylwodd ar y cyflwr yr oedd ynddo, a chododd ar ei thraed gan dacluso ei dillad a'i gwallt mor fuan ag y gallai.

Tra bu hyn yn cymryd lle, darfu i Glyndŵr, yr hwn ddaeth yn fuan i fod yn bennaeth ac yn rhyfelwr enwog, ail-ofyn ei gwestiynau gyda'r fath benderfyniad difrifol, a llais awdurdodol, fel y gwelodd y milwyr Seisnig mai oferedd iddynt ymchwarae a maswedda yn hwy. Gwnaeth un o'r milwyr, sef yr hwn a anogodd Marglee i beidio cario Bronwen ymaith, ei hun yn siaradwr dros y gweddill, yn ystod llonyddwch ei feistr ar ôl y dyrnod a dderbyniasai, a dywedodd:

"Gyda'ch cennad, Syr, nid wyf yn gwybod ond ychydig am y cweryl hwn, ond i mi glywed caniad corn fy meistr, a phrysurais yma gyda fy nghyfeillion, a chanfyddais yr hen ddyn hwn, gyda'i ddilynwyr, yn gwasgu yn galed ar ein cadben, ac wedi diarfogi un o'n dynion a niweidio y llall, gyda'i bastwn erchyll, yr hwn oedd yn ddefnyddio fel pe buasai y diafol ynddo, a theimlais innau ei rym ar fy mhen unwaith neu ddwy, tra yr oeddwn yn amddiffyn fy meistr."

"Dylasit ddiolch i dy blaned," ebe'r hen ŵr gyda gwên arwyddocaol, "nad yw braich Llywelyn ap Huw cyn gryfed ag y bu, neu buasai y pastwn wedi canu ar dy siôl wag nes ei hollti iti!"

"Gosteg, Llywelyn ap Huw," ebe Syr Owain Glyndŵr, "ac ynlle ymddadlau, dywedwch pa fodd y darfu i chwi droseddu y gyfraith drwy ymosod ar fonheddwr Seisnig, fel y mae ei ddilynwyr yn dweud y gwnaethoch?"

"Damniol y byddo y bonheddwr Seisnig, a'r gyfraith hefyd," ebe'r Cymro digofus. "Maluriwn ben y bonheddwr yn chwilfriw mân pe cawn gyfle, a hynny gyda'r pleser mwyaf."

"A feiddiwch chwi ddweud wrthyf fi eich bod yn barod i ail-ddechrau y cynnwrf hwn drachefn?" gofynnai y pennaeth.

"Gwnaf, fy mhennaeth," oedd atebiad yr hen ŵr, "gyda phob pleser yn y byd. Holltwn ben nid yn unig meistr y dyn hwn, ond pen meistr ei feistr hefyd, pe gwelwn ef hyd yn oed yn cyffwrdd â hem gŵn Bronwen Fychan, o Rug."

"*Bronwen* ddwedasoch?" gofynnai y pennaeth, a'i wynepryd yn gwelwi yn dra sydyn.

"Ie, fy mhennaeth," ebe yr hen ddyn, "Bronwen ei hun yn ei holl brydferthwch, a dacw hi yn gorwedd yn mreichiau Gruffydd, a harddach gwpl ni welwch o

Gaergybi i Gaerdydd, ac mae dweud cymaint â hyn yn dweud llawer iawn," ebe Llywelyn ap Huw.

"Fy Nuw da," ebe Syr Owain dan gronni ei wynt, "rhaid i mi roddi terfyn ar hyn, neu nid oes ond y nefoedd yn unig a all ddweud i beth yr arweinia. Pa le y gallasai fy llygaid fod fel nad adwaenais hi; ac yn awr y mae y bachgen wedi ei chyfarfod, ei hachub, a'i chario ymaith yn ei freichiau. Ni fynaswn i hyn gymryd lle er holl Sycharth. Yn awr, Gruffydd," ebe ef mewn llais uchel ac awdurdodol, "diweddwch y ffolineb yna, a deuwch yma; ac a wnei di Huwgi ap Llywelyn gymryd y forwyn yna at dy fam i Lanmorwynion tra byddaf fi yn gollwng ymaith y dihirod hyn?"

Synnodd Gruffydd at an-fwynder sydyn ei dad, a symudodd tuag ato mewn ufudd-dod i'r alwad, ac wedi taflu cip-drem ladronaidd ar ôl y gŵr ieuanc, caniataodd Bronwen i Huwgi ap Llywelyn i'w harwain i Lanmorwynion.

Yr oedd Marglee erbyn hyn wedi adfer digon i allu codi ar ei draed, ar ôl derbyn y ddyrnod erchyll a'i cwympodd i'r ddaear. Yn naturiol rhoddodd ei law ar ei glun, a chanfu fod ei gleddyf wedi syrthio o'i wain ar y glaswellt wrth ei draed. Yr oedd Syr Owain wedi sylwi arno, ac fel yr oedd y marchog hanner adferedig yn plygu i godi ei gleddyf, amneidiodd Syr Owain ar un o'i weision, yr hwn a neidiodd ymlaen yn heini, a chipiodd y cleddyf cyn i Marglee gael gafael ynddo, a rhoddodd ef i'r pennaeth, yr hwn oedd yn eistedd yn sad ar ei geffyl. Gyda llw mawr o'i enau, trodd Marglee i ymosod ar y gwas; ond pan welodd Syr Owain yn ymaflyd yn oeraidd yn y cleddyf, ac yn ei dorri yn ddau, gan daflu y darnau o'r tu ôl iddo gyda diystyrwch mawr, efe a lygadrythodd mewn syfrdandod fferedig.

"Beth ydych chwi yn feddwl, Syr, wrth hyn?" gofynnai Marglee mewn digofaint mawr; "ac onid ydych chwi yn gwybod eich bod yn sarhau marchog gwregysol fel chwi eich hun?"

"Nid ydwyf yn sarhau neb sydd heb sarhau ei hun," atebodd y pennaeth; "a phan mae un sydd yn hawlio ei fod yn farchog gwregysog yn anghofio ei lwon i'r fath raddau ag i ymosod ar forwyn ddiniwed, y mae ganddo reswm da dros deimlo yn ddiolchgar ei fod yn cael cadw ei ysbardunau, a llawer llai ei gleddyf."

"A feiddiwch chwi fy mygwth i?" gofynnai Marglee i Syr Owain.

"Os bydd i'r llew, brenin y goedwig, iselhau ei hun i'r fath raddau ag i fygwth y *jackal*, yr hwn a feiddia edrych ar ei genau, yna bygythiaf i tydi," oedd atebiad trahaus Syr Owain; ac ychwanegodd mewn llais awdurdodol, gan ddweud, "Myn fy enaid, os na fyddi yn wyliadwrus gyda dy eiriau, a defnyddio dy dafod yn weddaidd wrth fy ateb, bydd i mi orchymyn y gweision hyn dorri ymaith dy ysbardunau a ffrewyllu dy gefn â chortynnau."*

Dychrynwyd a digalonnwyd Marglee i raddau mawr gan edrychiad tanllyd ac agwedd fygythiol y pennaeth Cymreig, a chan na allai ddibynnu ar wroldeb ei ddilynwyr i wneud ymosodiad llwyddiannus ar y marchog, barnodd yn ddoeth fod yn ddistaw.

"Yn awr, dywed wrthyf," hawliai Glyndŵr, "beth oedd dy neges yn y lle hwn?"

"Am fy neges, Syr, yr wyf yn gyfrifol yn unig i fy arglwydd, yr urddasol de Grey, a dylech chwi wybod fy mod i wedi dyfod yma i roddi rhybudd cyfreithlon i'r delffyn coesnoeth hwn," gan gyfeirio ei fys at Llywelyn ap Huw, "oddi wrth ei feistr cyfreithlon i ymadael o'r tyddyn Glanmorwynion."

"Ei feistr cyfreithlon! Pwy a feddyli?" gofynnai y

---

* Roedd ysbardunau marchog yn arwydd o'i statws, a'u torri ymaith felly yn sarhad arno.

marchog Cymreig mewn modd ffyrnig.

"Pwy, hefyd," atebai Marglee, "ond Syr Reginald de Grey, Arglwydd Rhuthun, a pherchennog cyfreithlon y tir ar yr hwn yr ydwyf yn sefyll?"

"Myn y fam a'th ymddygodd," ebe y marchog yn ddigofus, "byddai yn well i ti ddal dy dafod, neu myn fy enaid tynnaf ef o'r gwraidd, a thaflaf ef i'r cŵn, y rhai, er hynny, a droant eu trwynau ymaith oddi wrth furgyn mor ddrewedig. Eglura dy ymddygiad."

"Beth sydd gennyf fi i'w egluro," atebai Marglee, "yn fwy na bod y llys ers wythnos yn ôl wedi cyhoeddi mai Syr Reginald de Grey yw perchennog cyfreithlon y Croesau, a'i fod wedi fy anfon i rybuddio y tenantiaid?"

"Y nefoedd annwyl," bloeddiai y marchog, tra y safai ei weision oll a'u safnau yn agored gan syndod oherwydd y datguddiad, "a ydyw yn ddichonadwy i'r fath anghyfiawnder gael ei wneud dan gochl cyfraith? Ond myn fy ffydd, nid etyb hyn iddynt. Dealla y dihiryn na fydd i mi roddi fy iawnderau i fyny tra y gall fy llaw ddal cleddyf, ac ni ollyngaf fy ngafael o'r tir hwn, os na fydd i arglwyddi Lloegr a Chymru benderfynu felly, neu y bydd i dy feistr di fy nhrechu mewn ymladdfa bersonol ar y tir hwn. Gildiaf i'r naill neu y llall, ond y mae gennyf fwy o ffydd yng nghyfiawnder arglwyddi Lloegr a Chymru, ac yn llwfrdra dy feistr di i ofni y canlyniad, y naill ffordd na'r llall. A deall di, a dywed wrth dy feistr, a chofia wneud hefyd, hyd nes y cymer yr hyn a ddywedais le, y bydd i mi chwipio yn ôl y Sais cyntaf a rydd ei droed ar y Croesau, fel y chwipir ci i'w gwt. Ac mewn trefn i ti ddeall yn well y rhybudd hwn, cofia nad ymddygwyd erioed tuag at unrhyw gi fel yr ymddygaf fi tuag atat ti, os meiddi byth roddi dy droed eto ar y tir hwn, neu dy law halogedig ar foneddiges Cymreig."

Fel yr oedd Syr Owain yn parablu yr ymadroddion blaenorol, ymddangosai ei gorff enfawr fel pe buasai yn ymchwyddo yn fwy fyth, tra y gwreichionai tân dialedd o'i lygaid, nes oedd yr eofn Marglee yn gwelwi ac yn crynu o'i flaen fel y corgi caredig y bygythiodd Glyndŵr ei wneud yn debyg iddo. Wedi adfer ei hun yn weddol, taflodd Marglee un edrychiad sarrug at Gruffydd Fychan, y mab ieuanc, a galwodd ar ei ddilynwyr, y rhai a arweiniodd i'r coed, cysgodion y rhai a'u cuddiodd o'r golwg yn fuan. Gyda bod yr olygfa flaenorol drosodd, dyma farchogwr yn gyrru tuag atynt ar garlam cyflym, a ffroenau ei geffyl yn wynion gan ewyn, ac aeth ar ei union at Syr Owain, ac wedi ei foesgyfarch rhoddodd iddo nodyn, tra ar yr un pryd y dywedodd, "Oddi wrth fy Arglwyddes Margaret." Gwas lifrau ydoedd y dyn, sef plasty teulu Fychan yn Glyndyfrdwy.

Tra yr oedd Syr Owain yn edrych yn frysiog dros y nodyn, pasiodd newid-wedd dros ei wynepryd, a chan droi at ei fab, dywedodd: "Galwyd fi adref. Esgynnwch ar eich ceffyl ar unwaith, a deuwch gyda mi."

"Nid oes dim newydd drwg, yr wyf yn gobeithio Syr," ebe y mab ieuanc yn dra phryderus.

"Dim," ebe y tad, "ond y mae ymwelwyr nodedig ac annisgwyliadwy wedi dyfod, a dylem, o barch iddynt, ddychwelyd yn ddiatreg."

"Oni allaf fi arwain Arglwyddes Bronwen adref," gofynnai y llanc ieuanc yn wylaidd, "rhag ofn yr ymosodir arni eto?"

"Bydd i Llywelyn ap Huw edrych ar ôl hynny," ebe Syr Owain. "Esgyn ar dy geffyl yn ddiymdroi."

"Nage, y blaenor, ni ellir gwneud hynny," ebe Llywelyn ap Huw, "mae y ceffyl mawreddog wedi bwrw un bedol, a byddai marchogaeth hanner milltir o bellter yn y cyflwr yna yn sicr o'i gloffi am ei oes."

Gan rwgnach y gair "Tynged," a chodi ei law, heb ddweud cymaint â gair arall, heblaw galw ar y gwas ddaeth i'w ymofyn, carlamodd Syr Owain tuag adref.

Pennod IV
Y Ffermdy Cymreig

Mor fuan ag yr aeth ei dad o'r golwg, trodd Gruffydd Fychan i edrych ei geffyl, ac er ei fodlonrwydd nid oedd yn gloff nac wedi colli ei bedol, fel y tybiasai Llywelyn ap Huw; a throdd yn ddigofus at yr hen ddyn, gan ofyn iddo paham y twyllodd ei dad? Yr oedd Llywelyn, pa fodd bynnag, yn barod i ateb, a dywedodd:

"Onid ydyw fel y crybwyllais? Yna cefais fy siomi; ond O! Y mae fy llygaid yn heneiddio, ac nid ydynt cystal ag y buont. Bydd i amser caled a dyrnodion trymion ddylanwadu ar y gorau ohonom. Ond fy machgen, tyrd, gad i ni fynd i'r tŷ a golchi y gwaed oddi ar ein hwynebau. Bydd yn dda gan y wraig ein gweld; a dichon y bydd ar Arglwyddes Bronwen eisiau rhagor o gymorth."

Penderfynodd hyn y pwnc, a chan daflu ffrwyn ei geffyl i un o'r gweision, darfu i Gruffydd a Llywelyn ap Huw arwain y fintai ymlaen tua'r tŷ, sef Glan-morwynion; ac er bod rhai cripiadau wedi eu derbyn a'u rhoi yn y ffrwgwd ddiweddar, hwy a symudasant ymlaen yn llawen. Erbyn hyn, nid oedd dychryn Bronwen, a drylliad cleddyf Marglee, ond lled ddibwys yng ngolwg y cwmni, gan fod pawb wedi cael adferiad i'w tymer arferol.

Daeth y cwmni yn fuan hyd at y tŷ, yr hwn oedd yn hir, yn isel, ac heb lofft arno, a'r muriau wedi eu hadeiladu â chlampiau o gerrig mawrion. Yr oedd rhai adeiladau allanol wedi eu gwneud o wiail plethedig, a'u plastro gyda chlai. Yr oedd Llywelyn ap Huw yn "dda allan," fel y dywedid yr amser hwnnw, yn meddu llawer

o dda corniog, a mwy o ddefaid na'r un ffarmwr arall
am lawer o filltiroedd o gwmpas; ac yr oedd ei dŷ, o
ganlyniad, yn meddu mwy o gysuron i ymwelwyr nag a
geid yn gyffredin yn y cyfnod dan sylw. Nid oedd yn y
tŷ yn briodol ond tair o ystafelloedd, sef neuadd fawr
oedd yn cymryd i fyny dri chwarter hyd y tŷ; ac yn y pen
pellaf yr oedd dwy o ystafelloedd bychain, a gelwid yr
ystafell ar y llaw chwith yn llaethdy, a'r llall ar y llaw dde
yn oruwch-ystafell, neu gwsgle. Hon oedd yr unig
ystafell breifat yn y tŷ, oblegid yr oedd y neuadd, neu yr
ystafell fawr, yn agored i bawb. Cedwid yr ystafell wely
yn lle i'r meistr a'r feistres gysgu yn unig; ac yr oedd rhan
o'r neuadd wedi ei neilltuo â gwahanlen i'r merched a'r
llawforynion gysgu, tra yr oedd y gweision yn cysgu yn
y tai allan. Gollyngid goleuni ac awyr i'r tŷ drwy ffenestri
rhwyllog o ddelltwaith ar y ddwy ochr. Ar yr ochrau
mewnol yr oedd dorau coed i gau y ffenestri ar un ochr,
pan fyddai y gwynt yn oer, tra y gadewid y ffenestri eraill
ar yr ochr arall yn agored i ollwng goleuni ac awyr iach
i mewn.

Ar ganol nen y tŷ yr oedd twll a chorn o wiail
plethedig oedd yn ateb dau ddiben, sef cario y mwg
ymaith a phuro awyr y tŷ. Yr oedd y pen uchaf i'r tŷ, neu
y neuadd, un gris yn uwch na'r pen arall, a dyna yr unig
wahaniaeth a welid rhwng anheddle y meistr a'i weision.
Yng nghanol yr ystafelloedd hyn safai byrddau mawrion
ar goesau croesion, ac oddi amgylch iddynt yr oedd
meinciau lled geirwon. Gorchuddid y lloriau â brwyn, y
rhai oeddynt wedi treulio cryn lawer ym mhen isaf y tŷ,
ond yn y pen arall yr oeddynt yn dangos arwyddion o
newidiad mwy diweddar. Pan aeth Gruffydd a Llywelyn
i mewn i'r parlwr mawr, canfuasent ferched heini a
menywod cryfion y ffermdy yn brysur gyda'r gwaith o
ddarparu cinio maethlon, ond plaen. Taflodd Gruffydd
ei olygon yn gyflym oddi amgylch, a gwelid gwedd o

siomedigaeth ar ei wyneb, gan na welodd neb yno ond merched y tŷ; felly yr oedd Bronwen yn absennol. Canfu Llywelyn ei siomedigaeth, a than chwerthin yn gellweirus, arweiniodd ef i ben arall y tŷ, a thynnodd allan o le dirgel yr hyn oedd yn amheuthun beth yr amser hwnnw, sef cadair dderw, yn yr hon mewn modd moesgar y gwahoddodd y gŵr ieuanc i eistedd, yr hwn, yn ôl yr anrhydedd a berthynai iddo, a eisteddodd ynddi. Gan ymesgusodi ei hun wrth y gwyddfodolion, aeth Llywelyn allan am ychydig, i olchi ymaith yr ystaen oedd ar ei wyneb ar ôl y ffrwgwd ddiweddar; yna dychwelodd gyda'r lleill a gymerasant ran yn yr ymrysonfa, y rhai nad oeddent ddim gwaeth, oddigerth un neu ddau a wisgent rwymynnau am ei pennau.

Nid oedd ond ychydig iawn o wahaniaeth yr amser hwnnw rhwng gwisg y meistr a gwisgoedd ei weision. Yr oeddynt oll yn gwisgo math o ffrog las, yr hon oedd yn cyrraedd o'r ysgwyddau i'r gliniau, ac wedi ei chrynhoi yn dynn am y wasg gyda chengl. Tra yr oedd dillad y meistr wedi eu gwneud yn gyffredin o frethyn glas, garw, yr oedd gwisgoedd y gweision yn aml wedi eu gwneud o groen, a'r blew wedi eu treulio ymaith wrth eu gwisgo, ac nid wedi eu torri gan law y teiliwr. Yr oedd eu coesau oll yn noethion, ac am draed dau neu dri, yr oedd esgidiau tra hynod o blethiadau gwellt, gyda gwadnan lledr neu bren; ond am y lleill, yr oeddynt oll yn droednoeth.

Yn awr agorwyd drws yr ystafell wely, ac allan ohoni daeth dwy foneddiges; ac yr oedd yn hawdd deall oddi wrth wisg arw yr henaf mai gwraig y tŷ ydoedd, tra yr oedd yr ieuangaf yn dangos arwyddion amlwg ei bod o fonedd brenhinol. Buasai yn lled anhawdd i edrychydd diofal ganfod yn y foneddiges hon y forwyn landeg ym mherson Bronwen, a welwyd ychydig yn ôl wedi dinoethi ei dwyfron. Yr oedd ei brest wen fel eira yn awr yn orchuddiedig, a'i gŵn a'i siaced wedi eu cau i fyny yn briodol; a'r cudynnau hirion o wallt tonnog wedi eu casglu ynghyd yn blethiadau oddi amgylch y pen, y rhai a sicrheid yn eu lleoedd priodol gan rwydwaith aur o'r fath harddaf. Gorchuddid ei gwddf gan len o liain main oedd yn cyrraedd hyd at eu chlustiau, ac yn gorchuddio y chwerthin-dwll prydferth yn ei gên; ond yr oedd digon o'r wynepryd yn y golwg, pa fodd bynnag, i alluogi llygaid treiddgar Gruffydd ieuanc i ddeall mai hi oedd y feinwen annwylgu a ddaliasai yn ei freichiau ychydig yn ôl; yna cododd yn gyflym gan gerdded tuag ati, a dweud yn deimladwy ei fod yn gobeithio nad oedd unrhyw ganlyniadau peryglus yn debyg o ddeillio oddi wrth ei hanturiaeth ddiweddar. Cododd hyn wrid gwylaidd yn ei hwyneb, a throdd ei golygon tua'r llawr, ac mewn llais crynedig, ond melodaidd, hi a ddiolchodd iddo yn wresog am y gwasanaeth a wnaethai iddi.

"Na, fy nghyfnither landeg," ebe Gruffydd, fel yr oedd yn ei harwain i'r gadair a waghaodd, "nid oes nemor o ddiolchgarwch yn deilwng i mi, yr hwn a ddaeth i'r lle yn unig ar ôl i'r ffrwgwd fynd heibio; ond i'r gwron Llywelyn ap Huw y mae diolchgarwch yn ddyledus, yr hwn a ymgymerodd â dyletswydd marchog drwy waredu meinwen anffortunus."

"Aros! Aros, 'machgen i," ebe Llewelyn ap Huw, "paid â gwneud i mi feddwl fy mod yn well nag ydwyf. Nid gorchest bwysig yw sefyll i fyny yn wyneb dwsin o Saeson llwfr."

"Nac ydyw," ebe Bronwen, "ond peth mawr iawn oedd cael fy ngwaredu o'u dwylo, a mater pwysig i'r gwrol Llywelyn ap Huw oedd peryglu ei fywyd er fy mwyn i. Ni fydd i Bronwen Fychan byth anghofio ei garedigrwydd," a chan nesáu yn gynhyrfus tuag ato, hi a roddodd gusan tyner ar ei dalcen crychlyd.

Gwridodd yr hen ddyn o lawenydd a balchder, a

chan droi dan chwerthin at y bechgyn, gofynnodd, "Hogiau, pa un ohonoch chwi na fyddai yn fodlon i gael torri ei ben am y fath ffafriaeth?" Bu hyn yn foddion i ddwyn y gwrid eilwaith i wyneb Bronwen, a thra yr oeddynt oll yn gwenu, hi a aeth ac a dalodd yr un parch i Gwyneth, gwraig wledig y ffarmwr; a phan welodd rwymynnau ar bennau rhai o'r bechgyn ymhen arall y tŷ, pigodd tuag atynt, gan ofyn yn bryderus a oedd eu harchollion yn fawrion a phoenus. Atebodd y bechgyn gyda bodlonrwydd mawr nad oeddynt ddim gwaeth, ond eu bod yn barod i gael hollti eu pennau a'u haelodau er ei mwyn hi, ac na fuasai dim yn eu bodloni yn well na ffrwgwd o'r fath drannoeth. Ysgydwodd Bronwen ei phen mewn amheuaeth wrth eu clywed yn dweud nad oeddynt wedi cael niwed; a chyda gwên ar ei gwefusau a deigryn o gydymdeimlad yn ei llygaid, hi a ddiolchodd iddynt bob un ar wahân; a chan estyn ei llaw i'r naill ar ôl y llall, yr hon a godasant at eu gwefusau i'w chusanu, hi a ymdoddodd i'w serchiadau yn fwy nag erioed.

Yr oedd Gruffydd Fychan wedi gwylio yr hyn a gymerodd le gyda llygaid hanner eiddigeddus, oherwydd yr hyn y chwarddodd yr hen ffarmwr yn braf, a chan guro y bwrdd â'i figyrnau nes gwneud sŵn uchel, galwodd hwy at y cinio sylweddol oedd wedi ei osod o'u blaen.

∗   ∗   ∗

Mor fuan ag y gorffennwyd y cinio, ac yr ymolchwyd ar ei ôl, dangosodd Bronwen awydd am ddychwelyd adref yn ddi-oed, a gofynnwyd i un o'r bechgyn ddarparu ei cheffyl.

"Annwyl gyfnither," ebe Gruffydd, "y mae arnaf ofn mawr caniatáu i chwi ddychwelyd eich hunan ar ôl anturiaethau y dydd."

"Na," ebe Bronwen, "yr wyf yn rhy arferol o fod fy hunan ar bob adeg i ofni dim."

"Er hynny," ebe Gruffydd, "y mae arnaf ofn na feddylia fy ewythr Madog ond ychydig am garedigrwydd mab ei frawd, os caniatâ i Bronwen Fychan o Rug ddychwelyd adref ei hunan; ac felly drwy eich caniatâd grasol chwi fy nghyfnither brydferth, bydd i mi fod yn gwmni i chwi."

"Yr wyf yn meddwl," ebe y feinwen deg, "gan y rhaid i ddyn penderfynol gael ei ffordd ei hun, y rhaid i minnau ymddarostwng i'ch cyfarwyddiadau chwithau, o leiaf am unwaith."

Gyda geiriau llawen ymadawsant oddi wrth eu cyfeillion caredig, yn cael eu dilyn a'r dymuniadau gorau; ac yn ddi-oed esgynasant ar eu ceffylau, gan ddilyn y ffordd i lawr drwy y dyffryn prydferth yng nghyfeiriad cartref y feinwen, sef Rhug, plasty Madog Fychan, brawd ieuengach Syr Owain Glyndŵr.

"Mae llawer blwyddyn wedi mynd heibio, fy nghefnder," ebe y forwyn brydferth, "er pan anrhydeddasoch fi, druan ohonof, â'ch cwmni. Yr oeddwn braidd wedi anghofio fod gennyf gefnder o'r enw Gruffydd Fychan."

"Och fi! Ie, Bronwen deg; y mae rhyw rwystrau bob amser yn codi ar fy llwybrau, a pha un a ydynt yn cael eu rhoddi yno yn fwriadol ai peidio, y mae yn anhawdd dweud; ond felly y ba bob tro yr amcenais adnewyddu cyfeillgarwch bore ein hoes. Mae fy nhad, er ei fod bob amser yn hynod o dirion, wedi llwyddo i gael rhyw esgusodion bob amser i fy atal i'ch cyfarfod; ond yn awr, gan fy mod wedi canfod na lwyr anghofiasoch fi, yr wyf yn ymddiried y bydd i chwi ganiatáu i mi eich cyfarfod yn amlach ar ôl hyn."

"Ni osodais i erioed rwystrau ar ffordd hynny," ebe Bronwen dan chwerthin yn galonnog; "ac yr wyf yn siŵr nad oes lodes yn holl ddyffryn afon Dyfrdwy haws ei chyfarfod na Bronwen Benffôl, fel y bydd fy nhad yn fy ngalw, canys yr wyf yn gwario hanner fy amser yn gwibio drwy y dyffryn hwn heb neb yn gwmni i mi ond fy merlyn addfwyn sydd danaf yn awr," – gan ei batio yn dyner ar ei wddf â'i llaw oedd fel yr eira gwyn – "neu Gelert, hen helgi ffyddlon fy nhad."

Gwenodd Gruffydd ar yr hyn a ddywedodd Bronwen, ac atebodd hi gan ddweud, "Ac ni fu yn y dyffryn hwn ferch erioed a garwyd yn fwy cyffredinol. I ba le bynnag yr af, ni chlywaf braidd ddim ond canmoliaeth uchel i Bronwen Fychan o Rug; ac nid wyf yn credu fod bwthyn o fewn deng milltir o gwmpas na ddygodd eich wyneb hardd belydrau haul i mewn iddo, oddigerth Sycharth, yr hwn nad ydych byth wedi ei brydferthu â'ch presenoldeb."

"Wel, y mae y sylwad yna yn dwyn i fy meddwl y ffaith fod fy nhad bob amser wedi canfod rhyw reswm digonol dros fy atal," ebe Bronwen; "ond nid wyf yn deall y rheswm am hyn, canys y mae fy mrodyr a fy chwiorydd yn cael y derbyniad mwyaf gwresog yn Sycharth bob amser, ond ni fyddaf fi byth."

"A ydych chwi, fy nghyfnither landeg, yn cofio y tro olaf y cyfarfuasem, bum' mlynedd yn ôl?" gofynnai y llanc ieuanc.

"Wel, beth am hynny?" oedd holiad Bronwen.

"A ydych ddim yn cofio fel y darfu i ni ein dau ymlwybro i Langar, a thra yr oeddem yn gorffwys ynghyd ar ochr y ffordd, yn ymyl y llan, i ni ymgyfamodi yn ewyllysgar a gwirfoddol i fod yn ŵr a gwraig ar ôl i ni dyfu i fyny?" oedd gofyniad pryderus Gruffydd.

"O, wel, fy nghefnder," ebe Bronwen, "nid oeddem yr amser hwnnw ond plant; nid wyf yn meddwl eich bod chwi ar y pryd yn ddeuddeg oed."

"Pe byddai i mi fyw ugain dwsin o flynyddoedd, nid

anghofiaf byth ein cytundeb,” atebai y llanc. “Ac onid ydych chwi yn cofio fel yr oedd fy nhad yn mynd heibio y ffordd honno, ac y clywodd ein hamodau plentynnaidd, a chyda mwy o gyffro nag a welais ynddo erioed, iddo ein gwahanu a’n gorchymyn i anghofio y fath ffolineb; ac fel y darfu iddo fy ngyrru tuag adref i Sycharth, gan fygwth fy nghuro; yna iddo, wedi hynny, eich arwain chwi gerfydd eich llaw adref i Rug, tŷ fy ewythr?”

“Ydwyf, yn cofio yn dda,” ebe Bronwen, gan wrido fel y rhosyn; “ac fel y darfu iddo ef, ar ôl cyrraedd Rhug, ofyn am weld fy nhad, ac fel y ba y ddau gyda’i gilydd mewn ystafell dros amser. Pan ddaeth allan, gwelais fod ei lygaid yn wlybion gan ddagrau, ac yr oedd fy nhad yn amcanu ei gysuro oherwydd rhyw drallod mawr oedd yn ei flino, ac yn argraffedig ar ei wyneb. Wedi i fy ewythr fynd ymaith, daeth fy nhad ataf, ac wedi ymaflyd yn dyner yn fy llaw a fy nghusanu, archodd i mi beidio bod yn euog mwy o ffolineb mor blentynnaidd. Ac o’r awr honno hyd yn bresennol bu yn llwyddiannus i gael rhyw foddion i fy rhwystro i’ch gweld.”

“Mae rhyw ddirgelwch dwfn yn hyn nad wyf yn alluog i’w ddeall,” ebe y llanc ieuanc. “Eithr nid wyf fi yn blentyn mwyach,” ychwanegodd, “ac y mae yn rhaid i mi gael rhyw reswm cryfach na dim a ddangoswyd i mi eto cyn yr atelir fi i fwynhau fy hun yng ngwenau melys Bronwen dlos.”

“Na. Ond,” gofynnai y feinwen, “pa fodd y gwyddoch y cewch ddyfod o fewn cylch fy ngwenau o gwbl? Onid ydych yn credu fod yn bosibl i mi edrych yn sarrug arnoch chwi, a throi fy ngwenau i ryw gyfeiriad arall?”

“Er mwyn y nefoedd,” ebe Gruffydd, yn gyffrous iawn, “peidiwch â chellwair gyda mi fel hyn. Bydd y byd yn dra thywyll i mi o hyn allan os na allaf fyw mewn gobaith am fwynhau eich gwenau melys; ac o'r hyn lleiaf caniatewch i mi fraint cefnder, sef eich cyfarfod, eich gweld, a chlywed eich llais."

"Mae hynny allan o fy ngallu i'w wrthod ac o fewn gallu fy nhad i'w ganiatáu," ebe y forwyn rinweddol. "Ond," ychwanegai, gan osod ei llaw yn dyner ar ei ysgwydd, nes y teimlodd iasau hyfryd yn treiddio drwy ei holl ewynnau, "nid anghofiaf byth eich gwasanaeth i mi heddiw; a chofiwch, beth bynnag ddaw i'n cyfarfod, bydd enw Gruffydd Fychan yn gerfiedig ar fy nghof, pe na buasai dim ond y gwasanaeth a wnaeth y fraich gref hon," gan osod ei llaw arni eilwaith, "i mi y dydd hwn."

"Wel, fy nghyfnither," atebai y gŵr ieuanc, "byddai yn bleser i mi dywallt y diferyn olaf o waed fy nghalon i'ch amddiffyn a'ch gwasanaethu."

"Na, nid felly!" ychwanegai Bronwen, dan chwerthin, "Collwn i fy ngwas ffyddlon, ac ni châi eich tad chwi na fy nhad innau nemor o drafferth i'n cadw oddi wrth ein gilydd."

Yr oeddynt yn marchogaeth yn bleserus drwy y dyffryn prydferth ac annwyl, yng nghanol y golygfeydd mwyaf dymunol; a thra ar hanner y ffordd rhwng Glanmorwynion a Rhug, pasiasant yr hen Gaer Drewyn. Dyma un o brif wersylloedd Owain Gwynedd, Tywysog Gogledd Cymru, yr hwn a wrthwynebodd mor nerthol a llwyddiannus drawsfeddiant y gormeswyr Plantagenetaidd, neu frenhinoedd Lloegr. Yn fuan yr oeddynt wedi cyrraedd i ymyl Rhug. Clywyd sŵn carnau y meirch ar y palmant, ac ymhlith eraill a ddaethant i'r drws yr oedd Madog Fychan ei hun, brawd Syr Owain Glyndŵr, yr hwn a gynhyrfodd yn fawr pan welodd pwy oedd gyda'i ferch.

Disgynnodd Bronwen yn droedysgafn oddi ar ei merlyn, a rhedodd ato, gan ymestyn i'w gusanu, fel arferol, ond yr oedd efe yn dwfn fyfyrio, fel na welodd ei gwefusau dengar, hyd nes y cododd ar flaenau ei thraed a chusanodd ef, ac am y tro cyntaf erioed heb dderbyn cusan tadol yn ôl. Gruffydd yntau hefyd a ddisgynnodd oddi ar ei geffyl, a chan feddwl fod ganddo gyfleustra ar y pryd i adnewyddu ei gyfeillgarwch gyda'i ewythr nid oedd gobaith am ei well, a daflodd ffrwyn ei farch i un o'r gweision, ac a aeth ymlaen, gan estyn ei law â gwên ar ei enau, a dywedodd,

"Wel, f' ewythr, derbyniad oeraidd ydyw hwn i fab eich brawd."

Madog, gyda chyffroad, a ddaeth ato ei hun, ac a ddywedodd yn rwgnachlyd:

"Dywedais wrth Owain... Dywedais wrth Owain..." a chyda hynny ymaflodd yn llaw ei nai gyda gwresogrwydd mawr, ac arweiniodd ef i'w balas.

Daeth y plant – cefnderoedd a chyfnitherod Gruffydd – yn dwr o'i amgylch. Yr oeddynt oll yn ieuengach na Gruffydd, a rhoddasant iddo dderbyniad calonnog. Boneddiges Gymreig dwymgalon oedd gwraig y tŷ, yr hon a roddodd y fath dderbyniad i Gruffydd nad ydyw i'w gael yn unman ond mewn cartref Cymreig. Adroddodd ddigwyddiadau cyffrous y dydd, ac amlygwyd cydymdeimlad dwys â'r Cymry fuont mor wrol wrth achub Bronwen, a'r digasedd mwyaf at yr adyn Marglee a'i ganlynwyr. Ar ôl awr o ymddiddan, amlygodd Gruffydd ei fwriad i ddychwelyd adref, gydag addewidion difrifol y byddai iddo yn fuan ail-ymweld â'i ewythr, yr hwn a aeth gydag ef i'r drws. Neidiodd Gruffydd ar ei geffyl, a marchogodd yn heini ymaith, gan godi ei law ar Bronwen, yr hon oedd yn ei wylio drwy ddellt y ffenest. Wedi gweld hyn, ysgydwodd Madog ei ben, a thrachefn adroddodd, "Dywedais wrth Owain. Dywedais wrth Owain! Druan o Owain!"

Pennod V
Y Meistr a'r Gwas: Castell Rhuthun

Rhaid i ni yn awr ddychwelyd i adrodd hanes y siomedig Syr Philip Marglee a'i ddynion, yn eu henciliad tua Chastell Rhuthun. Yr oedd ganddynt ffordd flinderus o fwy na deng milltir, a chan eu bod yn siomedig a thrallodus oherwydd eu haflwyddiant, ymddangosai y ffordd iddynt braidd yn ddi-ben draw. Fodd bynnag, daethant o'r diwedd hyd at furiau y castell. Yma, cawsant fod y bont symudadwy i fyny, a chafodd Marglee gryn drafferth i gael gan y gwylwyr eu gollwng i mewn. Yn y cyfamser, ymdeithiasant i mewn o un i un drwy y porth bychan oedd yn arwain i rannau mewnol y castell, ac wedi gorchymyn i'w ddynion gadw yn berffaith ddistaw, aeth Marglee i'w ystafell, a'r milwyr i'w llety. Yr oedd yn rhy hwyr ar y pryd i Marglee fynd i weld ei feistr, Arglwydd de Grey; ac hyd yn oed pe na fuasai, yr oedd arno eisiau amser i fyfyrio a chynllunio ei weithredoedd yn y dyfodol. Braidd yr ynganodd air yn ystod yr holl daith flinderus. Myfyriai ar ei aflwyddiant; ond ym mhresenoldeb ei filwyr, ni allai wneud unrhyw gynllun i ddial yn ôl dymuniadau ei galon. Yn nhrymder y nos, ac unigedd ei ystafell, lle y teyrnasai distawrwydd, adolygodd ddigwyddiadau y dydd, a byrlymodd allan lw o ddialedd yn erbyn Bronwen, oedd wedi ei wrthod yn drahaus; yn erbyn Gruffydd, yr hwn a'i trawodd; ac yn erbyn Syr Owain Glyndŵr, yr hwn oedd wedi ei ddarostwng a'i sarhau. Ond er ei fod yn llawn o ddialedd, ni allai feddwl am unrhyw gynllun i'w weinyddu ar y gwrthrychau haeddiannol. Fflachiai meddyliau gwylltion drwy ei ben am ffurfio mintai i ymosod ar Sycharth, plasty Glyndŵr, ac ar Rug, cartref Bronwen; ond yn fuan anfonodd y syniadau hyn o'i fryd, fel cynlluniau annoeth oeddynt yn debyg o arwain i waeth aflwyddiant nag a gyfarfu yn barod. Yr oll a allai wneud oedd ymdrechu mwynhau yr anghydfod rhwng ei feistr a Syr Owain, a gwylio cwrs y digwyddiadau ar ôl hynny, mewn gobaith y câi gyfle i fodloni ei chwant anllad, a chyflawni ei ddialedd ar yr un amser. Gyda'r syniadau hyn ar ei feddwl, ymddiosgodd a thaflodd ei hun ar ei wely, ac mewn canlyniad i ludded y dydd yr oedd yn fuan ym mreichiau trwmgwsg. Nid oedd ei hun yn felys, canys breuddwydiodd fod Bronwen unwaith yn rhagor yn ei afael, ond iddi gael ei gwaredu gan Gruffydd. Neidiodd i fyny, gan ysgyrnygu ei ddannedd yn barod i ddial; ond pan ddeffrodd, breuddwyd ydoedd. Mor fuan ag y cysgodd eilwaith, poenwyd ef gan yr un freuddwyd, a deffrodd o ganlyniad. Cymerodd hyn le amryw weithian, hyd nes oedd yn rhy luddedig i freuddwydio mwy, yna cysgodd hyd y bore.

Wedi ymwisgo yn y bore, a chyflawni ei ddyletswyddau angenrheidiol fel rhaglaw y castell a goruchwyliwr yr ystâd, efe a archodd gael mynd i ŵydd ei arglwydd, yr hyn a ganiatawyd mewn amser priodol, Galwyd ef i mewn i ystafell breifat y mawreddog Reginald de Grey, Arglwydd de Rhuthin, lle y cymerodd y cydymddiddan le.

Lledorweddai y barnwr Normanaidd mewn moethau gwych ar esmwythfainc wedi ei gorchuddio â sidan; ond yr oedd awydd pryder ac anfodlonrwydd ar bethau. Tra yn Llundain, teimlai y barwn yn awyddus am fod yn y wlad, ond wedi dychwelyd i Ruthun nid oedd yn fodlon. Yr oedd o duedd swrth, musgrell a dioglyd, ac wrth gymryd mantais ar hynny, yr oedd Marglee wedi llwyddo i gael de Grey i gredu na allai fynd ymlaen hebddo. Nid oedd neb o'r rhai a sylwai ar ei agwedd ferchetaidd yn credu fod modd ei gynhyrfu i ddangos llawer o ynni gyda dim. Yr oedd yn ei ffordd yn goegyn mursennaidd; ond er hynny, nid oedd marchog mwy medrus yn perthyn i'r llys Seisnig, na gelyn mwy peryglus ar faes y frwydr. Eto, nid oedd modd canfod person mwy coegfalch yn y bedwaredd ganrif ar ddeg. Gwisgai siaced dynn, oedd yn cyrraedd i'w wasg, hyd at gongl sidan, yn yr hwn yr oedd ei hosanau wedi eu sicrhau. Am ei draed yr oedd botasau a elwid Cracowes, ar ôl Cracow, yn Poland, o'r lle y daethent amser yn ôl. Yr oedd trwynau y botasau hyn yn rhedeg yn fain, rhyw ddeuddeg nes bedair ar ddeg o fodfeddi ymhellach na blaenau y traed, a rhag iddynt rwystro cerdded, yr oeddynt wedi eu troi i fyny, a'u sicrhau gyda chadwyn aur wrth y gluniau. Ar ei ben yr oedd cap tra hynod, a'i gorun yn hir a phigfain, yn debyg i wallt-gynffon y Tsieineaid. Er mwyn ei wneud yn fwy ffôl a chwerthinllyd, yr oedd ei wisg yn amryliw fel yr enfys – parthau yn goch, glas, du, gwyn, melyn, a gwyrdd, yr hyn oedd yn unol â'i awyddfryd mursennaidd ef. Hwn oedd y dyn yr ymlynai Marglee wrtho, ac er ei fwyn ef y peidiodd y llys â bod yn llys cyflawnder, drwy ladrata y tir oedd yn perthyn yn gyfreithlon i Syr Owain Glyndŵr. Ar ôl cau y drysau yn ofalus ar ei ôl, aeth Marglee ymlaen i adrodd ei helyntion wrth ei feistr.

"Mae yn ddrwg gennyf gael fy ngorfodi i adrodd," ebe, "i fy arglwydd na throdd fy negeseuaeth ddoe allan mor llwyddiannus ag y disgwyliasom, ag ystyried hynawsedd eich arglwyddiaeth."

"Wel, sut y bu yn awr?" gofynnai Syr Reginald.

"Yn lle derbyn yn ddiolchgar, fel y dylasent wneud, y tiriondeb a ddangoswyd wrth ganiatáu iddynt aros yn eu tyddynnod hyd ddiwedd y flwyddyn, dewisodd y llebanod Cymreig, *fforswth*, yn hytrach ymarfogi yn ein herbyn ac ymosod arnom yn ffyrnig ofnadwy, gan ddatgan yn ddifloesgni nad oeddynt hwy yn cydnabod un arglwydd ond Owain Glyndŵr."

"Ow, a ydych chwi yn dweud hynny?" gofynnai Syr Reginald. "Llawen fyddai gennyf gosbi eu taeogrwydd delffaidd, ond prin y mae yn werth cymryd y fath drafferth. A sylwaist ti ar y dyn y maent yn ei alw yn flaenor?"

"Do, ond buasai yn anlwcus wrth ei gyfarfod. Yr oeddem wedi trechu ciwed, ond marchogodd ef a'i fab atom, a thrwy rym arfau cawsom ein gorfodi i roddi i fyny. Sibrydir fod y dyn, druan, i lawr yn y byd, a phe collai y Croesau, torrid asgwrn ei gefn, a theflid ef i safnau y cŵn Iddewig ydynt yn disgwyl iddo fynd i gyflwr o fethdaliad."

"Trueni hefyd fyddai goddef i unrhyw farchog Cristionogol ddioddef dan ddwylo y fath furgynnod. Yr wyf yn hanner tueddol o dosturi, i adael iddo gadw y tir hwn."

"Marchog, yn wir!" ebychai Marglee, "Yn marchogaeth yn goesnoeth ar hen ferlyn mynyddig hir-flewog, a'i draed bron cyffwrdd y ddaear ar y ddwy ochr!"

"Ac eto ti ddywedi iddo dy orfodi i ymatal?" ychwanegodd Syr Reginald.

"Wel, rhaid i mi ddweud y gwir," ebe Marglee, "yr oedd ei anadl yn drewi o arogl wynwyn fel na allwn sefyll yn ei wyneb, ac felly gorfu i mi droi fy nghefn at fy bwgan brain."

"Ffei," atebodd Syr Reginald; "na chrybwylla yn fy nghlywedigaeth am ymddangosiad y Cymro anwaraidd. Mae fy chwant at ymborth yn wannaidd eisoes, ac y mae hyd yn oed enw y wynwyn yn diflasu y bastai wyf newydd fwyta; felly yr wyf yn erfyn arnat beidio enwi y dyn mwyach. Ond, atolwg, oni ddarfu iddo anfon cenadwri yn ôl?"

"Rhaid i mi ddweud iddo anfon cenadwri, ond yr oeddwn wedi meddwl peidio eich poeni i wrando ar yr hyn a ddywedodd."

"O, na," ebe y barwn, "rhaid i mi gael clywed beth a ddywedodd, a gallaf wrando ar dy glebran cystal â pheidio."

"Wel, gan y rhaid i'ch arglwyddiaeth gael yr hyn a ddywedodd, a chan fy mod i yn ddyn plaen, di-dderbyn-wyneb, cyflwynaf ei genadwri i chwi yn onest: dywedodd os byddai i filwr Seisnig osod ei droed eto ar y Croesau y bydd iddo gael ei fflangellu."

"Da iawn, i Gymro," oedd atebiad y barwn dioglyd.

"Ac os bydd iddo fy nal i yno, ie, myfi, Syr Philip Marglee, eich goruchwyliwr ffyddlon, y tynnai fy nhafod o'r gwraidd, a'i daflu i'r cŵn."

"Myn fy ffydd, nid mor ddrwg i ddelffyn Cymreig coesnoeth," ebe Syr Reginald, dan chwerthin ei orau.

"Ac os meiddia fy meistr, sef eich arglwyddiaeth, osod ei droed ar y tir, y bydd iddo ei chwipio yn ôl fel chwipio ci i'w gut."

"Ha, a ddywedodd efe felly?" gofynnai y barwn mewn cynnwrf.

"Do, yn eofn, o fewn ein clywedigaeth; a heriodd chwi i ymladd ymladdfa farwol gydag ef ar y Croesau; ond wedi y cwbl, yr oedd yn credu y byddai i'ch llwfrdra ei adael yn llonydd."

"Yn awr, myn fy enaid," ebe y barwn gan neidio ar ei draed, "y mae hyn yn ormod! A phe na buasai yn ormod o drafferth, rhoddwn i'r hurtyn ffôl y fath gurfa fel nad anghofiai fi ar frys. Ond, pw, ni ddarfu iddo erioed feddwl yr hyn oedd yn ddweud. Mae yr ellyll dwl yn methu deall lle y ca' arian i brynu bara a chaws, ac felly rhaid i mi adael i hyn fynd heibio."

"Ond y mae yn bygwth apelio yr achos at bendefigion y deyrnas," atebodd Marglee.

"Dyro i'r ffôl ddigon o raff, a chroga ei hun," ebe y barwn; "ond os bydd iddo wneud hynny, y mae arnaf ofn y caf lond byd o drafferth i gystadlu gydag ef yn llys y pendefigion."

"Nage, fy arglwydd; os ewyllysia eich arglwyddiaeth, gallaf eich gwaredu rhag yr holl drafferthion. Mae gennyf gyfaill yn Llundain a all roddi pob peth mewn trefn," atebodd Marglee.

"Yna, yn enw y diafol ei hun, gwna hynny," ebe y barwn; "ond yn unig gad i mi fy hun fod mewn heddwch," ac fel yr oedd Syr Philip Marglee yn codi i fynd o ŵydd ei arglwyddiaeth, bloeddiodd Syr Reginald, "Nage! Aros! Aros!"

Pan oedd Marglee ar ymadael o'r ystafell, gofynnodd de Grey iddo – "A wyt ti yn meddwl y gall y cyfaill Iddewig yn Llundain adael i mi gael y swm bychan o bum cant o farciau? Nid oes gennyf gymaint ag un darn o arian i fendithio fy hun ag ef."

"O, wel, darfu i'ch arglwyddiaeth hapchwarae yn drwm gyda'r oferddyn ieuanc, De Nere."

"Do, a ffawd y diafol oedd yn fy nghanlyn. Mae fy llogell mor wag â chylla heliwr ar ôl diwrnod o redeg."

"Mae hynny yn anffodus iawn, canys mae arian bob amser yn fuddiol," ebe Marglee.

"Maent felly i'r rhai a'u pherchenogant, ac ymddangosant yn fwy gwerthfawr i'r rhai nad ydynt yn eu meddiannu," atebodd de Grey; "ond a wyt ti yn meddwl y gelli eu cael?" oedd gofyniad pryderus ei arglwyddiaeth.

"Bydd yn waith caled, y mae arnaf ofn, ac oni bai y ffawd dda gyda'r Croesau, byddai pob ymdrech yn aflwyddiannus. Ond os bydd eich arglwyddiaeth yn fodlon i wystlo y Croesau i ddiogelu yr arian, dichon y gallaf wasgu y swm allan o'r Cribddeiliwr."

"Felly, yn enw y nefoedd, gwna," ebe y barwn.

"Felly, ynte," ebe Marglee, "bydded i chwi lawnodi y papur hwn, wedi i mi ysgrifennu y prif amodau, a chan fod gennyf fi gymaint â hynny o arian yn fy meddiant, gadawaf i chwi gael y swm, hyd nes y caf amser i alw fy hun gyda'r Iddew."

"Wel, ddyn, yr wyt yn ymrolio mewn aur," ebe ei feistr.

"Nac ydwyf ddim, fy arglwydd," oedd atebiad Marglee. "Nid ydyw hyn namyn gweddill y cyflog a welodd eich arglwyddiaeth yn dda dalu i mi."

"Na ofalwch ddim, ddyn, o ba le daethant, gan eu bod yn eich meddiant i'w rhoddi i mi. Dyro i mi yr ysgrifbin;" ac heb hyd yn oed gymryd amser i ddarllen y weithred oedd Marglee wedi wneud i foddhau ei hun, efe a'i llawnododd.

Ar ôl hyn, sychodd Marglee yr inc yn ofalus, a phlygodd y bapurlen, yr hon a gadwodd yn ofalus; ac yn fuan aeth o olwg ei feistr; eithr dychwelodd yn ddi-atreg, gyda phwrs yn cynnwys yr arian, y rhai a gyfrifodd i'w feistr. Er bod yr incwm oddi wrth etifeddiaeth de Grey yn fwy nag arferol, yr oedd Marglee yn gallu trefnu pethau fel ag i gadw ei feistr yn amddifad o arian parod, ac yn aml yr oedd wedi apelio drwy Marglee fel cyfrwng at ryw Iddew cyfoethog a dirgelaidd am arian, ond waeth dweud y gwir yn awr, mwy a phryd arall, nid oedd yr Iddew cyfoethog namyn bod dychmygol, canys yr oedd Marglee fel goruchwyliwr de Grey yn gallu trefnu pethau fel yr oedd y rhan helaethaf o arian ei feistr yn dyfod i'w feddiant ef; ac wrth dalu am fenthyg arian yr Iddew tybiedig, yr oedd de Grey yn talu llog aruthrol ar ei arian ei hun i'w was.

Pennod VI
Yr Esgob a'r Bardd: Sycharth

Yn awr, rhaid dweud gair am ddychweliad Gruffydd Fychan o Rug i Sycharth, lle canfu ei dad, sef Owain Glyndŵr, yn brysur gyda'r dieithriaid oeddynt yn gwestya yno; ac yn fuan galwyd Gruffydd i ymuno â'r cwmni. Fel yr oedd Gruffydd y mynd i mewn i'w gŵydd, taflodd ei dad edrychiad amheus ato, fel pe buasai yn gallu darllen hanes yr oll a gymerasai le tra buont oddi wrth ei gilydd; ond yn fuan gorfodwyd ef gan y trallod a bwysai ar ei feddwl i droi ei sylw at y prif bwnc.

Y dieithriaid a achosasant dychweliad sydyn Syr Owain oeddynt offeiriad a cherddor; ond Esgob oedd yr offeiriaid, a Phencerdd o'r fath orau yn ei amser oedd y cerddor. Mewn gair, y dieithriaid oeddynt J. Trefor, Esgob Llanelwy, a Iolo Goch, yr hwn a ddaeth yn nodedig fel bardd a chyfaill personol Syr Owain Glyndŵr, oedd yn fuan i gael ei gyhoeddi yn Dywysog Cymru. Yr oedd y Treforiaid o linach bendefigaidd – arweinwyr y bobl ym mhob cylch. Yr oedd y John Trefor presennol yn olynydd ei dad, sef John Trefor arall, i esgobaeth Llanelwy, ac ni fu dyn erioed yn fwy o anrhydedd i'r fainc Esgobaethol nag y bu ef. Yr oedd yn ddoeth yn y cyngor, a thelid y parch mwyaf i'w eiriau bob amser. Hefyd, yr oedd yn wladgarol yn ei syniadau, a bu yn alluog lawer gwaith i leddfu y deddfau creulon a wnaed i reoli Cymru; ac nid oedd dyn yn fyw yn deall amgylchiadau mewnol Cymru yn well nag ef. Hefyd, yr oedd ar yr un pryd yn gyfaill personol i Owain Glyndŵr, ac yn aelod parchus, os nad gwresog, o gyfrin gyngor y llywodraeth yn y cyfnod hwnnw. Wedi iddo ddeall yr hyn a wnaeth y llys mor ddiweddar, sef rhoddi y tir a elwid y Croesau i de Grey, efe a brysurodd i Sycharth, gan obeithio, drwy ei fod y cennad cyntaf, y gallai dorri grym yr ergyd oedd Marglee wedi roddi iddo yn barod, yn ei ddull sarrug, prysur, ac ymosodol.

Nid oedd Iolo Goch, neu Iolo Goch o Llechryd, ond hanner Cymro o ran gwaedoliaeth; ond yr oedd yn Gymro trwyadl yn ei deimlad a'i syniadau. Ei fam oedd gweddw y Mawreddog Iarll Lincoln, ac wedi ei farwolaeth ef hi a briododd fonheddwr Cymreig, sef Arglwydd Llechryd, yn agos i Ddinbych, prif atyniad yr hwn oedd ei berson tra phrydferth. O'r briodas hon deilliodd Iolo Goch, yn awr yn bresennol yn Sycharth, plasty Owain Glyndŵr. Yr oedd y bonheddwr hwn – a bonheddwr oedd o ran genedigaeth, dygiad i fyny ac addysg – yn dra gwahanol i gerddorion cyffredin y cyfnod hwnnw. Yr oedd wedi ei addysgu yn dda, ac wedi mynd drwy yr urdd-ysgolion Seisnig yn anrhydeddus, a derbyn yr urdd o M.A., gan ragori ar ei gydymgeiswyr; ond yr oedd ei hoffter o gerddoriaeth a barddoniaeth y fath fel y gadawodd o'r neilltu y gyfraith a'r pulpud, gan ddewis yn hytrach feithrin ei efrydiadau cerddorol a barddonol. Yr oedd yn awdur llawer o lyfrau, ac mae mwy na hanner cant o'i gyfansoddiadau barddonol eto ar gael. Hefyd ysgrifennodd hanes galluog a dysgedig am dri llwyth Brenhinol Cymru. Yr oedd ei neges yn Sycharth agos yr un peth yn llwyr ag eiddo'r Esgob, gan ei fod wedi clywed am y dyfarniad anghyfiawn yn erbyn ei gyfaill Syr Owain Glyndŵr. Mor fuan ag y daeth Gruffydd i mewn i'r ystafell, aeth a phenliniodd o flaen yr Esgob, yr hwn a osododd ei ddwylo yn esmwyth ar ei ben, ac a'i bendithiodd. Ar ôl hyn, trodd Gruffydd at Iolo Goch, gan estyn ei law dda, yr hwn a'i gwasgodd, gan edrych megis drwyddo â'i lygaid treiddgar, fel pe buasai yn gallu darllen ei holl feddyliau.

"O, ie," ebe y bardd dan wenu yn llawen, "dyna y llygaid i reoli y bobl! Dyna y llaw i arwain mewn brwydr! Nid ydyw llygaid yr hen eryr ddim mwy treiddgar, ac nid ydyw llaw y tad yn fwy medrus nag y bydd llaw ei fab. Teilwng yw y bachgen i fod yn etifedd i Dywysog Cymru."

"Nage, Iolo," ebe yr Esgob, "na roddwch y fath syniadau ym mhen y bachgen, eithr yn hytrach cyfeiriwch ei feddwl tua'r nefoedd, ac nid at rwysgfawredd bydol."

"Ni fydd i fy nghyfarwyddiadau i byth ei arwain i ffwrdd oddi wrth y nefoedd," atebodd y bardd; "ond pechod fyddai i fachgen mor wrol fod yn segur," ychwanegodd Iolo.

"Yr wyf yn ofni," ebe y pennaeth yn bryderus, "fod gwaith i mi ac iddo yntau wedi ei dorri allan."

"A beth am hynny, os oes?" gofynnai y bardd. "Cyhyd ag y rhoddwyd gallu i chwi i wneud y gwaith. I beth meddech chwi y rhoddwyd pig haearnaidd i'r eryr, a'r ewinedd llymion i'r llew, ond i rwygo cnawd eu gelynion?"

"Yr wyf yn erfyn arnat dewi, yr hen ddyn ynfyd," meddai yr Esgob. "Paham yr ydych chwi bob amser yn gadael i'ch meddyliau redeg i olygfeydd o dywallt gwaed a gormes? Yr wyf fi yn meddwl yn hytrach am y pethau a berthynant i iachawdwriaeth dy enaid."

"Ac onid ydwyf innau yn meddwl hynny hefyd?" gofynnai y bardd. "Oni fyddaf yn cyffesu i'r offeiriad, ac yn derbyn maddeuant pechodau? A pha faint well fyddaf ar ôl talu am faddau fy mhechodau, os na chaf byth feddwl am ogoniant fy ngwlad a fy mhobl? Ac os cilia gogoniant fy ngwlad, ac os bydd ei haul dros amser dan gymylau, onid yw hynny yn rhesymau ychwanegol dros i ni godi y fath ystorm ag a wasgara ymaith y cymylau, nes bydd ein gwlad unwaith eto yn cael ei throchi gan belydrau yr haul?"

"Y dyn dwl, pe na byddai i ni ond gwrando arnat ti, trochem ein gwlad mewn gwaed cyn derbyn pelydr o oleuni. Ymegnia yn hytrach i ledaenu gogoniant Haul Mawr y Cyfiawnder, yr unig wir ogoniant," ebe yr Esgob.

"Felly, yn enw y groes," ebe y bardd, "yr wyf yn ofni fod tywyllwch mawr yn Lloegr heddiw, canys ychydig iawn o gyfiawnder wyf yn gallu gweld yn eu plith, y rhai a gymerasant dir dyn gonest oddi arno, ac a'i rhoddasant i leidr! Os ymddarostynga efe i hyn, bydd iddynt y tro nesaf gymryd nen ei dŷ uwch ei ben, ei blant oddi ar ei aelwyd, a'i briod o'i wely," ebe y bardd.

"'Mae y rhai ydynt yn meddwl felly yn camgymryd," ebe y pennaeth, gan ostwng ei aeliau ar yr un pryd.

"Nid felly, fy nghyfaill," atebodd yr Esgob, "ac na fydded i ni fod yn rhy brysur. Yr wyf yn gwybod am yr anghyfiawnder a wnaed, ond na fydded i ni, drwy ein ffolineb, roddi achos ychwanegu at yr anghyfiawnder. Yn hytrach, bydded i ni weld beth a ellir wneud drwy foddion teg a heddychol. Nid wyf fi yn credu y bydd i fy arglwydd, y brenin, ganiatáu yr anghyfiawnder hwn, pan y bydd iddo wybod fel y mae pethau yn bod!"

"A ydych chwi yn meddwl," gofynnai y bardd, "y bydd i ddyn a ladrataodd goron dyn arall ymyrraeth pan ladrata ei ffafr-ddyn oddi ar Gymro tlawd? A ydych chwi yn meddwl y bydd iddo ef godi ei fys bach i adfeddiannu y tir a ladratodd de Grey oddi ar gyfaill Richard, i'r hwn y mae yn eiddo cyfreithlon?"

Ysgydwodd yr Esgob ei ben, ac fel yr oedd y bardd yn gwresogi wrth lefaru, ychwanegodd, "Onid ydych chwi yn meddwl mewn difrifoldeb fod yr amser wedi dyfod i ni sefyll ar ein hiawnderau ein hunain? Maent yn barod wedi amcanu ein malurio fel cenedl, a lladd ein hiaith. Hwy a wnaethant ein dynion yn gaethion, a'n merched yn fwy dirmygedig na chaethion. O Dduw, fy nhadau! Pa bryd, pa bryd y daw cyfiawnder yr amser, pan y bydd i Arthur ein brenin ddeffro? Pa bryd y bydd i Gymru eto weld cleddyf ei Phendragon yn disgleirio o flaen ei byddinoedd, ei bicell yn gyrru ein gelynion i ffwrdd, a'r ddagr yn gollwng gwaed ein gormeswyr!"

"Y ffwlcyn barddonol!" bloeddiai yr Esgob allan yn hanner digofus, ac yn hanner gwenu wrth weld brwdfrydedd y bardd, a gofynnai, "Oni wyddost ti fod Arthur yn cysgu y cwsg tragwyddol, ac na ddeffroa hyd nes y swnia utgorn y dydd diwethaf?"

"Nid wyf fi yn gwybod dim," ebe y bardd, "ond yr hyn a ddywedodd beirdd fy ngwlad. Oni ddywedodd Myrddin, *Et exitus ejus dubius exit?* Ai ni chanodd un arall, *Anoet bil bet y Arthur?* (Mae bedd Arthur yn anadnabyddus). Oni wyddom ni ddarfod i Morguien la Vai a Brenhines Gwynedd, a Brenhines y Tiroedd Diffaith a'r Rianferch Brenhines Niume, ei dderbyn i'w cwch, i'w gadw yn ddiogel hyd yr awr y bydd ei angen ar Gymru?"

"Y dyn ynfyd," atebai yr esgob; "ac oni elli di gyfieithu llenyddiaeth y beirdd yn well na hyn? Ac onid wyt ti yn gweld fod meddyliau cuddiedig i'r pethau hyn oll, ac mai yr oll a ddwedodd y beirdd hynafol oedd y codai Cymro o waed Arthur yn yr amser angenrheidiol i ail-feddiannu gorsedd ei wlad?"

"Yn awr, molianner y nefoedd," llefai y bardd, "ac mae fy enaid yn diolch i ti o esgob am y goleuni newydd hwn. Mae fy nghalon yn dweud wrthyf y rhaid iddi fod felly. O! Dall, dall, y bûm i mor hir! O! Y mae fy enaid yn teimlo goleuni nefolaidd, ac mae i'r ysbrydion yn sisial newyddion da yn fy nghlustiau. Gwrandewch," ebe y bardd, a chan gipio ei delyn, torrodd allan mewn teloriad gwyllt ar y geiriau canlynol:

> Os marw Arthur, Glyndŵr sydd yn fyw,
> A Gwalia, Hon ga' deimlo eto'n wiw;
> Hoff Gymru hawlia eto'i heiddo'i hun,
> A Glyndŵr welir ar ei gorsedd gun [*gwych*];
> Sacsoniaid wylwch oll eich creulon ffawd,
> Mewn dewrder ni fu'r Cymry 'rioed yn dlawd;
> Chwi wyntoedd, chwythwch; ddyfroedd, treiglwch
>   chwi;
> Ti, natur, seinia gnul y gelyn du;
> Pob awel, a phob ffrydlif, cenwch gân,
> I lon wresogi brenin Cymru lân.
> Gorwyntoedd, chwythwch drwy y llawr a'r nen,
> Fod Glyndŵr ddewr yn D'wysog Cymru Wen.

Cwympodd y bardd yn ôl yn lluddedig, gan adael i'w delyn syrthio ar y llawr, a'r moment hwnnw clywid sŵn dyfroedd lawer oddi wrth orlifiad sydyn yr afon, a chwibanai y gwynt yn erchyll, nes y meddyliodd y gwrandawyr syn fod proffwydoliaeth y bardd yn cael ei chyflawni. Eisteddai Syr Owain mewn perlewyg, a darfu i Gruffydd hanner dadweinio ei gleddyf; ac yr oedd hyd yn oed yr esgob wedi ei feddiannu gan deimladau galarus, yr hwn, wedi neidio ar ei draed, a eneiniodd Syr Owain â'i ddagrau, a chan osod ei law ar ei ben, erfyniodd am fendith y nefoedd arno ef ac ar ei achos.

Ar ôl hyn bu distawrwydd bir, ac yr oedd y pennaeth, ei fab, a'r esgob yn gwylio y bardd gyda phryder dwys, yr hwn oedd yn dadebru yn araf o'i weledigaeth. Yr oedd ei wynepryd yn llwyd, a gwedd marwolaeth arno; ond pelydrai ei lygaid fel tân o'u llochesau dyfnion, a chrynai ei ddwylo yn ogystal â'i holl gorff gan effaith y bangfa a gawsai. Yn raddol, adferodd, a daeth ato ei hun, gan edrych o'i amgylch. Syrthiodd ei olygon yn gyntaf ar yr esgob, wedi hynny ar Gruffydd, ac yn ddiwethaf oll ar y pennaeth ei hun, yr hwn oedd yn llygadu arno mewn difrifoldeb mawr. Ymddangosai hyn fel allwedd i'w gof cloëdig, ac ymgipiodd gwên fuddugoliaethus dros ei wynepryd, fel yr oedd ei enaid yn darllen cipolwg gwrthrych ei broffwydoliaeth. Heb ddweud gair, cododd ei delyn oddi ar y llawr, ac a'i rhoddodd i'w chadw mewn blwch ysgafn; yna tynnodd agoriad aur o logell ddirgel, ac a glôdd y delyn i fyny. Ar ôl hyn, rhoddodd ysnoden [*rhuban;* Saes: *snood*] drwy ddolen yr agoriad, yna am wddf Syr Owain Glyndŵr, gan ddweud:

"Yn awr, cadwch yr agoriad yna hyd nes y gallwch, fel Tywysog Cymru, ei rhoddi i un a all fod yn deilwng i ddeffroi eich enaid yn nhannau fy nhelyn annwyl. Canys bydded i fy llaw dde anghofio ei chywreinrwydd, os bydd i mi byth gyffwrdd ar dannau y delyn hon wyf yn ei charu fel fy enaid fy hun, nes bydd i'r broffwydoliaeth a roddwyd gan ysbryd y delyn gael ei chyflawni."

Bu tawelwch mawr eto yn yr ystafell, ac yr oedd yr Eglwyswr wedi derbyn argraffiadau dyfnion gan ysbrydoliaeth y bardd, yn gystal â'r cyffroad sydyn a deimlodd ef ei hun. O'r diwedd torrodd Glyndŵr ei hun y tawelwch, a dywedodd:

"Iolo, yr wyf yn diolch i ti o waelod fy enaid am dy ewyllysiad da i mi; ond, mor annwyl ag ydyw Cymru i mi, dewiswn yn hytrach ddioddef colli pob peth, a derbyn pob fflangell a sarhad personol, na bod yn foddion neu yn achos i fy nghyd-wladwyr golli eu gwaed heb achos, neu obaith sicr am lwyddiant, nid i mi yn bersonol, ond i fy ngwlad. Cyn hyn, yr oeddwn yn barod i wrando ar dy gyngor, a herio y Sacsoniaid. Yn awr, pan yr wyf yn gweld y canlyniadau a ddeilliant o'r fath anturiaeth, yr wyf yn ofni y cyfrifoldeb; ac felly, fy nhad parchedig, a fy nghyfaill ffyddlon," gan droi at yr Esgob Trefor, dywedodd, "yr wyf yn cydsynio â'ch cyngor i osod y pwnc o flaen Tŷ yr Arglwyddi. Ac ymhellach, dywedaf, fy mod yn cymryd fy llw, os na orfodi fi i godi arfau i amddiffyn fy nhŷ rhag ymosodiad, neu amddiffyn fy mhobl fy hun rhag mwy o sarhad a fforffedu pellach ar eu heiddo, neu i hawlio yn ôl eiddo personol, o'r hwn y gallaf gael fy ysbeilio drachefn, y bydd i mi anghofio gwaed y rhyfelwr yn fy ngwythiennau, ac ymddwyn yn llwfrddyn, drwy ymddarostwng i'r golled bersonol o'r tir hwn."

"Fy nghyfaill urddasol," ebe yr esgob, a bodlonrwydd yn tywynnu o'i lygaid, "gorffwyswch yn dawel, canys cymerwyd sylw yn y nefoedd o'ch aberthion, ac ad-delir yn dda i chwi. Er y byddwn i y diwethaf i ddewis bod yn llygad-dyst, ac yn fwy amharod i gynghori tywallt gwaed, eto pe yr ymosodid arnoch, neu ar eich eiddo, yna byddwch yn ddieuog yng ngolwg y nefoedd. Mae fy ffydd, pa fodd bynnag, yn gref y bydd i bendefigion Lloegr a'u a brenin wneud cyfiawnder â chwi."

"Caniatäed y nefoedd iddi fod felly," atebai Syr Owain. "Ac yn awr, fy nghyfeillion, fy nghais olaf atoch yw: bydded i bob un ohonoch, yr wyf yn erfyn arnoch, rwymo i fyny yn eich mynwesau ein holl ymadroddion a'n cydymgynghoriad yma heddiw; ac yn neilltuol na sisialer gair o'r hyn a ddywedodd ein cyfaill gorau, y ffyddlon Iolo Goch, wrth yr un glust ddynol, rhag ofn i hynny brysuro y trychineb y cymerais fy llw y gwnawn fy ngorau i'w atal."

"Mae eich cyngor yn ddoeth," ebe yr esgob, "a diau y bydd i bob un ohonom ufuddhau."

"Dywedwch y peth a fynnoch," haeriai y bardd, "ond ni ddarfu ysbryd fy nhelyn erioed fy siomi. Mewn trefn i brofi, pa fodd bynnag, fy mod mor onest â'r un ohonoch i ochel toriad rhyfel allan, yr wyf yn addo na fydd i mi yngan gair o'r hyn a gymerodd le yma heddiw, hyd nes y trewir yr ergyd gyntaf. Ond, gan y rhaid i fy enaid lefaru, neu fy nwyfron ffrwydro, af i uchder yr

Wyddfa, cryd y gwyntoedd, ac i ben Pumlumon, tarddle
y dyfroedd, ac yno sisialaf y dirgelion nad allaf gelu.
Carir y newyddion ar adenydd y dymestl, ar wefusau y
gwynt, ar ddwyfron yr afonydd, ac yng nghalon y
gwlithyn; mae eto yn aros yng Nghymru feirdd gyda
gallu a gwroldeb i ddarllen dirgelion natur; a phan ddaw
yr amser, a bydd yn sicr o ddyfod, i Glyndŵr alw am
gymorth, bydd iddo ganfod y bobl yn barod, gyda'n
picellau cuddiedig wedi eu dwyn i'r amlwg, a'u gloywi, y
bwyelli wedi eu hogi, y bwâu wedi eu heneinio, a'r
saethau wedi eu gosod, drwy hyd a lled Cymru, ac eto
ni fydd tafod dynol wedi sisial gair o rybudd! Bu fy holl
efrydiaeth o farddas yn ofer os nad wyf yn llefaru
gwirionedd, ac os na phrofir y gwirionedd hwnnw."

Nid atebwyd gair i'r uchod; a phenderfynwyd fod yr
Esgob Trefor i gynnig am brawf ar achos y tir, rhwng
de Grey a Syr Owain Glyndŵr, yn Nhŷ yr Arglwyddi, ac
anfon hysbysrwydd prydlon i Glyndŵr. Wedi deall ei
gilydd fel hyn ymneilltuodd pob un i orffwys am y
noson.

Pennod VII
Cadair Bronwen

Yr oedd Gruffydd Fychan, mab Owain Glyndŵr, tra wedi ei addysgu yn dda yn llenyddiaeth ei wlad, wedi ei hyfforddi yn gyflawn, mor bell ag yr oedd ei oed yn caniatáu, yn y gwasanaeth o drin arfau rhyfel, fel y gellir dweud ei fod yn feistr perffaith ar arfau milwrol, yn ogystal a dirgelion yr helfa; canys heb ei gyfaddasu fel hynny, ni allasai bonheddwr o'r cyfnod hwnnw ddisgwyl cael ei edmygu. Meddai gorff cryf a bywiog, llygaid eryraidd, arddyrnau ystwyth, ond cryfion fel dur, troed sionc, ond sicr, calon wrol, a phenderfyniad anorchfygol, fel ag y teimlai mor gartrefol tra yn marchogaeth ei geffyl cyflym ar y maes agored, neu yn cyfarfod gwrthwynebydd mewn brwydr ddynwaredol, ag a wnâi tra yn ymgripio ymhlith clogwyni danheddog mynyddoedd gwlad ei enedigaeth, cartref yr eryrod. Yr oedd mynyddoedd clogwynog y Berwyn, a ymestynnent o Glyndyfrdwy yn ddeheuol, ac yn orllewinol, a'r pryd hwnnw yn orchuddiedig mewn llawer o fannau gan goedwigoedd tewion, yn lle dymunol i heliwr anturiaethus; a llawer gwaith y dychwelodd Gruffydd oddi yno yn llwythog o gynhyrchion yr helfa, am yr hyn yr oedd yn gwbl ddyledus i'w droed cyflym, braich gref, a llygad sicr.

Un bore, ymhen rhai wythnosau ar ôl y digwyddiadau a gofrestrasom, canfu Gruffydd ei hun ar ben mynydd uchel, un o gadwyn Berwyn, ar yr hwn nad oedd wedi rhoddi ei droed ers amryw flynyddoedd. Yn wir, wrth ddychwelyd o ymdaith i'r mynydd hwn gyda'i gyfnither Bronwen y darfu iddynt wneud eu haddunedau plentynnaidd fuont yn achos eu gwahaniad; a dechreuodd ei galon guro gyda gwresogrwydd adnewyddol wrth gofio ei fod yn sathru y llwybr fu yn olygfa ei gariad bachgennaidd. Ar gopa uchaf y mynydd yr oedd carreg fawr, ar ffurf eisteddle, a adnabyddid wrth yr enw Cadair y Dewin, ac oddi wrth yr hon yr enwyd y mynydd ei hun. Cofiodd yn awr iddo, y diwrnod yr oedd Bronwen gydag ef ar y mynydd, ei gosod i eistedd yng nghadair y dewin a chyhoeddi y byddai i'r mynydd o hynny allan gael ei alw Cadair Bronwen, ac nid Cadair y Dewin. Dyna yr enw sydd ar y mynydd hyd y dydd heddiw, sef yr un a roddwyd iddo gan y carwr plentynnaidd yng ngwresogrwydd ei gariad cyntaf. Mae y mynydd hwn dros 2,500 o droedfeddi o uchder; ac fel y cyrhaeddodd y llanc ieuanc ei ben uchaf, gwelai ei fod yn cael ei amgylchu gan gylch arlunfa o olygfeydd gogoneddus a swynol. Gallai weld tonnau gleision Môr y Werddon dros arfordir y Rhyl, yr uchelfrig Foel Famau ar ei ochr dde, ac ar ei ochr chwith gwelai fynyddoedd uchel cadwyn yr Wyddfa. Disgleiriai Llyn Tegid, ger y Bala, yn y gorllewin, ac o'i flaen tywynnai Llyn Mynyllod, sef y llyn swyn-hudol o ynysoedd nofiedig, cartref y dewin, sedd yr hwn oedd ar ben y mynydd. Draw yn y dwyrain gellid gweld adfeilion Clawdd Offa, y cylch-derfyn a godwyd gan y Sacsoniaid i ddangos ffiniau Cymru; ac ar ochr ddwyreiniol y mynydd ei hun yr oedd cwm, enw yr hwn oedd yn dwyn ar gof creulonderau y cymod hwnnw. Yr oedd y ceunant hwn unwaith yn gartref ysbeiliwr nodedig o'r enw Enog, yr hwn na ddychrynwyd gan y gyfraith a wnaed i dorri ymaith llaw dde pob Cymro a ddelid ar ochr Sacsonaidd Clawdd Offa; canys arferai Enog wneud gwibdeithiau ysbeilgar i diriogaethau y Sacsoniaid. Yn y cyfamser, cafodd ei ddal a gorfodwyd ef i dalu tynged ei or-hyfder. Byth ers hynny, galwyd y ceunant Cwm-llaw-Enog, sef y glyn lle y collodd Enog ei law.

Yr oedd traddodiad hynod hefyd yn bodoli ynghylch Cadair hen Sedd y Dewin, sef y byddai i bwy bynnag a gysgai arni freuddwydio a gweld gweledigaethau o gyfran bwysig o'i fywyd dyfodol. Wedi newid ychydig ar y traddodiad hwn, ynghyd â'r olygfa, ysgrifennodd Mrs. Hemans* fel y canlyn:

> Tra'n distaw ymorwedd, drychiolaeth ddaeth
>   arnaf,
> I draethu'r hyn welais, y geiriau ni ddaw!
> O'm blaen ymsymudai y pethau rhyfeddaf,
> Tra'm calon ar lesmair gau londer a braw!
> Ymdroai o'm cwmpas y bodau ofnadwy –
> Niwl anadl marwoldeb yn llon dros eu gwedd,
> Mi waeddais ar d'w'llwch i'w cuddio, can's ynwy'
> Gorffwylledd ac angau ddinistrient fy hedd.

Nid oedd Gruffydd o angenrheidrwydd yn gwybod dim am arall-eiriad y farddones, ond yr oedd yn eithaf hyddysg yn y traddodiad cyffredin yn y gymdogaeth, ac felly dan hanner chwerthin, efe a fwriodd ei hun i'r eisteddle, ac a hunodd, mewn canlyniad yn ddi-dadl i'r lludded a deimlodd ar ôl dringo i ben y mynydd. Efe a freuddwydiodd. Ymddangosai yn sefyll yn ymyl castell, ac yn un o'r ffenestri gwelai ei annwyl Bronwen yn estyn ei breichiau allan ato ef am gymorth, ac o'r tu ôl iddi gwelai wynepryd gwatwarus Marglee, yn rhoddi ar ddeall iddo fod Bronwen unwaith yn rhagor o fewn ei

---

* Felicia Hemans (1793-1835), bardd o dras Seisnig ond a fagwyd yng Nghymru. Nid yw'n rhy adnabyddus erbyn heddiw ond yn ystod ei hoes hi oedd un o feirdd benywaidd fwyaf poblogaidd a llwyddiannus yr iaith Saesneg. Cyfieithiad Beriah o'i geiriau yw'r gerdd hon, ond mae'n debyg y gallai Hemans siarad Cymraeg.

allu, ac mai oferedd darparu moddion i geisio ei hachub. yng nghynddaredd ei ddigofaint ymddangosai y gŵr ieuanc fel pe buasai yn curo ei hun yn erbyn barau haearn y drws oedd yn arwain i rannau mewnol y castell, a thrachefn rhwygodd ei ewinedd a blaenau ei fysedd yn ei ymegnïed aflwyddiannus i ddringo dros furiau y tŵr, tra yr oedd sgrechiadau Bronwen yn ail-ddyblu ar ei glustiau, a chwerthiniad gwatwarus Marglee yn uwch nag erioed. Ar yr amrantiad, safodd marchog wrth ei ochr mewn llawn wisg o arfogaeth ddu, gyda rhyw gerfluniau ar ei darian a'i lurig, ac un gair o danynt. Trodd y marchog hwn ato, a dywedodd wrtho, "Drwof fi yn unig y gelli di ei chael," a'r foment ganlynol gosodwyd Bronwen yn ei freichiau.

Yr oedd ysgrechfeydd Bronwen, y foment cyn i'r marchog du ei rhoddi yn ei freichiau, eto yn atseinio yng nghlustiau y llanc, fel y neidiai oddi ar sedd y dewin ac yr edrychai yn wyllt o'i amgylch. Cyfarfu ei edrychiad yn awr â golygfa a wnaeth i'w waed redeg yn oer i'w galon, a'i wallt sefyll yn syth ar ei ben. Ar ymyl craig-ddibyn ofnadwy, a dychryn yn argraffedig ar bob llinell o'i wynepryd, safai Bronwen; tra yn union o'i blaen yn atal ei dyfodiad i fyny, ac oddi wrth yr hwn yr oedd wedi cilio i'r fan peryglus, safai blaidd aruthrol mewn maint yn ysgyrnygu ei ddannedd disglair, gan fwynhau y disgwyliad am bryd amheuthun a welai o'i flaen. Teimlai Gruffydd mewn llwyr anobaith. Ofnai i unrhyw gychwyniad sydyn o'i eiddo gynhyrfu Bronwen i golli ei chydbwysedd a chwympo; tra os esgeulusai, y gallai y blaidd benderfynu ei thynged yn ddi-oed. Yr oedd yn amlwg nad oedd Bronwen na'r blaidd wedi sylwi ar ei bresenoldeb ef – un mewn gormod o bangfa o ddychryn, a'r llall yn rhy benderfynol o'i ysbail. Nid oedd yn aros i Gruffydd wneud ond un o ddau beth erchyll, un drwy yr hwn y byddai iddo mewn amrantiad selio tynged Bronwen yn ogystal â'r eiddo ei hun, neu roddi cyfle iddi hi gael diogelwch, tra yn ychwanegu ei berygl ei hun. Pe na fuasai Bronwen mewn perygl i syrthio i'r gagendor ofnadwy islaw iddi, ni fuasai dim anhawster, gan ei fod ef o'r tu ôl i'r blaidd, ac felly yr oedd ar dir manteisiol. Yr oedd arno ofn ymosod ar y blaidd, er ei fod yn sicr o fuddugoliaeth, rhag ofn y buasai hynny yn cynhyrfu Bronwen i golli ei chydbwysedd ansicr a chwympo. Ofnai alw arni rhag i sŵn ei lais ei chyffroi. Nid oedd ond un peth iddo wneud yn awr, ac yr oedd y dewisol beth hwnnw yn ddychrynllyd erchyll. Pe gallai ond cyrraedd Bronwen heb ei chyffroi, a'i gwaredu o'r lle peryglus yr aethai iddo gan ofn y blaidd, byddai pob peth yn iawn. Ond pa fodd yr oedd yn ddichonadwy gwneud hynny? Yn unig drwy naid mor gyflym ag a fyddai yn hollol annisgwyliadwy, ac mor agos i ymyl y dibyn fel ag i beryglu mynd drosodd, y gallai obeithio am lwyddiant. Pe buasai aberthiad pob gobaith am ei ddiogelwch ei hun yn achub Bronwen, ni fuasai yn petruso moment; ond buasai aberthiad ei fywyd ei hun yn aberthiad i'w bywyd hithau yr un modd. A allai efe ymddiried yn ei droed sicr i ddal ei hun i fyny ar fin y dibyn, ar ôl naid mor enfawr? Dyma yr unig obaith oedd ganddo, a thrwy anfon saethweddi[*] ddirgelaidd i'r nefoedd am lwyddiant, neidiodd!

Cynhyrfwyd llygaid rhythedig Bronwen gan wrthrych tywyll yn disgyn tuag ati, a chan feddwl mai y blaidd ydoedd, cododd ei dwylo i fyny yn ddychrynedig. a chyda chroch-floedd cwympodd dros y dibyn.

Ond, pa fodd bynnag, gafaelodd braich gref am ei gwasg, fel yr oedd yn syrthio, a chyda charlamau cyflym cariwyd hi ddwsin o lathenni oddi wrth ymyl y clogwyn.

---

[*] *Saethweddi:* Gweddi taer, yn enwedig gan un mewn trallod.

Sicrhaodd eofndra y weithred ei hun yr amcan mewn
golwg, ac yr oedd yn dda i Gruffydd ei fod ers yn ieuanc
wedi arfer dringo ar hyd y creigiau, ac felly yn creigiwr
da, drwy yr hyn y galluogwyd ef i gyflawni naid a
olygasai farwolaeth sicr i un llai ei arferiad a llai bywiog.
Fel yr oedd, cafodd y blaidd ei ddychryn gan yr olygfa
ddrychiolaethol fel ag i fod am foment yn ddiniwed;
ond fel y gwelodd ei ysbail bwriedig yn cael ei chario
ymaith o'i gyrraedd, dyblodd ei gynddaredd, a phan
osododd Gruffydd wrthrych ei serch yn ddigon pell
oddi wrth y diffwys i fod yn ddiogel, ac y trodd i edrych
o'i ôl, canfu y bwystfil rheibus yn edrych arno gyda
llygaid tanllyd, dannedd ysgyrnygol, a safn agored.

Yr oedd Gruffydd, pa fodd bynnag, yn rhy
gyfarwydd â'r fath ymrysonfa ag oedd o'i flaen yn awr i
ofni y bwystfil yr oedd i ymladd ag ef. Ei unig
feddylddrych oedd cadw y bwystfil yn ddigon pell oddi-
wrth Bronwen, rhag y byddai perygl iddi hi gael niwed
yn yr ymdrechfa. Felly, rhoddodd ei law ar ei ochr i
deimlo am ei gyllell finiog, canys heb y cyfryw nid âi hyd
yn oed yr amaethwr allan o'i dŷ, er darparu ei hun i'r
frwydr. Wel, er ei fawr ddychryn canfu fod ei gyllell
wedi llithro allan o'r wain, pan wnaeth ei naid erchyll, ac
yno, yn wir, y gorweddai ar y graig o fewn llathen i'r
dibyn dychrynllyd, ac o leiaf ddwsin o lathenni o'r tu ôl
i'r bwystfil ffyrnig. Er y cwbl, nid oedd Gruffydd eto
wedi digalonni. Ac er ei fod yn awr heb erfyn, meddai
ar galon gref, ac edrychodd yn myw llygaid y bwystfil,
gan benderfynu peidio colli unrhyw gyfle i amddiffyn ei
hun. Darfu iddo hyd yn oed symud ymlaen, yn nes at ei
elyn, pan wnaeth y blaidd naid erchyll tuag ato gyda'r
amcan o blannu ei ddannedd yng ngwddf y llanc! Fel yr
oedd yr anifail yn neidio arno, llwyddodd Gruffydd i
estyn ei ddwylo cryfion i'w ddal gerfydd corn ei wddf,
pan oedd yn meddwl gwneud cnawd gwddf y bachgen

yn wain i'w ddannedd llymion. Yr oedd y bwystfil mor gryf, a'i naid mor nerthol fel y cwympodd Gruffydd dano i'r ddaear; ond er hynny, daliodd ei afael yn dynn yn ei wddf, gan ei gadw draw ar hyd ei freichiau, rhag iddo blannu ei ddannedd ynddo.

Yr oedd Bronwen erbyn hyn yn dadebru o'i phangfa berlewygol a gawsai funud yn ôl; ond suddodd ei chalon o'i mewn yn is fyth pan welodd ei hamddiffynnydd dewr mewn ymladdfa farwol ar y ddaear gyda'r bwystfil ffrochwyllt. Yr oedd yr olygfa wedi ei herchyll-swyno, fel na allai dynnu ei llygaid oddi ar yr ymdrechfa ddychrynllyd, na symud cam i helpu y llanc. Yr oedd fel pe buasai wedi ei hoelio yn y lle. Ymroliai Gruffydd a'r blaidd drosodd a throsodd, y naill dros y llall, gan ddynesu yn raddol ond yn sicr at y dibyn arswydus oedd gerllaw; ac yn fuan prin yr oedd llathen rhyngddynt ag ef. Yr oedd pob symudiad a phob moment yn bygwth eu hyrddio drosodd i farwolaeth sicr ar y creigiau ysgythrog islaw, ac eto ni ollyngodd Gruffydd fymryn ar ei afael. Yn awr, er y cwbl, teimlodd ei nerth yn pallu. Yr oedd ei ymdrechion erchyll wedi ei wanhau, ac yr oedd yn gwybod yn rhy dda y dynged sicr oedd yn ei aros os gollyngai ei afael, neu os symudai yn rhy agos i ymyl y dibyn, ac eto er ei holl ymdrechion teimlai un droed yn crogi uwchben y gagendor ofnadwy, tra y darfu braidd yn ddiarwybod iddo ei hun ollwng gafael ei law dde i ymaflyd yn y graig rhag syrthio drosodd drwy wneud tro arall, yr hwn a brofai yn angheuol. Gorweddai yn awr ar wastad ei gefn, a thafod lluddedig y bwystfil bron â chyffwrdd â'i wyneb; teimlai ei anadl poeth a drewedig ar ei ruddiau; gwelai ei lygaid gwylltion a melltennog yn rhythu arno a braidd a neidio o'i llochesau gan y gwasgiad a gadwai y llanc yn barhaus ar ei wddf. Fel y taflodd ei law drachefn i'w achub rhag tro arall, trawodd rywbeth a wnaeth sŵn metelaidd yn

erbyn y graig, a chyda ebychiad o lawenydd yn ei lygaid
a dychlamiad calon ddiolchgar, gafaelodd yng ngharn ei
gyllell golledig! Gydag un ergyd cywir a nerthol,
plannodd y llafn cryf hyd y carn yn ochr y bwystfil, gan
drywanu ei galon, a therfynu ei ymladdfa! Wedi hanner
godi ei hun a'i bwysai ar ei benelin, gwelai y dyfnder
dychrynllyd islaw, a'r clogwyni danheddog fuasent yn
dryllio ei gnawd pe syrthiasai i lawr, a chydag iasau o
ddychryn yn ei dreiddio, efe a gododd ar ei draed, a bu
agos iddo syrthio wrth gilio o'r lle brawychus.

Bronwen – yr hon fu yn llygad dyst o'r olygfa
ofnadwy, ac na allai ond prin anadlu gan ofn a gobaith
a'i meddiannent bob yn ail, tra yr oedd yr ymdrechfa yn
mynd ymlaen yn ei llawn rym – a neidiodd ymlaen yn
awr i gyfarfod y llanc, fel yr oedd yn cwympo yn
lluddedig i'r ddaear, a phenliniodd i lawr, gan osod ei
ben i orffwys ar ei hysgwydd; yna symudodd yn ôl ei
wallt crych ar ei dalcen yn dyner â'i llaw, a sychodd
ymaith y dafnau chwys oddi ar ei ruddiau â'i ffunen
[*cadach*] ei hun. Teimlodd Gruffydd deloriad o lawenydd
yn treiddio drwy ei holl gorff, fel yr oedd yn rhoddi ei
ben i orffwys ar ei hysgwydd a chyffyrddiad ei llaw
dyner yn pasio dros ei dalcen a theimlai y gallai wynebu
marwolaeth ei hun er ei mwyn. Ei orchwyl cyntaf ar ôl
iddo ddyfod ato ei hun, a chael bodlonrwydd nad oedd
Bronwen wedi derbyn dim niwed oddi wrth ei
hanturiaethau diweddar, oedd cymryd ymaith groen ei
wrthwynebydd gorchfygedig, sef y blaidd. Yr oedd y
bwystfil cymysglwyd yn greadur dychrynllyd i edrych
arno, hyd yn oed tra yn gorwedd yn farw, ac yr oedd
dagrau o lawenydd a diolchgarwch yn ffynhonni llygaid
Bronwen wrth feddwl am y pybyrwch a ddangosodd ei
gwaredwr wrth beryglu ei hun er ei mwyn. Nid oedd
blingo y bwystfil ond gwaith ychydig funudau i heliwr
mor hyddysg â Gruffydd. Bu agos i'r ymladdfa a'u cario

dros y dibyn i'r gwaelod, a chanfu y llanc fod pen a pharth blaen corff y bwystfil yn hongian dros ymyl y clogwyn. Wedi gorffen ei waith, a thaflu y croen gwerthfawr wrth draed Bronwen, eisteddodd wrth ei hochr ar y sedd swyn-hudol, ac yn eu hymddiddan melys, pasiodd yr amser heibio yn gyflym. Adroddodd ei brofiad yn y bore, a'r pleser a deimlodd wrth ganfod ei hun yn safle eu cydgyfarfyddiad melys blaenorol, ei awyddfryd am ail ymweld â'r eisteddle a gysegrodd iddi hi, a'r gweledi-gaethau rhyfedd a welodd yn ei freuddwyd; ond yn ei fyw ni allai gofio dullwedd arfbais nac arwyddair y marchog du.

Ar ôl gorffen ei adroddiad, gorlenwyd ef â llawenydd pan ganfu Bronwen yn gwrido wrth gyfaddef mai yr un dibenion fuont yn foddion i'w harwain hithau i'r lle yr oeddynt ynddo yn awr. Bydd i ni, pa fodd bynnag, dynnu y gorchuddlen dros yr hyn a ganlynodd, ond yn unig sicrhau y darllenydd fod ei ragdybiau yn gywir, ac iddynt godi o'u heisteddle yn gariadon cydnabyddedig, wedi tyngu y llwon arferol o ffyddlondeb tragwyddol, a chyfnewid yr arwyddion arferol o fodolaeth y cyfryw amodau. Mae yr arwyddion hyn yn felysach na geiriau, yn ddealladwy ym mhob iaith drwy y byd ben baladr, ac yn rhai na all unrhyw eneth fethu eu deall, ac ni all unrhyw lanc fethu eu hamlygu.

Ar ôl hyn, disgynasent i lawr y mynydd, a chariodd Gruffydd arwydd gwaedlyd ei fuddugoliaeth; ac fel yr oeddynt yn mynd heibio ysgerbwd marw y blaidd, ciciodd Gruffydd ef dros y dibyn creigiog, lle y bu ef a'i ddyweddi yn y fath berygl o ddyfod yn rhy gydnabyddus ag ef. Wedi arwain Bronwen i olwg ei chartref, sef Rhug, gadawodd Gruffydd hi, gan addo galw y dydd canlynol i weld ei thad, i ofyn ei ganiatâd i'w charu.

Pennod VIII
Y Prawf

Disgrifiwyd Sycharth, anheddle Syr Owain Fychan, neu Owain Glyndŵr, gan y bardd Iolo Goch fel plasty gorwych, ac felly yr oedd yn ddiddadl y cyfnod hwnnw. Yr oedd, pa fodd bynnag, yn llawer mwy addas i fod yn anheddle gwledig bonheddwr diweddar nag yn gastell cadarn barwn yn y cyfnod terfysglyd am yr hwn yr ydym yw ysgrifennu, canys nid oedd braidd ddim i'w amddiffyn ond y ffos oedd o'i amgylch, dros yr hon yr oedd pont symudol yn arwain i mewn; eithr anaml y codid honno. Safai y tŷ ar fryn bychan, a ymddangosai o waith gelfyddyd. Dichon y bu ar y bryn hwn amser pell yn ôl hen Gaerfa Brydeinig, neu amddiffynfa, ond yn awr yr oedd plasty Syr Owain yn gorchuddio y le. Yr oedd cynllun adeiladaeth y cyfnod hwnnw yn gwahaniaethu llawer yn barod oddi wrth y cynllun Edwardaidd – gymaint, yn wir, ag yr oedd yr olaf yn gwahaniaethu oddi wrth gynllun cilwgol y Normaniaid.[*] Er bod tŷ pob dyn eto yn gastell iddo, yr oedd y castell hwn wedi ei ddarparu gyda mwy o gysuron tŷ neu gartref nag yr arferwyd wneud mewn unrhyw gyfnod blaenorol. Cyn hyn, aberthid cysur a phrydferthwch am gryfder a diogelwch. Yn awr, yr oedd pobl mor awyddus am gysur a phrydferthwch ag y buont am esgeluso llawer o bethau a dybid gynt oeddynt yn angenrheidiol er diogelwch.

---

[*] *Cilwgol:* ag iddo olwg fygythiol. Ystyr 'Edwardaidd' yn y cyd-destun hwn yw cyfnod Edward/Iorwerth I, nid VII, nad oedd eto wedi bod adeg y nofel.

Yr oedd y cyfnod yn un o gyfnewidiadau, ac nid hynny yn unig, ond yn un o gynnydd hefyd. Ni allwn weld mwy o gyfnewidiadau yn unrhyw gyfnod o hanesyddiaeth Brydeinig o'r hen lwybrau arferol, na mwy o arwyddion amlwg o gynnydd cymdeithasol a gwleidyddol, nag yn ystod y cyfnod Lancastraidd. Yr oedd y deyrnach Lancastraidd yn ddyledus am ei ddyrchafiad i deitl Parliamentaidd – ffaith oedd ynddi ei hun yn ergyd i awdurdod unbenaethol, ac yn ychwanegiad cyferbyniol at awdurdod y bobl. Nid ydyw yn rhyfedd fod llywodraeth oedd yn ddyledus i'r bobl am ei hawdurdod yn awyddus i gryfhau yr awdurdod drwy ennill ewyllys da y bobl, ac yr ydym yn canfod, gan hynny, fod Harri yn caniatáu llawer o ragorfreintiau, ymhlith y prif rai yn wleidyddol yr oedd cynnig deddfau cyflawn dan yr enw Rheithysgrifau, yn lle hen ddeisebau, â'r rhai yr oedd y Brenin yn cydsynio; ac nid oedd ganddo ryddid i'w newid yr un modd ag y gwnaeth gyda'r deisebau; hefyd cafodd tŷ y Cyffredin gyflawn ryddid ymadrodd.* Ar ddiwedd y cyfnod blaenorol a pharhad yr un presennol y darfu i'r caethion amaethyddol neu dyddynnol, oeddynt yn rhwym i'r arglwyddi ac i leoedd neilltuol, ryddhau eu hunan i fod yn llafurwyr a chrefftwyr rhyddion; a darfu i'r dosbarth gorau o'r mileiniaid tirol alw eu hunain yn rhyddddeiliaid a nawdd-feddianwyr. Gyda'r gwelliant hwn yn sefyllfa y bobl, daeth gwelliannau cyferbyniol yn eu cysuron cartrefol, a phrofir hyn yn amlwg iawn drwy y codiad a gymerodd le yng nghyflogau y dosbarth gweithiol rhwng y blynyddoedd 1388 a 1444 a'r cyfreithiau i reoli gwisgoedd a basiwyd, y rhai a

---

* *Rheithysgrifau:* 'Mesur' yw'r term cyfredol am y rhain. Go brin y byddai gan dŷ'r Cyffredin rhyddid i lefaru yn yr ystyr cyfoes, ond yn sicr bu ganddynt fwy o hawliau na mewn cyfnodau cynharach.

ddangosent eiddigedd y dosbarth uchaf wrth ddynesiad cyflym y dosbarth gweithiol at y dosbarth pendefigaidd yn eu dull o fyw. Heb fynd i fanylu am y deddfau hyn, y mae yn amlwg oddi wrthynt eu bod yn arddangos newidiad mawr ac amlwg er gwell yng nghyflwr y dosbarth gweithiol; a gallwn ddeall yn rhwydd fod y dosbarth uchaf yn cynyddu yn gyferbyniol mewn trefn i ddal i fyny y gwahaniaeth cymharol rhwng eu hamgylchiadau ac eiddo'r bobl gyffredin.

Cyfranogodd yr iaith hefyd o ddylanwad y cyfnewidiadau cyffredinol. Fel yr ymdoddodd y Normaniaid a'r Sacsoniaid yn raddol i fod yn Saeson, felly hefyd yn awr cododd o fedd yr hen iaith Anglo-Sacsonaidd yr iaith fyw, nerthol a chynhwysfawr yn yr hon yr ysgrifennodd Chaucer, a'r hon y gall Saeson y dydd heddiw ddarllen, ysgrifennu a deall; yr hon, yn wir, gydag ond ychydig o gyfnewidiadau arwynebol, maent yn siarad yn awr. Mae yn wir bod y Ffrangeg yn parhau y pryd hwnnw yn iaith y Llys, ac yn iaith swyddogol y deyrnas; ond gan fod yr Anglo-Normaniaid wedi eu neilltuo o'r cyfandir, yr oedd Ffrangeg y Llys Seisnig yn gwahaniaethu cymaint oddi wrth Ffrangeg y Llys Ffrengig ag oedd iaith ddiweddar y Cymry yn wahaniaethu oddi wrth iaith frodorol America.[*] Yr oedd yn amhosib i Ffrangeg hynafol y Llys Seisnig gyd-fodoli yn barhaus gyda Sacsoneg yr holl bobl yn gyffredinol. O'r diwedd profodd rhyfel, fu yn achos cyntaf i ddwyn iaith dramor i'r wlad, yn farwolaeth iddi fel iaith Lloegr. Darfu i'r rhyfeloedd rhwng Lloegr a Ffrainc yn y 14eg a'r 15eg ganrif lenwi pendefigion y ddwy genedl gyda chasineb y naill at y llall, gan leihau yng ngolwg yr

---

[*] Gormodiaith llwyr yn amlwg, ond cyfeiriad yw hwn mae'n debyg at y traddodiad mytholegol bod Madog wedi ymweld ag America a thrwy hynny y Gymraeg rywsut wedi'i fabwysiadu gan y brodorion.

Anglo-Normaniaid werthfawredd yr addysg lenyddol a gludwyd o Ffrainc; ac felly yr oedd pob bonheddwr a deimlai yn ofalus dros anrhydedd cenedlaethol, yn rhwym o gysuro eu hunan drwy ddarllen gweithiau o gynhyrchiad cartrefol. Yn raddol, newidiwyd y baledi a'r rhamantau fuont braidd yn hollol Ffrengig, a dechreuwyd eu cyfansoddi bob yn ail bennill yn y Ffrangeg a'r Saesneg; ac yn ddiweddar daeth yr holl weithiau yn gwbl Seisnig.

Profodd yr holl bethau a nodwyd bresenoldeb ysbryd cyfnewidiad tra grymus, ac yr oedd yr ysbryd hwn yn deillio oddi wrth allu hynafol y cleddyf, a darostyngiad pob buddion i fod yn is-wasanaethgar i'r gallu milwrol; ac yr oedd yn cyfeirio ymlaen at amser i ddewis cysur, mwyniant, ac hyd yn oed moethau yn ogystal â diogelwch, yn lle gerwinder ac anghysur yr hen ddull o fyw, neu yr hyn a ellir alw yn ansicrwydd parhad bywyd a meddiannau dan yr hen uchafiaeth farwnol. Rhaid i ni gofio hefyd mai Cymro oedd Syr Owain Fychan, ac fel y cyfryw yr oedd yn ymlynu yn dynn wrth draddodiad ei wlad; eto yr oedd Syr Owen de Glendore, fel y gelwid ef, yn Sais o ran addysg, wedi ei ddwyn i fyny yn yr ysgolion Seisnig, ac wedi bod mewn cysylltiad â llys y penadur Seisnig, yn ogystal ag ymladd fel marchog Seisnig dan y faner Seisnig yn y rhyfelgyrch i Iwerddon. Yr oedd yn naturiol, gan hynny, iddo ef dymheru ychydig ar y dull garw Cymreig o fyw gyda diwygiad a moethau Seisnig, a dwyn i sylw ei denantiaid lawer o'r arferion a'r defodau a welodd; a'r dullweddau y cymerodd ran ynddynt yn ystod ei ymdeithiau yn Lloegr. Ni ellir, gan hynny, dynnu darlun perffaith o fywyd Cymreig y cyfnod hwnnw heb ddangos rhyw neilltuolon Seisnig yn gymysgedig â'r defodau Cymreig. Ymhlith newyddbethau eraill a ddygodd Syr Owain i blith ei gydwladwyr, yr oedd y gorchest-gampau cenedlaethol yr ymhyfrydai y Saeson a'r Normaniaid ynddynt, y rhai a ffurfiasant disgyblaeth ac ymarferiad ardderchog yng ngwaith mwy pwysig ar feysydd yr ymladdfeydd; ac yr oedd yr amser i ddyfod yn fuan pryd y byddai Owain Glyndŵr yn falch bod Syr Owen de Glendore wedi arfer ei feibion a'i gyfeillion i'r urddas filwrol o wib-farchogaeth, a'i ymlynwyr i ddefnyddio arfau mewn ffug-frwydrau, y rhai a brofasant mor ddefnyddiol pan ddaeth eu heisiau mewn gwirionedd.

Wedi i Gruffydd Fychan, mab Syr Owain, adael Bronwen yng ngolwg Rhug, ei chartref, ar ôl eu hanturiaeth yn y mynydd a'r frwydr gyda'r blaidd, prysurodd adref i Sycharth a'i galon yn dychlamu o lawenydd wrth feddwl am drannoeth, pryd y coronid ei holl obeithion. Ond y mae dihareb a brofodd yn wirionedd yn rhy aml, *"L'homme propose, et Dien dispose;"* (Bwriada dyn, a threfna Duw). Felly profodd yn achos Gruffydd. Mor fuan ag y cyrhaeddodd adref, canfu fod cenadwri wedi ei derbyn oddi wrth y ffyddlon Esgob Trefor yn erfyn am bresenoldeb diatreg [*ar unwaith*] Syr Owain yn Llundain, gan fod y dadleuon ynghylch mater Y Croesau i gymryd lle ar fyrder. Yr oedd ei lythyr yn annog y pennaeth i beidio caniatáu unrhyw oediad. Penderfynodd Syr Owain y cymerai ei fab Gruffydd gydag ef, ac ond ychydig o'i ymlynwyr. Gorchmynnwyd Gruffydd, gan hynny, i wneud pob darpariaeth angenrheidiol, ac er bod y darpariaethau hyn yn syml, cymerasant i fyny oriau gweddill y dydd. Bore drannoeth, ar doriad dydd, cychwynnodd yr osgordd fechan o farchogwyr, a thaflodd Gruffydd gipdrem hiraethus i fyny'r dyffryn i gyfeiriad Rhug, cartref Bronwen, fel y cychwynnai i'w daith i lawr y dyffryn. Nid oedd ei ffordd am dipyn o bellter fawr well na llwybr cul drwy y goedwig ar lan y Dyfrdwy. Yr oedd yr holl fintai wedi ei llawn arfogi, a gwisgai Syr Owain a'i fab ryfelwisg gyflawn, gan farchogaeth ar geffylau cryfion, tra y tywysid y rhyfel-feirch gan y gwasanaethyddion. Yr oedd y fintai, er yn fechan o ran nifer, yn ddigon nerthol i wrthsefyll ac i hyrddio yn ôl unrhyw ymosodiad a ellid wneud arnynt yn yr amser terfysglyd hwnnw, ac yr oeddynt yn cael parch i ba le bynnag yr aent.

Aeth y fintai ymlaen drwy Langollen, gan groesi yr afon Dyfrdwy dros bont fwaog, yr hon a ystyrid yn un o dair rhyfeddod Cymru. Adeiladwyd y bont hon yn 1346, gan John Trefor, Esgob Llanelwy, a thad cyfaill syr Owain. Mae y bont yn sefyll hyd heddiw, ond ychwanegwyd ati fwa arall.* Arweiniwyd y fintai yn ei gyrfa i lawr y dyffryn, heibio muriau cuchiog Castell Dinas Bran, cartref hynafiaid Syr Owain, ac wedyn ymlaen â hwy i lawr drwy ddyffryn prydferth y Dyfrdwy, gyda golygfeydd amrywiol a rhamantus. Arosasant dros y nos yn Bettsfield Hall, lle genedigol Arglwyddes Margaret, gwraig Syr Owain, a'r pryd hwnnw cartref Syr Jenkins Hanmer, ei brawd, yr hwn, bore drannoeth, yng nghwmni dau yswain ffyddlon, a ymunodd gyda mintai Syr Owain ar ei ffordd i Lundain.

Yn y cyfamser yr oedd Bronwen druan wedi bod yn disgwyl yn bryderus am ddyfodiad ei chariad, yn ôl ei addewid pan ymadawsant ar eu dychweliad o'r mynydd. Gyda mursendod maddeuadwy, yr oedd wedi ychwanegu addurniadau at ei gwisgoedd, y rhai a'i gosodasant allan ychydig yn well, ond yr oedd yn amhosib iddynt ychwanegu dim at anwyldeb ei pherson. Aeth awr ar ôl awr heibio tra yr oedd hi yn disgwyl yn annioddefol, ac o'r diwedd ymledodd cysgodau yr hwyr drosti, heb ddim

---

* Rhestrir pont Llangollen mewn amryw o restrau o 'ryfeddodau' Cymru ond nid yw'n bont bresennol (at yr hon y cyfeirir yma) yn hŷn na'r 1540au.

hanes am Gruffydd. A ddylid rhyfeddu oherwydd fod ei gobennydd yn wlyb gan ddagrau y noson honno? Yr oedd yn rhy falch i holi ei thad na neb arall am ddim ynghylch teulu Sycharth, rhag iddi yn anfwriadol fradychu y gyfrinach oedd yn cuddio yn ei brest; hi a ddioddefodd ei thrallod mewn tawelwch, ac fel yr oedd diwrnod ar ôl diwrnod yn mynd heibio heb yr un argoel o'i chariad, rhwygwyd ei mynwes gan gyffroadau meddyliol, yr hyn a'i gwnaeth yn hynod o glaf ac a'i chaethiwyd hi i'w gwely am y tro cyntaf er pan ddechreuasant fyw yn y Rhug. O'r diwedd, galwyd y meddyg i mewn, yr hwn a gymhwysodd ei gyffuriau at ei hafiechyd, ond aeth y cwbl yn ddieffaith. Yn y cyfamser cyrhaeddodd y newydd pwysig i Sycharth fod Bronwen Fychan yn beryglus o glaf. Marchogodd yr Arglwyddes Margaret, gwraig Syr Owain, drosodd i'w gweld, a sicrhaodd hwy fod ganddi feddyginiaeth anffaeledig i'r clwyf y gwelai oddi wrth yr hwn yr oedd ei nith yn dioddef, ac yn ddi-oed hi a orchmynnodd i'r llawforynion ddarparu cymysgedd o amryw chwerw lysiau a enwodd, ac â'i llaw ei hun hi a weinyddodd y feddyginiaeth amrywiol i'w nith oedd mor hynod o glaf. Cyn i'r Arglwyddes Margaret ddychwelyd adref yr oedd digon o arwyddion fod Bronwen yn llawer iawn gwell, a phriodolodd ei modryb y gwellhad yn gwbl i ddylanwad y cyffur anffaeledig a enwyd; ond tueddir ni i gredu i'r gwellhad ddeillio oddi wrth yr hyn a ddywedodd yr Arglwyddes yn ddamweiniol yng nghlyw Bronwen, sef fod Syr Owain a'i fab wedi cael eu galw yn sydyn i Lundain i fod ym bresennol o flaen y Brenin, a'u bod wedi ymadael mor gyflym fel y gollyngodd yn angof eu dirprwyo i sicrhau iddi swm o'r sylwedd rhyfeddol hwnnw, na wyddai neb ond y Saraseniaid gyda'u holl bechodau ei ddirgelwch, set Sarasenet. [*] Beth bynnag am hynny, gwellhaodd

---

[*] *Sarasenet:* Math o sidan coeth a ddefnyddiwyd wrth lunio ffrogiau.

Bronwen yn gyflym, a rhwymodd ei modryb yn gyfeilles bythol iddi drwy briodoli ei hadferiad i effaith rhyfeddol y cyffur arbennig, yr hwn, gallwn ddweud, *sub rosa* (yn ddirgelaidd) a daflodd y feinwen dlos ymaith yn ddieithriad. Tueddir ni i faddau iddi am y twyll a arferai, gan iddi drwy hynny ennill ffafrau mam ei chariad.

Cyrhaeddodd Syr Owain i'r brifddinas heb unrhyw ddamwain, yn union yn yr amser, gan fod y pwnc i'w benderfynu drannoeth. Datganodd yr Esgob Trefor fod pob peth yn dangos y cânt gyfleustra i fod yn llwyddiannus; ac ar wahân i gyfiawnder yr achos, yr oedd ganddynt gyfaill yn y Llys, ym mherson neb llai na'r Tywysog Harri, llanc disglair oddeutu deuddeg oed, yr hwn oedd brif wrthrych balchder ei dad. Digwyddodd rhyw ddwy neu dair blynedd yn flaenorol, tra yr oedd Syr Owain yn y rhyfelgyrch yn y Werddon, iddo gael cyfle i wneud gwasanaeth pwysig i'r Tywysog ieuanc, yr hwn nad oedd ar y pryd yn ddim amgen na mab yr alltud Duc Henffordd. Cofir fod Duc Henffordd wedi ei alltudio gan y Brenin Richard II, yr hwn oedd yn ofni dylanwad hyd yn oed plentyn mor ieuanc â mab y Duc alltud, ac achosodd i Harri ieuanc o Fynwy a'i gefnder, Gloster ieuanc, gael eu carcharu yn fanwl yng nghastell Trim,[*] lle nad ymddygwyd yn dirion tuag atynt. Darganfu Syr Owain Glyndŵr hyn, a chan ei fod yn ŵr ffafriol yng ngolwg y Brenin, cafodd Syr Owain ei benodi yn Llywodraethwr ar y Castell, yn ôl ei ddymuniad ei hun; a'r symudiad cyntaf yn ei swydd newydd oedd rhyddhau y Duciaid ieuainc, gan gymryd eu gair yn unig fel gwystl, a chaniataodd iddynt ryddid perffaith o fewn terfynau y Castell. Rhoddodd iddynt ystafelloedd campus; gwahoddodd hwy i gydeistedd wrth ei fwrdd, a chymerodd hwy gydag ef i'w amrywiol

---

[*] Swydd Meath, Iwerddon.

ymdeithiau yn y cymdogaethau. Cafodd y caredigrwydd annisgwyl hwn ddylanwad parhaol ar galon Harri o Fynwy; ac mor fuan ag y deallodd fod un fu unwaith yn noddwr da iddo yn awr yn apelio at y Brenin ac at yr arglwyddi am gyfiawnder, cymerodd blaid yn eofn o'i du, ac erfyniodd ar ei dad yn bersonol gofio yn ffafriol un oedd wedi gwneud cymaint drosto ef, a llwyddodd tu hwnt i'w ddisgwyliadau. Canfu Arglwydd de Grey a Syr Philip Marglee, er eu mawr syndod, fod y Brenin, yr hwn fu mor ffafriol i'w hachos cyfreithiol hwy, yn awr yn tueddu i ddangos yn hytrach ei fod yn anffafriol iddynt, er ei fod yn parhau i ddangos ffafrau personol i Arglwydd de Grey.

Ni wyddai Marglee, prif ddyn Arglwydd de Grey, ar y ddaear beth i'w wneud, a threuliodd y rhan helaethaf o'r noson o flaen dechreuad y prawf i geisio dyfeisio rhyw ffordd neu gynllun i geisio sicrhau yr amcan mewn golwg, ond aeth y cwbl yn ofer hollol. Nid oedd dim yn aros iddo i'w wneud ond gwylio y gweithrediadau, a phob cyfnewidiad yn yr achos, i geisio canfod rhyw agoriad. Nid oedd ganddo ef ei hun, o angenrheidrwydd, ddim hawl i eistedd gyda'r pendefigion, ond llwyddodd i gael ei enw i lawr fel un o'r tystion yn yr achos, ac fel y cyfryw gwysiwyd ef i fod yn bresennol. Yr oedd mewn gobaith hyd yn oed yn awr y canfyddai ryw ffordd allan o'i ddryswch.

O'r diwedd gwawriodd y diwrnod pwysfawr, a chyfarfu y *Parliament*. Eisteddodd y Brenin Harri ar yr orsedd, ar risiau yr hon y safai ei etifedd ieuanc, y Tywysog Harri. Aed ymlaen gyda'r achos, ac fel y gwnaed pob peth gydag amhleidgarwch perffaith, daeth tegwch a chyfiawnder hawliau Syr Owain yn fwy amlwg bob moment. Yn y cyfamser galwyd Marglee ymlaen. Cafodd ei eiriau cyntaf argraff gyffrous ar y Brenin. Nid oedd un pwnc y teimlai Harri IV yn fwy eiddigus arno na'i wladgarwch ei hun, a'r ffyddlondeb a hawliai iddo ei hun, a'i hawl an-wrthwynebol i'r orsedd; ac nid oedd efe yn teimlo mor ddolurus a drwgdybus ar unrhyw bwnc ag ydoedd wrth edrych ar ymlyniad ffyddlon cefnogwyr y Brenin Richard II, y penadur anffodus. Gwelodd Marglee, os âi y prawf ymlaen fel y dechreuodd, na fyddai ond gobaith gwan iddo lwyddo, a phenderfynodd blannu saeth dagellog ym mrest y Brenin Harri drwy ddangos mai deiliad anfodlon iddo ef oedd Syr Owain, a'i fod yn ymlynydd ffyddlon wrth Richard, a ddiorseddwyd. Cyfeiriodd Marglee, gan hynny, yn y geiriau cyntaf a ddefnyddiodd at y ffaith fod Syr Owain gyda y Brenin Richard yng nghastell Fflint, pan roddodd efe ei arfau i lawr i'r Brenin Harri!

Cynhyrfodd y dywediad y Brenin yn fawr, ac ymdaenodd gwedd o anfodlonrwydd dros ei wynepryd, a gofynnodd, "Beth wyt ti'n ddweud, y dihiryn? Pa fodd y meiddi ddwyn, yn ein presenoldeb, y fath gyhuddiad atgas yn erbyn Syr Owen de Glendore?"

"Rhynged bodd i'ch penaduriaeth," atebodd Marglee yn ostyngedig, "bernais fod yn ddyletswydd arnaf, yn eich presenoldeb anrhydeddus, ddweud y gwir, a pheidio gadael i'ch mawrhydi a'r arglwyddi awdurdodol cynulliedig yma gael eu twyllo gan ymddangosiad mawreddog yma un a ganfûm i, a fy arglwydd, ynghyd â gweision ffyddlon eraill y Brenin, oedd cefnogwr mwyaf llidiog y melltigedig Richard, ar goffadwriaeth yr hwn y gorffwys melltith y nefoedd; ac nid oes gennyf fawr o amheuaeth, pe gwelai gyfle, na fyddai yn barod i godi drachefn yn erbyn eich mawrhydi y fraich a ysgydwodd yn barod gydag effaith yn erbyn eich hawliau cyfiawn; ac yr wyf yn ei herio i wadu yr hyn a ddwedais."

"Marwolaeth y gwibiwr!" bloeddiai y penadur, "Dymunaswn i hyn beidio bod fel y mae. Pa fodd y dywedwch chwi, Syr Owen? Yr wyf yn ymddiried y gallwch wadu y cyhuddiadau pwysig hyn a osodir yn eich erbyn."

"Nage, fy mhenadur," ebe Syr Owain, "na chamgymerwch fi. Ni ddwedais na ddarfu i mi wasanaethu yn ffyddlon ein diweddar fendigedig Frenin Richard; ond na ddarfu i mi wneud dim y dylaswn gywilyddio o'i herwydd."

"Beth, ddyn?" ebe y Brenin Harri, "Ni ddarfu i chwi erioed feddwl am ymffrostio yma oherwydd eich gweithredoedd bradwrus?"

"Naddo, fy mhenadur," atebodd Syr Owain, gan wrido ychydig, "ni fu Owain Fychan o Lyndyfrdwy, erioed yn fradwr. Ni phrofodd efe erioed yn fradwr i Richard; ac" – gan sylwi fod wynepryd y Brenin yn gwgu – "ni phrofa byth yn fradwr i Harri, cyhyd ag yr hawlia Harri ei ffyddlondeb."

"Ond, ddyn, yn enw Duw, dywed wrthyf," gofynnai y Brenin, "a oeddit ti ymhlith y rhai hynny a ymladdasant yn erbyn ein person brenhinol gydag ef, yr hwn a roddes ei hun i fyny i ni yng nghastell Fflint?"

"Nid oes arnaf gywilydd cydnabod," atebodd y Cymro yn dalgryf, "mai myfi oedd y dyn olaf i adael y Brenin Richard, a gwneuthum hynny yn unig yr amser hwnnw mewn cydymffurfiad â'i ddymuniadau mwyaf taer."

"Yn awr, myn fy enaid," gwaeddodd y Brenin Harri, "mae yn anhawdd i ni estyn ffafriaeth i un sydd yn ymffrostio yn ein presenoldeb, ac ymhlith ein harglwyddi ardderchog, ei fod wedi codi ei fraich yn erbyn ein person!"

"Nid wyf yn gofyn dim ffafrau, fy mhenadur," atebodd Syr Owain yn drahaus. "Deuthum yma i ofyn cyfiawnder – nid ffafrau; ac yr wyf yn hawlio y cyfiawnder hwnnw yn awr."

"Y grasusaf benadur," ebe yr Arglwydd Brif Farnwr Gascoigne, drwy gyfryngu yn y lle hwn, "yr wyf yn gosod hyn o'ch blaen yn y modd parchusaf: Pa mor alarus bynnag y teimlwn ddarfod i Syr Owen de Glendore gael ei ganfod ar unrhyw gyfnod blaenorol dan arfau yn eich erbyn, nid oes gennym ni, heddiw, ddim i'w wneud ond yn unig â'i hawliai i'r ystâd, yr haera efe ddarfod i Arglwydd de Rhuthun drawsfeddiannu yn anghyfiawn."

"Wel, bydded felly; ond, myn fy anrhydedd brenhinol, rhoddaswn lawer am beidio deall y pethau hyn. Dos ymlaen gyda dy ystori, ddyn, yn lle sefyll yn y ran yna i safn-rythu fel lleban," ebe y Brenin wrth Marglee.

"Fy mhenadur," ebe y filain cyfrwys-gall, gan wneud ystumiau o barch o flaen y Brenin, "yr wyf yn gosod o'ch blaen ymhellach nad oes gan Syr Owen de Glendore deitl gwirioneddol i'r tir. Yr wyf yn cofio yn dda pan osododd fy Arglwydd de Grey ei hawl i'r tir hwn o flaen llys y gyfraith, a thrwy ffafriaeth bersonol a ddangoswyd i Syr Owen gan yr un oedd yn galw ei hun y Brenin Richard, a dylanwad Richard ar y barnwyr, y penderfynwyd yr achos yn erbyn fy arglwydd, ac y rhoddwyd i Syr Owen, yn anghyfiawn, yr hyn nad oedd yn eiddo iddo. A phrofir hyn yn barod, canys dan ddeddfau cyfiawn Lloegr, y rhai a lywodraethir yn awr, drwy ras y Nefoedd, gan benadur doeth, sydd yn eistedd ar yr orsedd, penderfynodd y barnwyr fod y tir mewn gwirionedd yn perthyn i farwniaeth Rhuthun. A dangosir mor fechan yw yr hawl sydd gan Syr Owain mewn cyfiawnder i'r tir, a pha mor ysgafn yw y prawf a all ddwyn o faen llys cyfiawn, drwy ei waith yn codi arfau yn fy erbyn i, pan ddangosais iddo bob parch a hynawsedd wrth roddi rhybudd iddo oddi wrth farnwyr eich mawrhydi i roddi meddiant o'r tir i fyny yn heddychol."

"Na, mae hynny yn rhy ddrwg Syr Owain," ebe y
Brenin, yn ddychrynedig, "sef codi dy law yn erbyn
swyddog awdurdodedig o lysoedd ein cyfraith."

"Nid oeddwn yn gwybod, eich mawrhydi, ei fod ef
yn swyddog felly," ebe Syr Owain, yn ddifrifol; "a
medraf ddweud mwy na hynna – na ddarfu iddo ef
erioed gymryd arno wrthyf ei fod yn ŵr felly, ac ni
ddywedodd erioed chwaith ei fod yn rhoddi y fath
rybudd i mi, fel y dywed yn awr."

"Pa fodd yn awr, y gwas tordyn?" gofynnai y Brenin.

Atebodd Marglee yn ddigywilydd. "Ailadroddaf yr
hyn a ddwedais, ac ychwanegaf fod Syr Owain wedi
bygwth rhwygo fy nhafod o'r gwraidd, a'i daflu i'r cŵn,
gan addo hefyd flangellu fy arglwydd, pendefig y
deyrnas, a gwas ffyddlonaf eich Mawrhydi, a'i anfon yn
ôl i'w gut fel ci, os meiddiai hawlio yr hyn oedd yn
perthyn iddo."

"Beth ddwedwch chwi, Syr Owen?" gofynnai y
Brenin, gan droi i edrych ar y marchog.

"Fy mhenadur, yr wyf yn cofio i mi arfer y geiriau hyn
wrth y *rascal*, ac nid wyf yn gofyn iddo oherwydd dim ond
i mi beidio cyflawni fy mygythiad cyn iddo ddyfod â'i
dafod celwyddog i'r llys hwn: canys ni roddodd efe
erioed i mi unrhyw rybudd oddi wrth y barnwyr."

"Nage ddim, nid felly," cyfryngai de Grey, "rhaid i mi
ddatgan yn rymus nad ydyw Syr Owen yn adrodd y gwir.
Myfi fy hun a roddais y rhybudd i Syr Philip Marglee, ac
a'i hanfonais i'w wasanaethu; a'r noson honno
dychwelodd a dywedodd yr hyn a adroddodd yn awr."

"Ac yr wyf fi yn dweud fod pwy bynnag a gefnoga,
ac a ddeil i fyny y *scoundrel* anudonol [celwyddog] hwn yn
ei gelwyddau, yn dweud celwydd ei hun, ac yn wyneb
hyn safaf!" ebe Syr Owain, mewn llawn soriant
cynyddol wrth weld de Grey yn cynorthwyo Marglee,

gyda chymysgedd o wirionedd a chelwydd, i ladrata oddi arno yr hyn oedd yn eiddo iddo yn ôl cyfiawnder.

"Nid felly, Syr Owen," ebe y Brenin, yn ddychrynedig a chynhyrfus. "Ni ddylech chwi ddefnyddio yr iaith hon ein presenoldeb; ac ni ddylem ni basio yn ddisylw y cerydd a roddir i Syr Reginald de Grey, o Gastell Rhuthun, fel barwn yn ein teyrnas a marchog teilwng, yr hwn sydd uwchlaw twyll, y cyfryw ag a briodolwch chwi iddo. A ydych chwi yn dweud, Syr Reginald, fod eich ymlynwr wedi rhoddi rhybudd o'r llys i Syr Owen de Glendore?"

"Mae y ffaith, fy mhenadur, tu hwnt i amheuaeth," atebodd de Grey, gan gredu yn ddiysgog yn Marglee; "a chan fod fy ngair wedi ei amau, yr wyf yn gwystlo fy ffydd farchogaethol fod yr hyn a ddwedwyd yma yn wirionedd."

"A feiddi di amau fy ngair i, de Rhuthun?" gofynnai Syr Owain, gydag edrychiad penderfynol a thrahaus.

"Nid wyf yn amau dim nad wyt ti yn barod i wneud yr oll a elli er cymryd y tir hwn oddi arnaf, yr hwn y gwyddost sydd yn eiddo i mi," atebodd y barwn, yn hunanol a thrahaus.

"Na, myn fy hen dad, Llywelyn," gwaeddai Syr Owain, yn llawn digofaint, "bydd raid i ti fwyta dy eiriau dy hun."

"Gall hynny brofi yn ormod gorchwyl i ti," atebodd de Grey, yr un mor llidiog, "er dy fod yn ap Llewelyn, a dwsin eraill o benaethiaid geifr y mynyddoedd."

"Yn awr, myn fy ngobaith am iachawdwriaeth," atebodd y Cymro llidiog, "mynnaf weld a fydd dy weithredoedd yn cyd-fynd â'th eiriau; ac yn awr, yma yr wyf yn dy herio i ymladdfa farwol, a dyma fy arwystl," meddai, gan daflau ei ddwrn-faneg i lawr o flaen Arglwydd de Grey, yn union o flaen traed yr orsedd; ond fel yr oedd de Grey yn gwyro i lawr i godi y faneg, gorchmynnodd y Brenin – syndod yr hwn oedd wedi ei gadw yn ddistaw – iddo ymgroesi rhag ei anfodloni; a chan droi at Syr Owain gofynnodd yn ddigllon:

"A feiddi di fel hyn, yn ein presenoldeb brenhinol, ein sarhau ym mherson ein gwas ffyddlon, a chodi dy lais cecrus yn ein llys, gan daflu dy faneg herfeiddiol at ei draed?"

"Nid ydyw mor bell yn ôl nad allaf fi gofio," atebodd y Cymro, oedd yn awr wedi ymgynddeiriogi drwyddo, "pan ddarfu i Harri o Hereford daflu i lawr ei arwystl o frwydr o flaen Dug Norfolk, a hynny ym mhresenoldeb ei arglwydd penadurol, y Brenin!"

Pe syrthiasai taranfollt i lawr wrth ei draed, ni ryfeddasai y Brenin yn fwy nag a wnaeth wrth wrando ar araith eofn Cymro dewr. Gosododd ei law yn dra chyflym ar ei gleddyf, a gwnaeth llawer eraill yr un peth, ac edrychodd Syr Owain o'i amgylch â gwedd herfeiddiol ar ei wyneb, a'i gleddyf wedi hanner ei dynnu allan o'i wain. Ymddangosai fod terfyniad erchyll a brawychus i'r olygfa gerllaw, pan y neidiodd y Tywysog ieuanc, Harri, ymlaen, gan osod ei law yn dyner ar fraich ei dad; ac a eiriolodd arno gofio Syr Owain oedd wedi ei waredu; a chyda hynny dyma yr Esgob Trefor wrth ochr Syr Owain, ac ymbiliodd arno, fel yr oedd yn prisio ei fywyd a bendith y Nefoedd, i ymbwyllo, tawelu, ac ymatal.

Gydag ymdrech enfawr darfu i'r Brenin, yr hwn oedd wedi neidio ar ei draed, dawelu ei hun, a chan droi yn ffroenuchel at yr arglwyddi syn, dywedodd gydag uchelfrydedd mawr, "Bychan y teilyngem ein sefyllfa ar orsedd Lloegr heddiw, pe na fyddem yn alluog i atgoffa i'n barwniaid ffyddlon, drwy ffrwyno ein tueddiadau ein hunain, fod gorsedd Lloegr yn hawlio parch oddi wrth bawb a ddaw yn agos ati. Pe na fuasai y ffaith fod ein mab dan rwymau neilltuol i'r Syr Owen de Glendore hwn, yr hwn sydd wedi anghofio fel hyn y parch dyledus i ni, tueddid ni i wneud i'r neb a arferai y fath sarhad yn ein presenoldeb ddysgu y dyletswyddau angenrheidiol. Fel y mae, pasiwn heibio yr hyn a gymerodd le, drwy rybuddio Syr Owain na fydd hyd yn oed cyfyngiad ein mab a'i eiriolaeth drosto, yn ddigonol i droi oddi wrtho eto y gosbedigaeth a haedda."

"Nid oes arnaf eisiau unrhyw ymyriad yn ffafriol i mi o eiddo y Tywysog Harri," atebodd Syr Owain, yn annibynnol a thrahaus. "Unrhyw wasanaeth a wneuthum iddo ef a anghofiaf yn llawer mwy parod na'r sarhad a roddwyd i mi y dydd hwn, yr hwn wyf yn deillio o linach Tywysogion Cymru; ac nid ildiaf i neb yma o ran purdeb gwaed a disgyniad brenhinol. Gadawaf fy her-faneg yn y fan lle y teflais hi, a bydded i'r hwn a feiddia ei chymryd i fyny," ac wrth ddywedyd hyn trodd Syr Owain ar ei sodlau ac aeth allan o'r *Parliament*, tra y rhuthrodd hanner dwsin o farwniaid i bigo i fyny y faneg a gynigwyd iddynt mor eofn a herfeiddiol. Ond, pa fodd bynnag, bu gorchymyn sarrug y Brenin yn effeithiol i beri iddynt beidio cyffwrdd y wobr oeddynt yn ei chwennych gymaint.

Mae yn amlwg iawn, ar ôl y golygfeydd a nodwyd, na ellid disgwyl ond am un terfyniad i'r prawf; ac er holl eiriolaeth yr Esgob Trefor, penderfynwyd yn ffurfiol y byddai iddynt gadarnhau dyfarniad y llys blaenorol, a rhoddi yr ystâd mewn dadl i Syr Reginald de Grey, Barwn Rhuthun. Ar ôl hyn ymwahanodd llys yr arglwyddi, a darfu i Marglee, gyda chwerthiniad maleisus ar ei wynt oherwydd ei lwyddiant yn rhoddi abwyd i'r arth Gymreig, fel y galwai ei wrthwynebydd eofn, brysuro o'r llys i longyfarch Syr Reginald de Grey, Baron de Rhuthun.

Pennod IX
Gwrthodiad Dirgelaidd

Cyn gynted ag y terfynodd y prawf, dychwelodd Syr Owain a'i gyfeillion o Lundain i Sycharth. Gan gofio ei addewidion wrth yr Esgob Trefor, ni ddarfu i'r marchog a ddifeddiannwyd o'i eiddo cyfiawn wneud un math o wrthwynebiad i'r buddugoliaethus de Grey, o Ruthun, feddiannu y Croesau, er y chwerwyd ei ysbryd balch wrth glywed ei ymlynwyr yn sibrwd eu syndod rhyfeddol ei fod yn ymddarostwng mor dawel i'r fath anghyfiawnder. Yr oedd Gruffydd ei fab hefyd mewn trallod. Teimlai i'r byw oherwydd y sarhad diachos a daflwyd ar ei dad, ac yr oedd ei waed yn berwi yn ei wythiennau wrth weld y maleisus Marglee yn gwagrodianna gyda'i ddynion ar dir y Croesau, agos yng ngolwg plasty Sycharth ei hun. Pe na buasai ef yn bresennol yng nghyfarfod y cyngor rhwng y pennaeth, yr Esgob a'r bardd, buasai yn cynllunio moddion i gosbi y Saeson am eu gor-hyfder, ond drwy ei fod yn gwybod yr hyn a wyddai, yr oedd yn cael ei orfodi i ymatal. Ac yn ychwanegol at hyn yr oedd ffynhonnell arall o bryder. Defnyddiodd y cyfleustra cyntaf a gafodd ar ôl dychwelyd o Lundain i dalu ymweliad â Bronwen, a llongyfarchwyd ef gan y llances yn y modd mwyaf llawen a gorfoleddus. Galwodd gyda'i ewythr i hysbysu ei ddymuniad am ganiatâd i dalu ei anerchiadau carwriaethol i Bronwen.

Derbyniodd Madog y mynegiad hwn gydag ochenaid oedd yn dangos y dychryn erchyllaf. Pan adferodd, ac y daeth ato ei hun, ysgydwodd ei ben yn ddifrifol, gan ddweud drachefn yn rwgnachlyd: "Dywedais wrth

Owain! Dywedais wrth Owain! Druan o Owain!"

Yr oedd ei nai yn disgwyl yn amyneddgar am atebiad mwy synhwyrgall; ond wrth weld ei ewythr yn parhau yn ddistaw, ail adroddodd ei gwestiwn yn fwy taer a difrifol.

"Gruffydd!' atebodd Madog. "Rhaid i ti anfon ffolineb o'r fath ymhell oddi wrth dy feddyliau. Yr wyt ti a Bronwen, eich dau, eto yn rhy ieuainc i adael i'r fath ddrychfeddyliau boeni eich hymenyddiau."

"Fy ewythr," atebodd y nai, "clywais fy nhad yn dweud fod Madog Fychan wedi gofyn i Goronwy ap Owain, o Gefnmeysydd, am ei ferch cyn ei fod wedi cyrraedd fy oed yn bresennol."

"Do, 'machgen i, a chafodd hi hefyd," ebe Madog dan chwerthin yn llawen, "ac ni ddaru iddo ef na Gwladys byth edifarhau."

"Pa fodd felly y beiwch fi?" hawliai y llanc. "Nid wyf fi yn gofyn am ddim ond caniatâd i gael fy nerbyn fel cariadfab. Yr wyf yn fodlon i wasanaethu cyhyd amdani hi ag y gwasanaethodd Jacob am Rachel."

"Yr wyt yn dweud y gwir, fachgen; yr oeddwn wedi anghofio y gallet fy nal yn y fan yna; ond os wyt ti yn caru Bronwen, yr wyf yn erfyn arnat anfon y fath feddyliau oddi wrthyt."

"Na," atebodd y llanc, "ni allaf anfon y drychfeddyliau hyn oddi wrthyf, oherwydd fy mod yn caru Bronwen. Dywedwch wrthyf, fy ewythr, a oes gennych chwi rywbeth yn fy erbyn?"

"Na, na, fachgen, nac oes ddim; ond er fy mod yn dy garu fel pe buaset yn fab i mi, dymunaswn i ti fod yn unrhyw un arall heblaw mab Owain."

"Nage, fy ewythr, ni allaf wrando ar hynna. Ymddengys drwy hynny eich bod yn dweud fod fy nhad yn ddyn anheilwng."

"Yn awr y fath fachgen wyt ti! Yr wyt yn rhedeg yn rhy gyflym o lawer, fel bytheiad ieuanc yn neidio dros y sawyr.* Nid oes un dyn yn parchu dy dad yn fwy nag yr wyf fi yn gwneud," ebe Madog.

"Gan hynny, yn enw y nefoedd beth sydd yn rhwystro i chi ganiatáu fy nghais?" gofynnai y llanc. "Yr ydych yn fy ngharu i, ac yn parchu fy nhad, ond wedi'r cwbl ni chaniatewch i mi yr arwydd hwn o'ch cariad a'ch parch."

"Oni wasanaethai Gwladys, ei chwaer, tydi cystal?" gofynnai ei ewythr.

"A wnewch chwi adael i mi ei chael hi?" gofynnai y llanc, a'i lygaid yn serennu.

"Gwnawn, fy machgen i, gyda fy mendithion gorau, a holl bleserau y byd," atebodd y gwaedwyllt Madog.

"Wel, yn enw Duw ynte, beth sydd yn eich rhwystro i adael i mi gael yr un ffafr gyda Bronwen?" gofynnai y llanc yn bryderus iawn.

"Wel, yn y fan yna yr wyt wedi fy nal eto!" bloeddiai allan yr ewythr syn. "Ni feddyliais am hynny. Ond – dywedais wrth Owain sut y byddai!"

"Wel, fy ewythr, yr wyf wedi gwneud llw y priodaf Bronwen, ac nid neb arall. Yr wyf fi, mab eich brawd, wedi gofyn i frawd fy nhad am ganiatâd i garu Bronwen, ond yr wyf yn caei fy ngwrthod heb un rheswm dros hynny. Beth a ddwedaf? A ddwedaf fod fy ewythr yn fy sarhau? Fod Madog Fychan yn dirmygu mab ei frawd?"

"Gwahardder y nefoedd!" atebodd ei ewythr. "Dymunwn ar Dduw roddi ar ddeall i mi beth i'w wneud. Ond aros, fachgen, mi a wnaf fargen gyda thi! Y dydd y gelli di ddweud wrthyf fod dy dad yn fodlon, mi a roddaf Bronwen yn dy freichiau!"

"Yn awr bydded i'r nefoedd eich bendithio, f'ewythr annwyl," bloeddiodd y llanc allan, gan wasgu llaw Madog yn wresog.

"Na, fy machgen i, paid â bod yn rhy frysiog. Yr wyf

____

* *Sawyr:* Trywydd neu lwybr anifail sy'n cael ei hela.

yn dweud wrthyt fy mod yn credu na fydd i dy dad byth – na wna byth roddi ei ganiatâd. Ac ymhellach, bydd i hyd yn oed dy waith yn gofyn iddo achosi poen mor annisgrifiadwy fel pe deallet hynny, byddai yn well gennyt dorri ymaith dy fraich dde na rhoddi iddo y fath boen arteithiol. Ni allaf, ac ni feiddiaf ddweud mwy wrthyt. Ond gan fod dy dad yng nghanol y fath drallodion gyda helynt y Croesau, yr wyf yn erfyn arnat beidio gofyn hyn iddo dros amser. Ni fyddi yn ddim gwell wedi gofyn iddo, canys mi a wn na all yr un ymresymiad byth o'r eiddo fi na'r eiddo tithau ei droi ef i ganiatáu hyn. Gwna addewid, gan hynny, i mi na fydd i ti ofyn iddo eto am ennyd, a bydd i mi hyd yn oed yn wyneb yr enbydrwydd o'i anfodloni ef, a byddai yn well gennyf golli fy llaw dde na hynny, ganiatáu i ti ddyfod yma fel o'r blaen, a chyfarfod Bronwen yma. Yr wyf yn gwybod na wnei di ddim yn annheilwng o deulu Fychan. A phe buaswn heb wybod dy fod ti yn ymlynu wrth Bronwen, ac na all dim dy droi oddi wrthi, dywedaswn wrthyt, hyd yn oed y wyneb y perygl o dy sarhau, am beidio dyfod i'w gweld byth mwy!"

Gyda'r caniatâd hwn, gorfodwyd y llanc i fod yn fodlon. Ni allai dim annog ei ewythr i roddi iddo ragor o eglurhad, ac ni allai Gruffydd, yn rhesymol iawn, ofyn mwy gan dad Bronwen, na chaniatáu iddo dderbyniad cyflawn, a rhyddid cyflawn, mor fuan ag y gallai ennill caniatâd ei dad.

Nid yw yn rhyfedd yn awr fod Gruffydd yn mynd oddi amgylch yn wyneb-drist, gan edrych tua'r llawr, a'i feddyliau yn ansefydlog, a bod llinellau yn arwyddo poen a phryder yn amlwg ar ei dalcen, a ddylasai fod mor glir â chanol ddydd haf. Ond yr oedd digwyddiadau pwysig yn cyflym nesáu, a roddent iddo ddigonedd o waith, a'i alluogi i raddau, fe ddichon, i anghofio ei dristwch a'i flinderau ei hun.

Pennod X
Dechreuad y Diwedd

Gwysiodd Harri IV ei farwniaid a'i ymlynwyr i ymuno dan ei faner yn Lichfield erbyn y diwrnod olaf o Fai, 1400, i'r diben o symud yn erbyn yr Ysgotiaid. Yr oedd sibrwd am hyn wedi cyrraedd Sycharth yn barod ac er bod Syr Owain yn disgwyl yn ddyddiol am rybudd i fod yn bresennol gyda'r Brenin, fel barwn Seisnig, nid oedd eto wedi derbyn gwahoddiad swyddogol. Gwelodd filwyr Arglwydd Grey yn ymdeithio i'r ymgyfarfodfa, a'u banerau yn chwifio yn yr awelon, ond er y cwbl ni ddaeth yr un cenhadwr i hawlio presenoldeb Syr Owen de Glendore yn y lle.

Dan amgylchiadau arferol, buasai Syr Owain yn tybio mai yn ddamweiniol yr esgeuluswyd anfon galwad iddo, neu fod y negesydd wedi cyfarfod â damwain, a rhoddasai ei bresenoldeb heb rybudd swyddogol; ond ar ôl y driniaeth a dderbyniasai, ni allai berswadio ei hun i wneud felly yn awr; ac o ganlyniad arhosodd gartref.

Aeth Mai 31, 1400, heibio. Yn y prynhawn, yr 2il ddydd ym Mehefin, 1400, llawn ddau ddiwrnod ar ôl terfyniad yr awr olaf yn y rhybudd a roddwyd i'r barwniaid ffyddlon ymgynnull yn Lichfield, marchogodd dyn i fyny at y bont symudol o flaen Sycharth, gan ofyn yn awdurdodol a oedd Syr Owen de Glendore i mewn. Wedi derbyn atebiad cadarnhaol, rhoddodd femrwn ysgrifenedig i'r gweinydd-was, seliedig a chyfeiriedig i Syr Owen de Glendore, gydag arfbais Lloegr arno; yna marchogodd ymaith mewn brys. Galwodd y gwas ar ymlynydd arall, yr hwn a gariodd y genadwri i'r pennaeth Cymreig.

Derbyniodd Syr Owain y memrwn gyda syndod mawr. Aeth gwên o chwerwedd dros ei wefusau fel yr oedd yn ei agor a chanfod mai rhybudd swyddogol a rheolaidd ydoedd iddo weini ar y Brenin, gyda nifer penodol o'i ymlynwyr, yn ei wersyll yn Lichfield, heb fod yn ddiweddarach nag awr ganol dydd, Mai 31,1400 – yn awr agos i dri diwrnod yn ôl; ac yr oedd hyn i'w gyflawni dan boen o anfodlonrwydd Brenhinol, os esgeulusid, a chael ei ddyfarnu yn herwr (torrwr deddfau), fforffedu ei holl eiddo am wrthod cyflawni y dyletswyddau angenrheidiol cysylltiedig â'i swydd fel un o farwniaid Lloegr. Wedi ymchwiliad, cafodd Syr Owain allan fod y negesydd a ddaethai â'r genadwri yn gwisgo lifrai de Grey, yr hyn oedd yn ddigon o esboniad ar y dirgelwch. Barnodd yr ymddiriedwyd y genadwri i de Grey i'w gwasanaethu yn amserol, ac iddo yntau, yn fwriadol, esgeuluso gwneud hynny, nes y gwyddai y byddai yn rhy ddiweddar i hynny, fel y byddai yn alluog i ychwanegu at y tir yr oedd yn dal yn barod mor anghyfiawn ystâd fforffededig y barwn a dybid oedd wedi anufuddhau. Yn y dybiaeth yma yr oedd Syr Owain yn iawn, ac yn y dybiaeth yma yr oedd Syr Owain yn camsynied. Yr oedd y rhybudd wedi ei atal yn fwriadol nes yn rhy ddiweddar i ufuddhau iddo, a hynny gyda'r amcan o wneud i Syr Owain golli ei etifeddiaeth, ond nid oedd hyn wedi ei wneud gan de Grey, nac yn wir trwy wybod iddo, ond gan Marglee dialgar a chyfrwys.

Pwy bynnag a wnaeth hynny, sef esgeuluso cyflwyno y rhybudd yn amserol, yr oedd yr effaith yr un peth; a disgwyliodd Syr Owain yn dawel gwrs y digwyddiadau, ac nid oeddynt yn araf yn eu dyfodiad. Drannoeth, yn y prynhawn, fel yr oedd Gruffydd, yr hwn a hysbyswyd yn barod fod ei dad yn drwgdybio pethau, allan yn marchogaeth ar lan yr afon Dyfrdwy, gwelai nifer o filwyr Lloegr yn croesi yr afon drwy rydle yn y pellter, fe ddichon oddeutu tair milltir o Sycharth, plasty Syr Owain, gan yrru yn ôl dros yr afon i ochr y Croesau nifer o anifeiliaid corniog wedi eu nodi â llosgnod Syr Owain! Heb un petruster, marchogodd y llanc i fyny atynt, gan hawlio eglurhad ar eu hymddygiad.

Atebodd eu blaenor, yr hwn a brofodd yn neb llai na Marglee ei hun, yn dra choeglyd a digywilydd ei bod yn gyfreithlon i unrhyw ddinesydd ffyddlon feddiannu eiddo un a gyhoeddwyd yn herwr, a bod y Brenin ei hun wedi datgan Syr Owain felly, yn ei glywedigaeth ef (Marglee) yn y gwersyll Seisnig, yn Lichfield, ddau ddiwrnod yn ôl.

Cododd Gruffydd ei law oddeutu hanner digon uchel i daro yr adyn digywilydd i'r ddaear; ond ymatalodd, yr hyn a ddilynwyd gan chwerthiniad gwatwarus Marglee; yna trodd y llanc a marchogodd i ffwrdd yn araf. Aeth ar ei union adref, a dywedodd wrth ei dad am yr oll a gymerasai le. Atebodd Syr Owain gyda gwên ddiystyrllyd ar ei wefusau nad oedd yn disgwyl dim llai.

"Ond," ebe efe gan daflu ei freichiau i fyny gyda mynegiad o lawenydd, a ymddangosai fel pe buasai yn ysgwyd rhyw bwysau mawr oddi ar ei ysgwyddau, "yr wyf yn awr wedi fy rhyddhau oddi wrth rwymedigaeth fy llw. A wyt ti, fy machgen i, yn cofio fy addewid i'r Esgob Trefor? Oni dywedais i na chodwn fy llaw yn erbyn y Saeson, ond yn unig i achub fy nhŷ rhag ymosodiad, neu fy mhobl rhag cael fforffedu eu heiddo, neu fy eiddo personol rhag ei ladrata? Yn awr, cyhoeddwyd fi yn herwr! Yn awr, y mae fy mhen yn werth nifer o ddarnau o arian i unrhyw ddihiryn a all ei gymryd! Yn awr, mae fy eiddo personol wedi ei ladrata oddi arnaf. Yn awr – ie, yn awr, yr wyf wedi fy rhyddhau oddi wrth gyfrifoldeb fy llw! Yn awr yr wyf yn Owain

Glyndŵr drachefn, a gwae i'r Sacsoniaid!"

"Fy nhad," ebe ei fab Gruffydd, gan benlinio o'i flaen, "caniatewch i mi, yr wyf yn erfyn arnoch, un ffafriaeth, gan eich bod yn awr yn barod i weithredu yn ôl cymhellion eich ysbryd."

"Beth ydyw, fy mab?" gofynnai y tad, gan dynnu ei law yn dyner a charuaidd dros ben urddasol y llanc ieuanc.

"Caniatewch i mi y rhyddid i gymryd y cam cyntaf, a tharo yr ergyd gyntaf, a dangos i'r giwed Sacsonaidd eu lle priodol!" ebe y llanc yn waedwyllt.

"Dyna y pleser yr oeddwn yn bwriadu ei fwynhau fy hun, fy mab; ond cymer di y gwaith, a dangos mor gyflawn yr wyf yn ymddiried ynot; ac ni fydd i mi hyd hynny ymholi ynghylch dy gynlluniau, na gwylio dy gamau, na'th weithredoedd, hyd nes y dychweli a dweud wrthyf, 'Fy nhad, y mae y gwaith wedi ei gwblhau'."

"Can mil o ddiolchiadau, fy annwyl dad," ebe Gruffydd, gan gusanu llaw ei dad, "ac na fydded i mi byth yn rhagor weld eich wyneb os na chyflawnaf fy ngwaith er bodlonrwydd i chwi!" a chan godi ar ei draed yn frysiog, aeth allan o bresenoldeb ei dad.

Yr oedd Arglwydd de Grey wedi ymuno gyda byddin y Brenin gyda gosgorddlu lluosog, gan adael gwarchodlu bychan yng nghastell Rhuthun, a gwarchodlu arall yn rhifo oddeutu deugain mewn lle o'r enw Gwylfa – Tŵr Gwyliadwriaeth a adeiladwyd yn ddiweddar ar dir y Croesau, i wneud y tro dros yr amser personol; ac yr oedd oddeutu dwy filltir o Lanmorwynion. Bwriedid i'r gwarchodlu hwn greu dychryn a braw ymhlith y tyddynwyr amgylchynol, drwy arwydd allanol o allu de Grey, yn ogystal ag amlygiad diamwys o fwriadau y barwn i ddal meddiant drwy rym arfau yn yr hyn oedd wedi ennill drwy ddichell ei ymlynwr, Marglee. Gosodwyd y ddau warchodlu dan reoliad ac arweiniad unbenaethol Marglee ei hun, yr hwn, ar ôl mynd yng nghwmni ei feistr i wersyll y Brenin, a chlywed Syr Owain yn cael ei gyhoeddi yn herwr, a frysiodd yn ôl fel y gallai fodloni ei ddymuniadau maleisddrwg drwy ymosod ar a gormesu y dyn oedd wedi ymddarostwng i gael ei ysbeilio o'i dir, a'r hwn y tybiodd Marglee yn awr na feiddiai godi ei law yn erbyn gosbedigaeth lai. Fel hyn aed dros y Rubicon, neu y cyflawnwyd y weithred gyntaf gan y dihiryn atgas hwn, yn yr ymrafael a brofodd mor drychinebus i'r Brenin Harri IV, ac a drochodd Gymru a'i gororau am flynyddoedd mewn afonydd o waed.

Drannoeth ar ôl rhuthr-gyrch Marglee a'i farchogwyr yn erbyn eiddo personol Syr Owain Glyndŵr, daeth bugail gyda'i gi ymlaen at Lanmorwynion, gan holi yng nghylch dafad golledig. Ar y pryd yr oedd hanner dwsin o'r milwyr perthynol i Gastell yr Wylfa wrth y ffermdy wedi dyfod yno i hawlio porthiant i'w ceffylau, ac ymborth iddynt eu hunain, a chafodd y tenant anffodus ei orfodi i'w rhoddi. Wedi i'r bugail fethu cael yr hanes a geisiai am ei ddafad golledig, chwibanodd ar ei gi, ac ymaith ag ef. Wrth basio yn agos i Huwgi, mab hynaf Llywelyn ap Huw, rhoddodd y bugail iddo yn ddirgelaidd ddarn bychan o bren a ddaliai yn ei law, a chan gyfeirio edrychiad llawn o awgrymiad at y llanc, dwedodd dan ei ddannedd yn gyfrwys. "Codiad y lleuad," gan fynd ymaith dan chwerthin; ac ni feddyliodd y milwyr fod dim byd wedi cymryd lle ond yr hyn oedd yn ymddangos ar y wyneb.

Yr oedd Huwgi, pa fodd bynnag, wedi adnabod y bugail fel un o weision personol Gruffydd Fychan, mab Syr Owain, a deallodd oddi wrth yr edrychiad oedd yn llawn o feddwl, ac oddi wrth y geiriau syml â'r rhai yr anerchodd ef fod dirgelwch pwysig ynglŷn â'r darn pren a roddodd iddo, gyda'r hwn y chwaraeai yn ei law tra'n mynd i chwilio am y ceffylau i gario y pethau a orchmynnwyd gan Marglee at wasanaeth yr Wylfa. Mor fuan ag yr aeth i gysgod, ac o olwg pawb, dechreuodd archwilio y darn pren yn ofalus ac awyddus. Yr oedd wedi ei fras gynllunio ar lun dager; ac yr un ochr iddo yr oedd y rhifnod pedwar, ac ar yr ochr arall yn unig y gair "Eliseg," yn hen lythrennau Cymreig Coelbren y Beirdd.* Gydag athrylith naturiol a chyflym deallodd y llanc y genadwri, a goleuwyd ei wynepryd anarferol o dywyll gan wenau llawenydd mawr. Gan guddio yr ymdaith orchymyn hynod o gylch ei berson, dychwelodd yn fuan gyda'r ceffylau dan ganu yn llawen; ac yn ewyllysgar a chalonnog, er bodlonrwydd mawr i'r milwyr, ond anfodlonrwydd pwysig i'w dad, llwythodd y ceffylau gyda'r pethau angenrheidiol; yna aeth gyda'r milwyr i'r Wylfa, gan ysgafnhau y ffordd a'i ganeuon llawen, y rhai a uchel-ganmolwyd gan y milwyr. Gan ei fod yn deall tipyn o Saesneg, daeth yn gyfaill da, gwresog gyda'r milwyr, a llwyddodd drwy ychydig o gyfrwystra, a digon o ffraethineb garw, i'w dallu yn ôl ei ddymuniad ei hun, tra yr oedd efe yn craffu ac yn archwilio yr oll o Dŵr yr Wylfa, a phob peth o'i amgylch. Aeth mor bell wrth ymadael â chynnig cyrchu iddynt farilaid o gwrw cyn y nos, ar yr amod syml eu bod hwy i beidio dweud wrth eu blaenor o ba le y daethai, rhag iddo drwy ryw foddion neu gilydd ei fradychu yn y lladrad a hysbysu Llywelyn ap Huw. Efe a gyfiawnhaodd ei addewid, ac a ddychwelodd yno awr cyn machludiad haul, a'r farilaid yn llawn o gwrw wedi ei rhwymo o'i flaen wrth y cyfrwy. Gwrthododd, pa fodd bynnag, aros yno i gyfranogi gyda hwy o'r moddion llawenydd a ddygasai iddynt, gan roddi yn

---

* Fe wyddwn bellach mai dyfais Iolo Morgannwg oedd y Coelbren, ond adeg ysgrifennu *Bronwen* nid oedd hyn eto'n gyffredinol hysbys.

rheswm dros hynny y buasai ei absenoldeb oddi cartref yn debyg o achosi ymholiad yn ei gylch.

Yn agos i Fynachlog Dyffryn Crucis, y mae rhannau o golofn Eliseg yn sefyll hyd y dydd heddiw. [*] Yr oedd yn yr amser yr ydym yn ysgrifennu amdano oddeutu deuddeg troedfedd o uchder, yn cynnwys arysgrifen a gyfieithwyd fel hyn:

"Concenn, mab Cateli; Cateli, mab Brochmail; Brochmail, mab Eliseg; Eligseg, mab Cusillaine. Concenn gan hynny, gorwyr Eliseg a gododd y garreg hon er coffadwriaeth am ei hen daid, Eliseg."

Yr oedd rhan arall o'r arysgrif yn darllen fel a ganlyn:

"Ipse est Eliseg qui recuperayit hereditalem Povosie post mortem per vim e potestate Anglorum gladio sui." [†]

Felly yr oedd yr hen ryfelwr hwn wedi bod mewn ymladdfeydd ffyrnig a chreulon gyda'r Sacsoniaid, ac anrheithio teyrnas Mercia yn ystod teyrnasiad Offa. Y bryncyn islaw y golofn oedd bedd yr hen Gymro, yr hwn a ymladdodd mor bybyr dros ei wlad a'i hawliau yn erbyn goresgyniad y Sacsoniaid, ac nid ydym yn rhyfeddu fod y llanc ieuanc, Gruffydd Fychan, wedi dewis y lle hwn, sef bedd un o'i hynafiaid, yn ymgyfarfodfa i gychwyn yn ei ymosodiad cyntaf ar y Sacsoniaid yn ei ddyddiau ef, y rhai oeddynt wedi lladrata ei etifeddiaeth dreftadol oddi arno, fel yr oedd eu hynafiaid hwythau wedi ysbeilio ei hynafiaid yntau o'n hetifeddiaethau.

Yr oedd y lleuad newydd ddechrau coroni pen y mynydd a elwid y Fron Fawr pan ddechreuodd y gwroniaid ieuainc, bob yn dri neu bedwar, ddynesu at

---

[*] Ystyrir bellach mai camgymeriad oedd 'Eliseg' ar ran y cerfiwr ac mai Elisedd, sef ffurf wreiddiol yr enw Elis, oedd yr enw cywir.
[†] Yn fras: 'Yr Elisedd hwn a ad-hawliodd etifeddiaeth Powys oddi ar y Saeson drwy nerth arfau gyda'i gleddyf ei hun.'

golofn Eliseg, yn cael eu dilyn gan dyrfaoedd eraill o ryfelwyr ieuainc. Ymddangosai Gruffydd ieuanc fel pe buasai wedi ymollwng dros ei ben i fyfyrdod dwfn a dwys; a fel yr ymgasglodd ei ymlynwyr o'i amgylch, efe a benliniodd ar fryn y bedd oedd yn cynnwys esgyrn y dyn yr oedd efe yn awr yn bwriadu ei efelychu, a gwasgodd yn ei freichiau y golofn a godwyd er coffadwriaeth am Eliseg, y Cymro dewr! Ar ôl hyn cododd ar ei draed, tra yr oedd pelydrau oerion goleuni y llawr yn golchi ei wyneb gwelw-lwyd, ac yn adlewyrchu oddi ar blad* disglair ei ddwyfron, yr unig arfogaeth a ymddarostyngai i'w wisgo, a throdd at ei gyfeillion ieuainc, gan ddechrau darllen rhestr o enwau a ddaliai yn ei law, fel a ganlyn:

"Dewi ap Ieuan o Ragallt!"

"Rwyf yma gyda'm dau frawd, ac yr ydym y rhifnod ar y darn gyda'r dager yn goel, ac yr ydym yn barod i ddilyn mab Glyndŵr i ba le bynnag y dewisa ein harwain."

"Ioan ap Tudno Ddu o'r Oernant."

"Mae Ioan a'i gefnder yma yn barod i ddilyn camau eu blaenor."

"Huwgi ap Llywelyn ap Huw, o Lanmorwynion."

"Pedwar oedd y rhif a benodwyd, ac mae dau was fy nhad, a'i ddau fab, yn gwneud i fyny y nifer. Yr oll wyf fi yn ei ofyn ydyw cael sefyll wrth ochr mab Glyndŵr, fel y safodd fy nhad wrth ochr ei dad yntau."

"Arthwys ap Carfan o Hengwm."

"Fy rhifnod oedd dau, ond gadawsai fy mrawd Hengwm cyn i'r negesydd ddyfod, ond bydd i Arthrwys daro dros y ddau, ac felly gwneir i fyny y nifer."

Ac yn y dull hwn, aed ymlaen gyda y rhestr, hyd nes yr ymddangosodd oddi wrth y nifer a enwyd fod llawn

---

* *Plad:* Darn o arfwisg yn gorchuddio blaen y corff. Saes. *breastplate*

hanner cant o lanciau y Croesau a Glyndyfrdwy wedi ymgynnull ynghyd, a'r oll yn dangos y brwdfrydedd mwyaf yn yr achos. Ar ôl hyn, safodd Gruffydd wrth y golofn, a chan daflu ei fraich chwith amdani, dywedodd:

"Gyfeillion, fy nghyd-ieuenctid a fy nghymdeithion mewn llawer helwrfa! Fy nghyd-Gymry, y rhai a orthrymir fel myfi a thŷ fy nhad, gwahoddais chwi yma at fedd Eliseg. Bu efe farw wrth ymladd dros ei gartref a thros ei wlad! Bu farw a chladdwyd ef yma! Ond y mae efe eto yn fyw, nid yn unig yn y golofn hon a godwyd gan ei ddisgynyddion er coffa amdano, ond yng nghalon pob Cymro gwladgarol, ac yn enaid pob dyn sydd yn caru y wlad y bu Eliseg farw i'w gwaredu. Y mae efe yn fyw yn fy ysbryd, ac yr wyf fi wedi tyngu llw y collaf y diferyn olaf o fy ngwaed yn yr achos dros yr hwn yr ymladdodd ac y rhoddodd Eiseg ei fywyd i lawr. Cynrychiolir Sacsoniaid ei ddyddiau ef yn dda gan Sacsoniaid ein dyddiau ni. Mae yr un genedl yn defnyddio yr un gorthrymder i ormesu yr un bobl! A fydd ieuenctid Cymry y dydd heddiw yn anheilwng o ddilynwyr Eliseg? A fydd i ni oddef i'r giwed Sacsonaidd loddesti ar ein meddiannau, a llywodraethu y tir sydd yn eiddo i ni? A fydd i ni adael i'n rhieni gael eu hysbeilio, a oddefwn ni i'n merched ieuainc, ein chwiorydd a'n gwragedd yn y dyfodol gael eu sarhau a'n dirmygu gan y dihirod Sacsonaidd?"

Methodd â mynd ymlaen ymhellach canys tynnodd y rhyfelwyr ieuainc eu cleddyfau allan, ac ysgydwasant eu picellau, gan dyngu llwon dyfnion o ddialedd, fel yr hawlient gael eu harwain yn erbyn eu gorthrymwyr.

Ar ôl hyn, eglurodd Gruffydd mewn ychydig o eiriau ei fwriad i ymosod ar y gwarchodlu milwrol yn y Croesau, gan haeru y byddai i ganlyniad yr ergyd cyntaf a drewid gan ddynion ieuainc Cymru gael ei gymryd gan yr holl wlad fel arwydd o lwyddiant neu fethiant. Os byddai iddynt gael eu gorchfygu y noson honno, trôi achos rhyddid Cymreig yn fethiant; ond os byddai iddynt y noson honno ddyfod allan yn fuddugoliaethus, byddai hynny yn rhag-arwydd o lwyddiant a goronai ymdrechion y Cymry i ysgwyd i ffwrdd oddi ar eu hysgwyddau iau orthrymus eu gormeswyr.

Dywedodd wrthynt ei gynlluniau mewn ychydig eiriau; yr oeddynt i amgylchu safle y gwarchodlu, a chael allan y pwyntiau gwanaf drwy ruthriad ar yr un amser o bob ochr, a chymryd y gwarchodlu fel hyn yn ddiarwybod iddynt, gan obeithio sicrhau llwyddiant felly; ni allai ddisgwyl unrhyw ffordd arall, wrth ystyried eu bod i ymosod ar filwyr profedig a diwylliedig. Yr oedd pob un a daflai i lawr ei arfau i'w ddiogelu, ac nid oedd y rhai a wrthwynebent i dderbyn trugaredd o gwbl; canys y pwnc oedd, bywyd y Sacsoniaid neu fywyd y Cymry, a dim arall. Ymdeithiasant ymlaen yn dra chyflym, ac ni fuont yn hir yn mynd dros y pedair milltir oedd rhyngddynt a thŵr yr Wylfa. Yn awr, profodd cydnabyddiaeth gyflawn Huwgi ap Llywelyn â'r lle yn hynod o wasanaethgar. Arweiniodd y fintai arfog yn y fath fodd fel yr oeddynt yn alluog i fynd i ymyl y lle heb i neb eu gweld na meddwl am eu dyfodiad; a phan wnaethant y rhuthr-gyrch, yng ngoleuni y lleuad, ni chanfuasent ond ychydig o wrthwynebiad oddi wrth y milwyr, y rhai oeddynt eto yn cyfeddach ac yn feddw oddi amgylch y farilaid cwrw. Torrwyd i lawr yn y modd mwyaf di-drugaredd y rhai a wrthwynebasant, tra y darfu i'r lleill, pan welsant lwybr eu henciliad wedi ei gau i fyny, daflu eu harfau i lawr, gan erfyn am drugaredd. Yr unig wrthwynebiad difrifol a gaed, a wnaed gan Marglee ei hun, a hanner dwsin eraill a dorasant drwy y rheng gyntaf o'r Cymry, ond gorchfygwyd hwy yn fuan gan ornifer, a chyfarfu Marglee ei hun, wyneb yn wyneb, gydag arweinydd ieuanc y fintai ymosodol, yr hwn mewn modd gwrol a wnaeth arwydd i'r milwyr sefyll o'r neilltu, tra byddai y ddau flaenor yn penderfynu y frwydr mewn ymladdfa law-law. Sylwodd Marglee ar hyn, ac ymdaenodd gwen fuddugoliaethus dros ei wynepryd; canys nid oedd arno ond ychydig o ofn y canlyniad. Pa fodd bynnag, camfarnodd a siomodd ei hun y tro hwn. Yr oedd arddwrn y llanc mor ystwyth a chryf â llafn Damascus,* a thra yr oedd yn gadarn ar ei droed, yr oedd ei lygaid yn wyliadwrus, ac, i goroni y cwbl, yr oedd ei achos yn gyfiawn. Mewn llai na phum munud ar ôl dechrau y frwydr law-law gyda'r cleddyfau, rhoddasai Marglee yr oll oedd yn ei feddiant am gyfle i ddianc, eithr nid oedd yr un i'w gael, ac mewn amser byr gwanwyd ochr y gelyn gan gleddyf y gwrol Gruffydd Fychan, mab Syr Owain Glyndŵr, a syrthiodd Marglee i lawr yn farw gelain, yn ôl pob ymddangosiad!

Rhwygwyd yr awyr yn ddiatreg gan fanllefau gorfoleddus y Cymry ieuainc. Sychodd Gruffydd, eu blaenor, ei gleddyf yn y gwelltglas, a gorchmynnodd iddynt gasglu ynghyd y carcharorion, a'u rhoddi mewn lle diogel. Yr oedd oddeutu dwsin o'r Saeson yn gorwedd yn feirwon ar y ddaear, ac oddeutu yr un nifer o rai eraill wedi eu clwyfo, rhai yn beryglus, ac eraill yn ysgafn. Yr oedd y gweddill wedi colli eu harfau, ac yn cael eu hamgylchynu gan y gorchfygwyr gwyliadwrus, ac felly o angenrheidrwydd, yr oeddynt yn ddiniwed. Wedi casglu yr arfau, y ceffylau, ymborth, a phob peth o werth o dŵr yr Wylfa, gosodwyd ef ar dân; a thaenodd y fflamau ymneidiol eu llewyrch llachar ymhell ac yn agos, nes y mawr synnwyd yr Amaethwyr Cymreig yn y

---

* Ystyriwyd mai cleddyfau o 'Ddur Damascus' oedd y goreuon yn y byd canol-oesol am eu bod yn gryf a bod modd rhoi min da arnynt. Mae'n debyg mai o India ac nid Damascus yn Syria y daeth y technegau a ddefnyddiwyd i'w greu; fodd bynnag mae'r technegau hyn bellach yn angof er gwaethaf ymdrechion i'w hail-darganfod.

wlad oddi amgylch gan y cydlosgiad eiriasboeth a rhyfedd. Yn sydyn, ar unwaith, heb yn wybod i neb, cododd Marglee ar ei draed, a neidiodd ar gefn un o'r ceffylau, a charlamodd ymlaen drwy y fintai o Gymry syn ac i ffwrdd cyn iddynt gael amser i geisio ei atal, gan ddiflannu o'r golwg yn ddiatreg. Wrth godi, rhoddodd Marglee fanllef yn gynwysedig o boen a bygythiad; nid oedd wedi derbyn niwed mor beryglus ag y tybiwyd ar y cyntaf, canys llithrodd y cleddyf dros ei asennau gan ddryllio y cnawd, ac achosi archoll boenus, ond nid angheuol.

Teimlodd Gruffydd yn ddigofus a chyffrous o angenrheidrwydd oherwydd dihangiad llwyddiannus ei elyn, a chan y gwyddai mai ofer ei erlyn, nid amcanodd wneud hynny. Trodd at y carcharorion a gymerodd, gan ddweud wrthynt fod rhyddid iddynt fynd i'r lle y dewisent, cyhyd ag y byddai iddynt beidio codi arfau yn erbyn y Cymry, gan fygwth, os byddai iddynt drachefn syrthio i'w ddwylo wrth ryfela yn ei erbyn ef neu ei bobl, mai eu tynged fyddai teimlo y cortyn am eu gyddfau. Yr oedd y milwyr Seisnig yn falch o gael eu gollwng ymaith mor rhwydd dan gosb ysgafn, a gwnaethant yr addewidion gofynedig; yna cariasant y clwyfedigion nad oeddynt yn alluog i gerdded, a ffwrdd â hwy.

Rhannodd y Cymry ieuainc yr arfau a gymerasant oddi ar y Saeson yn eu plith eu hunain; ac nid oeddynt wedi colli neb yn yr ymladdfa, er bod amryw wedi eu clwyfo fwy neu lai, a rhai yn lled ddrwg. Cymerwyd gofal o'r ceffylau, mwy na dwsin mewn rhifedi, gan warchodlu personol Gruffydd, ynghyd a hanner dwsin o'i ymlynwyr a'i dilynasant o Sycharth; ac ar ôl amlygiad o'u cyd-lawenydd oherwydd eu llwyddiant ymwasgarasant, a chymerodd pob un y ffordd fyrraf i fynd gartref.

Bore drannoeth, ceisiodd Gruffydd bresenoldeb ei dad, a dywedodd yn syml:

"Fy Nhad, cwblhawyd y gwaith!"

Fel y rhagddywedodd Gruffydd yn ei araith, lledaenodd y newydd am y llwyddiant a goronodd y diwrnod cyntaf o eiddo y Cymry ieuainc drwy y wlad fel tân gwyllt, a chreodd y fath frwdfrydedd na welwyd ei gyffelyb er dyddiau Llywelyn, mwy na chan mlynedd ynghynt. Ymdrechodd hen ac ieuainc ragori y naill ar y llall, wrth baratoi erbyn yr ymdrechfa ofnadwy oedd yn awr yn anocheladwy. Canwyd baledi gan y beirdd am ogoniant hynafol eu gwlad, dyddiau digrifwch a llawenydd yr Ynys Wen, dewrder ei hamddiffynwyr, a gorchfygiad eu gelynion. Dygwyd – o filoedd o lochesau a chuddleoedd yn ei dyffrynnoedd, ei chymoedd, ei nentydd a'i hogofau – ystorfeydd mawrion o arfau rhyfel; o bicellau y rhai y gallai y Cymry eu taflu â breichiau cryfion ac aneliad sicr; o fwâu a saethau, arfau naturiol pobl a amddifedir o arfau eraill; o gleddyfau byrion a llydain, ac o frwydr-fwyelli enfawr a miniog. Gwelodd yr arfau hyn, a llawer o rai eraill, oleuni dydd drachefn, a thriniwyd hwy yn orfoleddus gan yr ieuenctid a'r bobl ganol oed drwy y wlad, y rhai oeddynt yn disgwyl yn bryderus am daniad y coelcerthi ar y mynyddoedd fel arwyddion fod y faner genedlaethol wedi ei chwifio i'r awelon, yn galw pob Cymro i ymrestru dan luman [*baner*] cyffredin ei wlad.

Pennod XI
Naid yr Ysbeiliwr

Ar hanner y ffordd rhwng Llangollen a Rhuthun, yn agos i bentref Llandegla, ceir amryw o ogofau nodedig. Gelwir y rhai hyn yn bresennol Ogofau Perthi Chwarae, oddi wrth y ffarm ar yr hon y safant; ac maent "yr enghreifftiau mwyaf nodedig ym Mhrydain o ogofau a ddefnyddid yn ymguddfannau ac yn feddrodau gan yr henafiaid." Adnabyddid yr ogofau hyn yn yr amser am yr hwn yr ydym yn ysgrifennu wrth yr enw "Ogofau yr Ysbrydion," oddi wrth grediniaeth a fodolai yn y gymdogaeth fod ysbrydion yn trigo yn yr ogofau. Oherwydd hyn gochelid hwy yn gyffredinol gan bawb; ac yr oedd yr ofnau a gadwent bawb oddi wrth yr ogofau drachefn yn achosi i'r ymguddleoedd naturiol hyn gael eu dewis yn gyrchfan ysbryd un tra hynod yn wir, sef person dim llai ei hanfod nag Idris ap Cowryd, ysbeiliwr gwir nodedig, yr hwn, fel yr holl fonheddwyr o'i alwedigaeth ef yn y Canol Oesau, na ysbeiliai neb ond y cyfoethogion, ac felly yr oedd yn gwneud daioni i'r tlodion; ond yr oedd hyn o wahaniaeth rhyngddo ef ac eraill – nid oedd Idris byth yn ysbeilio Cymro os byddai Sais o fewn ei gyrraedd, eiddo yr hwn a gymhwysai at ei wasanaeth ei hun.

Ar y 21ain o Fehefin, 1400, gwelodd Idris fintai gref o filwyr ar y ffordd o Rhuthun; a meddyliodd ar y cyntaf eu bod wedi darganfod ei loches, i'r hon yr arferai gilio, a'u bod yn dyfod i'r diben o'i gymryd ef, ac ychydig o ganlynwyr a gasglodd o'i gwmpas. Deallodd yn fuan, pa fodd bynnag, eu bod ar ôl gwell helwriaeth na lleidr cyffredin gwlad; canys yr oedd y milwyr a welsai yn ymdeithio ar y ffordd islaw yn rhifo o leiaf bum cant. Er ei fawr syndod safasant heb fod ymhell o'r fan lle yr oedd yntau yn sefyll mewn glyn o goed tewion. Gyda'r cywreinrwydd hwnnw sydd yn briodoledd naturiol i wryw a benyw, penderfynodd Idris gael allan, os oedd yn bosibl, beth allai fod diben yr ymgyrch. Efe, gan hynny, a nesaodd ymlaen at y fintai, gan obeithio y clywai ryw gyd-ymddiddan a eglurai iddo yr hyn oedd yn awr yn ddirgelwch anesboniadwy. Yr oedd y fintai oll yn farchogwyr, mewn llawn arfogaeth ar gyfer rhyw wasanaeth a ystyrient yn beryglus, canys yr oeddynt oll dan arfau; ac yr oedd y marchogwyr a arweinient yr ymgyrch mewn rhyfelwisg o'r pen i'r traed. Ni ddarfu i Idris, wrth gwrs, wneud ei hun yn amlwg iddynt; ac er ei fawr siomedigaeth methodd ddal cymaint ag un gair a dueddai yn y radd leiaf i egluro amcan yr ymgyrch. Ac yn wir, nid oedd y blaenoriaid eto wedi hysbysu eu dynion i ba wasanaeth yr oeddynt yn rhwym, gan y bwriadent fel hyn sicrhau symudiad hollol ddirgel. Nid oedd y fintai eto wedi cychwyn, ond safai ar y ffordd, a'r dynion yn y cyfrwyau yn disgwyl gorchymyn i symud. Yr oedd erbyn rhwng pump a chwech yn y prynhawn, a'r dynion a'r ceffylau wedi cael gorffwys yn hir ganol dydd, mewn trefn i fod yn barod i gyflawni ymdaith hir heb orffwys mwyach. Yn y cyfamser, eglurodd y blaenoriaid ddiben a bwriadau yr ymgyrch. Mewn araith wrth y dynion, dywedodd Arglwydd de Grey eu bod ar ymdaith gyda'r bwriad o ddal neu ladd Syr Owen de Glendore, a'i fab Gruffydd, gan fod y Brenin wedi cyhoeddi y ddau yn herwyr [*outlaws*]. Yr oedd ei orchmynion yn dra manwl, sef i daro yn ddidrugaredd bob un a ymddangosai wrthwynebiad, ond yr oeddynt i barchu y gwragedd a'r plant. Cynigwyd gwobr o 100 marc o arian (13s. 4d. oedd marc) am ddal Gruffydd, a 200 am gorff Syr Owain, yn fyw neu yn farw! Ni chynigwyd math yn y byd o wobr am neb arall a syrthiai i'w dwylo, yn fyw neu yn farw. Wedi gorffen yr anerchiad i'r dynion, rhoddodd Arglwydd de Grey orchymyn i'r dynion symud ymlaen, ac arweiniodd ef a Talbot y fintai, tra yr oedd Marglee yn cyrchu ym mlaen yr ôl-filwyr.

Yr oedd Idris erbyn hyn, ar ôl gwrando y cwbl, mewn anobaith cyflawn. Teimlai yn barod i roddi yr oll olud oedd ganddo yn yr ogofau, pe gallai ond rhoddi rhybudd amserol i Glyndŵr o'r trychineb oedd yn ei ymyl; ond pa fodd y gallai rag-flaenori y gwŷr meirch? Wedi aros yn unig ddigon o hyd i dynhau y cengl oedd am ei wasg, a sicrhau ei arfau oddi amgylch ei berson, mor fuan ag yr aeth yr olaf o'r milwyr o'r golwg, neidiodd i'r coed, lle yr oedd yn gydnabyddus â phob llwyn a lloches yno, gan redeg fel milgi mewn gobaith y cyrhaeddai y bont dros yr afon yn Llangollen o flaen y fintai ymosodol. Yr oedd llifogydd diweddar wedi chwyddo yr afon mor uchel fel nad oedd yn ddichonadwy i ddyn nac anifail groesi y rhydau, ac nid oedd un math o bont dros y Dyfrdwy, rhwng Corwen a Llangollen. Gweithiodd ei ffordd ymlaen gyda chamau diflino, drwy y coed; ond och! Erbyn iddo gyrraedd troed y Fron Fawr yr oedd prif gorff y fintai wedi pasio. Barnodd y gallai, wedi y cwbl, ganfod y rhyd yn dramwyadwy, neu y gallai nofio ar draws yr afon. Llamodd ymlaen am yr afon, ac yr oedd yn barod yn clywed sŵn murmuraidd yr afon yn ei gwely creigiog, pan ar unwaith y clywai fanllef uchel ofnadwy o'r tu ôl iddo, ac wedi troi i edrych, gwelai, er dychryn chwerw iddo, baner dwsin o wŷr meirch yn carlamu allan o'r coed a adawsai ychydig funudau yn ôl, gan gyfeirio tuag ato ar eu hunion, ac ar y cyflymdra mwyaf!

Canfu ar dremiad eu bod yn perthyn i'r fintai y bu efe yn ymdrechu ei rhaglaenori, a gwelodd nad oedd eu blaenor yn neb llai na Marglee ei hun, yr hwn y darfu iddo ef, ar un amgylchiad, ei ysbeilio o'r golud a gafodd mor anghyfiawn, yr hyn a barodd iddo ofni fod ei dynged wedi ei selio. Pa fodd bynnag, penderfynodd nad ildiai heb ymdrechfa, a chyda charlamau cyflym gwnaeth ei ffordd ymlaen at yr afon, glannau creigiog yr hon oeddynt yn y golwg yn barod. Carlamai y gwŷr meirch nerth y carnau ar ei ôl, gan wneud bygythion brawychus, ac yr oedd yn amlwg iddo eu bod yn ennill tir arno. Y pwnc yn awr oedd, a allai gyrraedd yr afon mewn amser diogel? Ymlaen yr aeth, ac ymlaen y prysurai y gwŷr meirch. Gwaeddodd Marglee allan gyda banllef fuddugoliaethus wrth weld yr ysbeiliwr yn rhedeg at fan yn yr afon na fuasai un dyn mewn meddiant o'i synhwyrau yn meddwl am groesi. Drwy ryw ddirgryniad ofnadwy o eiddo natur, yr oedd y graig ddurfin wedi ei hollti yn ddwy, ac i fyny drwy y gagendor erchyll clywai ruadau y dyfroedd yn yr affwys islaw. Yr oedd y graig ar y ddwy ochr yn union syth, ac nid oedd lle i ddianc ar y dde nac ar yr aswy. Barnodd Marglee nad oedd y ffoadur rhedegog yn deall y gymdogaeth, neu ei fod yn rhy ddychrynedig i ddewis lle mwy manteisiol i groesi; ac ymddangosai yn sicr nad oedd un waredigaeth o'i flaen. Bygythiai creigiau syth a dyfroedd dyfnion farwolaeth ddiatreg iddo os âi ymlaen; ac o'r tu ôl iddo yr oedd dalfa sicr, a cholled pob gobaith am allu rhoddi rhybudd i Syr Owain Glyndŵr. Ac yr oedd yn debyg mai mor fuan ag y delid ef y byddai cortyn am ei wddf, neu saeth dagellog drwy ei gorff. Beth oedd efe i'w wneud?

*   *   *

Yr oedd Bronwen ar ymweliad â Sycharth, wedi derbyn gwahoddiad taer oddi wrth Arglwyddes

Margaret, heb yn wybod i Syr Owain. Nid oedd dim niwed mawr wedi ei wneud, pa fodd bynnag. Yr oedd Syr Owain a Gruffydd yn hynod o brysur yn tynnu cynlluniau erbyn y rhyfelgyrch dyfodol; ac nid oedd neb yn amau bodolaeth unrhyw berygl diatreg. Gan y credent fod y Saeson eto yn y gwersyll yn Lichfield, neu ar y ffordd i Sgotland, yr oedd y gwron a'i deulu yn byw mewn diogelwch tybiedig. Ni chymerwyd unrhyw ragofalon anghyffredin. Ni chodwyd hyd yn oed y bont symudol oedd dros y ffos ddofn a amgylchai balas Sycharth, ac i bob diben ymarferol yr oedd y tŷ yn ddiamddiffyn. Wedi i Bronwen ganfod pawb yn rhy brysur i dalu nemor o sylw iddi, aeth allan i farchogaeth, ac i fwynhau awel oeraidd y prynhawn. Wedi marchogaeth ymlaen ar lan yr afon droellog, disgynnodd o'r cyfrwy mewn lle braf, gan adael ei merlyn i bori y glaswellt, a thra yn gorffwys yng nghysgod y coedydd oeddynt yn ymestyn yn agos, nid i lan y dwfr, ond i ymyl y dibyn serth uwchben yr afon, sŵn udonyddol yr hon oedd wedi suo Bronwen agos i gysgu, ar unwaith dychrynwyd hi gan floedd uchel o'r ochr arall i'r afon, ac wedi neidio ar ei thraed, gwelai ddyn yn rhedeg am ei fywyd, yr hwn a erlynid gan nifer o wŷr meirch, ac ymhlith y blaenaf ohonynt hi a adnabu Marglee. Yr oedd y rhedwr yn ymwneud yn syth am yr afon, yr hon oedd yn y llecyn o'i flaen yn llawer mwy cul, gan fod y creigiau yn gogwyddo at ei gilydd, a gellid gweld y dwfr crychias-wyn yn ymruthro rhwng y creigiau gyda chyflymdra dychrynllyd yn y dyfnder brawychus islaw. Er i'r ferch ieuanc ganfod Marglee ar yr ochr arall i'r afon, ni theimlodd ddim ofn; canys gwyddai nad oedd yr un bont i'w chael yn nes na Llangollen, na'r un rhyd y gellid ei groesi. Ni feddyliodd am eiliad y buasai neb byth yn meddwl am fentro neidio dros y gagendor mawr, drwy yr hwn yr ymruthrai y llifeiriant. Ni adawyd ond ychydig o amser iddi feddwl am ddim, canys ymlaen y deuai y rhedwr yn orwyllt, ac ar ei ôl y carlamai y marchogwyr gan wyro ymlaen dros yddfau eu ceffylau; yr oedd pob cam o eiddo y dyn yn ei ddwyn yn nes i'r gagendor, a phob carlam o eiddo y gŵyr meirch yn lleihau y pellter rhyngddynt. Nid ymatalodd y rhedwr am eiliad, a chydag edrychiad cyflym, sylwodd ar y lle culaf yn yr afon, a phan oedd ei draed ar y dibyn, neidiodd i fyny ac ymlaen, ac yr oedd Marglee wrth ei sodlau, ceffyl yr hwn a arafodd pan welodd y gagendor erchyll, gan chwythu ffroen-ochiad uchel mewn dychryn yn wyneb yr olygfa frawychus o'i flaen. Cyfarfu yr ysbeiliwr â ffawd dda; canys glaniodd ar ei draed ar y graig yr ochr arall, gan syrthio ymlaen ar ei wyneb, wedi ei syfrdanu gan y trawiad yn erbyn y graig, a'r dychryn yn wyneb y perygl. Yr oedd efe eto mewn perygl, ac yn analluog i symud, wedi ysigo ei draed, ac ysgytian ei holl gorff wrth ddisgyn ar y graig yn y naid ofnadwy, yr hyn a'i gwnaeth dros amser yn berffaith analluog i gymryd gofal ohono'i hun. Wedi i Marglee ddyfod ato ei hun o'r syndod y taflwyd ef iddo gan naid aruthrol Idris, efe a alwodd ar fwa saethwyr i ddyfod ymlaen at ymyl y dibyn i saethu at y dyn oedd yn gorwedd ar y ddaear, yr hwn a daflodd edrychiad digofus at ei erlynwyr dialgar, ac ymwthiodd ymlaen orau gallai i aros ei dynged.

Eithr yr oedd allan o berygl. Yr oedd Bronwen wedi sylwi yn fanwl ar yr oll a gymerasai le, a neidiodd o'i chuddle yng nghyfeiriad yr ysbeilydd oedd ar y ddaear, a darfu i'w hymddangosiad sydyn gynhyrfu cymaint ar y saethwyr fel nad oeddynt yn alluog i anelu yn gywir, a thrawodd eu saethau yn erbyn y graig. Cyn iddynt fod yn alluog i ail saethu, hi a ymaflodd yn Idris, a chyda nerth nad oedd dim a'i rhoddasai iddi ond y perygl yr oedd ynddo, hi a lusgodd yr ysbeiliwr i le cysgodol gerllaw.

Gorchmynnodd Marglee, gyda llw erchyll, i'w ddynion erlyn yr ysbeiliwr, a marchogodd ymlaen yn orwyllt yng nghyfeiriad Llangollen, yn cael ei ddilyn gan ei gymdeithion.

Gelwir y gagendor hwnnw hyd y dydd heddiw yn "Llam y Lleidr," er coffadwriaeth am naid enfawr Idris ap Corwyd.[*]

Ymaflodd Idris yn dyner yn llaw y llances, gan ei chusanu yn annwyl, gan ofyn enw un oedd wedi dangos y fath ddewrder wrth ei achub. Hi a'i hatebodd yn ddibetrus. Dywedodd wrthi mewn ychydig eiriau y peryglon mawrion oeddynt yn bygwth ei chefnder a'i hewythr, gan erfyn arni brysuro i'w rhybuddio yn ddiymdroi, gan ei fod ef ei hun yn analluog i symud.

"Ewch," ebe efe, "ac na feddyliwch amdanaf fi – ond gwaredwch y rhai hynny ydynt yn annwyl gan bob Cymro."

"Pa fodd y gallaf fi eich gadael chwi, y dyn gwrol, mewn sefyllfa mor druenus?" gofynnai y ferch ieuanc.

"Nage, nage," ebe Idris, yn ddifrifol, "na feddyliwch, mewn un modd, amdanaf fi. Onid yw diogelwch Glyndŵr yn fwy gwerthfawr na bywydau dwsin o rai fel myfi?" Ac wedi gweld ei bod hi yn parhau i betruso, ychwanegodd, "Nac ofnwch amdanaf fi. Yr wyf yn rhy arferol â bywyd garw i ddioddef yn hir oddi wrth effeithiau cwymp fel hwn, a chuddiaf fy hun yn y coed, fel na all y Saeson ddyfod o hyd i mi, hyd yn oed os deuant i chwilio amdanaf. Ewch! Ewch! Yr ydych yn colli amser gwerthfawr. Na arbedwch eich ceffyl, na arbedwch eich hun, ac na aberthwch ddiogelwch Syr Owain Glyndŵr, canys mae ei fywyd yn eich dwylo. Ewch, a bendithied y nefoedd chwi; a byddwch yn sicr na fydd i Idris ap Corwyd byth anghofio y llances

---

[*] Dyfais Beriah yw Idris, ond enw go iawn yw Llam-y-Lleidr ar ran o afon Dyfrdwy; enghraifft arall o ffug-onomasteg Beriah.

ardderchog fu yn foddion i achub ei fywyd, pan oedd efe yn analluog i ofalu amdano ei hun."

Wrth gael ei chymell yn daer fel hyn, a gweld nad oedd Idris mewn perygl buan, neidiodd Bronwen ar gefn ei cheffyl heb godi dim mwy o amser gwerthfawr, a phrysurodd nerth y carnau i fyny drwy y llwybr cerigog tua Sycharth.

Nid oedd ganddi yn wir ddim amser i'w golli. Rhwng yr amser a gollodd Marglee yn ei erlyniad aflwyddiannus ar ôl y lleidr, a'r amser a gymerodd i Bronwen gael allan yr holl hanes oddi wrth Idris, a'r ffaith fod mintai Marglee yn ffurfio ôl-filwyr y fyddin Seisnig, yr oedd y blaen-filwyr yn barod wedi cael amser i fynd ymhell ar y ffordd sydd yn arwain o Langollen i Sycharth. Yr oedd calon Bronwen yn ymrwygo wrth edrych ar linell hir o elynion Syr Owain Glyndŵr yn symud ymlaen gyda phob cyflymdra dichonadwy yng nghyfeiriad Sycharth, ac agos yn yr un pellter â hithau oddi wrth gaerfa y blaenor, nad oedd yn tybio fod unrhyw berygl gerllaw! Ni theimlodd erioed o'r blaen y fath gyfrifoldeb aruthrol yn gorffwys ar ei hysgwyddau ieuainc. Yr oedd Idris, y lleidr, wedi dweud yn wirioneddol fod diogelwch Glyndŵr, ie, ei fywyd, ysywaeth, yn ei dwylo! Gan anfon saethweddi ddirgelaidd i'r nefoedd am gymorth, hi a garlamodd ei merlyn ymlaen drwy y coed y ffordd fyrraf, gan ei bod yn hollol gydnabyddus â'r lle, a thrwy ddyfalbarhad ac egni mawr, hi a weithiodd ei ffordd ymlaen i Sycharth mewn amser anhygoel o fyr; ond er ei holl ymdrech, prin yr oedd y blaen-filwyr Seisnig hanner milltir ar ei hôl fel y marchogodd dros y bont symudol i mewn i Sycharth, yr hon oedd i lawr fel arferol, heb neb yn ei gwylio! Neidiodd oddi ar gefn ei cheffyl gyda'r cyflymdra mwyaf, a chan redeg â'i hanadl yn ei gwddf i neuadd y palas, hi a floeddiodd â'i holl nerth:

"Dan arfau! Dan arfau! Glyndŵr! Syr Owain! Dan

afrfau!" A chan gipio corn gwlad oedd yn crogi ar y mur, hi a chwythodd y fath utganiad uchel drwyddo, yr hyn, ynghyd a'r banllefau treiddgar, a ddygasant holl deulu Sycharth ar redeg gwyllt i'r neuadd, a'r rhai blaenaf oeddynt Syr Owain a Gruffydd ei fab.

"Fy ewythr, prysurwch! Gruffydd, prysurwch chwithau! Mae y Sacsoniaid ar ein gwarthaf! Gadewais hwy lai na hanner milltir oddi yma! Maent yn dyfod i ymosod ar Sycharth! Ac hyd yn oed yn awr y mae eu blaen-filwyr braidd yn y golwg! Deallodd Syr Owain, gyda chyflymder greddfol, rybudd disymwth y fenyw; a gwaeddodd allan yn glir, di-gryn, ac awdurdodol:

"Ddynion! Cipiwch eich arfau! Yr ydym yn rhy weiniaid, yn ein cyflwr amharod presennol, i amddiffyn y lle hwn. Ein hunig ddiogelwch yw ffoi a gwneuthur un rhuthr beiddgar am fywyd a rhyddid! Chwi ryfelwyr oll, dilynwch fi!" a chan ddi-noethi ei gleddyf, a chyda Gruffydd wrth ei ochr, rhuthrodd dros y bont, a'i wŷr yn dilyn.

Yr oedd cysgodau hwyrol yr hafddydd wedi dechrau ymdaenu, eithr canfyddid drwyddynt, o fewn ugain o gamau i'r bont, adran flaen y gallu ymosodol. Ar y rhai hyn ymosododd y Cymry yn ffyrnig, gan floeddio, "Glyndŵr! Glyndŵr!"

Mor sydyn, annisgwyl a ffyrnig ydoedd yr ymosodiad, fel y gorfu i'r Saeson, am foment, gilio yn ôl o flaen y dyrnaid Cymry. Synnwyd y Saeson gymaint trwy yr ymosodiad hwn o eiddo y rhai a obeithient eu dal yng nghwsg, fel yr ofnasant fod gan Glyndŵr fyddin gref wrth law, a'i fod wedi paratoi i'w derbyn trwy gynllwyn dirgelaidd. Gan hynny, syrthiasent yn ôl mewn anrhefn mawr ar yr ôl-filwyr, y rhai yn awr a ddynesent yn gyflym, a thrwy hynny rhoed cyfle i Glyndŵr a'i wŷr ddianc i'r coed cyfagos, yr hyn a wnaethant yn ddiatreg. Cyn y gallodd y Saeson adfeddiannu eu hunain, clywid arwydd atgynnullol utgorn Gruffydd yn atseinio ym mhellafoedd y goedwig, yr hyn a brofai i'r marchogion siomedig fod eu hysglyfaeth wedi dianc. Gwyddent mai ofer oedd iddynt erlyn y Cymry drwy y goedwig, ar hyd llwybrau hollol gyfarwydd i Glyndŵr a'i ddynion, ond o'r rhai yr oeddynt hwy yn gwbl anhysbys. Pe yr anturiasent ddilyn, buasent mewn perygl o gael eu gwahanu, ac i'w gwahanol gwmnïau gael ymosod arnynt gan y Cymry gwyliadwrus, y rhai a deimlent yn hollol gartrefol yn y goedwig. Nid oedd dim iddynt wneud, gan hynny, ond celu eu siomiant orau gallent.

Fel mater o ffurf, gwnaeth y ddau arglwydd siomedig archwiliad ar y tŷ, eithr gyda'r eithriad o'r merched, un neu ddau o ddynion oedrannus, ac ychydig blant diamddiffyn ni chaed neb yno.

Darfu i'r Arglwyddes Margaret, drwy ei hymddygiad urddasol, hawlio parch yr ymwelwyr anhyfryd ac annisgwyl, a chafodd ymwared buan o bresenoldeb y gelyn, y rhai a fodlonwyd ar ôl dinistrio yr ychydig amddiffynfeydd o gylch y lle, fel ag i'w wneud yn hawdd mynd iddo yn y dyfodol. Yr oedd y gorchwyl o ddiarfogi y lle wedi ei gwblhau cyn canol nos, ac o barch i'r Arglwyddes Margaret, ni chyffyrddwyd â'r rhan drigiannol o'r tŷ. Gwersyllodd y milwyr o amgylch y lle, ac yn fore drannoeth cychwynasant ar eu hymdaith yn ôl. Ym mhen awr wedi i'r olaf ohonynt ymadael anturiodd Bronwen i'r coed gerllaw, gan obeithio canfod rhyw gyfaill gwyliadwrus allai sicrhau Glyndŵr o ddiogelwch ei deulu. Canfu ddyn yn ymorwedd yn erbyn coeden, a chan dybied ei fod wedi ei adael gan y pennaeth i'r diben o gasglu hysbysrwydd, prysurodd tuag ato. Ni ddarfu i'w throediad ysgafn ei aflonyddu nes y gosododd ei llaw yn dyner ar ei fraich, pan y trodd yn sydyn tuag ati, a datguddiwyd iddi wynepryd ellyllig Marglee!

Gydag ysgrech, hi a drodd, a buasai yn cynnig dianc, eithr rhoddodd Marglee chwibaniad isel, a neidiodd hanner dwsin o ddynion o gysgod y llwyni, a chafodd hithau ei hun yn hollol yng ngafael ei gelyn. Gan wthio safn-dag i'w genau gyda'r fath rym ag i beri i'w gwefusau tyner waedu, cododd hi o'i flaen ar gyfryw un o'r ceffylau a guddiasid yn ymyl.

Nid oes ond ychydig eglurhad yn angenrheidiol. Darfuasai i Marglee, gan dybied yn bosibl y byddai i Glyndŵr, neu ei fab, gyniwair o amgylch y lle, gadw ychydig o'i wŷr gydag ef, gan obeithio yn fawr gallu sicrhau un neu ddau ohonynt. Ond wedi ei fodloni gan yr ysbail a ddaliasai, rhoddodd arwydd, a phrysurodd y cwmni ymaith.

Fel y pasient lwyn tew, tua milltir oddi wrth y tŷ, gallasid canfod wyneb dyn rhwng y brigau yn gwylio eu symudiadau, gyda gofid a digofaint yn argraffedig ar ei wynepryd. Idris, yr ysbeiliwr, ydoedd, yr hwn a gymerasai y naid ddychrynllyd, ac ar ôl rhwymo ei ffêr a daflasai o'i le, a ymlusgasai drwy boen dirfawr i'r fan. Cymerodd lw difrifol i waredu y fenyw a achubasai ei fywyd, neu i farw yn yr ymdrech. Ymhen tuag awr, canfuwyd ef yn gorwedd ar y ddaear gan ddyn ieuanc, yr hwn, wedi deall am anffawd yr ysbeiliwr, a ddatododd y rhwymynnau yn ofalus, a chyda dirwasgiad sydyn, a barodd i'r dioddefydd rygnu ei ddannedd ynghyd er atal griddfaniad o boen, gwthiodd yr asgwrn i'w le; yna, gan wneud pwltis o lysiau gwylltion a dyfent yn ymyl, rhwymodd yr aelod yn ddiogel, a chanfu Idris er ei lawenydd y gallai sefyll ar ei draed, er yn boenus. Gan beri iddo bwyso ar ei fraich, arweiniodd y dyn ieuanc ef ymhellach i'r goedwig, lle yr oedd nifer o ddynion yn gwersyllu, ac yno canfu Idris mai ei gymwynaswr ydoedd Gruffydd Fychan!

Pennod XII
Y *Welsh Harp*, Llandeilo Fawr

Ysgrifenna hanesydd enwog am y cyfnod hwn: "Pan ymdaenodd y newydd am gyhoeddiad Glyndŵr yn herwr drwy y wlad, cynhyrfwyd pob dosbarth. Taflodd y myfyriwr yn y brifysgol ei lyfrau o'r neilltu, gadawodd y ffermwr ei aradr, a'r gof ei eigion, a thrwy hyd a lled y wlad, gan deithio y nos, ac ymguddio y dydd, prysurai gwladgarwyr i ymuno â Glyndŵr." Mae hwn yn arlun ffyddlon, ac nid yn unig yng Nghymru, eithr yn Lloegr hefyd: lle bynnag yr ymdaenai y newydd, ac y trigai Cymry, yr ailadroddwyd yr olygfa.

Ymhlith dyffrynnoedd Deheudir Cymru, dyffryn y Tywi, yn ddiau, yw yr enwocaf. Yr oedd Arglwyddi Ystrad Tywi yn enwog cyn erioed i un Sacsoniad sangu tir Lloegr. Y mae y dyffryn heddiw yn nodedig ar gyfrif ei olygfeydd prydferth a thawel – yr afon yn ymddolennu yn sarffaidd drwy y dyffryn ffrwythlon, a llechweddau y bryniau o'i ddeutu yn orchuddiedig, a chaeau o ŷd a llwyni o goed, gyda ffermdai a phlastai prydferth yn britho yr olygfa – yr oll yn gwneud darlun swynol, i ganfod prydferthwch yr hwn nid oes llygad arlunydd yn eisiau. Mewn hen amserodd yr oedd y dyffryn yn enwog am ryfeloedd a thywallt gwaed. Yma y gwnaeth y Brythoniaid wrthsafiad yn erbyn y Rhufeinwyr, yma y gorchfygodd Brychan y Gwyddelod ymosodol, yma y gwrthwynebodd Tywysogion y Deheudir y Normaniaid, ac yma yr ymladdodd y dewr Llywelyn ei frwydr olaf â'r buddugoliaethus Edward. Nid oes unrhyw ran o'r dyffryn yn gyfoethocach mewn hynodion hanesyddol na chymdogaeth Llandeilo Fawr, ac ni ellir mewn unrhyw ran ohono gael mwy o amrywiaeth golygfeydd gyda chyn lleied o drafferth. Yn agos i'r dref, saif cartref hynafol Arglwyddi Dinefwr, disgynyddion hen dywysogion y wlad; yn is i lawr i'r dyffryn mae trigle gorwych Ieirll Cawdor – y *Golden Grove;* ac megis yn cadw gwyliadwriaeth yng nghanol y dyffryn mae adfeilion hen gastell enwog Dryslwyn. Tair neu bedair milltir o'r dref, mewn cyfeiriad de-ddwyreiniol, y mae adfeilion prydferth Castell Carreg Cennen, a hynodwyd gymaint yn Rhyfeloedd y Barwniaid; i'r gogledd-ddwyrain mae y Garn Goch, gyda'i hynafiaethau Derwyddol, Prydeinig, a Rhufeinaidd, ac ychydig i'r gogledd o'r dref y mae maes y frwydr fawr ddiwethaf a alluogodd i Edward osod ei droed ar wddf y Cymry. Yn y gymdogaeth gellir mwynhau golygfeydd mwynaidd y dyffryn, a rhai mwy rhamantus y mynyddoedd. Yma mae yr enwog Fryn Grongar, a anfarwolwyd gan Dyer, ac hefyd y Llygad Llwchwr nodedig, gyda'i ogof ddi-bendraw. Ar yr ochr arall mae llynau tawel Tal y Llychau; tra ychydig i'r dwyrain, ar drumau noethlwm y Mynydd Du, mae llynau gwylltion a rhamantus y Fan. Yn wir, caiff yr ymchwilydd am y prydferth, pa un bynnag ai yn y ffurf o olygfeydd arddunol, hynafiaethau rhydlyd, neu draddodiadau hynod y werinos, ddigonedd o fwynhad o fewn ychydig filltiroedd o Landeilo Fawr.

Yr oedd tua diwedd Awst, 1400. Torasid eisoes lawer o'r ŷd melynaidd yn Nyffryn y Tywi. Yr oedd y diwrnod yn sych, llychlyd a mwll, yn gyfryw ag a bar i'r teithydd blinedig deimlo yn ddiolchgar ei fod mewn byd lle mae gwestai cysurus a gwestywyr llawen, ac a bar mai ei uchelgais pennaf fyddo cael "llety da i ddyn ac anifail." Ni fu erioed yn Nyffryn y Tywi well gwesty na'r Hen *Welsh Harp* yng nghymdogaeth Llandeilo Fawr, ac yn sicr ni fu dynion erioed mewn mwy o angen yr adloniant a roddai na'r ddau ymdeithydd blinedig a ymlwybrent ar hyd y ffordd lychlyd yr hwyr mwll hwn o fis Awst. Rhoddasant ddychlamiad o lawenydd pan welsant yr arwydd – cyffelybrwydd anghelfydd i offeryn cerdd cenedlaethol Cymru. Aethant i'r gwesty, ac o'i fewn cawsant y gorffwystra, y cysgod a'r lluniaeth oeddynt gymaint o'i angen. Aroglai y llawr yn beraidd gan gangau newydd-doredig, ac yr oedd wynebau llawen y rhai presennol, yr ynni â'r hwn yr yfent, ynghyd â wyneb cochaidd y gwestywr, yn gynifer o brofion diymwad o ragoroldeb y cwrw. Gan ymeistedd ar fainc arw, ger y ffenestr gul, galwodd y dieithriaid am fesur o gwrw, gyda'r hwn yn dra buan y golchasant y llwch o'u gyddfau – y ddau yn yfed holl gynnwys eu cwpanau cyn tynnu eu gwefusau oddi wrthynt, ac yna, gan dynnu anadliad hir, yn arddangos boddhad dirfawr, gosodasant hwy ar y bwrdd a galwasant am ychwaneg.

Yr oedd ganddynt yn awr hamdden i edrych o'u cwmpas, a sylwi ar wynebau eu cymdeithion. Yr agosaf atynt, yn amlwg, oedd ffermwr – y cryman a orweddai wrth ei draed a'r tywysennau a lynent wrth ei ddillad gwlân breision, yn tystio i'w alwedigaeth. Profai gwallt cedenog, braich ewynnog, a wyneb tywyll os nad pardduog un arall mai gof ydoedd, hyd yn oed pe na buasai am y ffedog ledr ydoedd wedi ei rolio am ei ganol, er ei bod allan o'r ffordd; arwyddai tebygrwydd lliw a gwisg yr un a eisteddai tu ôl i'r gof, ynghyd â'r parch a dalai iddo, mai prentis y gof ydoedd.

Yn y cyfamser aethai y dieithriaid eu hunain dan archwiliad llawn mor fanwl. Yr oeddynt ill dau yn ieuainc, y naill na'r llall ohonynt, o ran ymddangosiad, dros un ar hugain oed. Un ohonynt drwy ychydig eiriau a ollyngasai, ynghyd a'i ymddangosiad di-hid, awgrymai ei berthynas â'r dosbarth hynod hwnnw – y Breintweision Llundeinig. Yn ôl ymddangosiad y llall, gallasid tybied ei fod yn cyfateb yn dda i ddarlun nodedig Chaucer:

> ...a poure scoler,
> Hadde lerned art, but al his fantasye
> Was turned for to lerne astrologye,
> And koude a certeyn of conclusiouns,
> To demen by interrogaciouns...
> ...A chambre had he in that hostelrie
> Alone without any compagnie
> Ful fetisly ydight with herbes swoote;
> And he hymself as sweete as is the roote
> Of lycorys, or any cetewale.
> His Almageste, and bookes grete and smale,
> His astrelabie, longynge for his art,
> His augrym stones layen faire apart,
> On shelves couched at his beddes heed;
> His presse ycovered with a faldyng reed
> And al above ther lay a gay sautrie,
> On which he made a-nyghtes melodie.[*]

Dygid ymddiddan yr oll ymlaen, wrth gwrs, yn Gymraeg; a dechreuodd drwy i Huwcyn Tŷ Gwyn, y ffermwr, ofyn i'r dieithriaid pa newydd a ddygasent, "oblegid," meddai, "gwelaf eich bod wedi teithio o bell ffordd."

"Do, yn siŵr," atebai y breintwas, "gallwch yn hawdd ddweud hynny, oblegid yr wyf fi a'm cyfaill ers llawn

---

[*] O Hanes y Melinydd. Mewn rhyddiaith Gymraeg fodern: "Sgolar tlawd, roedd yn ddysgedig, ond â'i holl fryd ar astudio astroleg; fe wyddai rhai damcaniaethau a alluogai iddo ganfod gwirioneddau. Roedd ganddo ystafell yn y dafarn honno i'w hunan, wedi'i amgylchynu gan berlysiau melys; ac ef ei hun yn arogli'n felys fel licris neu driaglog. Roedd ei lyfr seryddol, a chyfrolau bach a mawr, astrolab ei grefft, ei gerrig cyfrin, ar silffoedd wrth ben ei wely; lliain goch ar ei gwpwrdd, a saltring ar y cwbl ar yr hwn y chwaraeai alaw'r nos."

pythefnos yn teithio ffyrdd lychlyd, llechweddau mynyddig, llwybrau creigiog, a choedwigoedd hyfryd Lloegr, ac yn awr rai Cymru. Eithr am newyddion, ni chlywsom ond un, sef bod Glyndŵr i gael ei grogi fel bradwr."

"Na," meddai Siôn yr Ordd, "ar fy enaid, rhaid iddynt ei ddal yn gyntaf, a byddai yn hawddach dal y gwreichion a ehedant oddi ar fy eingion; ac wedi ei ddal, barnwyf y byddai yr un mor anhawdd gafaelyd ynddo ag yn yr haearn eirias-boeth o dan drwyn fy megin."

"Clywsom," meddai yr ysgolor, "fod mesurau llymion i'w cymryd yn erbyn Cymru o achos Glyndŵr, eithr beth ydynt, ni chlywsom i sicrwydd."

"A! Och fi!" meddai y gwestywr. "Addawa fod yn amser drwg hyd yn oed i westywyr gonest, rhwng ymgiprys y milwyr a marchogion yn hawlio llety gennym, heb gymaint â chwe' cheiniog i'n bendithio."

"Ie, ie, gwir ddywedi, gyfaill," llefai Huwcyn, "ac ni phetrusant gymryd ŷd a gwair ffermwyr gonest, heb gymaint â gofyn eu cennad."

"Ac," ychwanegai Deio, "ni cha' gofaint llafurus ond rhegfeydd am bedoli ceffylau."

"Och fi," meddai y myfyriwr, "mae'n galed yn wir i Gymry, y rhai unwaith a feddiannent yr holl wlad, o fôr i fôr, ymostwng i'r fath driniaeth galed."

"Ond, credaf y cânt dalu mewn arian da, pe mai eu gwaed fyddai yr arian hynny, am y nwyddau a gymerant yn y dull lladron-aidd hwn," meddai y breintwas.

"A wyt ti yn galw gwaed Sacsonaidd yn arian da?" hawliai gŵr yr ordd; "Myn fy ffydd, fe godai gyfog arnaf."

"Ond, er hynny i gyd," atebai y breintwas Llundeinig, "tybiaf ei fod yn arian am yr hwn mae Cymru a'i thrigolion yn galw."

"Gwir, fachgen," llefai y ffermwr; "ac er y byddai iddo drewi, gwnâi wrtaith da i'n meysydd, i gynorthwyo codi ŷd eto yn lle yr hwn a lladratwyd oddi arnom."

"Er mwyn trugaredd y nef, na siaradwch fel hyn," llefai y gwestywr yn ddychrynedig, "oblegid gwelaf ddau filwr Seisnig yn dynesu – dyma hwy!"

Prin y gorffennodd siarad cyn i ddau filwr gerdded i'r ystafell. Gallasid yn hawdd canfod mai Saeson oeddynt, oddi wrth yr edrychiad diystyrllyd a daflasant o'u deutu ar y Cymry ymgynulliedig. Tra y gorchmynnodd un ohonynt i'r gwestywr ddwyn iddynt gwrw a bwyd, tynnodd y llall bapur o'i boced gan ei sicrhau ar y pared.

"Beth allai hwnna fod?" gofynnai Deio, prentis y gof, mewn Saesneg carpiog i'r Sais.

"Os wyt yn ysgolor, dos a darllen ef," atebodd y milwr yn sarrug.

"Na, er na fûm erioed mewn ysgol, gwn fwy o foesau na thi Saesonach," meddai Deio, yn hyf.

"Gan hynny, os gwyddost, dangos dy foesau drwy gadw dy dafod yn llonydd yn dy ben, neu mi a'i holltaf i ti â'm cleddyf," bygythiai y milwr.

"Ond dichon na allet wneud hynny," atebodd Deio yn ddi-ofn.

"Heddwch, Deio," meddai ei feistr.

Yn y cyfamser codasai yr ysgolor a ddarllenasai y papur, ei wyneb yn tywyllu wrth ei ddarllen; yna dychwelodd i'w eisteddle, gan ollwng ochenaid ddofn.

"Och," meddai, "pan adawais Gymru tywynnai yr haul arni; ond, ar fy nychweliad, mae y cymylau yn ymgasglu uwch ei phen."

"Ie," meddai yr hynaf o'r ddau filwr, yr hwn bob yn ail a lanwai ei safn â'r bara a chaws a'r cwrw a osodasai y gwestywr ar y bwrdd, "a'r rhai hyn ŷnt y dafnau cyntaf," gan bwyntio a'i fys at y papur ar y bared. "A phan ddaw yr ystorm bydd yn gyfryw un a olcha bob bradwriaeth o'r wlad."

"Eithr beth yw?" hawliai Huwcyn, y ffermwr.

"Cyhoeddiad brenhinol yw," atebodd yr ysgolor, "na

cha’ un Cymro lanw unrhyw swydd dan y Llywodraeth; nad gwiw i neb dan boen marwolaeth ddwyn celfi ysgrifennu i Gymru; na cha’ un Cymro feddiannu tir yn Lloegr; na oddefir i un Cymro gludo arfau dan boen cael torri ei fraich dde ymaith ac na cha’ un ymdeithydd yng Nghymru aros mwy nag un noson mewn un lle; a chyda hyn cynigir gwobr o fil o farciau am ben y bradwr Glyndŵr.”

“Och fi! Och fi!” bloeddiai y Cymry, tra yr ymdaenai gwên watwarus dros wynebau y milwyr, y rhai oeddynt yn mwyhau eu pryd bwyd yn fawr; ac yr oedd trallod y Cymry yn rhoddi dedwyddwch ychwanegol iddynt.

Ar y moment hwnnw daeth dyn dieithr arall i mewn, ac yr oedd yn amlwg oddi wrth ei offeryn a’i ymddangosiad mai cerddor teithiol, tlawd ydoedd. Fel yr oedd yn dyfod i mewn edrychodd ar y milwyr yn llygad-gam, gan gilio ymaith oddi wrthynt mewn cryndod, ofn, a dychryn, gan ganfod eisteddle o’r diwedd wrth ochr y ffarmwr, yr hwn a estynnodd iddo y cwpan, ac a ddywedodd,

“Yfa, gyfaill, yr wyt mewn angen mawr amdano.”

“Miloedd o ddiolchiadau am eich caredigrwydd, a dyma ddymuniadau da i bawb,” atebodd y cerddor, gan yfed yn ewyllysgar yr oll oedd yn y llestr.

“Ond y mae yn galed,” ebe y breintwas o Lundain i barhau yr ymddiddan a ataliwyd gan ddyfodiad y cerddor, “y mae yn rhy ddrwg ymddwyn fel hyn tuag at Gymru.”

“Felly, ynte, dylai Cymru roddi ei bradwr Glyndŵr i fyny,” atebai yr hynaf o’r milwyr.

“Na,” ebe Siôn yr Ordd, “nid wyt ti yn gwybod llawer am Gymru, os wyt yn meddwl fod yn bosibl i’r Cymry wneud felly.”

“Yr wyf yn gwybod fod y wlad yn nyth o fradwyr, ac o wenyn meirch, y rhai a ddylem fathru i farwolaeth yn eu nythod,” atebai y milwr.

"Ie, a gwenyn meirch y rhai allent golynnu hefyd," atebodd y gof yn awgrymiadol iawn.

"Ond y rhai ydynt yn rhy ddoeth neu yn rhy lwfr i wneud hynny," ychwanegai y milwr.

"Nid wyf yn gwybod hynny, chwaith," atebai perchennog y morthwyl; "ond pa fodd bynnag, bydd i'r proclamasiwn hwn fynd ymhell iawn tuag at eu cyffroi."

"Gan hynny gadawer iddynt gael eu cyffroi," ebe y milwr, "ac wedi hynny bydd i ni erlyn pob bradwr fel llwynogod i'w tyllau."

"Fel bleiddiaid yn hytrach," atebai y gof – "bleiddiaid a larpiant yr helwyr."

"Ond," gofynnai yr ysgolhaig, "yr wyf yn methu deall pa fodd y bu i Glyndŵr beidio mynd at y Brenin i Lichfield, a thrwy hynny achosi yr holl drallod?"

"Ha! Ha! Ha!" chwarddai y milwr, tafod yr hwn oedd wedi ei ryddhau i ormodedd gan y cwrw da a yfasai, a dywedodd, "Digrifwaith ardderchog oedd hwnnw, ac nid oes neb yn ei ddeall yn well na ni. Yr oedd yr wŷs yn galw Glyndŵr i gyfarfod y Brenin yn Lichfield ym meddiant fy nghadben, Syr Philip Marglee, cyfaill ymddiriedol y Barwn mawr o Ruthun. Rhoddodd y rhybudd yn fy llaw, gan orchymyn i mi beidio ei gyflwyno i Glyndŵr am ddau ddiwrnod ar ôl i'r amser pasio; gan hynny pan roddais y gorchymyn iddo, yr oedd yn rhy ddiweddar i Glyndŵr allu ufuddhau, ac felly daliwyd y llwynog." Yr oedd y milwyr yn mwynhau y digrifwch gyda gorfoledd, tra yr ymddangosai y gwrandawyr yn dra sychedig. Yr oedd gwreichion yn ymsaethu o lygaid y cerddor wedi clywed y datguddiad hwn, ond cuddiodd ei wynepryd drwy wyro ei ben dros ei offeryn oedd yn ddarparu â bysedd crynedig i roddi cathl. Yr oedd marchog y morthwyl, sef Siôn yr Ordd, yn llai gwyliadwrus, a chan daro y bwrdd â'i ddwrn anferth nes oedd y llestri yn neidio a'u cynnwys yn colli, dywedodd gyda llygaid melltennog:

"Myn beddrod Dewi Sant, dylai y filain dderbyn ei wobr; ac mae y cortyn yn rhy dda i ddihiryn a all chwarae y fath gast dichell-ddrwg."

"Yr wyf yn dy gynghori di, fy nghyfaill, i ffrwyno dy dafod, onide gallai y bydd i mi gau dy safn aflan," ebe un o'r milwyr yn ffyrnig.

"O na, dichon y bydd hynny yn fwy nag a elli di wneud," atebai y gof, "a gall ddigwydd y medrwn i droi dy ben di yn eingion i ti."

"Clywch, clywch – Siôn yr Ordd am byth!" uchel-floeddiai y ffarmwr gyda llawenydd mawr.

"Gwae," ebe prentis y gof, "y mae fy meistr yn cario ei forthwyl gydag ef i chwarae ar y fath eingion, ac ni fu dim erioed yn well na'i ddwrn ef at y gwaith."

Edrychai y milwyr yn gilwgus at y Cymry, ond ni ddwedasant air, fel pe buasent yn eu hystyried yn annheilwng o'u sylw, tra yr oedd y gof wedi ei gynhyrfu i'r gwaelodion a'i waed yn berwi, yr hwn a lefarodd fel a ganlyn:

"Yr oedd fy hen daid yn arf-of i'r ardderchog Dywysog Llywelyn, ac yr oedd fy hen eigion yn tincian yn uchel yn aml cyn brwydr fawr Llandeilo, ac myn fy enaid y mae anfadrwydd y Sacsoniaid yn fy nhueddu innau i ddyfod yn arf-of i or-ŵyr mawreddog yr hwn y bu fy hen daid yn ei wasanaethu. Yr wyf wedi hanner gwneud fy meddwl i fyny i ymuno â Glyndŵr!"

"Anfonaf or-ŵyr dy hen daid i uffern yn gyntaf," bloeddiai y milwr ffyrnig, gan neidio ar ei draed a thynnu ei gleddyf hanner y ffordd o'i wain.

Ymddangosai fod gwrthryfel ar dorri allan yn ddiatreg, yr hyn oedd amlwg yn wynepryd y Cymry; safai gwythiennau ar eu gruddiau yn uchel a llawnion, fel rheffynnau clymedig, a phelydrai gwreichion tanllyd o'u llygaid treiddgar dan aeliau bygythiol, yr hyn oedd yn mynegi yn ddigon amlwg nad oedd y Cymry am ddarostwng yn llwfr i unrhyw sarhad hyd yn oed oddi wrth filwyr arfog, tra yr oeddynt hwy (y milwyr) yn barnu y Cymry yn hollol ddiamddiffyn, ac felly penderfynasant gosbi y gof am ei haerllugrwydd.

"Heddwch, gyfeillion," ebe y cerddor; ac ar ôl dwyn ei offer cerdd i'r sain briodol, chwaraeodd yr hen alaw Gymreig adnabyddus, a chytgan gyda'r delyn, ar y geiriau Cymreig a ganlyn. Ac yr oedd pob un a sylwodd ar ei ymadrodd perlewygol, a fflachiadau llachar ei lygaid, yn deall fod ei eiriau yn mynegi anadliad ei enaid. Yr oedd ei gân yn adlewyrchiad ffyddlon o deimladau dyfnaf ei galon.

"Bu yn fyd gwyn ar Gwalia Wen,
Ei mawl ddyrchafwyd hyd y nen,
Ymysg cenhedloedd Cymru'n ben!
   Pob Cymro'n bur heb frad;
Tywyllu wnaeth ein heulwen glir,
A chwmwl sydd ar fôr a thir,
Yn bygwth gwaeau cyn bo hir:
   Pwy dery dros ei wlad?

Fe chwiliwyd fry fe chwiliwyd lawr,
Am un â braich a chalon cawr,
Am un o linach Arthur fawr:
   Yn Owain caed y gŵr!
Cyfododd heddiw'r hen Ddraig Goch,
Ei floedd i'r gad mi glywa'n groch;
A gofyn nawr mae Iolo Goch,
   Pwy dery dros Glyndŵr?"

Yr oedd y cynyrfiadau a ddilynasant ddatganiad bywiog y geiriau uchod yn annisgrifiadwy. Neidiodd y Cymry ar eu traed, ac atseiniodd nen yr adeilad gan eu llon floeddiadau gorfoleddus. Rhuthrodd y milwyr ymlaen, ar ôl dad-weinio eu cleddyfau, yng nghyfeiriad y cerddor beiddgar, gan ddymchwel y bwrdd yn eu ffordd. Neidiodd Siôn yr Ordd a Deio, ei brentis, yr un mor ysgafndroed ymlaen i amddiffyn y cerddor a'r bardd, tra y cipiodd eraill yr arfau mwyaf cyfleus iddynt.

"Digofaint uffern," bloeddiodd y milwr hynaf, "ai tydi yw y melltigedig Iolo Goch, yr hwn sydd yn mynd oddi amgylch y wlad i hau hadau bradwriaeth i ba le bynnag yr ei? Myn fy enaid, a fy ngobaith am y nefoedd, yr wyt wedi canu dy gân olaf, canys bydd i fy nghleddyf yfed gwaed dy galon!"

"Yn addfwyn, gyfaill, yn addfwyn," ebe marchog y morthwyl, gan osod ei fraich goch ac enfawr rhwng y milwr a'r bardd. "Canys os na fydd i mi byth daro eingion haearn â morthwyl dur ar ôl hyn, ni elwir fi Siôn yr Ordd am ddim, ac am unwaith bydd i dy benglog di wasanaethu fel eingion, tra y bydd i fy morthwyl dewr daro dros Glyndŵr!" A chan gymhwyso ei weithred yn unol a'i air, trawodd y milwr â dyrnod mor ofnadwy nes malurio ei benglog fel plisgyn wy, a chwympodd ar ei hyd i'r llawr yn farw yn y fan.

"Nid ydwyf fi ond brentis," ebe Deio, "ond yr wyf yn treio dysgu," a chyda hynny trawodd filwr arall nes oedd ar ei hyd ar lawr wrth ochr y llall, yn ocheneidio ac yn griddfan, yr hwn hefyd a fu farw yn y fan.

"Ai Iolo Goch wyt ti mewn gwirionedd?" gofynnai un o'r Cymry.

"Ai tydi yw bardd Glyndŵr?" holai un arall.

"Dywed wrthym ym mha le y mae Owain, a beth mae yn wneud?" gofynnai y trydydd.

"Gyfeillion," atebodd y bardd, "y fi mewn gwirionedd ydyw Iolo Goch ac yr wyf fi, a fy nghyd feirdd, wedi teithio llawer drwy Walia i ddeffro fy Nghydwladwyr o'u cysgadrwydd gwladgarol. Yr ydych chwi yn Gymry gorthrymedig fel y finnau. Drosom ni y mae Glyndŵr yn ymladd. Y mae efe wedi datblygu yr hen Ddraig Goch yng nghoedwigoedd Sycharth, ac y mae ugeiniau o Gymry dewr yn ymgynnull dan ei faner yn ddyddiol o bob dosbarth, a phob rhan o'r wlad. Mae pob dim yn dyfod yn fawr; troir y sychau [*erydr*] yn bicellau a drywanant rengau y gelynion; unionir y crymanau medi i wneud cleddyfau o flaen y rhai y syrth y Sacsoniaid fel ŷd aeddfed, a nyni yw y medelwyr! Y mae yn wir gynhaeaf bendigedig yn ein haros ni; ac yn awr yr wyf yn golyn i chwi gyfeillion, yn enw Glyndŵr, a ddeuwch chwi a'ch crymanau i'r cynhaeaf?"

"Deuwn! Deuwn!" bloeddiodd pawb ohonynt yn dra brwdfrydig, a thorrodd y breintwas o Lundain allan fel a ganlyn:

> "Atebaf fi Iolo Goch!
> Trawaf dros Glyndŵr!"

A gweddill y cwmni, wedi eu tanio gan ei frwdfrydedd, a gyd-ganasant:

> "Dyrchafu wnawn yr hen Ddraig Goch
> Dyrchafwn lais mewn cadfloedd groch
> Ein hateb yw i Iolo Goch
> Tra-wn dros Glyndŵr!"

Cuddiwyd cyrff y milwyr a laddwyd, ar ôl eu diosg o'n harfau, yn y coed o'r tu cefn i'r tŷ, a'r noson honno cychwynnodd mintai gref, yn cael eu harwain gan Siôn yr Ordd, o ddyffryn Tywi, i ymrestru dan faner Glyndŵr, tra y parhaodd Iolo Goch drannoeth i gario ymlaen ei ddyletswyddau rhyfedd fel rhingyll i restru dynion i'r fyddin. Fel hyn, darfu i ddynion gwrol, yn llosgi o wladgarwch, ymrestru o lawer dyffryn tawel yng Nghymru, er cynorthwyo i chwyddo y fyddin oedd yn cael ei ffurfio gan Glyndŵr yng nghylchoedd Sycharth.

Pennod XIII
Dau Gyfaill Teilwng

Wythnos union ydoedd cyn ffair fawr Rhuthun – y ffair fawr flynyddol, yr hon y pryd hwnnw oedd yn rhagori ar bob cynulliad o'r fath a gynhalid yng Nghymru a Gorllewin Lloegr. Yr oedd y Rhuthuniaid yn barod yn gwneud darpariadau erbyn derbyniad yr aneirif ymwelwyr o bob math a ellid disgwyl yno ar yr 20fed o Medi, 1400, fel y buwyd yn eu disgwyl ar yr 20fed o bob Medi am gyfnod ymhell cyn cof hyd yn oed y trigiannydd hynaf, ac yr oedd y person nodedig hwnnw yma, fel ym mhob man arall. Yr oedd yn rhaid codi heolydd cyfain o adeiladau coed yn yr wythnos oedd yn rhagflaeni diwrnod mawr y ffair, i wasanaethu fel siopau ac ystordai i dderbyn nwyddau y rhai a ymgynullent i'r dref; ac oblegid hynny yr oedd y twrf a'r cynnwrf yn fawr mewn amryw leoedd yn y dref.

Nid ym mhob man, pa fodd bynnag. Dyrchafai muriau bygythiol Castell Rhuthun i fyny yn uwch na nennau y tai, ac ymddangosai braidd fel pe y rhoddasid rhybydd i'r masnachwyr syml a heddychol a ellid eu disgwyl i'r ffair i beidio mynd i gymdogaeth y castell; canys nid oedd cymaint ag un ystôl na bwrdd i werthu oddi arnynt wedi eu codi yn agos iddo, ac ni chlywid sŵn traed neb ond eiddo gwŷr arfog ar balmant garw yr heolydd culion a swatient dan furiau cuchiog y castell. Yr oedd, fodd bynnag, rhai eithriadau; canys ar rai adegau boddid sŵn ysgafn traed y wraig gan droediad trwm y milwr wrth ei hochr, oblegid yn yr heolydd culion hyn y trigai teuluoedd y milwr oeddynt yn mwynhau moethau amheuthun y sefyllfa briodasol.

Yr oedd eithriadau eraill hefyd yn bodoli y diwrnod hwnnw. Ychydig ar ôl canol dydd ydoedd yr adeg, tra yr oedd haul yn anfon ei belydrau hynaws o awyr di-gwmwl, pelydrau oeddynt yn rhy boethion, i'r heolydd culion, ac er hynny ddim yn goleuo ond eu canol, gan achosi i'r ychydig oeddynt yn mynd heibio geisio y cysgodion a wneid drwy fod rhannau uchaf y tai yn crogi dros y sylfeini; ac yn cysgodion dymunol hyn y gwelid yr unig fodau dynol oeddynt yn ganfyddadwy yn yr heolydd. Ar un pen i'r heol, ac yn cerdded ymlaen yn gyflym, gwelid dau berson yn ymddiddan yn ddifrifol, ac yr oedd yn amlwg oddi wrth eu gwisgoedd fod un yn farchog a'r llall yn fynach perthynol i rai o'r urddau crefyddol, mynachlogydd a gwyryfdai y rhai oeddynt yn gyffredin yng Nghymru y cyfnod hwnnw. Yr oedd y baich mawr a rwymwyd am ysgwyddau y dyn a gerddai yn flinedig ac arafaidd o ben arall yr heol i gyfarfod y ddau ymdeithydd, a'i floedd achlysurol, "Prynwch, prynwch, pwy a bryn?" yn amlwg yn ddangos mai man-werthwr crwydrol ydoedd — y wennol gyntaf o'r haid a ddeuai ar fyrder i'r ffair fawr.

"A wyt ti yn sicr, y mynach, o'r hyn a ddwedaist?" gofynnai y marchog i'w gydymaith, tra yr oeddynt yn cerdded ymlaen, ac yn parhau yr ymddiddan oedd rhyngddynt pan ddaethant i'r heol.

"Mor sicr, Syr Philip," (canys nid oedd y marchog neb amgen na Marglee) atebodd y mynach, "ag y byddai i hen abad cibddall Ystrad Fflur fy nhynghedu i boenydfa dragwyddol pe byddai iddo ond gwybod am y nosweithiau llawen a dreuliodd y Brawd Jerome gyda'i hen gyd-chwaraewr ym more ei oes, mab y gwëydd o Rouen, Frainc, yn awr pen-swyddwr barwniaeth Rhuthun, a rhaglaw Castell Rhuthun."

"Distawrwydd! Distawrwydd!" bloeddiai Marglee yn

gynhyrfus. "Rheola dy dafod, tydi y ffŵl! A fynni di i
bob hen wraig yn Rhuthun estyn ei bys ataf fi, ac o
bosibl cael gan y trahaus de Grey fy nghrogi oddi ar y
tŵr uchaf yn ei gastell?"

"Na, na," ebe y mynach, dan chwerthin, "mae dy
gwmni, a'r ystorfa byth-gynyddol a wyddost amdani yn
gwneud i mi beidio ewyllysio gweld pen-swyddwr arall
ar etifeddiaeth Rhuthun. Beth wedi hynny a ddeuai
ohonof i? Lle y gallwn i ganfod y fath gymwynaswr
haelionus i fy nghynorthwyo i basio yr wylnosau unigol,
fy nghariad at y rhai a ganmolir bob amser gan y pen-
mynach santaidd? Ond paid ag ofni, fy nghyfaill Phil,
nid oes neb yma i fy nghlywed i."

"Na fydded i ti fod yn rhy sicr, Jerome," ebe y
marchog; "mae hyd yn oed gan furiau glustiau, weithiau;
ac myn fy enaid, pe bawn i ddim ond meddwl dy fod ti
yn bwriadu i glustiau rhywun arall heblaw yr eiddof fi
glywed dy eiriau, byddaf i fy nghleddyf trwy dy galon
gadw fy nghyfrinach yn ddiogel!"

"Yn awr, na ato y nefoedd!" bloeddiai y mynach allan
yn grynedig, gan gilio i ffwrdd oddi wrth ei gydymaith.
"Ni ddarfu i mi ond yn unig atgoffa i chwi mor drwyadl
yr ydym yn adnabod y naill y llall. A chofia hefyd na
ddaw y cyfoeth a syrth i ran Bronwen byth yn eiddo i ti
heb fy nghymorth i."

"Wel, gan hynny, na fydded i ti glebran dim yn
rhagor am yr amser a aeth heibio," ebe Marglee, gan
ymddangos yn awr mor awyddus am ymgymodi â'r
mynach ag ydoedd am ei ddychrynu funud neu ddau yn
flaenorol, "a bydd i ni eto dreulio llawer o nosweithiau
dedwydd a llawen gyda'n gilydd, a chael amryw farilau
o'r gwinoedd gorau i'n hystafell, Ond dywed wrthyf pa
fodd y daethost ti i ddeall y dirgelwch, a'r cyfrinach hwn
yng nghylch Bronwen?"

"Ni ddarfu i mi ond cadw fy nwy glust yn agored, a

fy anadl yn ddistaw, rhag i mi fradychu ym mhresenoldeb fy hun yng nghell yr abad pan wnaeth ei hewythr ei gyffesiad wrth yr abad," ebe Jerome.

"Beth am y papurau – y cyffesiad ysgrifenedig?" gofynnai Marglee.

"Yr wyf yn gwybod yn eithaf da ym mha le i roddi fy llaw arnynt," atebodd Jerome.

"Ac yr wyt ti yn dweud mai hi yw etifeddes yr ystâd?" hawliai Marglee.

"O hynna ni all fod dim amheuaeth," atebai y mynach; "ac ar delerau neilltuol, fel y dywedais, cynorthwyaf di i wneud Bronwen yn wraig i ti; a thrwy dy wraig, deui yn arglwydd cystal ystâd ag a ellir ganfod yng Nghymru."

"A beth am y telerau hyn o'r eiddot?" gofynnai Marglee.

"Pum mil o farciau – " (marc oedd 13s. 4c.) "y diwrnod y priodi Bronwen," oedd atebiad Jerome.

"Beth, y dyn byw!" bloeddiai Marglee, "Ym mha le yr wyt ti yn meddwl y gall milwr tlawd fel myfi gael y fath swm anferth?"

"Nid wyf fi yn gofalu dim ym mha le, na pha fodd," atebai y mynach; "ond hyn wyf yn wybod: pa mor dlawd bynnag y dichon y milwr fod, ni all pen-swyddog y diofal de Grey fod heb wybod ym mha le i gael y fath swm ag a hawliais."

"Wel, wel, ni fydd i mi gweryla gyda thi," ebe y marchog; "a bydded i ti, er mwyn yr hen amser da gynt, ddweud pedair mil o farciau, a mi a fyddaf gyda thi."

"Na, dim chwech las yn llai na'r swm crwn a enwais," ebe Jerome.

"Beth, ddyn, yr wyt wedi dyfod yn Iddew gwirioneddol, ac yn crafangu am arian fel pe buasai yn fywyd i ti!"

Wrth weld y marchog yn parhau i betruso, aeth

Jerome ymlaen gan ddweud, "Wel, nid wyt ti yn hoffi y fargen; gan hynny, gad hi yn llonydd. Dichon y digwyddi di ganfod marchnad arall, a gwell masnachwr i fy nghyfrinach dirgel; ac wedi hynny, er i ti ganu yn iach am byth i'r ystâd oludog a gynigiais i ti, ni fyddwn yn ddim llai cyfeillion nag ydym yn awr."

"Nage, nage, nid oeddwn yn meddwl hynny. Nid oeddwn yn bwriadu rhoddi y fargen i fyny, annwyl Jerome," ebe Marglee, yn frysiog, gan ofni rhag i'r fargen lithro o'i afael; "ac er y bydd i daliad y fath swm fy ngadael yn gardotyn, eto cydsyniaf," parhaodd Marglee.

"Cardotyn yn wir!" atebodd y mynach, "Cardotyn ardderchog fyddi di gydag ystâd Bronwen, yr hon a ildia i ti filoedd o farciau yn flynyddol. Ond rhaid i mi beidio siarad ymhellach; canys gall fod gan y pedler acw sydd yn dyfod i'n cyfarfod glustiau hirion."

"Y rhai a dorrwn ymaith pe bawn ddim ond meddwl ei fod ef wedi clywed gair o'r hyn a ddwedasom," ebe Marglee yn gyffrous.

"Beth yn awr, hwrhâ!" gofynnai Marglee yn sarrug i'r pedler, yr hwn oedd yn parhau i waeddi yn undonog fod ganddo nwyddau ar werth, "Beth wyt ti'n feddwl wrth grochfloeddio fel hyn o flaen dy well?"

"Yr wyf yn erfyn arnoch estyn pardwn i bedler tlawd, Syr Marchog," atebai y manwerthwr, yn dra chrynedig. "Ni werthais ond ychydig iawn drwy y dydd, ac yr wyf yn ofni fod fy nwyddau yn rhy dda i bobl y dref, ac felly prysurais fel hyn tua'r castell, gan gredu y byddai i rai o'r boneddigesau pendefigaidd werthfawrogi yn well yn fy nwyddau, y rhai wyf yn cynnig ar werth."

"A pa fodd yr wyt ti yn meddwl yr enilli dderbyniad i'r castell?" gofynnai y marchog.

"O ie, Syr Marchog," ebe y pedler, "ni ddarfu i mi ond meddwl y gallwn gael cipdrem ar ryw foneddiges ar y murganllaw,[*] yr hon a allai ddymuno gweld fy nwyddau, a thrwy hynny orchymyn i mi gael fy nerbyn i mewn i r castell. Clywais am y foneddiges bendefigaidd Arglwyddes de Grey, yr hon sydd yma, ac fe ddichon fy mod i yn awr yn cael yr anrhydedd o longyfarch ei mab, nad yw yn llai urddasol, sef y mawreddog de Grey ei hun?" ebe'r dyn, gan edrych yn barchus ar addurnwisgoedd marchwrol Syr Philip.

Darfu i ymddygiad parchus y dyn, a'r modd amlwg yr oedd yn ofni y marchog, yn ogystal â'r teitl urddasol a roddodd iddo, achosi i Marglee ymddwyn yn fwy ffafriol tuag ato nag y gallasid disgwyl oddi wrth y modd y cyfarchodd ef ar y cyntaf. "Wel," ebe Marglee, "y mae yn ymddangos dy fod yn ddyn gonest. Dos di at y castell, ac archa ar y gwarchodwr dy ollwng i mewn, a dywed wrtho fod Syr Philip Marglee wedi dy anfon."

"Anrhydedd mawr yw i mi, Syr Marchog," ebe y pedler, "i ennill ffafriaeth un y mae ei glodforedd wedi mynd mor gyhoeddus ar led â'r eiddo Syr Philip Marglee."

"Dos ymaith, dos ymaith, os wyt ti yn bwriadu gwenieithio i mi fel hyn," ebe y marchog dan chwerthin.

"Nac ydwyf, na ato y nefoedd i mi wneud," ebe y pedler; "ond ni all neb sydd wedi teithio cymaint drwy y wlad hon ag a wneuthum i beidio clywed enw Syr Philip ym mhob genau, fel marchog hyf a beiddgar. Dywedir mai efe a gynlluniodd yr ymosodiad ar amddiffynfa gadarn y bradwr Glyndŵr, a phe na buasai i eiddigedd yr arglwyddi achosi i Syr Philip Marglee arwain yr ôl-fyddin, yn lle arwain y flaen-fyddin, fel y dylasai wneud, yn ôl yr hawl oedd ganddo, buasai pen y bradwr Cymreig yn ysgyrnygu ei ddannedd uwch ben

---

[*] *Murganllaw:* Wal bach ar ben mur castell i amddiffynwyr gael llochesu y tu ôl iddo. (*Saes.* Battlement).

porth Castell Rhuthun.”

"Ac yno y bu iddo yn fuan ysgyrnygu, os bydd i mi glywed eto ym mha le y mae,” bloeddiai Marglee. "Ond bydded i ti fynd ymlaen i’r castell; dychwelaf yn fuan, a dichon y prynaf gyfran o’th nwyddau, os oes gennyt rywbeth fydd wrth fy modd.”

"Oes, y mae gennyf,” atebodd y pedler, gydag awyddfryd mawr, "cystal pâr o felfed, wedi eu gweithio ag edafedd aur ac arian, ag a wisgwyd gan foesweinydd erioed mewn llys brenhinol; ac y mae gennyf sidanau, a rhwydwaith aur, ac addurnwe wedi ei gweithio yn y dull cywreiniaf, ynghyd â gwniadwaith sidan y rhoddai unrhyw foneddiges lysol lawer i’w perchnogi. Dichon y digwydd, Syr Marchog, y bydd i’ch arglywddes bendefigaidd ymddarostwng i edrych arnynt?”

"Nid oes gennyf yr un foneddiges, ddyn, na gwraig i fy mhoeni gyda’i ffolinebau,” ebe y marchog.

"Ond bydd i ti gael un yn fuan, Syr Philip,” ebe Jerome, gan roddi gair i mewn rhwng yr ymddiddan.

"Pe byddai eich arglwyddiaethau am wneud ffafriaeth i unrhyw foneddiges deg gallwch gymryd fy ngair fod yn amhosib i chwi wneud yn well nag agor fy sypyn o’i blaen,” dadleuai y pedler.

"Ni fydd i dy achos di dderbyn dim niwed wrth ganiatáu iddo ef ddangos ei nwyddau i Bronwen,” ebe y mynach, ac fel y parablodd yr enw, fflachiodd gorfoledd a llawenydd o lygaid y pedler; ac er i Marglee sylwi ar hynny, priodolodd y cwbl i’r gobaith a deimlai y dyn y byddai iddo werthu rhyw gyfran o’i nwyddau.

"Wel, bydded felly ynte. Tyrd, y pedler, yn awr gyda mi, ac os gelli di berswadio y foneddiges i dderbyn unrhyw gyfran o dy nwyddau, bydd i mi dala i ti yn dda ar ôl hynny,” ebe Marglee.

"Bydd raid iddi yn wir fod yn foneddiges hynod o ryfedd i beidio cael ei bodloni ar y pethau sydd gennyf i'w dangos iddi," ebe y pedler.

"Gan hynny, dilyn fi," ebe y marchog, gan fynd ymlaen yn nghwmnïaeth y mynach, a'r pedler yn clunhercian ar eu hôl. Aeth Marglee ymlaen i gryn bellter ar yr heol, yna safodd o flaen tŷ a ymddangosai yn fwy o wychder na'r cyffredin. Curodd wrth y drws mewn dull tra hynod, ac mewn amser byr clywid y bolltau yn symud, a symudiad y cadwynan gyda'r rhai y sicrheid y ddôr, yr hyn oedd yn addo agoriad buan, a phan wnaed hynny, fe ddaeth mynedfa dywyll i'r golwg, lle y safai dynes gref ei haelodau a heini ei hymddangosiad, ond yr oedd golwg sarrug ar ei wynepryd, ac yr oedd yn ymddangos fel pe buasai am eu hatal i ddyfod i mewn, hyd nes y daliodd ei llygaid edrychiad Marglee, pryd y talodd iddo foesgarwch. Wedi sicrhau y drws yn ofalus, hi yn fuan a ddisgwyliodd am ddymuniad y marchog.

"Wel, Meistres Judith," ebe Marglee, "pa fodd y mae yr aderyn yn hoffi ei adardy goreuredig?"

"Mor ddrwg ag erioed, Syr Philip," atebai y ddynes, "a pha na buasai yr adardy yn gryf, er yn oreuredig, hedasai ymaith. Trugaredd fyddai torri ei hadenydd."

"Hynny i gyd mewn amser da, Judith," ebe y marchog; "ond arwain ni yn awr i'w hystafell – yr wyf yn rhwym o'i bodloni."

"Dyna waith caled," ebe y ddynes, yn surllyd; "gwnaf fi yr hyn a wnelwyf, ni allaf ei bodloni."

"Peth rhyfedd iawn fuasai i tydi wneud hynny," ebe Marglee, dan chwerthin. "Nid wyf fi yn gwybod am neb a fodloni di, os nad ydyw Tom Hirgoes, dy ddyn da, ac y mae hyd yn oed efe yn cwyno oherwydd cecraeth dy dafod, a dy groeso sur."

"Byddai yn well iddo ef ddal ei dafod, neu beidio dangos ei wyneb yma," ebe y ddynes, yn ffrochlyd; "ac yr wyf yn credu y dylech chwi, Syr Philip, wneud cyfiawnder â mi. Gweithredais yn geidwad y carchar i chwi dros y ddywalgast ffyrnig a garcharasoch yma."

"Tyrd, tyrd, Judith dda," ebe y marchog, "a phasiwch heibio fy nigrifwch; a chyn y bydd i'r pedler hwn ymadael, ti a gai bigo allan o'i sypyn beth bynnag a fynni mewn ysnodennau. Arwain y ffordd."

Wedi ei thawelu mewn rhan, arweiniodd y ddynes hwy ymlaen, ac wedi pasio drwy ystafell arall, cymerodd agoriad mawr oedd yn crogi wrth ei gwregys, a datglodd ddrws mewnol. Taflwyd y ddôr yn agored, ac aeth Syr Philip Marglee a'r Tad Jerome i mewn yn gyntaf, ac felly ni welsant y dirgrynfeydd erchyll a feddianasant holl gorff y pedler pan welodd breswylydd yr ystafell – boneddiges yn gorwedd ar esmwythfainc.

Pennod XIV
Y Cylchwerthwr

Bronwen oedd y foneddiges a led-orweddai ar yr esmwythfainc, a chan fod ei hwyneb wedi ei droi mewn cyfeiriad arall, ni welodd ar y cyntaf ei hymwelwyr. Clywodd y drws yn agor, ond gan feddwl mai y ddynes oedd yn gweithredu fel ceidwad y carchar oedd yn dyfod i mewn, ni thrafferthodd i droi i edrych tua'r drws. Darfu i floedd o edmygedd oherwydd ei phrydferth rhyfeddol oddi wrth y Tad Jerome achosi iddi gyffro yn fuan, a phan welodd pwy oedd ei hymwelwyr, hi a gododd ar ei thraed gyda gweddusrwydd mawreddog, gan edrych arnynt yn drahaus.

"Beth yw meddwl y gormesiad hwn syrs?" gofynnai Bronwen. "Onid yw Syr Philip Marglee yn ddigon o fonheddwr i barchu ystafell ddirgel boneddiges, fel ag i beidio gwthio ei bresenoldeb annerbyniol arnaf fi heb dderbyn gwahoddiad?"

"Myn yr holl seintiau yn y dyddiadur!" sibrydai Jerome yn lled ddistaw yng nghlust Marglee, "Pe buaswn i wedi ei gweld cyn i mi ddweud fy nirgelwch, buasai raid i ti dalu mwy am dy fargen."

"Ac fel hyn yr ydych chwi, foneddiges deg, yn fy llongyfarch ar ôl fy absenoldeb maith a gorfodol?" gofynnai Marglee. "Myn y nefoedd, nid oedd dim ond gorchymyn caeth y Brenin ei hun i mi a fy arglwydd ddyfod ato, y diwrnod cyntaf ar ôl i mi eich cyrchu yma, a allasai fy nghadw i ffwrdd mor hir. Ac edrych fel y deuthum â'r pedler da yma gyda mi, yn sypyn yr hwn y mae yr hyn a wna hyd yn oed i ti wenu, ac i fendithio yn dy galon yr hwn sydd yn meddwl fel hyn amdanat."

"Mae Sir Philip yn meddwl mai gyda phlentyn y mae efe yn ymdrafod," ebe Bronwen, "ac y mae efe yn gobeithio y bydd efe fel hyn yn alluog i ennill gwenau gyda theganau. Dos ymaith, tydi a dy bedler; a gwybydd, pin amddifadir Bronwen Fychan o'i rhyddid, na fydd i ddim llai ei bodloni!"

"Nage, fy merch," ebe y Tad Jerome, "nid yw hyn ond ffoi yn wyneb Rhagluniaeth. Os yw calon y marchog da hwn yn ei gymell i wneud gweithred o elusen drwy brynu nwyddau gan y pedler teithiol tlawd hwn, onid ydych chwi yn meddwl eich bod i'ch beio am ei orfodi i gario ei faich trwm ymhellach ar ddiwrnod poeth fel hwn?"

"Os daioni calon Syr Philip sydd yn ei arwain ef i ewyllysio gwneud gweithred dda, bydded iddo ef roddi yr adan i'r pedler, a rhodded y pedler ei nwyddau yn rhywle arall, canys ni fynnaf fi yr un ohonynt i'm lliniaru," atebai y foneddiges.

"Nage, foneddiges deg," ebe y pedler, mewn llais erfyniol, "na throer fi ymaith yn llwythog; gadawer i mi agor fy sypyn a dangosaf i chwi y sidan blodeuog gorau y mae yn cynnwys, ar gyfer yr ysnodennau syml a wisgir genych chwi, foneddiges urddasol, a bydd i chwi gael eich bodloni gan yr hyn a ddangosaf i chwi."

Cynhyrfwyd Bronwen yn enfawr gan y gair cyntaf a ddywedodd y pedler, a hi a edrychodd arno gydag awyddfryd mawr. Darfu i'r ysgwyddau crwm, a'r barf hir oedd yn barod wedi ei arianeiddio gydag ychydig o flew gwynion, ac agwedd fasnachol y pedler, fel yr oedd efe yn mynd ymlaen i ddatod ei sypyn, ei siomi, a chydag ochenaid ddofn darfu iddi unwaith yn rhagor erfyn arno beidio.

"Na thraffertha dy hun, yr hen ŵr, i agor dy sypyn," ebe hi, "canys yr wyf yn dweud wrthyt na chymeraf ddim o ddwylo y marchog hwn."

"Wel ynte, dichon y digwydda y bydd i chwi foneddiges urddasol brynu i chwi eich hun, neu ymostwng i dderbyn anrheg fechan gan hen ŵr yn perchenogi merched ei hunan," ebe y pedler, gan daflu edrychiad awgrymiadol at Marglee.

"Deuwch y Tad Jerome," ebe Marglee, "gadewch i ni encilio i ystafell arall, tra y byddo y pedler hwn yn rhoddi prawf ar ei alwedigaeth gyda'r ferch drahaus. Ac a wyt ti yn gwybod hyn, y pedler?" gofynnai mewn llais garw: "Os methi di darbwyllo y foneddiges hon i brynu neu dderbyn rhyw ddilledyn oddi wrthyt ti, myn fy ngair fel marchog, bydd i mi orchymyn i ti gael dy fflangellu yn dda, a thafla dy sypyn i ffos y castell!"

"Nac ofnwch ddim, ddyn da," ebe y pedler, mewn llais crynedig oherwydd ofn neu gyffro, tra yr oedd yn amlwg i arsylwr gofalus fod fflachiad awgrymiadol wedi goleuo ei lygaid duon; "rhaid fod y foneddiges hon yn un hollol wahanol i bob un arall o'r rhyw deg os na fodlonir hi gan fy nwyddau."

Heb ddweud gair yn ragor, trodd Marglee ar ei sodlan, ac wedi rhoddi amnaid i'r mynach i'w ddilyn, gadawsant yr ystafell, tra yr oedd y pedler yn prysur ddatod ei sypyn, gan daenu ei gynnwys mewn dull deniadol ar y llawr.

"Wel, bendithier dy galon, y pedler!" ebe Meistres Judith, gan godi ei dwylo i fyny mewn edmygedd mawr o'r sidanau a'r ysnodennau amryliw a gorwych y galwodd y pedler ei sylw atynt; "Ni welodd fy llygaid erioed olygfa fwy ardderchog! O, Arglwyddes Bronwen, dymunwn pe buasai gennyf gariad a ofynasai i mi bigo allan fy newis o'r rhai hyn!"

"Ond ni fydd hynny yn eisiau," ebe y pedler, mewn natur dda. "Nid wyf yn ddyn mor dlawd fel ag i deimlo llawer i oddi wrth golli llathen neu ddwy o ysnodennau; nac yn ddyn mor hen fel ag i beidio edmygu dynes heini pan welaf un; ac yr wyf yn meddwl y bydd i'r ysnoden las hon, gyda blodeuyn coch, cymharu yn dda gyda'th fochau cochion a'th lygaid gleision, felly yr wyf yn ei rhoddi i ti â fy holl galon," gan daflu darn rai llathenni o hyd dros ysgwyddau llydain Meistres Judith.

"Beth? Allan â thi, yr hen ddyn," bloeddiai Meistres Judith, "a wyt ti yn meddwl gwneud i mi anghofio fy mod wedi priodi ers yn agos i ugain mlynedd?"

"Mae eich gwefusau gwridog, a'ch corff llyfndew, meistres dda, agos â gwneud i mi anghofio fy hun wraig dda gartref; a phe na buasai y foneddiges ardderchog hon yn bresennol, cymeraswn fy nhâl o'ch gwefusau, heb ofni am y perygl o anfodloni Tom Hirgoes," ebe y pedler, a'i lygaid yn serennu o lawenydd.

"Beth? Gwareder di, ddyn! Yr wyt ti yn clebran ymlaen fel llanc ieuanc penchwiban o ugain haf," bloeddiai y feistres, gydag arwydd o fodlonrwydd oherwydd y ganmoliaeth a roddodd iddi

"Ow," ebe y pedler, "ond bydd i bwysau agos i drigain gaeaf ddylanwadu arnaf fi, ac yr wyf wedi blino yn fawr. Pe cawn ond piseraid o gwrw i olchi ymaith y llwch o fy ngwddf, cawn fy adnewyddu yn fawr."

"Wel, bydd hynny yn ddigon i ti, ddyn da, ac ni fu erioed yn Rhuthun well cwrw nag wyf fi fy hun wedi ei ddarllaw, a bydd i mi ymofyn llestraid i ti; ond ti a faddeua i mi am gloi y ddau ddrws hyn ar fy ôl, canys rhaid i mi wneud hynny," ebe Meistres Judith, gan brysuro o'r ystafell gyda'r ysnoden brydferth yn ei llaw.

"Ni allasai dim fod yn well," ebe y pedler, fel y clywodd sŵn bolltau y drysau yn saethu i'w lleoedd, a chan droi at y foneddiges, yr hon oedd yn barod wedi eistedd i wrando ar y cydymddiddan digrif rhwng Judith a'r pedler, dywedodd gyda llais oedd yn llosgi o gyffro: "Bronwen!"

Neidiodd ar ei thraed wedi clywed sŵn ei lais; ond

rhoddodd ef ei fys ar ei wefus fel arwydd iddi fod yn ofalus; yna ymsythodd yr ysgwyddau crwm, symudodd ymaith ei farf hirllaes, gan sefyll o'i blaen yn llanc ieuanc yn ei amser gorau!

"Gruffydd!" bloeddiai Bronwen allan, gan ymsuddo i'r breichiau oeddynt yn estynedig ar led i'w derbyn.

"Ie, Gruffydd," ebe yntau; "a darfu i ti feddwl y buasai Gruffydd yn dy anghofio, neu orffwys moment cyn dyfod o hyd i ti?" meddai, gan wasgu cusan nwyfus ar ei gwefusau lliw y cwrel, tra yr oedd ei breichiau hithau yn cofleidio ei wddf yn gariadus.

"Fy Ngruffydd wrol!" sibrydai Bronwen, gan ymwasgu yn nes at ei ochr; "ond, O, fy Nuw!" dolefai, pan feddyliodd am y perygl ofnadwy y byddai ynddo os darganfyddid ef; "Byddai yn well gennyf ddioddef mwy ddengwaith nag a wneuthum, yn hytrach nag i ti ymgymryd â'r fath berygl!"

"Distawrwydd, fy anwylyd," ebe efe yn dyner. "Nid oeddwn yn gofalu dim am y perygl pan yr oedd yn rhaid i mi ddyfod o hyd i ti; ac yn wir, nid oedd y perygl ond bychan, a bydd yn llai, os gelli reoli dy hun ym mhresenoldeb atgas y marchog hwn."

"Ond dywed wrthyf," ebe Bronwen, "pa fodd y mae fy nghyfeillion, fy nhad, a phawb yn Rhug?"

"Maent oll yn iach, annwyl Bronwen, ond eu bod yn ymboeni yn ddirfawr oherwydd iddynt dy golli di," ebe Gruffydd.

"A fy ewythr – dy dad, pa fodd y mae efe yn dyfod ymlaen?" gofynnai Bronwen.

"Mae yntau yn iach," ebe y llanc ieuanc; "ond ei fod yn ymboeni hyd yn oed fwy na dy dad oherwydd dy absenoldeb. Daethai ef yn ewyllysgar i chwilio amdanat ei hun, ond drwy orfodaeth ataliwyd ef gan ei gyfeillion. Nid oedd prinder o rai parod i ddyfod. Yr oedd fy ewythr Madog yn awyddus i gychwyn i ffwrdd ar unwaith, gan feddwl nad oedd eisiau ond taro i lawr bob un a feiddiai sefyll ar ei ffordd, a'th gario di ymaith drwy ei nerth ei hun. Yr oedd Idris ap Cowryd yn barod i wynebu pob peryglon; ond yr oedd efe eto yn gloff, mewn canlyniad i'w naid erchyll. Gallasai Iolo Goch a'i delyn wneud yn dda; ond yr oedd efe i ffwrdd yn y Deheudir, yn deffro Gwent a Morganwg i ymuno dan ein baner; ac felly yr oeddwn i dan rwymau ac yn ewyllysgar i ddyfod fy hun."

"Ie, yr wyf yn gwybod yn dda fod dy galon wrol wedi gwneud rhwystrau i eraill lle nad oeddynt, ac wedi bychanu y rhwystrau mawrion oeddynt ar dy ffordd dy hun," ebe Bronwen, gyda llygaid llawn o ddagrau.

"Nage, Bronwen annwyl," ebe y llanc, "dy galon lawn o gariad sydd yn ofni rhwystrau yn fy llwybr, tra na fydd yr un yn bodoli."

"Ni fydd i dy ymresymu wneud i mi gau fy llygaid, fel na welaf y perygl," oedd ei hatebiad. "Ond dywed wrthyf pa fodd y darfu i ti ganfod lle fy enciliad yma, a minnau yn cael fy ngwylied fel yr wyf gan wasanaethyddion y ffug-farchog hwn?"

"Ffafriwyd fi gan y Nefoedd," atebai y llanc, "canys yr oeddwn ar y ffordd i'r castell, gan dybio dy fod ti yno, pan gyfarfûm i â Marglee a'r mynach hwn, yr hwn, os nad wyf yn camgymryd, sydd â'i law a'i faneg gyda'r dihiryn diffaith."

"Diolch i'r Nefoedd am i mi gael dy weld," ebe hi; "er fy mod yn crynu gan ofn am dy ddiogelwch."

"Nac ofna am hynny," atebai Gruffydd; "ond y mae yr eiliadau yn ehedeg yn gyflym, ac y mae arnaf ofn y dychwel y ddynes cyn y gorffennaf fy nghenadwri. Gwrando, gan hynny: oferedd fyddai i mi amcanu dy gario ymaith drwy fy nerth. Aberthid fy mywyd – er nad ydyw hwnnw yn werth ond ychydig – yn ddianghenraid, a byddai dy anrhydedd dithau, i amddiffyn yr hwn y mynnwn gymryd fy rhwygo aelod oddi wrth aelod, at drugaredd y marchog bradwrus hwn."

"Och fi! Ynte, beth gan hynny a wnawn?" gofynnai hi.

"Ein cynllun yw hwn: mae gwroniaid o bob parth o'r wlad wedi ymgynnull dan ein baner i goedwigoedd Sycharth, ac y mae ein galluoedd yn cynyddu yn ddyddiol, tra y mae y Saeson yn meddwl fy mod i a fy nhad ar fföedigaeth. Wythnos i heddiw ydyw diwrnod ffair fawr Rhuthun, a'r pryd hwnnw cymerwn fantais ar absenoldeb de Grey, a chynnwrf y ffair, i wneud ymosodiad ar y lle hwn, ac yr ydym yn ymddiried yn ein nifer i gymryd ein gelynion yn ddisymwth, cario y dref, a gobeithiwn, y castell hefyd. Yr oedd yn angenrheidiol i ni wybod ym mha le yr oeddet wedi dy guddio, fel y gallwn i, ac ychydig o rai dewisedig, wybod ym mhoethder yr ymosodiad y ffordd i brysuro i'th gario i le diogel. Na fydded i ti, gan hynny, ddychryn o achos y terfysg a glywi yn ffair Rhuthun; yn hytrach, bydd yn sicr yn dy feddwl y gwaredwn di, ac y dysgwn wers dda i'r Sacsoniaid hyn."

"Bydd fy ngweddïau innau at y Forwyn Fendigaid am gymorth i chwi, ac yr wyf yn hyderu y llwyddwch i ennill y lle, hyd yn oed os collir fi," meddai Bronwen.

"Na, yn wir," atebai Gruffydd, "ni chei di dy golli tra bo gennyf fraich i'th gynorthwyo."

"Gwrando, Gruffydd, annwyl Gruffydd!" ymbiliai hi; "Pe methech fy ngwaredu i, addo i mi na fydd i ti ganiatáu i'th ddymuniad am fy niogelwch wneud i ti anghofio dy ddyletswydd i'th wlad. Os geilw fy ngwlad am dy gledd, na thro dy gefn ar y Ddraig Goch i chwilio amdanaf i; canys ni byddai i'r Nefoedd dy fendithio pe caniataet i ddymuniadau personol fod yn rhwystr i ddyletswyddau uwch. Nid yw fy mywyd, ie, yr hyn sydd ragor na'm bywyd, ond ychydig o'i gymharu â rhyddid

Cymru – achubiaeth Hen Wlad fy Nhadau."[*]

Fel y llefarai y geiriau hyn, goleuid ei llygaid â goleuni sanctaidd, wrth ochr yr hwn y pylai hyd yn oed oleuni ei gariad ef tuag ati hi, a theimlai Gruffydd yn fwy nag erioed mor wir deilwng oedd y forwyn urddasol hon o'i gariad dyfnaf. A allai yntau lai nag efelychu ei hunan-aberth godidog?

"Boed felly, ynte!" meddai. "Yr wyf yn addo, a gwn y bydd i'r Nef, sydd yn dyst i'm haddewid, fy ad-dalu yn dda am ei wneud. Yn y Nef a'i fendith yr wyf yn gosod fy hyder; a boed i angylion pur y nef dy wylio. Ond yn awr clywaf sŵn traed Meistres Judith. Cymerwch arnoch fod wedi teimlo caredigrwydd Marglee. Gall sicrhau rhyw gysur ychwanegol i chwi. Ac yn awr, unwaith eto, cyn yr a Gruffydd ac y daw y cylchwerthwr tlawd yn ei le," ebe fe, gyda gwên, gan wasgu y forwyn brydferth yn dynn i'w fynwes; yna, yn frysiog, ail-osododd ei ffug-farf, a chafodd Meistres Judith ef, pan ddaeth i mewn, yn canmol darn o sidan cywrain blodeuog, yr hwn oedd yn ei arddangos i'r forwynig oedd unwaith eto yn ffroenuchel.

"Hwda, y dyn da," ebe Judith, gan roddi iddo ystenaid fawr o ddiod, "a boed iddo wneud i'th galon onest les."

"Y Nefoedd a'th fendithio, meistres," ebe y cylchwerthwr, ac yna cymerodd ddracht ddofn, a chan osod yr ystên, oedd yn awr yn hanner wag, wrth ei ochr, a thynnu llewys ei siaced dros ei wefusau, ychwanegodd: "Buasai y fath ddracht â honna o unrhyw law yn ddymunol; ond o'r fath a'r eiddot ti, feistres deg, gwna i ddyn gael gweledigaethau ysblennydd am aelwyd gynes a gwraig gariadus, i wneud iddo anghofio ei holl drallodion."

---

[*] Anacronistiaeth llwyr gan nad ysgrifennwyd y geiriau enwog hynny tan 1856.

“Ha! Ha! Ha!” chwarddai Meistres Judith. “Mae’r dyn yn fy atgoffa am y dull yr arferai Tom Hirgoes ddod i garu gynt.”

“A! Tom Hirgoes hapus!” ochneidiai y cylchwerthwr, gan daflu cil-olwg mynegol at y wreigan oedd yn cil-chwerthin, er difyrrwch nid bychan i Bronwen.

“Yn sicr i ti, fasnachwr, yr wyt yn ddewin,” ebe llais cras Maglee, yr hwn oedd wedi canlyn Meistres Judith i’r drws, ac a safai gan edrych mewn syndod ar yr olygfa anghyffredin a gynigid gan chwerthiniad iachus Judith, a arferai fod mor sur, a wynepryd pruddaidd Bronwen yn cael ei oleuo gan wên a’i gwnâi yn fwy swynol nag erioed. “Hysbsa i mi dirgelwch dy gyfaredd, ddyn, gyda’r benywod yma, a gwnaf di yn gyfoethocach na’r un cylchwerthwr sydd yn teithio Lloegr!”

“Ah! Farchog urddasol!” atebai y cylchwerthwr, “Mae y dirgelwch yn syml lawn. Gorwedda yn unig yn fy nwyddau harddwych, ac mewn peidio croesi hwyl y boneddigesau. Mae y ddau beth hyn wedi bod yn ddylanwadol byth er pan welodd Efa yr afal gyntaf. Mentraf lawer y bydd i’r arglwyddes urddasol yma ddiolch yn fwyfwy bob dydd i chwi am ddyfod â mi yma.”

“Yn wir, ni allaf amau hynny,” meddai Bronwen. “Mae y cylchwerthwr wedi dangos i mi beth na feddyliais ond ychydig y cawswn ei weld; a phe bai Syr Philip Marglee wedi arfer bob amser gwneud i mi gymaint ffafr ag a wnaeth heddiw, byddai ganddo lawer llai o achos achwyn yn erbyn morwynig druan wedi ei hamddifadu o’i rhyddid.”

“Nawr, boed i’r nefoedd dy fendithio, y cylchwerthwr!” llefai Marglee, wedi ei foddhau tu hwnt i fesur. “Byddai yn well gennyf gael y mynegiad yna o wefusau prydferth Bronwen, na phe cawn ardreth hanner blwyddyn o holl farwniaeth Rhuthun! Hwda!” ychwanegai, mewn rhyw gyffro anarferol o haelfrydedd, am yr hwn yr edifarhaodd yn fawr yn unigedd ei ystafell y noson honno, "cymer hwnna, a gad i'r foneddiges ddewis ei gwisg;" a thaflodd god yn llawn darnau aur i'r cylchwerthwr, yr hwn, gydag eiddgarwch teilwng o'i alwedigaeth, a ymaflodd ynddi, gan ei chuddio yn ei wisg.

"A!" ebe'r cylchwerthwr, yn ddiolchgar, "Chychwi, Syr Marchog, sydd yn haeddu y cwbl allaf roddi i chwi, ac fe allai nad yw yr amser ymhell pan gaf ad-dalu fy nyled i chwi."

"Nage, y dyn, na sonia am ddyled." meddai Marglee, yn fawreddog, "nid wyt yn fy nyled i o ddim."

"Mwy nag wyt yn dybied," mwngialai Gruffydd yn ei farf. Yna, gan droi at y foneddiges, ebe fe: "Y sidan hwn, yr wyf yn meddwl, oeddech chwi yn hoffi?" gan ddal i fyny yr un tlws blodeuog yr ydym wedi ddisgrifio.

"Ie, y gŵr da, hwnna ydyw, ac yr wyf yn diolch i ti amdano," ebe Bronwen yn fwynaidd.

"Nage, fy arglwyddes, na ddiolchwch i mi, ond yn hytrach i'r marchog urddasol sydd yn ei osod yn fy ngallu i'w roddi i chwi," ebe'r cylchwerthwr. "Ac a welwch chwi y rhwyd gap hynod-weog yma? Nid oes un arall o'i ddull a'i degwch yn holl Loegr. Rhynged bodd i chwi ei dderbyn er cof am y cylchwerthwr tlawd, yr hwn y mae aur y marchog hwn wedi talu yn dda am holl gynnwys ei fwndel."

"Wel, ynte, yr wyf yn diolch i ti ac iddo yntau," ebe Bronwen, gan ei gymryd o'i law, ac yn gwrido i flaen ei chlustiau perlog pan y canodd bysedd Gruffydd am foment dros ei bysedd hi dan gysgod y sidan; a Marglee, druan, yn edrych arni, a dybiai fod y gwrid yn codi i wyneb Bronwen wrth ei gwaith yn diolch iddo ef. A chwithau, feistres dda," meddai y cylchwerthwr, "derbyniwch y pâr hosanau, a'r defnydd mantell hwn, fel tâl am y ddiod dderbyniol yma," gan yfed y gweddill

o gynnwys yr ystên, a rhoddi y llestr gwag yn ôl iddi.
Ychwanegodd: "Ac os byth yr anghofia Tom Hirgoes
ei les ei hun, wrth dy anghofio di – wel, gad i mi wybod,
a chysuraf di."

"Ni welais erioed o'th fath," cil-chwarddai Judith, tra
y croch-chwarddai Marglee yn uchel at ysmaldod y
cylchwerthwr.

Gan sicrhau ei faich ofalus, a'i godi ar ei ysgwyddau,
darfu i'r cylchwerthwr daflu golwg arwyddocaol ar
Bronwen, moesymgrymu i'r marchog, a chanlyn Judith
drwy y mynediad tywyll tua'r drws allanol, o'r hwn y
daeth sŵn cusan atseiniol, a "Ffei arnat, rhag cywilydd!"
yn cael ei ganlyn gan fonclust trwm â llaw agored
Meistres Judith ar gefn y cylchwerthwr beiddgar, yr hyn
a barodd i wên difyrrus chwarae ar wefusau rhosaidd
Bronwen, i Marglee eto chwerthin yn uchel, ac i'r
mynach godi ei ddwylo i fyny mewn ffug
sancteiddrwydd.

Dan yr amgylchiadau addawol hyn, dywedodd
Marglee wrth Bronwen:

"Foneddiges deg, bydded i'm cariad mawr tuag
atoch fod fy unig esgus dros ddefnyddio yr hyn allai
ymddangos i chwi yn fesurau creulon, ac am y
wyliadwriaeth fanwl wyf wedi gadw arnoch."

"Syr Farchog," atebodd hithau, "nid oedd yn
weddus i chwi ddefnyddio eich gallu i'm dwyn trwy
drais o'm cartref, ac i'm carcharu yma fel aderyn
caethiwedig. Nid dyna ffordd i ennill calon merch."

"Nage, fy merch," meddai y Tad Jerome, "na feiwch
ormod ar y marchog da. Caniateir i ni weithiau i wneud
drwg fel y dêl da; ac yr oedd amcan da mewn golwg gan
y marchog pan ddygodd chwi o'ch cartref yma."

"Amcan da, yn wir!" meddai hi. "I'm cau i fyny yma
rhag goleuni yr haul, yn yr hwn yr arferwn ymdesota
[*torheulo*]; rhag cân felys-bêr yr adar, yn yr hon yr

ymfwynhawn; a rhag cyfeillach fy nghyfeillion, lle yr oeddwn mor ddedwydd," a thorrodd allan i wylo.

"Nage, 'ngeneth i," ebe Jerome, yn dyner, gan osod ei law ar ei hysgwydd, tra yr oedd hithau yn distaw arswydo rhag ei gyffyrddiad, "mae y marchog yn urddasol, a chanddo fwriadau anrhydeddus. Mae yn cynnig ei law i ti mewn glân briodas, ac y mae wedi deisyf am fy ngwasanaeth tlawd innau yn y mater, ac wedi fy anrhydeddu â'i orchymyn i gyflawni y seremoni, ac i'r diben hynny y deuthum yma; a gwnaf yn awr, gyda'th gennad, fynd rhagof i'th gysylltu ag ef yn ôl defod yr Eglwys Sanctaidd."

"Aros! Y Tad!" llefai hi mewn arswyd. "Er mwyn y Forwyn Fendigaid, na wasgwch arnaf yn awr! Caniatewch i mi beth amser i ystyried. A chwithau, Syr Farchog, os nad ydych am i mi eich casáu chwi o eigion fy nghalon, a'ch melltithio â'm hanadliad olaf, gofalwch pa fodd y gyrrwch fi dros derfynau goddefgarwch!"

"Nage, fy merch," taerai Jerome eto, "yr hyn wyf ar wneuthur sydd er lles i ti."

"Nid ymostyngaf i'r fath gamwri!" llefai hithau yn gynhyrfus.

"Camwri!" atebai y mynach. "Gallwn dybied y dylasit ddiolch i'th blaned fy mod yn cynnig gwneud i ti yr iawn hwn, pan y gallai y marchog mewn gwirionedd wneud cam â thi."

"Cywilydd arnat, ddyn!" llefai y forwynig. "Yr hwn wyt yn gwisgo gŵn mynach, ac yn siarad fel anfad ddyn anheilwng!"

"Y fath gecren wyt!" llefai y mynach yn ddigofus. "Ond yr wyf yn barnu y bydd i Syr Philip dy ddysgu yn fuan y parch sydd yn ddyledus arnat iddo ef a minnau. Yn awr, yr wyf yn gorchymyn i ti, ac yn dy fygwth â melltith y nef os anufuddhei, ymbaratoa yn ddi-oed i briodi y marchog hwn; canys, myn y Groes Sanctaidd, yr wyf yn tyngu y cei dy briodi iddo, naill ai *â* dy gennad, neu *heb* dy gennad, cyn y machluda yr haul heno!"

"Syr Philip!" llefai Bronwen, gan daflu ei hun ar ei gluniau o'i flaen. "Ar fy ngliniau yr wyf fi, sydd wedi eich herio, yn deisyf arnoch i roddi i ychydig amser. Rhoddwch i mi ond yn unig un wythnos fer, ac yna, erbyn wythnos i yfory, byddaf wedi cael hamdden a llonyddwch i gasglu fy meddyliau ynghyd!"

"Bronwen deg!" ebe Marglee. "Yr oeddwn wedi bwriadu dy garu yn arw, a'th orfodi, ie, o'th anfodd, i ymbriodi â mi heddiw; er hynny, byddai yn well gennyf dy gael yn wraig i mi o'th fodd nag o'th anfodd. Y mae rhywbeth, ni wn beth, yn sibrwd wrthyf am ganiatáu yr oediad hwn i ti."

"Dy angel da di ydyw!" meddai yr eneth. "O! Gwrando arno!"

"Wel, boed felly ynte," atebai yntau, "ac yr wyf yn hyderu y bydd i'm caredigrwydd droi dy galon dithau tuag ataf. Wythnos i yfory, trwy foddion teg neu arw, mi a'th briodaf. Ac yn awr, tâl i mi am fy ngoddefgarwch," a chan ymaflyd ynddi, gwasgodd hi at ei fynwes gan argraffu cusan nwydus ar ei gwefusau gwelw — cofleidiad casedig ganddi, ond i'r hwn y teimlai mai doethineb ydoedd ymostwng. Yna, gan ei gosod ar yr esmwythfainc, trodd a gadawodd yr ystafell, yn cael ei ganlyn gan y mynach a Meistres Judith, yr hon, fel arfer, a glôdd y drws yn ddiogel ar ei hôl.

Pennod XV
Ffair Hynod

Gwawriodd yr 20fed o Fedi 1400 yn ddisglair a chlir. Yr oedd yr haf, yr hwn sydd yn aml yn rhy frysiog yn ein gadael, ym ymddangos yn awr fel pe bai'n anfodlon i ffarwelio â'n glennydd, ac oni bai fod y meysydd sofl o gwmpas Rhuthun yn profi bod y cynnyrch blynyddol wedi ei gasglu oddi arnynt, gallai dyn dybied ei bod eto yn gynnar yn yr haf: cadwai y coed eu dail yn llawn, canai yr adar yn llawen ar eu canghennau, byrlymai dyfroedd yr afonydd a'r nentydd yn chwareus, ac ar y cwbl oll gwenai yr haul, a thaflai ei anwesodd cynnes trwy awyrgylch ddigwmwl. Ymddangosai holl anian fel pe wedi ymwisgo erbyn dydd gwyl. Tu fewn i dref Rhuthun, yr oedd yn eithaf amlwg fod dydd gwyl cyffredinol wedi gwawrio ar yr hen le pruddaidd. Yr oedd hyd yn oed yr ystrydoedd tywyll gysgodid gan y castell gwgus wedi gwneud ymdrechion gwannaidd i ysgwyd ymaith dylanwadau pruddhaol eu cymydog galluog; canys yr oedd marchnadfainc neu ddwy wedi eu codi yn y pen pellaf oddi wrth y castell yn un o'r strydoedd hyn – y stryd honno, yn wir, yn yr hon y cedwid Bronwen yn garcharor mor ddiogel. Synnwyd Marglee yn fawr pan yn cylchdeithio y strydoedd bore y ffair i weld y marchnadfeinciau hyn wedi eu codi ar ran o'r dref arferid ei chyfrif yn gysegredig, ac yr oedd ar fedr eu gorchymyn i gael eu symud, pan y trawyd ef ag ymddangosiad ieuengaidd y personau ofalent am y marchnadfeinciau hyn, y parodrwydd â'r hwn y talasant y swm ofynnwyd ganddynt fel ardreth, ynghyd â natur y nwyddau oedd ganddynt ar werth. Yr oedd un o'r meinciau yn cynnwys ystor dlodaidd o wlanenni Cymreig garw, a'r llall arddangosiad o lyfrau, ymhell rhag bod yn un eang. Felly gadawodd iddynt.

Yr oedd llawer o ddieithriaid eisoes wedi cyrraedd y dref y prynhawn blaenorol; masnachwyr Seisnig o'r Siroedd Canolbarthol; masnachwyr Ffleminaidd o'r wladfa yn Penfro, yn dwyn yma gynhyrchion eu gwyddiau i'w gwerthu, ac i brynu y defnyddiau angenrheidiol i roddi gwaith i'r gwyddiau hynny y gaeaf canlynol. Yr oedd y rhai hyn oll wedi codi yn fore yn barod at waith y dydd; ac, fel yr âi y bore ymlaen, daeth mintai ar ôl mintai o bobl y wlad yn eu gwisgoedd gwyl i mewn i'r dref drwy y pyrth gogleddol a deheuol. Daeth yno fugail ieuanc yn arwain pynfarch, baich mawr ond ysgafn yr hwn a fradychai ei gynnwys; ar ei ôl yntau daeth amaethwr, wynepryd llonwych yr hwn ynghyd a'i gob ddilychwin o waith cartref, a'r gwas coesnoeth redai wrth ei warthol, a brofai ei fod yn dda ei fyd; tra yr oedd y pâr nesaf, y rhai a yrrent ddau neu dri o ebolion gwylltion, yn dangos yn eu gwisg mwy garw radd is o amaethwyr, i'r rhai y buasai *mark* yn fwy neu lai yn y pris a gawsent am eu hanifeiliaid yn fater o gryn bwys. Yn canlyn y rhai hyn drachefn, yn finteioedd o hanner dwsin, yr oedd nifer fawr o ieuenctid gwledig wedi eu gwisgo yn holl wychder dydd gwyl, gan edrych mewn syndod safn-agored ar ryfeddodau y ffair, ac yn canfod gyda braw amlwg y milwyr Seisnig arfog wylient y pyrth. Yn canfod y rhai hyn eto denai minteioedd o lamhidwyr [*acrobat*], hudwyr, hudchwaraewyr, côr-ganwyr, ac eraill o'r un lwyth llawen, y rhai a ymddangosent yn eu helfen yn y ffair brysur, fywiog. Yn tyrru ymlaen tua'r dref y deuent oll, llawer i werthu, llawer i brynu, ond llawer mwy na hynny i wneud dim un o'r ddau. Gellir tybied na fuasai Marglee yn caniatáu i gyfleustra mor dda i gasglu arian ddianc. Gwylid yn ofalus bob arweinle i'r dref, ac ni chaniateid dwyn un math o nwydd i mewn i'r dref heb dalu toll, ac ni fu erioed yr un arolygwr marchnad yn fwy manwl i gasglu ei ran nag oedd gweision Marglee yn prisio pob ystafell a marchnadfainc lle y cynigid nwyddau ar werth. Yr oedd strydoedd cyfan o adeiladau coed wedi eu codi yn frysiog – fel tai diweddar wedi eu hadeiladu drwy gytundeb – yn unig ar gyfer gwaith yr un diwrnod hwnnw; ac yr oedd y rhai hynny, fel pob man pwrpasol arall, wedi eu llenwi â nwyddau i demtio y neb âi heibio. Yr oedd yr olygfa yn dra neilltuol am yr amrywiaeth mawr a gynigai i'r sylw. Yma yr oedd ceffylau ar werth, fan acw safai mainc o wlanenni Cymru, fan draw grugiau o sidanau a melfed ac yn nesaf atynt gwisgoedd wedi eu gweithio yn gywrain ag edau aur ac arian. Fan yma gwerthid cwrw, fan acw medd, fan draw gwin a diodydd eraill. Y mil yr oedd crugiau o farlys, fan draw o wenith, crugiau o gaws, a sacheidiau o wlân, ac un ac oll wahanol reidiau a moethau bywyd; ac yng nghanol y cwbl ysgafn-droediai dawnswyr, canai y côr-ganwyr, a consuriai y dewinwyr i'r dorf safnrwth. Yma yr oedd telynor yn cael ei amgylchu gan fintai lawen o ddawnswyr o'r ddau ryw; acw yr oedd nifer o hudchwareuwyr wedi eu gwisgo yn lledrithiol i gyffelybiaeth eirth, bleiddiaid, teirw, ceffylau, a chreaduriaid eraill, y rhai a gyflawnent y campau mwyaf digrif. Uwchlaw y chwerthiniad uchel â'r hwn y groesawid campau yr hud-chwaraewyr y codai y llef gyffredinol ac undonog: "Prynwch! Prynwch! Pwy a bryn?" Yr oedd y gwerthwyr gwahanol ymhell rhag ymfodloni ar ddangos eu nwyddau ar y meinciau, nac hyd yn oed gyda gwahodd yn uchel y gwahanol basiedyddion, ond ymddangosent fel pe yn ystyried pob dieithr-ddyn yn ysglyfaeth neilltuol a chyfreithlon iddynt hwy. Fel yr aech i lawr i'r stryd, buasech mewn perygl o gael eich braich aswy wedi ei thynnu o'r bôn gan werthwr awyddus i wasgu i'ch sylw y fantais anrhaethol fyddai i chwi brynu y siaced melfed orwych grogai i fyny yn abwyd profedigaethus; tra ar yr un pryd âi eich braich ddeheu dan yr un oruchwyliaeth gan ei gymydog gyferbyn mor awyddus ag yntau i hysbysu rhinweddau ei wlanen Gymreig; ymaflai y trydydd yn nghoden eich cot, gan wahodd eich sylw i'r Cracowes neu yr esgidiau hir-flaen oeddynt y pryd hwnnw yn y ffasiwn, tra y daliai y pedwerydd i fyny o dan eich trwyn ddarn o gaws Cymru gan daer ddeisyf arnoch ei brofi; tra eto y byddai y rhai hyn oll a dwsin eraill yn unfrydol yn ymosod ar eich clustiau gyda hen gri byddarol, "Prynwch! Prynwch! Prynwch fy nwyddau! Pwy a bryn fy nwyddau?" Ar y fath olygfa â hon yr oedd y bardd Chaucer wedi bod yn edrych pan ysgrifennai:

> Lle'r Fflemin waedd ag eofn uchel gri,
> Fy meistr, beth yn awr a brynwch chwi?
> A geisiwch lawban het, neu sbectol dda?
> Pwy bynnag dalo lawr, fan hyn fe'u ca![*]

Y dynesiad diweddar agosaf i'r olygfa hon yw yr un a gynigir gan gydymdrech gyrwyr ieuainc yr asynnod yn Alexandria, y rhai a ymosodant ar deithwyr gan ddeisyf am eu cwsmeriaeth, gan gyd-ddolefu, "Baksheesh! Baksheesh!" (Elusen! Elusen!). Yn y modd yma yr oedd hon, ffair bythgofiadwy Rhuthun, wedi mynd ymlaen nes heibio canol dydd, fel yr oedd llawer i ffair flaenorol wedi mynd ymlaen. Yr oedd y rhan fwyaf o'r fasnach bwysicaf wedi ei gorffen, gan fod y prynwyr mawr wedi gorffen cyn dau o'r gloch. Yn agos i ganol y dref safai twr o fasnachwyr, ymhlith y rhai yr oedd y Fflemin Vanderkelp; hwsmon Seisnig; bugail ifanc o Gymro â

---

[*] Cyfieithiad Beriah ei hun y tro hwn.

chlogyn o groen gafr dros ei ysgwyddau, a llodrau o'r un defnydd yn gorchuddio yr hyn (gellid tybio) fuasai oni bai hynny yn goesau noethion; Cymro cyhyrog o bryd tywyll, yr hwn, wrth ei lediaith brofai ei hun yn Ddeheuwr, a dau neu dri o rai tebyg i amaethwyr cyffredin. At y trŵp yma y brasgamai Marglee.

"Wel," meddai, "sut mae'r ffair yn mynd? Beth sydd arnoch chwi Syr Fflemin? Yr ydych yn edrych yn dra anfoddog."

"Anfoddog wyf yn wir," atebai y Fflemin. "Mae fy nhaith o Benfro yma ymron yn gwbl ofer."

"Sut hynny?" holai y marchog.

"Wel yn sicr i chwi, ni welais erioed arddangosiad llai o wlân yn Rhuthun nag a welais yma heddiw," meddai y Fflemin. "Yr wyf yn ofni y bydd yn rhaid i'n gwyddiau ni fod yn segur y gaeaf eleni os na chaf fwy o wlân mewn mannau eraill nag a gefais yma."

"Duw annwyl, y dyn!" llefai y marchog, "Gwelais y gŵr ieuanc hwn – " (gan droi at y bugail) "yn dwyn yma lwyth tri neu bedwar o geffylau cryfion y bore yma."

"Do, do, yn sicr ddigon," chwarddai y bugail ieuanc, "a gwir falch wyf eu bod gennyf i'w ddwyn yma; canys yn awr, pan fydd y masnachwr Ffleminaidd teilwng yma wedi talu i mi, bydd gennyf ddigon o fodd i ddechrau cadw tŷ, myfi a Gwyneth."

"Ti a dy Gwyneth!" llefai Fflemin yn anfoddog. "Yr wyt wedi cymryd mantais o'r ffaith nad oes nemor ddim gwlân ond dy eiddo di yn y ffair heddiw i waedu fy nghnod mor rhwydd ag y gwaeda y llawfeddyg ddyn claf."

"Ie," ebe Wil o Tamworth, yr hwsmon, "Mae'r Cymry lleuog yma i gyd yn debyg. Nid yw y ceffylau sydd ganddynt yma heddiw ond diog-feirch gwael, a gofynnant gymaint crocbris amdanynt â phe baent yn geffylau Arabaidd."

"Twt, twt, y dyn!" torrai i mewn y Cymro tywyll-bryd.

"Paham y dywedi felly? Oni ddaeth Siôn ei hun â dim llai na chwech o gryn-feirch ysblennydd yma heddiw?"

"Cryn-feirch ysblennydd yn wir," ebe Wil o Tamworth. "Dywed corfeirch y mynydd yn hytrach; a gwnaethost i mi dalu gymaint pres amdanynt â phe baent deilwng i gario brenin i ryfel!"

"Ac onid oeddynt?" holai Siôn gyda gwres. "Onid ydynt wedi anadlu awyr y Mynydd Du? Onid yfasant ddyfroedd y Tywi? Oni phorasant lethrau Cynan, a llanerchau Dinefwr? A dyma Huwcyn all ddweud na welwyd drech crynfeirch!"

"Ni allai fod eu gwell!" ebe Huwcyn. "Yr wyf fi fy hun wedi marchogaeth rhai ohonynt ar ôl fy arglwydd heb golli llathen, o Gastell Craig Cynan i Blas Dinefwr!"

"Ac," ychwanegai Siôn, cyn y câi Wil o Tamworth osod gair i mewn, "a wyt ti yn tybied na ddylai Huwcyn a mi gael dim am ddyfod a'r meirch o'r Deheudir yma?"

"Nid wyf yn hidio am eich Deheudir na'ch Dinefwr chwaith," ebe Wil o Tamworth yn wrol. "Byddai yn dda gennyf pe buasech wedi aros gyda hwynt i anadlu oddi ar greigiau eich Mynydd Du eto, yn hytrach na'ch bod wedi dwyn y fath greaduriaid gwael i'w gwerthu i ni. Myn fy ffydd, nid yw ond lladrad i godi y fath grocbris am greaduriaid mor wael!"

"Ac ai lladrad yr wyt yn ei alw?" holai Siôn. "Bydd yn ddigon buan i ti wneud hynny pan ddeui i'm talu am y ceffylau ysblennydd."

"Cei di orchwyl caled i gael gennyf, cyn yr ymadawn, y pris nodaist am y creaduriaid," ebe Wil.

"Os felly," ebe Siôn, "gallaf fynd â'r ceffylau yn ôl eto i'r Deheudir. Arbeda beth ar fy nghoesau."

"Ha wŷr, pa fodd y mae hyn?" gofynnai Marglee. "Tybiais na welais erioed fwy o ddynion yn dyfod i ffair Rhuthun nag a ddaeth heddiw, ac eto dwedwch nad oes ond ychydig fasnach yn cael ei wneud."

"Ni fu erioed lai," ebe Vanderkelp, "dadlau mawr mynych, a sangu ar lygoden yw. Gyda'r bugail hwn y mae ymron yr holl wlân sydd yn y dref."

"Ac mae dwsin o Gymry coesnoethion am bob ceffyl glangoes yn y lle," ebe Wil o Tamworth.

"Wel, welwch chwi," meddai y bugail, "nid yw dynion yn hoffi dwyn llawer i'w werthu y dyddiau hyn. Ac oni bai fy mod am gael fy mendithio â Gwyneth calan gaeaf arhoswn gartref fy hun."

"A minnau," ebe Siôn, "ni fuaswn yn dyfod yma heddiw oni bai fy mod yn teimlo y buasai yn drueni mynd â'r creaduriaid yn ôl i'r Deheudir ar ôl dod cyn belled."

"Paham, beth yn enw'r gythraul sydd yn blino y ffyliaid Cymreig?" gofynnai Marglee.

"Wel, welwch chwi, Syr Bonheddwr," ebe'r bugail, "Mae ar ddynion ofn y gallai Glyndŵr syrthio arnynt a'n hysbeilio pan ddychwelent adref â'r arian."

"Glyndŵr, yn wir!" ebe Marglee yn ddiystyrllyd, "Nid oes perygl oddi wrtho ef. Mentraf fy nghleddyf ffyddlon y gwna y wers ddysgais iddo ers rhai wythnosau yn ôl iddo fod yn ofalus pa fodd y deuai yn agos at Ruthun!"

"Ha, a ddwedi di hynny, Syr Farchog?" gofynnai Vanderkelp yn awchus. "Yn wir yr wyf yn falch o hynny. Dylai ein harglwydd-frenin da grogi y bradwr rhag iddo niweidio masnachwyr heddychol."

"Popeth yn ei amser," atebai Marglee. "Y mae ef a'i fab cyw ceiliog yn ymguddio yn ogofeydd y mynyddoedd, ac ni ddeuant allan ond megis cadnoaid i ddirgel ysglyfu."

"Wel, Fflemin Fasnachwr," meddai y bugail. "Mae Gwyneth yma heddiw, ac yr wyf am ei chynorthwyo i brynu dodrefn ein priodas. Pa le a pha bryd y caf dy gyfarfod i gael fy arian am y gwlân?"

"Rhaid i ti eu cael cyn pump o'r gloch neu ynte ni chei mohonynt o gwbl," meddai Marglee. "Rhaid i'r pyrth gael eu cau y pryd hwnnw."

"Cyfarfyddaf â thi, ynte, wrth y porth deheuol am hanner awr wedi pedwar," ebe y Fflemin.

"A wna'r un amser i tithau?" holai Siôn i Wil o Tamworth.

"Os rhaid i mi dalu o gwbl, cystal y pryd hwnnw ag un pryd," ebe'r hwsmon.

Darfu i'r lleill oll oeddent heb wastadhau eu cyfrifion gytuno i'r un lle ac amser i wneud hynny, ac yna aeth pob un i'w ffordd ei hun. Cyn ymadael â'i gyfeillion, taflodd y bugail ieuainc olwg awgrymiadol ar Siôn a'i gyd-wladgarwyr; ac yna trodd i lawr i heol fechan, ac a chamau buan, brysiog, daeth yn fuan i'r fan lle y safai marchnad-feinciau tawel y llyfrwerthwyr a'r masnachwr gwlanen, ger y castell. Ymddangosai y ddau hyn fel pe baent wedi gwneud ond ychydig fasnach, gan nad oedd eu hystor ond ychydig yn llai nag oedd pan ledwyd ef allan yn y bore hwnnw, gan fod corff mawr y prynwyr a'r gwŷr llawen ymhellach oddi wrth y castell. Gan fynd yn syth at y masnachwr gwlanen, ac edrych o'i amgylch i weld nad oedd neb o fewn y clyw, meddai y bugail ieuainc:

"Wel, fy mhrentis o Lundain, sut mae yn mynd?"

"Wel Syr," ebe Iorwerth y breintwas Llundeinig welsom yn y Delyn Gymreig, Llandelio Fawr, "ychydig o fasnach ydym wedi wneud."

"Na hidia'r fasnach, ond beth a welsoch?" holai y bugail.

"Yr wyf wedi gweld fy nghyfaill ap Dewi yr ysgolhaig â'i drwyn yn ei lyfr, ac mae ap Dewi yntau yn ddiamau wedi gweld rhyfeddodau yn ei lyfr, neu ynte ni fuasai yn sylwi mor fanwl arno ag y gwna dyn ieuanc ar lygaid ei fun."

"Tyrd, tyrd!" ebe'r bugail. "Dim lol yn awr! Nid

amser i hynny yw. Pwy ydych wedi weld?"

"Ychydig ddigon, a'r rhai hynny y cyfryw na fuaswn yn syrthio mewn cariad â hwynt," chwarddai y breintwas anniwygiadwy.

"Wel?" holai y bugail.

"Wel, gwelais fynach cropflewog* â wyneb llonwych fel milwr, a milwr hirgoes â wyneb mor sur ag eiddo offeiriad, yn mynd i mewn i'r tŷ yr archwyd ni i'w wylio."

"Jerome Fynach a Tom Hirgoes!" llefai y bugail.

"Ie, hir ei wala yn ei goes a'i wyneb," ebe Iorwerth.

"Pa faint sydd er pan aethant i mewn?"

"Ers hanner awr," oedd yr ateb.

"Ac a ydynt yna eto?" holai y bugail.

"Yr wyf yn barnu hynny, canys ni ddaethant allan," atebai y breintwas.

"Parhewch i wylio yn ofalus," ebe'r bugail; "ein hamser ni yw hanner awr wedi pedwar. Boed y cwbl yn barod. Bydd Iolo a'i hudchwaraewyr wedi dyfod yma erbyn hynny. Pe digwyddai fy mod i heb ddyfod yma mewn pryd, edrych nad â neb heibio y ffordd hon os na fydd ganddo yr ysnoden wen ar ei fraich aswy."

"Ymddiriedwch i mi am hynny," atebai Iorwerth. "Nid wyf wedi arwain breintweision dewrion Llundain i'r cri o bastynau am ddim."

"Yr wyf yn ymddiried ynot; gwêl na phallu;" a chan ddweud hyn trodd y bugail ar ei sawdl, a gellid ei weld pe canlynai rhywun ef a'i wylio yn fanwl, yn cerdded pob ystryd yn y dref, gan sisial ei gyfarwyddiadau yn nghlustiau y minteioedd Cymry cyhyrog frithent yr heolydd. Yn y cyfamser yr oedd y llawenydd yn cynyddu yn gyflym. Ni chwaraeodd y telynorion erioed donau mwy llawen, ni ymdrechodd yr hudchwaraewyr erioed yn fwy, ni fu y genethod Cymreig ymwelent â'r ffair

---

* *Cropflewog:* â'i wallt wedi'i dorri (fel y byddai mynach).

erioed yn fwy llawen, nac erioed yn derbyn yn fwy hawddgar sylw cariadus y milwyr Seisnig, gwarchodlu y castell a'r dref, y rhai bob amser edrychent ar ffair Rhuthun fel eu dydd gŵyl neilltuol hwy; ni lifodd y cwrw a'r medd erioed yn rhwyddach; ni yfodd y Saeson erioed fwy, na'r Cymry erioed lai, nag a wnaethant yn ffair fawr Rhuthun yn y flwyddyn o oed Crist 1400.

Fel y dynesai yr awr i gau y pyrth, brysiai y llancesi Cymreig i ymadael a'u cariadon Seisnig anffodus, ac i adael y dref. Yr oedd y Cymry, y gwŷr a'r llanciau, yn fwy araf, a safent yn dyrau ar hyd yr heolydd, neu symudent yn araf tua'r porth deheuol, tra yr oedd y gwarchodlu, y rhai oeddynt gan amlaf wedi yfed ar y mwyaf, yn eu gorchymyn gyda llwon enbyd i frysio modd y gallent hwy gael cloi y pyrth ar eu hôl. Gwnaeth mintai o hudchwaraewyr, yn cael eu harwain gan delynor hen, ond bywiog, ac yn cael eu canlyn gan ddwsin neu ragor o lanciau Cymreig cryf, eu ffordd dan ddawnsio yn llawen i gymdogaeth y marchnadfeinciau, lle y safai Iorwerth, y breintwas Llundeinig, ac ap Dewi yr ysgolhaig.

Yn agos i'r Porth Deheuol yr oedd yn gynulliedig aelodau gwahanol y cwmpeini o fasnachwyr welsom ers ychydig oriau yn ôl yn sefyll yng ngharol y dref.

"Os gweli yn dda, Fflemin Fasnachwr," gofynnai y bugail ieuainc, "i dalu i mi yn awr am y gwlân brynaist gennyf?"

"Myn fy ngwydd, fugail," atebai'r Fflemin, "yr wyt yn rhy galed arnaf! Dyro i mi ddeg *merk* o lwc, a thi a'u cei."

"Deg mark!" llefai y bugail, "byddai hynny yn mynd a'm hennill bychan i gyd! Na, na, fasnachwr da, talu'r arian i mi."

"Tyrd y Sais," ebe Siôn, "dyro i mi yr arian am y crynfeirch. Yr wyt wedi eu cadw yn ddigon hir."

"Pa faint wyt ti yn mynd i roi o lwc yn ôl i mi?" gofynnai Wil o Tamworth.

"Dim chwech las, myn fy morthwyl," ebe Siôn.

"Beth sy'n bod yn awr?" gofynnai Marglee yn sarrug, yr hwn gyda nifer o filwyr oedd wedi dynesi atynt. "Paham na chliriwch y stryd, modd y gellir cau y pyrth?"

"Cei gau y pyrth, syr farchog, pan fyddo y masnachwyr yma wedi talu eu dyled i ni," ebe'r bugail.

"Os nad wyt ti yn dal dy dafod, mi a'th daflaf di y tu allan i'r pyrth yn bendramwnwgl heb yr un chwech i'th fendithio," bygythiai Marglee.

"Nage, yn wir, na wna â mi y fath gamwri, ac nac ysbeilia fi o'm harian!" ymbiliai y bugial.

"Mae y mileiniaid Cymreig hyn yn ddigon i sychu codau y masnachwyr Seisnig yn llwyr, ebe Wil o Tamworth. "Iddewon perffaith ydynt, ie, gelau [*leeches*] ŷnt sy'n sugno gwaed pob Sais. Ni ddyry y filain yma gymaint â chwech las i mi mewn lwc!"

"Na wnaf! Myn f'enaid! Dim ceiniog goch!" meddai Siôn.

"Mae yn rhy ddrwg," meddai y Fflemin, "fod deiliaid ffyddlon i'n harglwydd frenin yn cael eu hysbeilio o'n harian gan y Cymry cwerylgar yma sydd bob amser yn aflonyddu ar ein heddwch!"

"Aros am foment," ebe Marglee, gyda gwên faleisus ddrwg. "Gwastadaf eich cyfrifon oll, a gwnaf y cwbl yn gywir. A roddi di y dihiryn o'r Deheudir ddeg *merk* i mi os gwnaf i'r hwsmon dy dalu yn llawn?"

"Dim cymaint â cheiniog las gei di, myn f'enaid!" ebe Siôn. "Mynnaf fy arian yn sych bob ceiniog!"

"A thi, fugail, a roddi di i mi ddeg *merk* os gwnaf i'r Fflemin dy dalu?" gofynnai Marglee i'r llanc.

"Collai hynny Gwyneth i mi, a gwell fuasai gennyf golli fy llaw dde!" atebai'r bugail.

"Ie, yr ydych chwi y dihirod Cymreig bob amser yn anhawdd eich boddio," ebe Marglee. "Yn awr, fasnachwyr sydd arnoch ddim i'r Cymry lleuog hyn, talwch i mi yr hanner o'r hyn sydd arnoch chwi iddynt hwy, a gwnaf chwi yn rhydd ohonynt!"

Derbyniwyd y cynnig annheg ac anheilwng hwn gyda banllefau o gymeradwyaeth gan y masachwyr Seisnig, y rhai oeddent yn falch i gael gwneud bargen mor dda. Y Cymry, ar y llaw arall, a godasant eu llef yn groch yn erbyn y fath anghyfiawnder.

"Myn gwaed fy nhad," bloeddiai Siôn, gan ddyrchafu braich gyhyrog a dwrn aruthrol. "Mynnaf fy arian bob ceiniog, neu mynnaf wybod paham!"

"Cei ofyn paham tu allan i'r porth yna," atebai Marglee. "Nawr ffwrdd â chwi bob Cymro beiddgar ohonoch."

"Och, gwae! Och gwae!" dolefai y bugail ieuanc. "Ac yr oeddwn wedi meddwl mor gryf am gael priodi Gwyneth calan gaeaf. Yr wyf yn deisyf arnat, Fflemin fasnachwr da, beidio chwarae y fath gast â hon â mi! Na wna i mi golli Gwyneth wrth golli fy arian!"

"Nage, fy machgen annwyl," ebe Vanderkelp. "Yr wyf yma yn talu i'r marchog da a chyfiawn yr hyn y mae yn ofyn. Gofyn di iddo ef!"

"O! Dywed Syr Farchog, mai cellwair wyt, ac yna chwarddaf gyda thi," ymbiliai y llanc.

"Galw di ef yn gellwair os mynni," ebe Marglee; "ond ni chei yr un *merk* byth!"

"Myn gwaed fy nhad!" llefai y bugail ieuanc yn gyffrous. "Pe cawsom di, y Fflemin anonest, neu dydi y Marchog twyllodrus, ar fy mynydd-dir genedigol, gwnelwn eich bargen yn un ddrud i chwi!"

Amlygai y Cymry twylledig ac ysbeiliedig eraill eu teimladau yn yr un modd, tra y chwarddai y milwyr a'r masnachwyr am eu pennau.

"Ie, gallwch chwerthin," ebe'r bugail ieuanc drachefn, "ond pe bai fy nghŵn ffyddlon o fewn sŵn fy chwibaniad, byddai i'w cyfarthiad a'n cnoad droi eich chwerthin yn alar ac wylofain."

"Gwell i ti alw ar y dy gŵn, a gwêl a atebant di!' gwawdiai Marglee.

"A wyt ti yn fodlon i mi dreio?" gofynnai y bugail.

"Wyf, myn dyn!" chwarddai y marchog.

"Wel hwda atat ynte! Canys wele fi yn galw!" llefai y llanc, gan dynnu utgorn arian o dan ei wisg allan, ac yn chwythu arwydd neilltuol atseiniau yn dreiddiol ymhell trwy awyrgylch glir dawel y prynhawn.

"Myn holl gythreuliaid uffern!" bloeddiai Marglee syn. "Clywais yr arwydd yna o'r blaen!"

"Gwrando ef adyn, a dichon yr adweini ef!" ebe'r llanc, gan chwythu yr un arwydd drachefn.

"Y nefoedd fawr! *Mab Glyndŵr yw!* Y cyw-ceiliog Gruffydd!" crochlefai y marchog. "Ho yna, borthorion! Sicrhewch y pyrth! Na chaniatewch i neb ddianc! Ac yn awr, fy newr-ddyn ieuanc, talaf i ti y ddyled sydd arnaf i ti!" ychwanegai Marglee gan droi yn ffyrnig ar y llanc ansefydlog, ond gwyliadwrus, ac fel y daeth sain treiddgar utgorn arall yn ateb o'r tu allan i'r dref i'w glustiau, taenodd gwên fuddugoliaethus dros wyneb-pryd Gruffydd Fychan.

Ar arwydd oeddent wedi cytuno arno ymlaen llaw a wnaeth Gruffydd cyn iddo dynnu allan yr utgorn a chwythu yr arwydd cyntaf, yr oedd amryw o'r Cymry wedi gosod eu hunain gerllaw y pyrth agored, a phan roddodd Marglee ei orchymyn uchel i gau y pyrth, bloeddiodd ein hen gyfaill o Landeilo, Siôn yr Ordd:

"Nage, yn wir! Mae yn rhy fuan i gan y pyrth. *Nid yw ond taro un!*" a chyda'r gair, trawodd un o'r porthorion oedd ar fedr cau y pyrth i'r llawr.

"Yr hyn ddywed pawb sydd sicr o fod yn wir," bloeddiodd Cymro arall, mewn gwisg amaethwr, a'r hwn nid oedd neb amgen na Syr Jenkin Hanmer, brawd-yng-nghyfraith Glyndŵr. "Yr wyf finnau yn taro un hefyd," gan daro yr ail borthwr i'r ddaear â charn ei gledd oedd wedi ei dynnu allan o'i guddfan oddeutu ei berson.

Yn ystod y cyffro hwn, yr oedd Gruffydd wedi taflu o'r neilltu y clogyn hir o groen gafr orchuddiai ei berson, gan ddatguddio ei hun yn llawn arfog. Gan dynnu ei gleddyf, rhuthrodd ar Marglee, tra y gwnaeth y masnachwyr Cymreig tybiedig yr un peth; rhuthrai nifer fawr o rai eraill i fyny; taflai y dawnswyr a'r hudchwaraewyr eu ffug-wisgoedd i ffwrdd, a chan dynnu eu harfau cuddiedig allan, trawsffurfiwyd y dorf o ddifyrwyr a masnachwyr ymddangosiadol ddiniwed, mewn moment, i fod yn gorfflu peryglus o wŷr cedyrn a phenderfynol, yn llawn arfog, gan bob un ohonynt ysnoden wen ar y fraich aswy i'w hynodi, oll yn cydweithio mewn cydgordiad perffaith, gan daro ar dde ac ar aswy bawb a'u gwrthwynebent. Yr oedd y milwyr Seisnig, er yn gryf mewn nifer, eto wedi ei gwanhau wrth eu potio dwfn yn ystod y ffair. Yr oeddent yn awr wedi eu taro mor annisgwyliadwy, fel yr andwywyd hwynt yn fwy nag erioed, gan floeddiadau uchel o "Brad! Brad!" tra gyda chyflymder taranllyd, llamodd gorff mawr o feirch-filwyr Cymreig o'r coed islaw y dref, ac yn cael eu harwain gan Glyndŵr ei hunan, dylifasant drwy y pyrth ddelid yn agored iddynt gan eu cydwladwyr, a chan floeddio yn uchel a llon, *'Glyndŵr! Glyndŵr!"* ymosodasant ar y Saeson syfrdan, y rhai, gan weld pob dihangfa tua'r wlad wedi ei dorri ymaith gan weithred y porthorion Cymreig hunan-etholedig a daflasant ynghau a diogelu y pyrth, naill ai a daflasent eu harfau i lawr, gan lefain yn uchel am eu harbed, neu a geisiasant ddiogelwch mewn ymgais dianrhydeddus, ac yn aml yn ofer, i ffoi tua'r castell.

Gan ei fod eisoes wedi profi grym braich Gruffydd Fychan yn ystod yr ymosodiad ar y Croesau, a chan weld oddi wrth sefyllfa andwyedig y gwarchodlu a threfniadau rhagorol y Cymry fod y dref eisoes wedi ei cholli iddo, cymrodd Marglee fantais o'r cyffro cyntaf i ryddhau ei hun oddi wrth ymosodiad ffyrnig ei wrthwynebwyr ieuanc, a chan alw ar Tom Hirgoes ac ychydig eraill o'i ymlynwyr mwyaf ffyddlon, rhuthrodd i lawr ar hyd un o'r heolydd bychain, gan adael Gruffydd Fychan yn chwilio yn ofer amdano ymhlith y dorf o Saeson. Syrthiodd braw erchyll ar galon y gŵr ieuanc pan gollodd Marglee o'r lle; ofnai y buasai ei elyn cyfrwys nid yn unig yn dianc, ond, o bosibl, naill ai yn niweidio Bronwen, neu lwyddo i'w gosod unwaith eto ymhell o'i gyrraedd. Eto, yn rhwymedig gan ei addewid pendant wrthi, gorfu arno aros nes y llwyr orchfygwyd y Saeson cyn y gallai frysio at ei charchar i'w ryddhau. Gan ragweld y posibilrwydd o hyn, yr oedd wedi trefnu i gorff bychan o Gymry ffyddlon aros yng nghymdogaeth y tŷ lle y carcherid Bronwen, a hyderai eu bod yn ddigon lluosog i rwystro unrhyw fintai fechan o Saeson i fynd i'r heol honno o gwbl.

Gan alw ar ei gyfeillion personol, brysiodd y llanc gyda brasgamau buan tua'r man lle y gobeithiai gael Bronwen. Gan droi congl yr ystryd, cafodd y marchnad feinciau gwlanen a llyfrau wedi eu dymchwel. Yr oedd ap Dewi, yr ysgolhaig, a'i lyfr agored eto yn ei law aswy a'i gleddyf dadweiniedig yn y llall, yn gorwedd yn ei waed dan ddwy neu dair o'i gyfrolau mwyaf hoff. Rhuthrodd Gruffydd yn ei flaen nes cyrraedd drws y tŷ lle y bu Bronwen yn garcharedig, ac yno safodd yn ddychrynedig wrth weld dau neu dri o Gymry yn gorwedd yn glwyfedig o flaen y drws, ac ar y trothwy gorff Iorwerth, y breintwas Llundeinig. Nid oedd Iorwerth, fodd bynnag, wedi ei ladd, er wedi ei glwyfo yn dost, a phan blygodd Gruffydd ato, dadebrodd ychydig, a chydag ymdrech fawr a phoenus, cododd ar ei ben-glin, ac anadlodd allan:

"Ymlaen! Na hidiwch ynof fi! Mae y foneddiges wedi mynd! Y marchog, Tom Hirgoes, a'r Mynach, wedi ei chario tu'r castell;" a chydag ochenaid, syrthiodd ar ei gefn a chaeodd ei lygaid.

"Ymlaen!" bloeddiai Gruffydd yn ffyrnig, a chyda chyflymder dyblyg, rhuthrodd ymlaen. Gan droi congl uchaf y stryd a arweiniai yn syth tua'r castell, canfyddent wrthrych eu herlidiad yn uniongyrchol o'u blaen. Yr oedd y cyfryw o'r gwarchodlu ag a adawyd yn y castell wedi eu dychryn gan yr wbwb [*hubbub*] yn y dref, a chan rai o'r Saeson oeddent eisoes wedi cyrraedd ei gysgod derbyniol, yn ymdyrru ar y muriau. Yr oedd Tom Hirgoes a dau neu dri eraill ychydig gamau o flaen Marglee, yr hwn oedd yn cario Bronwen, yr hon a ymddangosai fel mawn llewyg. Yr oedd o leiaf ddwsin o filwyr eraill gydag ef, neu wrth ei sodlau, tra ychydig gamau ar ei ôl, ymron yn barlysedig gan ddychryn, ac ymron colli ei anadl gan ei ymdrechion anghyffredin, y llafuriai y Tad Jerome.

Ar y foment hon hefyd, rhuthrodd nifer o Gymry, yn cael eu harwain gan Iolo Goch i'r stryd, a chyda bloeddiadau uchel, unasant â mintai Gruffudd.

"Tro! Tydi farchog cil-giaidd, fel yr wyt!" llefai y llanc digofus ar ôl y ffoadur Marglee, tra y dirwasgai bob gewyn i ddyfod i fyny a'r marchog, yr hwn, yn llwythog gan Bronwen ar ei ysgwydd, ac yn gwanhau gan yr ymdrech yr oedd eisoes wedi ei wneud, oedd yn awr yn dechrau llesgau. Cymaint oedd trachwylltrwydd Gruffydd fel yr oedd eisoes wedi blaenu rai camau ar ei gyfeillion, ac oedd hyd eto mewn gobaith cryf y goddiweddai Marglee cyn y cyrhaeddai ddiogelwch y castell. Gwelodd Tom Hirgoes berygl ei flaenor, a throdd o fewn llathen i'r cil-borth oedd yma yn rhoddi mynediad i'r castell, a chan alw yn uchel ar y rhai oddi fewn i'w gynorthwyo, dangosodd wyneb gwrol o flaen y Cymry erlidgar. Safodd hanner dwsin o'r gwarchodlu wrth ei ochr, tra y tynnodd y bwawyr ar y muriau eu bwâu, gan baratoi i saethu cyn gynted ag y byddai eu blaenor allan o berygl cael ei daro.

"Bronwen! Er mwyn cariad y nef, Bronwen, deffro! Rhwystra dy dreisiwr os gelli!" gwaeddai Gruffydd; a'r llances, gan ddadebru o'i llesmair a chlywed llais ei chariad, a wnaeth ymdrechion gorwyllt i ryddhau ei hun o freichiau Marglee.

Mor agos oedd Marglee i'w gyrchnod, ac mor agos oedd Gruffydd wrth ei sodlau, fel yr oedd yn amlwg y buasai i'r rhwystr lleiaf i'r naill neu y llall benderfynu pwy fusasai yr enillwr yn yr yrfa ofnadwy. Nid oedd y rhwystr yn eisiau. Yr oedd Jerome, yn llesg gan fraw, wedi taflu golwg ddychrynedig dros ei ysgwydd, a chan weld y Cymro ieuanc a'i gleddyf coeth yn ei law, a than digofaint yn ei lygaid, a dybiodd fod ei funud olaf wedi dyfod; gyda gwaedd oerllyd, syrthiodd i'r llawr yn uniongyrchol yn llwybr Gruffydd, yr hwn a drawodd ei droed yn erbyn y mynach syrthiedig, a chan faglu, a syrthio yn ei hyd ar sodlau Marglee. Buasai y marchog ei hun wedi syrthio oni bai i Tom Hirgoes ymaflyd yn Bronwen â'i freichiau, a thra y cynorthwyai eraill Marglee i mewn, canwyd a diogelwyd y cilborth ar y foment y daeth y Cymry ymlaen.

Gan godi ar ei draed, a gweld ar unwaith mor llwyr oedd ei orchfygiad ef a llwyddiant ei elyn, yr oedd siomiant a digofaint y llanc yn torri dros bob terfyn. Taflodd ei hun yn erbyn y cilborth, gan obeithio yn erbyn gobaith y cawsai agoriad iddo ei hun, ac yn gyffelyb ddifater o'r briwiau oedd wedi dderbyn wrth gwympo, a'r saethau a thaflegrau eraill a luchiwyd ato o'r muriau uwchben, a phob ochr iddo.

Yr oedd y cilborth yma wedi ei osod yn y fath fodd fel y gellid ergydio ato oddi ar y murian gorysgwyddog o'r ddau du, ac felly gwnaed yr hyn allai fod yn fan gwan yn amddiffyniad y castell, yn gadarn, ac un o'r rhai mwyaf peryglus y gallai gelyn ymosod arno. Yn ddifater o hyn, fodd bynnag, neidiodd nifer o'r Cymry ymlaen at ochr eu blaenor ieuanc dewr, gan lawio eu hergydion ar y drws deri trwm, yr hwn, fodd bynnag, gan ei fod wedi ei wisgo oddi fewn â haearn, a wrthsafai eu holl ymosodiadau. Yn ofer yr ymaflodd Siôn yr Ordd mewn darn enfawr o garreg a orweddai gerllaw, ac a'i hyrddiodd gyda holl rym ei allu cawraidd yn erbyn y drws; ni wnaeth hyn ond dryllio y pren, gan ddangos yr haearn cadarnach oddi fewn, a phrofi i'r Cymry mor ofer oedd ei holl ymdrechion.

Clywid llais Marglee yn awr oddi fewn yn rhoddi cyfarwyddiadau er dwyn i fyny i ergydio at yr ymosodwyr un o'r beiriannau afrwydd, ond peryglus hynny at luchio cerrig mawrion, tra y gwelid amryw o'r gwarchodlu yn ceisio taflu drosodd ar ben y rhai ymosodent ar y porth ddarn enfawr o graig oedd wedi ei osod uwchben y porth i'r diben neilltuol hwnnw.

Gan weld mor ofer oedd pob ymdrech pellach, a'r perygl yr oedd ei gyfaill ieuanc ynddo, neidiodd Iolo Goch ymlaen, ac, yn cael ei gynorthwyo gan Siôn yr Ordd a Syr Jenkin Hanmer, a chan weld fod pob apêl arall at y llanc yn aneffeithiol, ymaflasant yn Gruffydd, a thrwy nerth braich a'i cariasant ymaith oddi wrth y porth, dim ond mewn pryd, canys o'r diwedd yr oedd y Saeson wedi llwyddo i ryddhau y darn craig a'i daflu dros y mur, a syrthiodd ar y fan lle yr oedd y Cymro ieuanc wedi bod yn sefyll funud cyn hynny.

Syrthiodd y Cymry yn awr yn ôl o gyrraedd yr ergydion luchiwyd atynt gan y Saeson oddi ar y muriau. Gruffydd, yntau, gan weld nad oedd wiw gwneud dim ymhellach y pryd hwnnw, a arweiniodd ei gyfeillion yn ôl i'r fan lle y gadawyd Iorwerth ac ap Dewi. Yr oedd y ddau, er wedi eu clwyfo yn drwm, eto yn fyw, ac yn wir o ran hynny, ni ellid ystyried eu clwyfau yn beryglus iawn. Yr oedd ychydig eiriau yn ddigon i wneud y pennaeth ieuanc yn hysbys o'r ffeithiau oedd ef eisoes yn rhannol wedi eu godybio. Nid oedd ond tri neu bedwar yn unig o'r Cymry disgwyliedig wedi ymuno â'r llanciau pan ruthrodd Marglee, Tom Hirgoes, a dwsin eraill arnynt. Darfu i'r llanciau dewrion wneud gwrthwynebiad ffyrnig yn erbyn nifer eu hymosodwyr, ond yn ofer. Bob yn un ac un, curwyd hwynt yn ôl, a thrawyd hwynt i'r llawr. Iorwerth ei hun, ar ôl derbyn amryw frathiadau gan gleddyfau y Saeson, oedd yr olaf i ildio, gan syrthio ar drothwy y tŷ oedd ef wedi ei osod i'w wylio. Yr oedd Iolo Goch wedi camsynied y tro yn un o'r heolydd culion, ac felly wedi methu dyfod i fyny mewn pryd i roddi y cynorthwy addawedig.

Daeth y penaethiaid Cymreig eraill i fyny ar hyn, ac ar ôl ymgynghoriad byr, gwelwyd mai ofer fuasai ymosod ar y castell, hyd yn oed â'i warchodlu bychan, gyda'r fath arfau a pheiriannau amherffaith ag oedd ym meddiant y Cymry y pryd hwnnw. Gwnaed paratoadau gan hynny i ddiogelu pob peth o werth yn y dref. Cadwyd yr holl fasnachwyr o nod yn garcharorion hyd nes y telid iawn am eu rhyddhad. Yr oedd hynny yn gosb briodol iawn arnynt am y parodrwydd â'r hwn yr oeddent wedi cytuno â Marglee yn ei gynllun anheilwng i ysbeilio y masnachwyr Cymreig tlawd tybiedig. Wedi trefnu pob peth felly, gosodwyd y dref ar dân mewn ugain o fannau ar unwaith, ac yna, yn fodlon ar eu llwyddiant mawr, cychwynnodd y fyddin Gymreig yn llon allan o Ruthun. Goleuwyd y wlad am filltiroedd o amgylch gan ddisgleirdeb y tân, yr hwn a ffurfiau y fath derfyn priodol i Ffair Hynod Rhuthun!

Pennod XVI
Y Marchog Du

Yr oedd yr ymosodiad llwyddiannus ar Ruthun wedi profi yn ergyd ofnadwy i'r Saeson. Yr oedd yn wir fod y castell eto yn aros; ond er hynny, yr oedd wedi ei gyfnewid. O'r blaen yr oedd yn gyrchfan o'r hwn y gallai Saeson gyda diogelwch wneud ymosodiadau ar y Cymry, ond yn awr nid oedd ond gorsaf unigol mewn gwlad elyniaethol, yn gofyn y gwyliadwriaeth mwyaf diflino i'w gadw rhag syrthio i ddwylo y Glyndŵr buddugoliaethus. Yr oedd de Grey ei hun yn gweini ar y brenin pan ddigwyddodd yr anffawd hon iddo, a phan gyrhaeddodd y newyddion i'r llys, yr oedd yn anhawdd dweud pa un ai de Grey ai ei feistr oedd y mwyaf digofus. Gwnaed paratoadau enfawr gyda phob brys, a'r brenin yn penderfynu arwain y fyddin ei hun yn erbyn yr hwn oedd ers ychydig amser yn ôl yn gaethwlad diystyriedig. Yn y cyfamser, yr oedd Owain Glyndŵr wedi cymryd meddiant o Gaer Drewyn, yr hwn oedd wedi ei atgyweirio a'i wneud yn gymwys fel preswylfod ac amddiffynfa. Yr oedd yn wir yn fwy pwrpasol noddfa i'r pennaeth Cymreig nag ydoedd Sycharth. Ohono gellid ysbeilio y prydferth Ddyffryn Clwyd, oedd y pryd hwnnw ymron yn llwyr yn nwylo y Saeson; tra, pe y gorchfygid y Cymry, yr oedd mynydd-dir cyfeillgar y Berwyn a'i fannau uchelgrib, a'i lwybrau oeddent ymron yn amhosib croesi, yn cynnig nodded diogel. I'r lle hwn, gan hynny, y tyrrai gwladgarwyr o bob rhan o'r Dywysogaeth. Daeth yma farchogion dewr a phrofiadol; dynion, y rhai fel Syr Owain ei hun, oeddynt wedi eu haddysgu yn Llys Lloegr, neu oeddynt wedi sefyll yn

rhestr flaenaf Marchogion Ffrainc. Daeth yma y
penaethiaid Cymreig arferent ddirmygu arferion a
defodau Seisnig, ac a neilltuent eu hunain yng
nghadarnleoedd eu gwlad genedigol, gan gadw i fyny
draddodiadau eu tadau mewn purdeb dilwgr. Daeth
yma y myfyrwyr o brifysgolion Lloegr; dynion ieuainc
yn y cwerylau aml a gymerant le hyd yn oed yn y dyddiau
hynny rhwng y myfyrwyr colegol a'r ieuenctid trefol –
cwerylau derfynent yn aml mewn coesau toredig, a
phenglogau hollt – oeddynt wedi gwasanaethu prentis-
iaeth gymwys i'r gwaith garw oedd yn awr o'u blaenau.
Daeth yma amaethwyr talgryf, gwladwyr cyhyrog,
crefftwyr cedyrn, eilebau cywir o Siôn yr Ordd, Deio y
prentis, Huwcyn Tygwyn, a'r cyffelyb. Daeth yma feirdd
a thelynorion o bob rhan o'r wlad, na flinent byth ar
ganu molawdau Glyndŵr, a phroffwydo fod yr amser
yn awr wedi dyfod pan oedd Cymru i adennill ei
hannibyniaeth. Daeth yma fynachod a chrefydd frodyr,
prioriaid ac abadau, o Valle Crucis gerllaw, o Ystrad
Fflur yng Ngheredigion, o Ben Rhys ym Morganwg, o
Llanfaes ym Môn, Mam Cymru, ac o liaws o fannau
eraill i fendithio y blaenor a'i ganlynwyr.

Nid oedd y fyddin gymysgedig hon ychwaith yn
elynion i'w dirmygu. Gallai y marchogion ddal eu tir yn
erbyn blodau marchogaeth Lloegr. Yr oedd yno gorfflu
mawr o fwâwyr, dynion oeddynt, er yn ieuainc, wedi
ymddibynnu ar helwriaeth am eu cynhaliaeth, y rhai
fedrent gyda rhwyddineb gyfartal daro yr eryr uchel-
hedegog, yr hydd llamog, y blaidd erchyll, a'r gath
fynydd ffyrnig, ag a fedrent daro targed sefydlog; gallai
y rhai hyn, cywir saethwyr y fyddin, wneud i liaws o
Saeson lyfu y llwch cyn medrent ddynesu o fewn tri
chan' llath iddynt. Yr oedd yno hefyd wŷr gwaywffyn
fedrent hyrddio eu harfau ofnadwy gyda chymaint
cywirdeb ag y teifl y Sulu ei *assegai*, a chyda'r fath rym

nes treiddio drwy yr arfwisg fwyaf profedig, ac a fedrant felly daflu rhengoedd blaenaf y gelyn i ddryswch, pan, ar yr un pryd, pe cymerai ymosodiad le, byddai y gwaywffyn hyn mor wasanaethgar â'r bidogau diweddar. Hyd yn oed mewn ymladdfa law-law, medrent roddi cyfrif da o'r gelyn. Yr oedd y cledd byr, trwm, a'r fwyell ryfel enfawr ac ofnadwy, mewn dwylo cyfarwydd yn medru gwneud gwasanaeth da; byddai y blaenaf yn ddefnyddiol mewn brwydr â gwŷr traed, tra na chyfarfyddai yr olaf ond â rhwystr bychan yr helm gadarnaf. Mae yn wir fod nifer mawr eraill heb feddu yr arfau hyn – unig arfau y rhai oedd eu hoffer amaethyddol, pigffyrch wedi eu blaenllymu fel nodwyddau, pladuriau wedi eu gosod yn gymwys ar goesau byredig. Ond pan ystyriwn fod y rhai hyn, un ac oll yn cael eu bywiogi â'r brwdfrydedd mwyaf annherfynol, a'u bod yn ymladd am ryddid, am eu gwlad, ac am eu cartrefi – pwy feiddiai eu dirmygu?

Yn fuan ar ôl brwydr Rhuthun, daeth marchog yn llawn arfog, yn cael ei ganlyn gan yswain unigol, i'r gwersyll Cymreig. Yr oedd ymddangosiad hynod y newydd-ddyfodiaid yn tynnu llygaid pawb arnynt. Yr oedd y marchog o faint aruthrol – ymron bod yn gawraidd, ac yn marchogaeth ar farch disglair-ddu, o faint anghyffredin, ac ysbryd tanllyd. Wrth gorn ei gyfrwy crogai rhyfel fwyall, yr hon y gallai yr enwog Syr Hywel y Fwyall o bosibl ei defnyddio, ond a ofynnai ymdrech nid bychan mewn cyffredin ei chodi, chwaethach ei chwifio, ac eto nid oedd eisiau edrych eilwaith er ein sicrhau na fuasai y fwyell hon ond megis tegan yn llaw gref y marchog dieithr. Yr oedd miswrn ei helm (neu y rhan honno o'r benwisg ddur ddiogelai y wyneb) yn gaeedig, fel na ellid gweld ei wyneb; ond yr oedd fflachiad pâr o lygaid duon drwy yr agoriadau yn profi presenoldeb ysbryd y buasai yn beryglus ei ddeffro.

Yr oedd ei arfwisg i gyd yn ddur syml, heb gymaint ag un addurn arno. Y llun oedd ar ei darian oedd llun dyn yn ei lawn hyd ar y llawr, a chleddyf wedi ei yrru i'r carn yn ei ddwyfron; a than hyn yr oedd un gair yn unig *"Resurgam,"* – "Atgyfodaf." Yr oedd yr yswain a weinai arno yn ddyn o ryw pump a deugain oed, o ymddangosiad diserch, heb ddweud sarrug, ac o gorff ystwyth gwefraidd. Nid ynganai yr un ohonynt air fel y marchogent ymlaen, a phawb a'u cyfarfyddent yn rhoi ffordd iddynt, hyd nes y dynesasant at y fynedfa i Gaer Drewyn ei hun, pan ddaeth y marchog ofalai am yr orsaf ymlaen gan ofyn pwy oeddynt a pha beth oedd eu neges. I hyn eto nid atebodd y marchog air, ond atebodd yr yswain drosto mewn un gair – "Glyndŵr." Danfonodd y marchog wyliai y porth negesydd i mewn at y pennaeth i ddweud fod dieithr farchog yn hawlio siarad ag ef. Ac ymhen ychydig amser ymddangosodd gwas ifanc gwych, ac a ddeisyfodd arnynt ei ganlyn. Gan ddisgyn yn y cwrt, gadawsant eu meirch yng ngofal un o'r gweision lluosog yno, y marchog yn unig yn cymryd y rhagofal o gario gydag ef ei ryfel-fwyall, a chan ganlyn y gwas cyntaf arweiniwyd hwy yn fuan i bresenoldeb y pennaeth.

Eisteddai gyda Glyndŵr nifer o'r blaenoriaid pennaf, ymhlith y rhai yr oedd Syr Rhys Tewdwr, o Benmynydd, Syr Jenkin Hanmer, brawd-yng-nghyfraith Glyndŵr, Rhys Ddu, Madog Fychan, Syr Arthur de Bohun, marchog Ffrengig ieuanc, a Gruffydd Fychan. Taflodd y dieithr farchog olwg frysiog o'i gwmpas, syrthiodd ei lygad yn gyntaf ar wyneb Gruffydd Fychan, yr hwn oedd yn gwylio y marchog dieithr â llygaid lled agored, ac â wynepryd gwelw. Rhoddodd y Marchog Du ei hun naid o adwaeniad, ond eto ysgydwodd ei ben, a pharhaodd ei drem ymchwiliadol o amgylch y penaethiaid, gan orffwys o'r diwedd ar Glyndŵr ei hun, yn yr hwn yr ymddangosai fel pe yn adwaen ysbryd blaenllaw y cwmni, a wyneb yr hwn a wyliodd gyda diddordeb amlwg. Ar ôl ychydig eiriau moesgar o groesawiad, gofynnodd Glyndŵr i'r marchog ei ffafr, a'i enw, a'i urddas. Atebodd yr yswain drachefn drosto:

"Mae fy meistr, y marchog urddasol sydd yma yn sefyll o'ch blaen, dan lw santaidd i beidio siarad ond dan amgylchiadau neilltuol na raid i mi yma eu henwi. Mae, fodd bynnag, yn Farchog Cymreig, o waed pendefigaidd, sydd yn dyfod i gynnig cymorth ei fraich gref i Owain Glyndŵr."

"Ac ai ni allwn," gofynnai Glyndŵr, "gael ein hysbysu beth yw enw y Marchog urddasol sydd yn ein hanrhydeddu fel hyn?"

"Ni all hynny fod ychwaith," ateba'r yswain. "Mae yn fodlon cael ei alw y Marchog Du neu y Marchog Atgyfodedig, neu Cyfaill Glyndŵr, ond ei enw teuluaidd nid oes ganddo hawl i'w fynegi."

"A pha beth," holai Glyndŵr drachefn, "yw telerau y gwasanaeth y mae yn ei gynnig i ni?"

"Mae yn cynnig ei hun i Glyndŵr," atebai yr yswain. "Y cwbl mae yn geisio mewn ad-daliad yw ystafell iddo ei hun os mewn castell, neu babell iddo ei hun os mewn gwersyll, a chennad ym mhob brwydr i farchogaeth wrth ochr Glyndŵr."

"Myn fy ffydd," ebe de Bohun, "ond gall gwrdd â rhwystrau fan honno. Yr ydym oll am fod yn flaenaf yn y frwydr, ond gan fod Syr Owain gan amlaf yn llwyddo i flaenori y marchogwyr gorau a'r fraich cadarnaf geir wrth ochr Glyndŵr; er, myn y Forwyn, mor belled ag y mae a fynno y fraich, tybiaf na raid i'r un all chwifio y fwyall Goliath yna ofni dim."

"Yr ydym bob amser," meddai Rhys Tewdwr, "yn falch i groesawi Marchogion ffyddlon i'n cynorthwyo, ond dylai mi un sydd yn ymgeisio am yr anrhydedd o fod wrth ochr ein pennaeth roddi rhyw sicrwydd am ei ffyddlondeb."

"Am hynny," ebe yr yswain "bydd y Saeson syrthiant dan law fy meistr yn y frwydr gyntaf yn ddigon."

"Ond hyd hynny?" gofynnai Syr Rhys drachefn.

"Hyd hynny," ebe Gruffydd Fychan, "byddaf fy hun yn atebol dros y marchog hwn. Ni allaf ar hyn o bryd egluro ymhellach na dweud fy mod yn fy mreuddwydion wedi gweld y marchog hwn yn gwneud i mi gymwynas, ac mor argyhoeddedig wyf o'i onestrwydd fel yr atebaf â'm bywyd dros ei ffyddlondeb."

Daliodd y Marchog Du ei law arian-wisgedig allan, ac a ymaflodd yn llaw y llanc yn wresog, tra y dywedodd Glyndŵr:

"Yr wyf yn eithaf bodlon cymryd gair fy mab, ac addewid y marchog. Yr wyf yn caniatáu y cwbl ofynna, ond mor bell ag y mae a fynno marchogaeth wrth fy ochr, a hynny, fel y dywed Bohun, a ymddibynna ar y marchog ei hun."

"Yna," atebai yr yswain, "mae wedi ei ddiogelu iddo."

Yna gwahoddodd Glyndŵr y Marchog yn foesgar i gymryd ei le yn y cyngor. O'r braidd yr oedd wedi eistedd i lawr pan ddygwyd y Tad Jerome i mewn rhwng dau filwr. Gwnaeth y Mynach, er yn crynu gan ofn, wisgo y wyneb gorau fedrai ar yr amgylchiad.

"Pa beth yw ystyr yr ymddygiad yma tuag ataf, pennaeth fy ngwlad?" gofynnai i Glyndŵr. "A wyt ti yn tybied y cei fendith y nef ar dy waith os wyt yn ymddwyn fel hyn at ef weision cysegredig?"

"Pwy yw y baldorddwr hwn?" gofynnai y pennaeth.

"Gofyn hynny," ebe'r Mynach, "i Abad Sanctaidd Ystrad Fflur, cyfaill mynwesol, canlynydd ffyddlon, a chyffeswr dewisedig Glyndŵr."

"Beth wyddost ti am yr Abad Sanctaidd?" gofynnai

y pennaeth.

"Gwn hynny amdano, a gŵyr pob brawd sydd wedi ei wasanaethu mor hir ac mor ffyddlon ag a wnes i," atebai y Mynach. "A phe gofynnent iddo ef, dywedai yr Abad Wrthynt nad oes ymhlith yr holl frodyr sanctaidd dan ei ofal yr un sydd ganddo fwy o ymddiried ynddo na'r brawd Jerome."

"Yr wyf yn cofio i mi ei glywed yn dy enwi, ac, wrth feddwl, yr wyf yn medru galw dy wynepryd i'm cof," meddai y pennaeth.

"Gelli wneud hynny yn rhwydd," atebai Jerome. "Myfi a'th arweiniodd i ystafell neilltuedig yr Abad pan fuost ddiwethaf yn Ystrad Fflur."

"Ie, ie," ebe'r pennaeth yn frysiog, "yr wyf yn cofio yn dda yn awr. Pa fodd ynte y digwydd dy fod yn cael dy ddwyn fel hyn yn rhwym o'm blaen fel troseddwr?"

"Gofyn hynny," atebai'r Mynach, "i'r rhai orchmynasant fy rhwymo."

"Am hynny, bennaeth urddasol," ebe Gruffydd, gan godi a moesymgrymu yn barchus, "yr wyf fi yn unig yn atebol."

"Wel, beth yrŵan ynte fachgen? Edrych di nad rhyw achos ysgafn sydd wedi gwneud i ti ymddwyn fel hyn at frawd sanctaidd o frawdoliaeth gwladgarol Ystrad Fflur," ebe Glyndŵr, a gwg o anfodlonrwydd yn taenu dros ei wynepryd.

"Am hynny, cewch chwi a'r penaethiaid urddasol sydd yma farnu, a chymeraf yr holl fai, os, pan ddarfyddaf, y barnwch raff am ei wddf bradwrus yn ddigon o gosb," meddai y llanc.

"Wel, ac o ba beth yr wyt ti yn ei gyhuddo?" holai ei dad.

"Yma, yng nghyngor difrifol penaethiaid Cymru, yr wyf fi, Gruffydd Fychan, yn cyhuddo y dyn hwn, Jerome, o fod wedi rhoddi pob cymorth i'r marchog twyllodrus Syr Philip Marglee i gario ymaith, cadw, a niweidio Bronwen Fychan, o Rug," ebe Gruffydd.

Ar hyn neidiodd Glyndŵr ar ei draed gan waeddi yn ffyrnig. "Myn fy ngobaith am fwynhau y nefoedd, fynach, os wyt euog o hyn, gwell i ti fod erioed heb dy eni, canys rhwygwn di gymal wrth gymal. Gwell gennyf fuasai dy weld yn taro hwn, fy nghyntaf-anedig fab, yn farw wrth fy nhraed, nag i ti niweidio cymaint â blewyn o wallt Bronwen."

Mor ffyrnig oedd edrychiad y pennaeth, ac mor fygythiol ei eiriau, fel y syrthiodd y Mynach yn ôl yn ddychrynedig, a throdd ei wynepryd rhuddgoch yn welw gan arswyd.

"Myn y fam fendigaidd yn y nefoedd, yr wyf yn tyngu trwy lw, bennaeth urddasol, i ni ganlyn y treisiwr i'r diben o wared y llances," llefai Jerome.

"Pa beth oedd dy neges gyda Marglee yn ystafell Bronwen pan ddaeth y cylchwerthwr â'i nwyddau yno i'w dangos?" gofynnai y llanc yn fygythiol. "A pha beth oedd dy neges gyda Tom Hirgoes fore'r ffair?"

"Myn fy holl obaith am wynfyd, bennaeth urddasol," llefai y Mynach dychrynedig gan syrthio ar ei liniau, "cymeraf fy llw na fwriedais i'r llances un niwed. Yr oeddwn yn adwaen Marglee. Gwelais y llances yn ddiamddiffyn. Ymlynais wrth y marchog gan hyderu y gallwn wrth hynny gynorthwyo Bronwen, a'm bwriad oedd ei chludo ymaith yma cyn gynted ag y cawswn gyfle."

"Pa brawf sydd gennyt o'th wirionedd a'th ffyddlondeb?" gofynnai y pennaeth.

"Pa brawf pellach sydd eisiau arnat," ebe'r mynach, a fflachiad o foddhad yn goleuo ei wynepryd, tra y gwelodd ffordd i ddianc, "na fy mod yn tyngu, ie, yn enw y dirgelwch ymddiriedaist i'r Abad Sanctaidd ar dy ymweliad diwethaf ag Ystrad Fflur!"

"A wyt ti yn ei wybod?" anadlai y pennaeth, ei wynepryd yn gwelwi, tra y bradychai ei holl gorff y cyffro mwyaf.

"Rydwyf yn ei wybod!" atebai y mynach. "A chan ei wybod, gelli dithau hefyd wybod y cymerwn i, fel tithau, fy rhwygo bob yn ddarn cyn y câi Bronwen yr un niwed."

Tra yr oedd yr ymddiddan hwn yn cymryd lle, yr oedd y Marchog Du wedi gwylio y naill a'r llall o'r siaradwyr gyda diddordeb a chyffro amlwg, ond heb yngan gair. Disgwyliai pawb yn bryderus benderfyniad Glyndŵr. Parhaodd y pennaeth am beth amser â'i ben yn blygedig rhwng ei ddwylo crynedig, a phan gododd ei ben drachefn yr oedd dafnau mawrion o chwys oeraidd i'w canfod ar ei dalcen.

"Benaethiaid urddasol," meddai, "rhaid i ni ofalu na wnawn gam â neb. Yr wyf, gan hynny, wedi penderfynu anfon y mynach dan ofal gwarchodlu digonol at Abad Sanctaidd, Ystrad Fflur, gan adael i'r Abad wneud fel y barna yn ddoeth."

Boddhaodd hyn bawb, a thorrodd y cyngor i fyny. Daeth y gwas a'u dygodd i mewn yn awr ac arwain y Marchog Du a'i yswain i'w hystafell. O hyn allan ffurfiai y Marchog Du un o osgorddlu Glyndŵr, a daeth yr amser yn fuan y gellid profi ei ffyddlondeb. Sylwyd ei fod ef yn cael ei gynorthwyo gan ei yswain ffyddlon, yn cymryd gofal neilltuol i guddio ei wynepryd, fel na fedrai neb wreiddio ei ddirgelwch.

Pennod XVII
Rhyfel Dymor Trychinebus

Daeth y paratoadau enfawr oedd Harri yn wneud gyda'r diben o lwyr ddymchwel Glyndŵr o'r diwedd i ben, a chymerodd y brenin y maes gyda phum mil ar hugain o filwyr dewisedig. Yr oedd yr arweinydd Cymreig yn llawer rhy wyliadwrus i beryglu ei oll ar y maes agored gyda'i fyddin gymysgedig, ac hyd yn hyn cymharol amhrofedig, yn erbyn gallu mor fawr a phrofiadol ag a ddygodd Harri yn ei erbyn. Yr oedd Glyndŵr, fodd bynnag, yn gwneud i fyny mewn cadofyddiaeth yr hyn oedd yn brin mewn rhifedi. Gyda medr rhagorol, denodd y fyddin Seisnig i'w ganlyn ef ac ychydig wŷr dewisol i Bangor, ar yr Afon Menai, o'r hwn le y moriodd drosodd i Fôn ychydig oriau o flaen byddin Harri, yr hon, yn y gobaith twyllodrus o'i ddal, oedd wedi ei brysio ymlaen mewn teithiau gorfodol. Gan ei fod mor agos ar sawdl Glyndŵr, rhoddodd Harri orchymyn i grynhoi ynghyd yr holl gychod pysgota, a phob clud-foddion cyraeddadwy i groesi y culfor. Teimlai y brenin yn galonnog; tybiai fod yr helwriaeth bellach weni ei yrru i'w ffau, fod y wobr eisoes yn ei law, ac mewn rhagolygiad yr oedd eisoes yn mwynhau y pleser o dalu gyda llaw greulon y ddyled y tybiai oedd arno i Glyndŵr.

Glaniodd ger Biwmares, a chan aros yn unig i grynhoi ei alluoedd gwasgaredig, archwiliodd yr holl wlad o amgylch, ond nid oedd cymaint ag ôl Glyndŵr i'w gael! Ychydig i'r gogledd o Fiwmares, gellir eto ganfod olion Abaty eang, Abaty Llanfaes. Sefydliad Ffransisgaidd ydoedd, ac yr oedd y frawdoliaeth honno ymron yn ddieithriaid yn glynu yn ffyddlon wrth yr achos Cymreig, gan fod y Tywysogion Cymreig bob amser yn eu ffafr hwythau. Yr oedd Abaty Llanfaes wedi ei sefydlu gan Llywelyn ab Iorwerth, tywysog anffodus Cymru yn 1237, ac yn unol â'u traddodiadau yr oedd y frawdoliaeth sanctaidd wedi parhau yn ffyddlon i'w olynwyr. Barnodd Harri, a hynny nid heb achos, y gallai yma gael rhyw hanes am Glyndŵr, felly cychwynnodd tua'r Abaty, ac mewn dull trwsgl, hawliodd agoriad. Gan na chafodd hyn mor gyflym ag y dymunai, a chan gredu mewn canlyniad fod Glyndŵr yn guddiedig oddi fewn, gwthiodd ei ffordd i mewn. Darfu i'r Abad yntau ddangos anfodlonrwydd yn erbyn y sarhad hwn, a llefarodd yn gryf yn erbyn y fath gysegrysbeiliad. Cynhyrfwyd Harri tu hwnt i fesur, a gorchmynnodd anrheithio y lle; lladdwyd llawer o'r mynachod, ymddygwyd gyda'r creulondeb mwyaf tuag at eraill, a rhoddwyd yr Abaty i'w losgi.

Ymddangosai hyn fel yn arwydd dechreuad cyfres o drychinebau i'r brenin Seisnig a'i fyddin. Yr oedd adfeilion yr Abaty eto yn mudlosgi pan gyrhaeddodd y newydd i'r brenin fod corfflu o'i ganlynwyr, dan arweiniad Syr Richard de Winsley, wedi cael ymosod arnynt yn sydyn gan nifer o farchogion Cymreig dan arweiniad Glyndŵr ei hun, a bod y Saeson ymron bob un wedi syrthio. Cynddeiriogodd Harri gymaint fel yr erlidiodd yn uniongyrchol. Rhyw saith milltir i'r deorllewin o Fiwmares safai y pryd hwnnw Castell Penmynydd, cartref ac amddiffynfa Rhys Tewdwr, un o ganlynwyr ffyddlonaf Glyndŵr. Yr oeddid wedi gweld Glyndŵr a'i wŷr yn cilio i'r cyfeiriad yma ar ôl eu hymosodiad llwyddiannus diweddar, a thua'r lle hwnnw y gwnaeth Harri yn awr ei ffordd gyda phob cyflymdra. Yr oedd yn wir mor awyddus i ddod i fyny a'i elyn, fel yr ysbardunodd ymlaen gyda chorff bychan o farchogion heb aros symudiadau mwy araf y gwŷr traed, a chan yn unig roddi gorchymyn i'w blaenoriaid i frysio ymlaen mor gyflym ag y medrent. Bu ymron iddo gael talu yn ddrud am ei fyrbwylltra, canys ar ôl esgyn llethr bryn bychan, canfu gorff o farchogion wrth odrau'r mynydd, ar yr hwn y safai Castell y Tewdwr. Yr oedd yn amlwg hefyd nad oedd y Cymry mewn un modd yn cythryblu wrth weld dynesiad y brenin a'i wŷr. Yr oedd y corff hwn o wŷr oedd wedi canlyn Harri wedi lleihau yn fawr mewn nifer, gan nad oeddynt oll wedi medru cadw i fyny â chyflymder y brenin, fel nad oedd ganddo yn awr ond megis blaen-fyddin fechan iawn, tra yr oedd yn canlyn finteioedd yma a thraw nifer fawr, y rhai, pe unid hwynt oll mewn un corff, a ffurfient fyddin i'w hofni. Yr oedd y brenin, fodd bynnag, wrth weld ei helwriaeth ymron yn ei ddwylo, yn rhy awyddus i ddefnyddio hyd yn oed y rhag-ocheliadau mwyaf cyffredin. Yr oedd ei farch, fel eiddo ei ganlynwyr, wedi cael gwasgu ar ei wynt yn ddirfawr yn y farchogfa gyflym dros yr heol arw, tra yr oedd yn amlwg fod eu gwrthwynebwyr wedi cael amser i orffwys ac adfywhau. Ni allai fod un amheuaeth pwy oedd y corfflu ddisgwylient eu dynesiad, canys yr oedd y plu eryr uwch ei benwisg, a'r Ddraig Goch weithiedig ar ei darian ddisglair a'i faner chwifiog yn mynegi *Glyndŵr.*[*] Yn hynod ymhlith y rhai amgylchent y pennaeth Cymreig yr oedd y Marchog Du, yn dyrchafu ei ysgwyddau i fyny yn uwch na neb ohonynt. Ni chaniatawyd ond ychydig amser i un o'r ddwy blaid ystyried. Darfu i'r brenin, fel heliwr awyddus am yr helwriaeth, ysbarduno ymlaen â'i waywffon yn aneledig, ac yn cael ei ganlyn mewn

---

[*] Mewn gwirionedd ni ddaeth faner y Ddraig Goch yn symbol o Gymru tan ddyrchafiad Harri Tudur ychydig genedlaethau yn ddiweddarach; draig euraidd ar faes wen oedd arfbais Glyndŵr.

anhrefn mawr gan ei farchogion. Yr oedd y llannerch oedd yn uniongyrchol o flaen y Cymry yn addas ym mhob ystyr i yrfa farchogol. Yr oedd yn ddigon llydan modd y gallai cant o farchogion ymlaen ochr yn ochr, ac yr oedd ymron mor wastad â bwrdd.

Pan ymddangosodd y marchogion Seisnig mewn pellter priodol, rhoddodd Glyndŵr y gorchymyn i wneud rhuthr, a chyda symudiadau unfrydol ysbardunodd y Cymry ymlaen, gan arddangos yn eu symudiadau rheolaidd ac unol gyferbyniad trawiadol i rengoedd bylchog a threfn wasgaredig y Saeson. Ochr yn ochr â Glyndŵr marchogai y Marchog Du, gan wneud i'w farch gyd-garlamu ag eiddo y pennaeth. Gydag ergydiad taranllyd cyfarfu y ddwy blaid; a gwasgwyd llawer cyfrwy, a syrthiodd aml i farchog dewr; rhai i ail neidio ar eu traed a pharhau yr ymdrechfa, eraill i drengi yn eu penwisgoedd caeedig. Cafodd y Cymry, fel y gallasid disgwyl oddi wrth eu sefyllfa orffwysedig a'u symudiadau trefnus ac unol, y fantais yn amlwg iawn yn y gwrthdrawiad cyntaf, a chafodd Harri ei hun mewn sefyllfa dra pheryglus. Nid oedd ganddo, fodd bynnag, yn ei osgorddlu farchog mwy dewr na mwy galluog nag ef ei hun, a gwnaeth ei ran yn dda yn yr ymdrechfa gymerodd le.

Ymddangosai Harri fel petai ei unig amcan oedd i gyrraedd at Glyndŵr, ond bob tro y deuai yn agos ato, cafodd y Marchog Du yn cyfryngu ei gorff cawraidd. Ni allai Harri lai na sylwi fod y marchog dieithr yma, yr hwn, ar ôl y gwrthdrawiad cyntaf a ymladdlai yn unig â'i gidfwyell enfawr, yn dangos mwynder a thrugaredd mawr i'r brenin. Byddai pob marchog arall ddelai i gyffyrddiad â'r dieithr-ddyn cawraidd yn syrthio, byth i godi eto, ac yr oedd pob helm, boed gryfed ag y byddai, yn dryllio dan un ergyd o'r gadfwyell erchyll yn y llaw gawraidd a'i chwifiai. Ond pan ddelai y brenin, bodlonai y Marchog

Du ar amddiffyn ei hun heb geisio taro Harri. Yn y cyfamser, ymdonnai y frwydr yn ffyrnig o'u hamgylch. Disgynnai ergyd ar ôl ergyd mewn olyniad cyflym, gan seinio yn uchel ar gyrff dirwasgedig yr ymladdwyr, ac yn araf ond yn sicr gorfodid y Saeson i syrthio yn ôl hyd nes y gwelodd y Cymry yn dda i'w gadael ac encilio. Tueddid hwy i wneud hyn i raddau am eu bod yn fodlon ar y llwyddiant oeddynt eisoes wedi ei gael, ac i raddau gan y wybyddiaeth y gallai y Saeson ddisgwyl atgyfnerthiadau yn fuan. Cododd y Cymry i fyny gynifer o'n cyfeillion ag oeddynt wedi syrthio, ac yn araf esgynasant y mynydd tua'r castell heb fod y Saeson yn meiddio eu hymlid.

Mor fuan ag y cafodd Harri yr atgyfnerthiadau disgwyliedig, rhoddodd orchymyn i esgyn y mynydd, ac i ymosod yn ddi-oed ar y castell, yr hwn yn wir a ymddangosai yn dra anghymwys i wrthsefyll ymosodiadau penderfynol. Yr oedd y castell yn gyfansoddedig o ddau dŵr enfawr, wedi eu cysylltu â chadarn-fan cylchog, ac yn cael eu hamgylchynu gan y mur a'r dyfroedd arferol; dros yr olaf yr oedd crogbont anghelfydd. Ni chynigai y dyfrffos, fodd bynnag, ond rhwystr dibwys, gan ei fod ymron yn gwbl sych; felly, gyda bloeddiadau uchel, dynesodd y Saeson at y muriau, gan gludo eu hysgolion rhyfel gyda hwynt er dringo y mur, ond gyrrwyd hwy yn ôl yn bybyr gan y Cymry. Llwyddodd un marchog mwy ystwyth na'i gymdeithion, yn wir, i gyrraedd pen y mur heb ei ddarganfod, a chan ddyrchafu ei gleddyf dwy-lawiog enfawr, dygodd ef i lawr gyda grym dychrynllyd ar ysgwydd y Marchog Du, yr hwn oedd yn anwybodol o ddynesiad ei elyn. Buasai yr ergyd wedi taro unrhyw ddyn cyffredin i'r ddaear, ond nid ymddangosai fel pe wedi cael un effaith ychwaneg ar y Marchog Du, na chynhyrfu ei lid, canys, gan ddirmygu defnyddio ei gadfwyell gafaelodd yn ei ymosodwr, a chan ei godi yn ei freichiau cedyrn, hyrddiodd ef gyda grym ofnadwy i ganol y marchogion Seisnig y tu draw i'r dyfrffos. Syrthiodd y Saes anffodus ar ei ben, darniwyd ei benwisg a holltwyd ei benglog, tasgodd darnau o'i arfwisg o gwmpas, a diwynwyd Harri ei hun gan ymennydd y truan. Dychrynwyd yr ymosodwyr gymaint gan y digwyddiad hwn fel yr enciliasant i aros am atgyfnerthiadau ychwanegol, ac i lunio y peiriannau angenrheidiol at iawn ymosod ar y castell.

Pan dorrodd gwawr trannoeth, darfu i'r Saeson oeddynt dros nos wedi gwersylla wrth odrau'r mynydd wneud eu hymosodiad gyda bloeddiadau uchel. Unwaith eto gosodwyd yr ysgolion rhyfel wrth y muriau, unwaith eto rhuthrodd marchogion dewrion am y blaenaf i'w hesgyn, a chan na chyfarfuasent ag unrhyw wrthwynebiad, llwyddasant i gyrraedd pen y mur. Gan dybio eu bod wedi dal y Cymry yn cysgu, gostyngwyd y grogbont, a rhuthrodd lluoedd o'r Saeson i mewn i'r castell.

Ond yr oedd y lle yn wag! Nid oedd cymaint ag ôl wedi ei adael i ddangos fod preswylwyr wedi bod yno, ond ychydig goed yn mudlosgi yn un o'r tyrau. Gan gymryd mantais o dywyllwch y nos a diffyg gwyliadwriaeth ar ran y Saeson, yr oedd Glyndŵr wedi dianc!

Nid oedd dim wedi ei adael i Harri i dywallt ei lid arno ond yr hen gastell, druan, ei hun, a gorchmynnodd y brenin losgi hwnnw. Archwiliwyd yr holl wlad am ryw olion o Glyndŵr, ond yn ofer, a gwaeth nag ofer canys dryswyd amryw o'r Saeson yn y Malltraeth erchyll, a suddodd y meirch a'u marchogion mewn ychydig funudau o'r golwg yn y tywod twyllodrus, o afael angheuol y rhai ni fedrai yr ymdrechion mwyaf egnïol eu rhyddhau.

Yn bendrist, dychwelodd Harri tua Biwmares lle y cafodd glywed fod Glyndŵr a'i wŷr wedi ail-groesi y culfor i Arfon.

Gyda phob brys, erlidiodd Harri ar ei ôl, ac unwaith eto arweiniwyd ef a'i holl fyddin mewn dawns erchyll ar hyd mynyddoedd Eryri. Erchyll yn wir oedd y daith hon. Yr oedd y Cymry yn wastadol yn y golwg, ac yn wastadol allan o gyrraedd. Os byddai y Saeson yn y dyffryn, byddent yn sicr o ganfod eu gelynion ar y trumiau uwch eu pennau. Gan ddringo y llwybr creigiog a chyrraedd y man y gwelwyd y Cymry ddiwethaf ganddynt, cawsant y lle wedi ei wacau, a'r Cymry wedi eu gwahanu oddi wrthynt gan agendor erchyll, na ellid ei groesi, ac y gofynnid oriau o deithio blin i gyrraedd man lle gellid gwneud. Nid yn anaml y caffent eu hunain mewn bwlch cyfyng a chreigiau cuchiog yn dyrchafu o bob tu iddynt, ac ar gopâu y creigiau hyn safai y Cymry mewn man diogel, gan hyrddio a llithio darnau enfawr o'r creigiau ar y Saeson diofrydog; llethai y craig-ddarnau hyn y march a'r marchog oddi tanynt, gan daflu yr holl fyddin i anrhefn, ac yng nghanol y cythrwfl, rhuthrai canlynwyr ysgafn-arfog ac ysgafn-droed Glyndŵr arnynt, gan ladd yn ddiarbed, ac encilio yn ôl drachefn cyn gynted ag y câi y Saeson hamdden i droi arnynt. Ar adegau eraill câi Harri a'i wŷr eu hunain yn esgyn llwybrau llethrog a amddiffynnwyd am oriau gan ychydig ddynion penderfynol. Yna, drachefn, byddent yn disgyn o'r mynydd ar hyd lwybr na chaniatâi i ragor na dau gyd-fynd ar y tro; byddai craig unionsyth ar y naill law iddynt a dibyn safnrwth a chreigiau danheddog ar y llaw arall. Yma gwelai y Cymry ymosodiad tu cefn iddynt; a byddai i'r ôl-fyddin wrth frysio i ddianc o ffordd y Cymry dialgar sodli y gwŷr sent o'u blaen, ac yn aml syrthient yn ddegau dros y dibyn, gan gyfarfod ag angau erchyll ar y creigiau danheddog obry.

Fel hyn, mewn cant o wahanol ddulliau, degymid [*decimate*] byddin Harri, a darfu i'r fyddin Seisnig oedd wedi dyfod mor drahausfalch i Gymru, gan fygwth ysgubo yr oll o'u blaen, arddangos golygfa druenus pan y daethant o'r mynydd-dir ac y gwersyllasant unwaith eto yn Nyffryn Clwyd.

Yr oedd gorffwys yn angenrheidiol arnynt, a croesawid ef yn ddiolchgar ganddynt. Aeth y brenin i mewn i Gastell Rhuddlan, ac adenillodd ei ganlynwyr digalon beth o'u nerth a'u hoenusrwydd yn yr orffwysfa fer ganiatawyd iddynt yn y dref. Yma galwodd Hani gyngor rhyfel, yn yr hwn yr oedd yn bresennol Iarll Somerset, brawd y brenin, y Tywysog Harri, Arglwydd Talbot, Syr Clarence Clifford, ac eraill. Ar gais taer y Tywysog ieuanc, bodlonodd y brenin ddanfon ei herald i'r gwersyll Cymreig i wahodd presenoldeb y penaethiaid Cymreig yn Rhuddlan gyda'r diben o ymgynghori am delerau heddwch; yr unig amod fynnai y brenin ei gael oedd gwahardd Glyndŵr ei hun rhag cymryd rhan yn y cyngor bwriadedig, ac ni fedrai un darbwylliad wneud iddo gyfnewid y penderfyniad hwn.

Pennod XVIII
Negesydd Bradwrus

Yr oedd gan y Cymry a'u harweinydd dewr bob achos i longyfarch ei hunain ar y llwyddiant annisgwyliadwy oedd hyd yn hyn wedi coroni eu hymdrechion i ysgwyd ymaith iau y Sais. Yr oedd cwymp Rhuthun wedi bod yn ergyd trwm i'r Saeson; gorfododd hwynt, yn lle bod yn ymosodwyr bywiog, i fod beunydd ar eu gwyliadwriaeth rhag y gallai eu gelyn dyfal, Glyndŵr, trwy ryw ergyd annisgwyliadwy, gymryd oddi arnynt eu hamddiffynfa olaf – y castell ei hun. Yr oedd y rhyfelgyrch ym Môn ac Arfon wedi troi allan yn llwyddiant. Nid oedd colledion y Cymry ond yn gymharol ddibwys, tra yr oedd eiddo y Saeson yn drymion iawn. Nid yn unig yr oedd y Saeson wedi digalonni, a'r Cymry gwladgar wedi eu calonogi, ond tueddodd llawer oeddent hyd yn hyn wedi sefyll draw bellach i daflu eu hunain a'u dylanwad o blaid Glyndŵr, ac yr oedd ei ragolygon am lwyddiant perffaith yn y pen draw, o ddydd i ddydd, yn dyfod yn fwy disglair. Yr unig gwmwl ar lawenydd a gorfoledd Glyndŵr oedd carchariad Bronwen. Yn wir, ymddangosai fel pe wedi teimlo mwy am hyn nag yr oedd hyd yn oed ei thad, Madog Fychan, ei hun yn gwneud. Yr oedd baner heddwch wedi ei danfon ganddynt i'r castell i holi am dynged Bronwen, ac yr oedd y negesydd wedi dychwelyd gyda llythyr seliedig oddi wrth yr Arglwyddes de Grey, yn hysbysu fod Bronwen dan ei gofal neilltuol hi, ac y câi bob tiriondeb, ond y cedwid hi yn garcharedig tu fewn i furiau y castell hyd nes y dychwelai Arglwydd de Grey ei hun. Yn esmwyth gan hynny yn eu meddyliau fod Bronwen yn ddiogel oddi wrth Marglee a'i ystrywiau, yr oedd Glyndŵr a Gruffydd a'u calonnau yn ysgafn, wedi cymryd eu rhan yn y rhyfelgyrch diweddar.

Yn ystod y rhyfelgyrch hwn yr oedd y Marchog Du a Gruffydd wedi dyfod yn gyfeillion mynwesol. Yr oedd y marchog dieithr bob amser yn fud tra ym mhresenoldeb Glyndŵr, ac yn dawedog ryfeddol yng nghwmpeini eraill, eto, pan na fyddai neb ond efe a Gruffydd, cyfnewidiai ei ddull, a chan ddiosg ei benwisg, arddangosai wynepryd dyn oddeutu hanner can' mlwydd oed, o brydwedd hawddgar a deniadol, yn ordoëdig, er hynny, â chysgod pruddglwyfus. Ni fyddai un amser yn gwneud un awgrymiad o gwbl at ei fywyd blaenorol, ond ymdrechai dynnu ei gyfaill ieuanc allan; a chafodd Gruffydd yn fuan ei fod wedi dangos mwy o'i galon i'r cyfaill newydd hwn nag a wnaeth erioed o'r blaen i un dyn byw. A ydym ni i synnu fod ymddiddan y ddau gyfaill yn cael ei arwain yn amlaf at Bronwen, serch y naill i'r llall, gwrthodiad hynod ei thad, ac anfodlonrwydd amlwg Glyndŵr i ganiatáu unrhyw gyfeillach rhwng y bobl ieuanc?

Pan giliodd y fyddin Seisnig, rhoddwyd cyfleuster i'r Cymry i fwynhau yr orffwysfa oedd mor angenrheidiol iddynt. Darfu i lawer oeddent wedi cymryd rhan yn y rhyfelgyrch diweddar dychwelyd gartref, i ofalu am eu goruchwylion esgeulusedig hyd nes y byddai i alwad eu pennaeth annwyl eu gwysio eto i'r maes. Ymhlith eraill a ymneilltuodd fel hyn yr oedd Madog Fychan, yr hwn gafodd ei glwyfo yn un o'r brwydrau diweddar, ac i'r hwn yr oedd gorffwys yn angenrheidiol er rhoddi mantais iddo atgryfhau. Gan fod ganddo etifeddiaeth ar lan y mor, tybiwyd y byddai i awelon atgyfnerthol y mor frysio ei wellhad. Gwahoddodd Gruffydd Fychan i fynd gydag ef, a chaniataodd Glyndŵr i'w fab fynd, gan nad

oedd perygl iddo gyfarfod â Bronwen yno. Oherwydd
rhyw amgylchiadau, ni fedrai Madog fynd nes oedd tua
chanol mis Mai, 1401, pan yr aeth ef, Gruffydd Fychan,
a'r Marchog Du i aros i Lety Fadog, adeilad cerrig sgwâr
eang, yn cynnwys digon o le, ac hefyd yn ddigon cadarn
i wrthsefyll unrhyw ymosodiad cyffredin, er nad oedd,
o bosibl, yn addas i ddal allan yn erbyn gwarchae priodol.
Gallwn sylwi wrth fynd heibio, fod rhai adfeilion o'r hen
dŷ eto yn aros, a'u bod yn cael eu hadwaen wrth yr enw
roddid i'r tŷ ei hun mewn dyddiau gwell. Ymddangosai
y Marchog Du fel yn eithaf cyfarwydd â'r gymdogaeth,
ac âi ef a Gruffydd allan yn aml i fwynhau rhodfeydd y
lle. Cymerai y Marchog ei gyfaill ieuanc i hen balas
Maelgwyn Gwynedd – adfeilion yr hwn ydynt eto i'w
gweld ger eglwys Llandrillo yn Rhos – ac yno adroddai
wrtho hanes hynod y pennaeth hwnnw, hanes ei bechod
a'i gosb – adroddai wrtho broffwydoliaeth Taliesin am
Maelgwyn:

> 'E ddaw pryf rhyfedd
> O Forfa Rhianedd,
> I ddial anwiredd
> Ar Faelgwyn Gwynedd;
> A'i flew a'i ddannedd,
> A'i lygaid yn euredd,
> A hyn a wna ddiwedd
> Ar Faelgwyn Gwynedd.[*]

– a'r dull y cyflawnwyd y broffwydoliaeth hynod trwy
ymweliad y pla melyn erchyll, yr hwn a dorrodd allan ac
a ymaflodd yn y pennaeth anffodus hyd yn oed wrth

---

[*] Mae'n debyg mai cynnyrch dychymyg toreithiog Iolo Morganwg
ac nid Taliesin yw'r 'broffwydoliaeth' hon, er na wyddai Beriah
hynny!

allor yr eglwys gerllaw, lle yr oedd ef wedi ffoi mewn gobaith y gallai yno ddianc rhag y pla. Yna rhybuddiai y Marchog Du ei gyfaill ieuanc y byddai pechod bob amser yn sicr o gyfarfod â chyfiawn daledigaeth, gan adael i'r llanc gasglu trwy ei ymddangosiad pruddglwyfus fod y Marchog ei hun yn gweithio allan ei benyd am ryw drosedd gynt.

Un prynhawn, tua brig yr hwyr, pan yr oedd Gruffydd yn cerdded wrtho ei hun ar hyd pen y creigiau grogent uwch y môr, synnwyd ef gan ymddangosiad sydyn benyw, yr hon ymddangosai i'r llanc fel pe wedi neidio o'r ddaear o'i flaen.

"Prynhawn da i chwi, Meistres," ebe Gruffydd, "yr oeddwn wedi fy llyncu mor ddwfn gan fy myfyrdodau fel na chlywais sŵn eich troed, a dychrynwyd fi i raddau gan eich ymddangosiad annisgwyl."

"Dychrynid Gruffydd Fychan yn fwy fyth," atebai hithau, "pe gwyddai efe yr hyn wn i. Mae rhai i'w cael fedrant ddarllen dyfodol a chalonnau pobl."

"Dos, dos, fenyw!" ebe'r llanc yn anamyneddgar. "Dos â'th hen ffregod ddewinol at y rhai all fod yn ddigon o ffyliaid i wrando arnat a'th gredu."

"Ha! Ha! Ha!" chwarddai y fenyw yn groch. "Os nad wyt yn credu yn fy ngalluoedd, dywed wrthyf, ai nid oeddet hyd yn oed y funud hon yn meddwl am forwynig gaethgludedig, y rhoddet lawer er mwyn ei gweld?"

"Ni fyddai hynny yn anhawdd i ti ei dybio os wyt yn fy adwaen i," ebe Gruffydd, "canys gŵyr pawb adwaenant deulu Fychan ein bod oll yn gofidio fod merch o'n gwaed ni yn gaeth."

"Ie," atebai y ddynes, "ond nid yw pawb yn gwybod y gall cylchwerthwr teithiol werthu ei nwyddau yn rhy ddrud, ac y gallai cylchwerthwr teithiol wna yn rhy rydd â bochau benyw onest, gael ei drawsffurfio i fod yn llanc o waed brenhinol Cymru!"

Pan ddywedodd y ddynes hyn, sylwodd Gruffydd yn fwy craff ar ei wynepryd, ac yna llefodd allan mewn syndod. "Meistres Judith, myn fy ffydd!"

"Ie, Meistress Judith, os gweli yn dda, Syr Gylchwerthwr!" atebai y fenyw, gan foesymgrymu yn wawdlyd iddo. "Ie, Meistress Judith, yr hon, er i ti unwaith ei thwyllo, sydd eto yn fodlon i'th wasanaethu."

"Y gwasanaeth mwyaf fedret wneud i mi," atebai Gruffydd, "fyddai fy arwain at Bronwen."

"Y gwasanaeth mwyaf fedret wneud i Bronwen," atebai y ddynes yn ôl, "fyddai i ti fy nghanlyn i. Yr wyf wedi aros yn hir amdanat, ac yr wyf wedi colli amser gwerthfawr wrth sefyllian yma. Os mynni di wared Bronwen rhag tynged gwaeth nag angau, canlyn fi heb oedi munud!"

Petrusodd y llanc am foment. Yr oedd rhywbeth yn ymddangosiad y ddynes nad oedd ef yn ei hoffi. Ni chaniatâi i'w llygaid gyfarfod ag eiddo y llanc, ond syrthient o flaen ei edrychiad ymchwilgar, fel pe byddai ganddi rywbeth yr oedd yn ei gelu rhagddo. Ceisiodd gael rhyw fanylion ganddi am Bronwen, ond gwrthodai hithau ddweud dim yn rhagor na bod Bronwen yn llaw ei gelyn, a bod pob munud o oediad yn ychwanegu ei pherygl. Gan fod y llanc eto yn petruso, dywedodd y ddynes yn ddigllon: –

"Yr wyf wedi gwneud fy nyletswydd fel yr addewais wrth y foneddiges y gwnawn. Yr wyf wedi gosod fy hun mewn perygl wrth ddyfod, canys pe gwyddai ef fy mod i yn siarad â thi, ni fuasai fy mywyd yn werth ond ychydig. Tybiais na fuasai mab y Glyndŵr dewr yn ofni dynes ddiamddiffyn, ac y byddai cariad-ddyn Bronwen Fychan yn anturio mwy na'i fywyd i'w gwared hi o'r perygl y mae ynddo y funud hon."

Trawyd y llanc gan ddifrifoldeb y ddynes, a theimlodd beth cywilydd ei fod wedi petruso cyhyd, felly dywedodd:

"Wel, arwain y ffordd, canys pe i ffau y ddraig ei hun, anturiwn yno er mwyn Bronwen. Ond yr wyf yn dy rybuddio, os twylli fi, na cha' dy wisg fenywaidd dy ddiogelu rhag fy nialedd, canys yr wyf yn tyngu y gyrraf fy nghledd drwy dy galon os arwain honno di i'm twyllo!"

"Yna," ebe'r ddynes, "canlyn fi. Nid oes arnaf ofn dy fygythion, ac nid yw yn gweddu i ti fygwth benyw ddiamddiffyn sydd yn peryglu ei bywyd er dy fwyn. Ond gwylia bob cam o'th eiddo, canys nid rhyw neuadd palmantedig sydd gennyt i'w gerdded."

Gan ddweud hyn, arweiniodd y ffordd i lawr hyd llwybr serth, yr hwn na ddarfu Gruffydd, er ei fod yn aml wedi mynd y ffordd honno, erioed o'r blaen sylwi arno. Yn wir, ar ôl mynd ychydig lathenni, yr oedd ef a'r ddynes yn hollol guddiedig o olwg unrhyw un allai fod yn sefyll uwchben, gan eu bod yn cael eu diogelu gystal gan y creigiau crog, ac ni ellid eu gweld o gwbl ond o'r môr ei hun. Cafodd yntau yn fuan mai nid yn ddi-raid yr oedd y ddynes wedi ei rybuddio i wylio ei droed, canys er ei fod ef yn greigiwr cyfarwydd, yr oedd yn gofyn gwyliadwriaeth ddi-baid ganddo i ddiogelu ei hun rhag syrthio, ac yr oedd hyd yn oed efe yn arswydo rhag yr angau dychrynllyd a'i arhosai pe syrthiai. Yr oedd y môr yn uniongyrchol oddi tano, ac ymddangosai fel pe byddai naid yn ddigon i'w alluogi i glirio y creigiau i ddisgyn i'r môr. Ond hyd yn oed pe llwyddai i ddianc rhag cael ei ddarnio ar y creigiau danheddog, ac i syrthio yn ddianaf i'r mor, ni fyddai ganddo ond gobaith gwan i ddianc, canys gellid clywed y tonnau yn taro yn erbyn y creigiau grogent uwch eu pennau, ac yna yn syrthio yn ôl yn gawodydd ewynnog ddangosent yn amlwg iddo y byddai gofyn i nofiwr cryf ac hollol di-rwystredig ymladd yn galed yn erbyn yr ymchwydd ofnadwy, ac i ddyn fel efe, yn rhwystredig gan ei wisg, a'i gleddyf, ni fuasai un siawns i ddianc.

Rhagor nag unwaith fflachiodd y syniad trwy ei feddwl, os oedd gelyn yn guddiedig tu cefn i un o'r creigiau enfawr, o dan y rhai y cerddai, na fuasai eisiau ond gwthiad bychan i sicrhau marwolaeth uniongyrchol y llanc. Yna, drachefn, ystyriai os syrthiai efe, y byddai iddo, o angenrheidrwydd, daro yn erbyn y ddynes arweiniai y ffordd, ac y gosodid hi felly mewn cymaint perygl ag yntau. Felly gorfodwyd ef i gredu yn ei ffyddlondeb hi. Parhaodd y llwybr garw igam-ogam, ac yr oedd pob moment a phob cam yn eu dwyn yn nes at y tonnau ewynnog, berwedig, nes o'r diwedd y safent ar greigiau nad oedd ond ychydig droedfeddi uwchlaw ymyl y dwfr.

Gan osod ei bys ar ei gwefus, fel arwydd iddo fod yn ddistaw, safodd y fenyw, ac ymddangosai fel pe yn gwrando yn astud. Yna amneidiodd ar y llanc i ddynesu at ei hochr, gan sibrwd yn ei glust, os oedd yn feddiannol ar ysbryd dyn, am iddo dynnu ei gledd a'i chanlyn hi, gan ychwanegu y byddai iddi hithau roddi yr arwydd arferol o'i dynesiad, ac yna ei ragflaenu i'r ogof lle y cedwid Bronwen yn garchares. Â hyn cydsyniodd Gruffydd. Ond cyn iddi ail gychwyn ymlaen, dynesodd y fenyw at hollt yn y graig, a chan osod ei chlust wrth yr agen gwrandawodd, ac yna ymdaenodd gwên fuddugol dros ei wynepryd. Gan amneidio ar y llanc i wneud yr un peth, symudodd hithau i'r naill ochr. Plygodd Gruffydd ei glust i lawr, a chlywodd sŵn lleisiau y rhai oeddent yn amlwg yn eiddo gwryw a benyw, a thybiai y llanc yr adwaenai yn un o'r lleisiau mygedig hynny: seiniau pêr llais ei Fronwen annwyl!

Gan osod ei bysedd eto ar ei gwefusau, rhoddodd y ddynes chwibaniad treiddgar, ac yna symudodd yn gyflym ymlaen, a chanlynodd y llanc hi gyda phob brys y gallai. Yn sydyn agorodd genau ogof enfawr o'u blaen, i'r hwn yr aeth y ddynes yn ddibetrus, yn cael ei chanlyn gan y llanc. Ar ôl mynd ymlaen ychydig gamau, amneidiodd arno i aros tra yr âi hithau gam neu ddau ymlaen; yna, gan amneidio arno ddyfod ymlaen, neidiodd hi ymlaen o'i olwg. Neidiodd Gruffydd ar ei hôl. Dallwyd ef gan fflachiad disglair goleuni tanbaid. Disgynnodd ergyd dychrynllyd ar ei ben, a syrthiodd y llanc anffodus heb gymaint ag ochenaid ar lawr llaith creigiog yr ogof!

Pennod XIX
Y Llysgenhadaeth yn Rhuddlan

Mae Rhuddlan, yr hwn saif yn Nyffryn Clwyd, ychydig islaw aber yr afon honno a'r Elwy, wedi gweld digwyddiadau o'r pwys mwyaf mewn hanesiaeth Gymreig. Rhwng Rhuddlan a'r môr mae Morfa Rhuddlan, y Forfa Rhuddlan angheuol honno, enw yr hon sydd mor alarus ei sŵn i glustiau Cymro. Yma cymerodd le y frwydr alaethus honno rhwng y Cymry a'r Sacsoniaid yn 795, pan y syrthiodd blaenor y Brythoniaid, Caradog, a'r dewraf o'i wŷr, gan achosi i sain wylofain gael ei glywed ymhell ac yn agos. Mae y gân yn yr hon y croniclir y digwyddiad pruddaidd ei hun o arddull gwynfanus; pan chwaraeir "Morfa Rhuddlan" gan delynor galluog, mae ei gogoniant swyn-gyfareddol yn annisgrifiadwy effeithiol. Mae brwydrau eraill wedi eu hymladd ar yr un llannerch, rhai ohonynt, fel mae gwaethaf y modd, rhwng Brython a Brython, fel yn y frwydr gymerodd le rhwng Hywel ab Meredydd a Hywel ab Ithel yn nechrau y ddeuddegfed ganrif. Sefydlwyd y castell, mae'n debygol, gan Syr Robert de Roeland (Rhuddlan), barwn Normanaidd, un o ganlynwyr y Goresgynnwr, ac ymddengys iddo gael ei gymryd oddi arno, ar ôl ymdrech galed, gan Llywelyn ap Seisyll. Wedi ei ailadeiladu gan Harri II yn 1157, parhaodd y castell yn hir i fod yn amddiffynfa Seisnig, o'r hwn y trefnasant ruthr-gyrchoedd yn erbyn y Cymry. Castell brenhinol ydoedd yn wir, canys yma y treuliodd Iorwerth I ran fawr o'r blynyddoedd 1281-83. Yr oedd y castell hwn wedi gweld digwyddiadau hynod, digwyddiadau dystiolaethent gymaint i dwyll

Normanaidd ag y gwnaent i wiriondeb Cymreig. Yma y darfu i'r dewr ond anffodus Llywelyn fodloni i ganiatáu i Iorwerth yr oll o Gymru, gyda'r eithriad o Sir Fôn, fel iawn am ryddhad ei ddarpar-wraig, y brydferth Eleanor de Montfort, yr hon yr oedd Edward mewn dull mor anghyfiawn wedi ei charcharu pan ar ei ffordd i'w phriodas. Yma yr oedd y twylledig Dafydd, brawd Llewelyn, wedi cael ei gadw yn garcharor cyn ei osod mor greulon i farwolaeth yn Amwythig. Yma yr oedd Iorwerth wedi cymell y penaethiaid Cymreig, gan addo iddynt y câi eu gwlad ei llywio gan ddyn wedi ei eni yn eu plith hwynt, a llwyddodd felly i ennill eu hymlyniad. Mewn tŷ yn y dref y cynhaliwyd y cyngor i sicrhau y cytundeb yma; mae un o furiau y tŷ yma eto yn sefyll, ac arno mae llech a dystiolaetha, "Fod yr adfail yma yn weddill yr adeilad, yn yr hwn y cynhaliodd Iorwerth I ei senedd, yn yr hon y pasiwyd Deddf Rhuddlan, yn sicrhau i Dywysogaeth Cymru ei Hiawnderau Cyfreithiol a'i Hannibyniaeth." Yn y castell yma yr oedd yr anffodus Rhisiart II wedi ciniawa ar ei ffordd i Fflint, lle y cymerwyd ef yn garcharor gan Harri. Yma yn awr yr oedd Harri yn hyderu y gallai orchfygu drwy ffalsedd y bobl oedd wedi methu eu darostwng trwy rym arfau.

Yr oedd y castell yn adeilad pedronglog anferth o dywodfaen goch. Cynhwysai chwech o dyrrau enfawr, y rhai y gellid eu hamddiffyn yn annibynnol ar ei gilydd. Ar yr ochr ogleddol yr oedd ffosydd dwbl enfawr – y mewnol ohonynt yn neilltuol o lydan a dwfn. Cyfansoddid yr amddiffynfeydd ar y tu agosaf i'r afon gan fur dyrchafedig, wedi'i goroni a'i amddiffyn gan dŵr ysgwâr, yr hwn sydd hyd eto mewn cyflwr da. Yma ar ddiwrnod tywyll ym mis Tachwedd 1400 yr oedd yn gynnulliedig y brenin; ei fab, y Tywysog Harri; ei frawd John, Iarll Somerset; yr Arglwydd Talbot; Syr Clarence Clifford; a'r caredig Ioan Trefor, Esgob Llanelwy. Yr oedd y brenin yn galonnog, ac ni choleddai unrhyw amheuaeth ynghylch ei allu i gael gan y penaethiaid Cymreig i dderbyn ei delerau. Yn sydyn, seiniodd utgorn oddi allan, ac ymhen ychydig amser daeth yr herald ddanfonwyd i wahodd y penaethiaid Cymreig i'r ystafell, a cyflwynodd chwech ohonynt i'r brenin. Blaenor y chwech oedd y dewr Syr Rhys Tewdwr, castell yr hwn gadd y fath driniaeth arw oddi ar ddwylo y brenin ar ôl y gwrthsafiad annisgwyl yn Penmynydd. Gydag ef yr oedd Syr Jenkin Hanmer, Syr John Scudmore, Syr Rhys Ddu, Syr Arthur de Bohun, a'r Marchog Du. Rhoddodd y brenin dderbyniad groesawus iddynt, ac yna dywedodd:

"Benaethiaid urddasol: yr wyf yn falch eich bod wedi derbyn y gwahoddiad ddanfonasom i chwi dan law ein herald i ddyfod yma, er ei fod wedi bod yn achos gofid gennyf weld ymhlith y rhai a'm gwrthsafant, ac a geir yn dwyn arfau i'm herbyn, urddasolion deilyngant y fath anrhydedd ag a deilyngwch chwi, ac oddi wrth y rhai y disgwyliai brenin Lloegr bob peth ond teyrn-fradwriaeth."

"Fy Arglwydd Frenin," ebe Syr Rhys Tewdwr, fel genau y lleill, "ymhlith ein trioedd Cymreig, mae un sydd yn gofyn i bob dyn aberthu y cwbl oll a fedda dros dri pheth. Ym mlaenaf ei Dduw, yna ei wlad, ac yn olaf ei deyrn. Pan orchmynna y teyrn i ni anghofio ein Duw, neu i gefnu ar ein gwlad, ni allwn ufuddhau iddo. Ie, rhagor na hyn, pan eilw y teyrn arnom un ffordd a'n gwlad ffordd arall, rhaid yw i ni ufuddhau i alwad ein gwlad o flaen hyd yn oed orchymyn y brenin ei hun!"

"Wel, ynte," ebe'r brenin, "pa y digwydd fy mod yn cael y dewr Syr Rhys Tewdwr, disgynnydd llinach tywysogion ei wlad, yn ymostwng i arweiniad Syr Owen de Glendore, arweinyddiaeth y tybiwn y buasai gan Syr Rhys ei hun well hawl iddo?"

"Fy Arglwydd Frenin," atebai y pennaeth trwsgl, "pan esyd y llew brenhinol ei balf ar ei ysglyfaeth, pa genau feiddia ei gymryd oddi arno? Ac er fy mod yn ymfalchïo yn fy nisgyniad brenhinol, eto nid oes yn holl Gymru un o linach uwch nac o burach gwaed nag yn Owain Fychan!"

"A chwithau, Syr Jenkin Hanmer," ebe'r Brenin, "ychydig dybiais y cawswn weld ymhlith torwyr y gyfraith mab fy hen gyfaill Syr John Hanmer, yr hwn, fel Barnydd Seisnig, wnâi bob amser ddal y gyfraith i fyny."

"Fy Arglwydd Frenin," atebai Syr Jenkin Hanmer yn arwyddocaol, "nes yw penelin na garddwrn, ac mae gennym hen ddihareb Gymreig, mai cynt twym na gwaed na dwfr."

"Ac a ydyw yr eryr yn cyfeillachu â'r hebog, fy mod yn cael mab Syr John Scudamore, o Ewyas, yn cyfeillachu gyda'r hebog Cymreig Glyndŵr?" gofynnai y brenin, gan droi at Syr John.

"Yr wyf yn ei theimlo hi yn anrhydedd i gael cyfeillachu ag Eryr yr Eryri!" atebai y marchog ieuanc.

"A'r marchogion dewrion hyn ydynt ddieithriaid i mi?" ychwanegai y brenin gan droi at Syr Rhys Ddu, ac Arthur de Bohun.

"Mae marchogion ieuainc Ffrainc," atebai de Bohun gyda gwên, "yn tybied yn anrhydedd i gael cnawdio eu cleddyfau morwynig ac ennill enwogrwydd dan flaenor mor deilwng, a marchog mor enwog, ag yw Syr Owen de Glendore!"

Trodd y brenin yn awr gyda gwg at yr unig bennaeth arall, y Marchog Du, gan ofyn, "Ac ai di rynga bodd i ti, Syr Farchog, i godi dy benwisg a'n hanrhydeddu â golwg ar dy wynepryd? Myn fy enaid, bydd yn dda gennyf weld wyneb dyn, braich yr hwn fedrai wneud y fath wrhydri ag a wnaeth dy un di ym Mhenmynydd!"

"Fy Arglwydd Frenin," atebai y Marchog, oedd hyd yn hyn wedi bod yn ddistaw, ac mewn llais barodd i'r brenin neidio mewn syndod, "dylasai fy wynepryd fod yn ddigon adnabyddus i'm cydymaith ieuanc mewn arfau."

"Y nefoedd! Ni all fod! Ac eto, rhaid mai felly mae! Dywed wrthyf ai ti yw – ?"

"Taw!" llefai y Marchog yn awdurdodol, "Myfi ydyw! Ond na yngana fy enw, neu bydd i'r llaw a'th arbedodd ym Mhenmynydd wneud yr enw hwnnw y gair olaf leferi byth!"

"A thydi, tydi hefyd, gyda'm gelyn! Ychydig dybiais fod y meirw byth yn gadael eu beddau!" ebe'r brenin.

"Eto, yr wyf fi wedi gadael fy medd," ebe'r Marchog Atgyfodedig. "Ie, buaswn yn gadael paradwys ei hun i wasanaethu Glyndŵr!"

Gydag ymdrech fawr, llwyddodd y brenin i orchfygu ei syndod a'i ddychryn, ac, ar ôl ychydig oediad, aeth ymlaen.

"Syr Rhys Tewdwr," meddai, "atat ti fel genau y lleill yr wyf yn cyfeirio fy ymadroddion. Yr wyf wedi eich gwysio yma i gynnig i chwi y fath delerau ag y gall marchogion dewrion eu derbyn gydag anrhydedd, a Chymry gyda balchder."

"Myn Sant Dewi, ni fydd neb yn fwy balch ohono na Rhys ap Tewdwr!" ebe'r Marchog.

"Ateb fi, ynte," meddai'i brenin, "a ydych yn dymuno heddwch?"

"Hynny," atebai Syr Rhys, "yw gweddi pob dyn a phob dynes yn ein gwlad!"

"Da. A ydych eto yn dymuno ad-sefydlu iawnderau a breintiau Gwalia?"

"Dros y cyfryw yr ydym yn ymladd," atebai Syr Rhys.

"A hoffet ti a'r marchogion hyn ychwanegu at eich etifeddiaethau?" gofynnai y brenin.

"Ynfytyn fyddai'r neb wrthodai," meddai Syr Rhys.

"A ddymunech wên a ffafr eich teyrn?" gofynnai y brenin.

"Mae gwên y teyrn fel heulwen ar y maes," oedd ateb barddonol y Cymro.

"Hyn oll, ie, a rhagor," meddai Harri, "wyf fi heddiw yn barod i'w osod yn eich dwylo chwi!"

"Fy Arglwydd Frenin," ebe Syr Rhys, ar ôl distawrwydd am ennyd, "yr wyf wedi bod mewn llawer ffair lle yr oedd y masnachwyr yn gwasgu eu nwyddau arnat, ond byth ni chefais un nad oedd am gael ei dalu amdanynt."

"Nid wyf finnau yn eu cynnig am ddim," atebai'r brenin, "eto gallaf ddweud mewn gwirionedd fod y pris yn isel, ac erioed ni chynigwyd bargen mor dda."

"Ni chyfarfûm erioed â gwerthwr na ddwedai yr un peth; ond eto pan holais ei bris, cefais ef bob amser yn rhy ddrud i'm llogell dlawd i," atebai Tewdwr.

"Wel, gan dy fod mor anghrediniol," ebe'r brenin dan wenu, "cei farnu drosot dy hun. Y peth cyntaf wyf yn ofyn yw i chwi daflu eich arfau i lawr."

"Yr ydym ni a'n harfau yn gyfeillion agos," atebai y Marchog gwyliadwrus, "eto, pe arwyddid y cytundeb heddwch, dilynai hynny o angenrheidrwydd."

"Yna," ebe'r brenin, "y peth nesaf rwyf yn ofyn yw i chwi blygu glin yng Nghaer mewn gwarogaeth gerbron fy mab fel Tywysog Cymru."

"Yr wyf yn ofni," ebe'r Marchog trwsgl, "fod ein hymdrechion mawrion ym mynydd-dir Eryri wedi rhoi'r cryd-cymalau i lawer ohonom, a'n gwneud yn dra anhyblyg ac eto, o bosibl, gellid cael eli a'n galluogai i blygu glin."

"Yna," ebe'r brenin yn awyddus, "byddai fy mab Harri yn Dywysog i chwi, a chwithau ddeiliaid iddo yntau, ac nid i mi, ac felly unid Cymru a Lloegr â'n gilydd, mewn heddwch, fel yr unir gwraig â'i gŵr, a pharchai pob un ohonynt hawliau ac iawnderau y llall."

"Gwae fi i'r nefoedd, na welwn wawriad y bore hyfryd hwnnw!" ebe'r Cymro a'i lygaid yn disgleirio gan ddagrau. "Ond gwae fi, gwae fi, mae fy ngwlad a'n cydwladwyr wedi bod bellach ers chwech ugain mlynedd yn edrych ymlaen drwy eu dagrau o waed am gyffelyb ddydd addawodd Iorwerth Hirgoes* i ni, ac yr ydym hyd yn hyn heb ei weld!"

"Gwystlaf fy ngair brenhinol, fy ffydd fel marchog, fy ngobaith fel Cristion!" llefai y brenin awyddus. "Ie, caiff eich cydwladwr chwi eich hun, ein cyfaill, Esgob Llanelwy yma, dynnu allan ar groen y cytundeb mewn inc a bery tra rhed dwfr, ac arwyddwn ef â'n dwylo ein hunain, a seliwn ef â sêl fawr Lloegr, a chadarnheir ef ag arwydd-enwau barwniaid y deyrnas. A boed uffern a'i holl boenau yn rhan dragwyddol i ni os methwn gadw y cytundeb mewn ysbryd ac mewn llythyren!"

"Nawr, bendigedig fyddo Duw!" llefai Syr Rhys, a'i fwynhad yn pelydru allan drwy ei lygaid. "Ond eto un gair. A ydyw y telerau hyn yr wyt ti er dy anrhydedd, Syr Frenin, yn caniatáu i ni, yn gyfyngedig i ni ein chwech, neu ynte, a awdurdodir ni i'w cludo ar flaenau ein gwaywffyn, yn ôl i'n gwersyll, ac yno i'w cyhoeddi yng wyneb haul, llygad goleuni, i bob Cymro yn ddieithriaid?"

"Gydag ond un eithriad," ebe'r brenin.

"A'r un hwnnw?" gofynnai y Marchog.

"GLYNDŴR!" oedd yr ateb.

"Ac iddo ef?" gofynnai Syr Rhys drachefn.

"Iddo ef," atebai y brenin yn sarrug, "mae y crocbren uchaf yn y wlad yn barod fel teyrnfradwr brwnt!"

"Yna," ebe Syr Rhys, "mae fy ateb i yn barod ŷn fy nghledd. Ond eto, nid wyf am gymryd arnaf fy hun y

---

* *Iorwerth Hirgoes:* y brenin Edward I, a adwaenid fel 'Longshanks'.

cyfrifoldeb hwn, ond mynnwn ymgynghori â'r marchogion hyn, fy nghyfeillion, a chyda'th gennad, ymneilltuwn i ymgynghori."

"Mae y cennad yn cael ei roddi i ti," atebai y brenin, a chan alw am un o'r swyddogion, gorchmynnodd iddo arwain y llysgenhadon i ystafell arall, a diogelu perffaith neilltuedd iddynt.

Wedi i'r penaethiaid Cymreig adael yr ystafell i ymgynghori â'i gilydd, trodd y brenin yn llon at ei gyfeillion, a dywedodd: "Yr wyf bellach wedi eu dal! Mae popeth bellach yn ddiogel, a cha' y Glyndŵr sydd wedi ein drysu hyd yn hyn ddioddef am ei feiddgarwch!"

"Nage, fy arglwydd Frenin," ebe ei fab, "yr wyf yn mawr ofni na fydd hyn ond helaethu y rhwyg sydd eisoes yn rhy lydan."

"Twt, twt, fachgen!" atebai ei dad, "Ychydig wyt ti yn adnabod dynion. A wyt ti yn tybied y gallent fyth wrthod abwyd mor ddengar ag wyf fi wedi daflu iddynt? Annibyniaeth gweithredol i'w gwlad – y seren fore ddisglair honno am yr hon y mae eu beirdd yn canu, a'u tywysogion yn breuddwydio, a dim ond un dyn rhyngddynt a'r mwynhad."

"Ie, fy nhad," atebai y tywysog ieuanc, "ond Glyndŵr yw yr un dyn hwnnw, a throsto ef byddai yn dda ganddynt gael marw!"

"Na ddywed y fath ffoliпeb yn fy nghlyw!" atebai ei dad yn ddigllon, "ac yn awr, distawrwydd. Canys wele hwynt yn dychwelyd, a rhaid i minnau wisgo eto fy ngwenau gwresog i'w boddio."

Daeth y llysgenhadon i mewn; taflodd Syr Rhys Tewdwr olwg ymchwilgar o amgylch yr ystafell, ac yna cerddodd yn araf, ond penderfynol, tuag at ffenestr a agorai allan uwch dyfroedd rhuthrol yr afon dan y mur deheuol, a chanlynwyd ef gan y penaethiaid eraill.

"Fy Arglwydd Frenin!" ebe Syr Rhys mewn llais

crynedig, "Yr ydym yn teimlo y cyfrifoldeb ofnadwy osodir arnom, a da iawn fuasai gennym allu ei symud ar ryw ysgwyddau heblaw yr eiddom ni; ond eto gan ein bod wedi dyfod yma i'r diben o, ac yn barod i, gwblhau y gwaith ymddiriedwyd i ni, gwnawn hynny boed y diwedd beth y bo; ac yr ydym yn teimlo yn sicr, ac yn y sicrwydd hwnnw yn cael ein cadarnhau, y bydd i'r peth ydym wedi benderfynu ei wneud ennill cymeradwyaeth bob Cymro o fewn y tir."

"Mae hynny yn burion ddigon, y dyn," ebe'r brenin yn afrywiog, "ond tyred at y pwynt! A ydych, neu ai nid ydych, yn derbyn y telerau wyf wedi cynnig i chwi, ac wrth eu cynnig rydym i raddau wedi iselhau ein hunain er mwyn heddwch, ac er lles eich gwlad chwi a'm gwlad innau?"

"Dymunem ofyn yn gyntaf oll, ai ni wna eich mawrhydi, o'ch trugaredd raslon, fodloni i gynnwys Glyndŵr yn yr heddwch cyffredinol yma?" gofynnai y marchog.

"Dim byth!" atebai y brenin, gan dybied fod y cais olaf yma yn cael ei argymell gan ddymuniad y Cymry i gadw i fyny ymddangosiadau allanol.

"Wel, gan mai felly y mae, mae gennym eto un amod ychwanegol i'w gynnig," ebe ap Rhys.

"Yn enw Duw ynte, dywed beth ydyw? Ac myn ein coron frenhinol, os yw o fewn terfynau rheswm ni a'i derbyniwn," ebe'r brenin.

"Hyn ydyw," ebe Syr Rhys. "Dyro i Glyndŵr yr hyn oll wyt yn cynnig i ni, ac yr ydym ni yn chwech marchog o waed pendefigaidd yn bodloni i dderbyn yr hyn fygythiaist iddo ef, ac er ei fwyn ef ac er mwyn ein gwlad, ymostyngwn i gael ein crogi, ein diberfeddu, a'n darnio fel drwgweithredwyr!"

Darfu i'r gwladgarwch aruchel a'r hunanaberth gogoneddus yma effeithio yn ddwfn ar bawb a'i clywodd. Wylodd y cynghorwyr urddasol a amgylchent y brenin, wrth weld golygfa na phaentiodd rhamant erioed mo'i chyffelyb, ac edrychent gyda chydymdeimlad calon, a chyda'r edmygedd a'r parch mwyaf cywir ar y chwech dewrddyn hunanaberthol hyn. Effeithiodd yn ddwfn ar y brenin ei hun, ond mewn dull tra gwahanol. Yr oedd y llwyddiant oedd wedi coroni ymdrechion Glyndŵr hyd yn hyn, a'r brwdfrydedd rhyfedd oedd wedi ennyn, wedi deffro ym mynwes y brenin yr eiddigedd dyfnaf a'r casineb mwyaf marwol, a buasai yn dda ganddo, hyd yn oed ar y draul o golli hanner ei deyrnas, allu tynnu y ddraenen hon o'i ystlys.

"Na, myn fy holl obaith am y nefoedd!" llefai. "Boed i'r gythraul aflan fy nghymryd! Boed i'w ellyllon bob amser ymweld â'm gobennydd! Boed i holl boenau uffern fy nirdynnu, dderbyniaf ddim ond pen Glyndŵr, ie, os arbedaf gymaint â blewyn o hwnnw hefyd!"

"Ac os gwrthodwn?" holai Syr Rhys yn ddigyffro.

"Yna," atebai y brenin yn grug gan nwyd, "yna â thân ac â chledd yr ymwelaf â'ch gwlad; anrheithir eich eiddo; gwneir eich tai yn gydwastad â'r llawr; pob gwraig a phob gwyryf gant borthi blys fy ngwŷr; cyrff eich plant gant weinio'n gwaywffyn; ie, a'ch burgyn chwithau a roddaf i adar y nefoedd!"

"Os felly, Frenin Lloeg," ebe Syr Rhys yn benderfynol, "wele ateb Gwalia i ti!" ac yna yn araf tynnodd pob un o'r chwech marchog ei gledd o'i wain, datglymodd y wain oddi wrth ei wregys, a chan ddal y cleddyfau yn y llaw ddeheu, taflwyd y gweiniau trwy y ffenestr agored, a dangosodd y sŵn ddyrchafodd pan ddisgynnodd y chwech gwain, un ar ôl y llall, i'r dyfroedd obry, na ellid byth mwy eu cael yn ôl. Yna, aeth Syr Rhys ymlaen: "Mae ein cleddyfau wedi eu dadweinio, ac yr ydym wedi colli y gweiniau, ac yma yr ydym yn tyngu, drosom ein hunain, a thros Gymru, na bydd i ni byth mwy weinio y cleddyfau hyn hyd nes byddo dyfroedd y Clwyd a'r Elwy wedi eu sychu i fyny, neu y byddo Cymru yn rhydd, a Glyndŵr yn Dywysog arni."

Byddai yn amhosibl disgrifio y rhuthr o nwydau aflywodraethus feddiannodd y brenin pan glywodd yr haeriad beiddgar yma. Malodd ei ddannedd yn erbyn ei gilydd, a gwasgodd ei ddyrnau caeedig nes i'r ewinedd dreiddio drwy y cnawd. Ymroliai ei lygaid gwaed-liw yn ddychrynllyd, ac yna, ymron yn anhyglyw gan nwyd, crochfloeddiodd:

"Nawr, myn holl ellyllon uffern, mi a'ch dysgaf i'm trin i fel hyn! Hoi! Holo! Chwi, chwi sydd tu allan yna! Filwyr! Filwyr!"

Dygodd ei floeddiadau ugain o filwyr yn rhuthro i'r ystafell. Gan gyfeirio ei law at y chwech Cymro a arhosent yn ddiysgog y canlyniad, dywedodd: –

"Daliwch y teyrnfradwyr acw, a chrogwch y chwech o ben y tŵr uchaf yn y castell, ac yng ngolwg eu gwlad a'u Glyndŵr garant gymaint!"

Os oedd y cynghorwyr wedi eu synnu gan hunan-aberth bendigedig y Cymry dewrion, cawsant eu syfrdanu wrth ymddygiad y brenin.

Y Tywysog Harri oedd y cyntaf i adfeddiannu ei hunan. Gan neidio mor ysgafn â chyflym â llwdn ewig [*carw ifanc*] rhwng y milwyr a'r Cymry, a edrychent yn ddirmygus ar y brenin, gwaeddodd:

"Yn ôl, filwyr, yn ôl! Na feiddiwch ar eich bywydau gyffwrdd â blewyn o wallt pen un o'r gwŷr ydynt yma yn llysgenhadon neilltuol dan ddiogeliad pendant yr herald brenhinol."

"Fachgen!" llefai y brenin yn ffyrnig. "Ai nid wyt yn adwaen dy le yn well na hyn, neu a oes raid i ni eto gael gwialen fedw i'th ddysgu di i ddal dy dafod? A chwithau, ffyliaid llygadrwth," ychwanegai, gan droi at y milwyr, "paham yr oedwch? Ymaflwch ynddynt, meddaf! Ie, hyd yn oed yn y marchog atgyfodedig ei hun, a chawn weld ai ni fydd rhaff gywarch yn fwy effeithiol na llafn ffyddlon cleddyf i'w rwymo yn ei fedd! Yn awr, crogwch hwynt bob un, a gadewch iddynt gicio'r awyr gwag fel dawnswyr i'w cydwladwyr. Bydd yn olygfa braf!"

"Nage, fy Arglwydd Frenin!" cyfryngai Syr Clarence Clifford. "Os crogi chwech cei grogi saith, canys myn fy ffydd, byddai yn well gennyf grogi gyda hwynt na byw gyda'r rhai a'u crogant!"

"Wel, os tueddir di felly, ac os hoffi eu cwmni gymaint, ebe'r brenin, wel ynte, yn enw'r nefoedd, Syr Clarence, dos gyda hwynt at y diafol!"

Yr oedd y milwyr, oeddynt hyd yn hyn wedi bod yn amhenderfynol pa fodd i ymddwyn, yn awr yn paratoi i ymaflyd yn y Cymry, pan y rhwystrwyd hwynt eto gan waith Arglwydd Talbot yn mynd a sefyll o'u blaen.

"Nage, fy Arglwydd Frenin," ebe fe "os crogir saith fe grogir wyth, canys af finnau hefyd gyda hwynt os crogir hwynt."

"Wel, dos dithau hefyd, fy Arglwydd Talbot, a bydd un ffŵl yn llai yn y byd!" ebe'r brenin. "Paham yr oedwch?" gofynnai drachefn i'r milwyr. "A raid i mi fy hun ddangos y ffordd i chwi eto?" a chan ddynesu at y llysgenhadon, y rhai a safent yn ddiysgog a thrahaus, ymddangosai fel pe yn mynd ei hun i osod dwylo arnynt.

Ymddangosai bellach fod ymdrech ofnadwy ar gymryd lle yn yr ystafell gaeedig. Yr oedd y milwyr fuont yn cloffi rhwng dau feddwl yn awr yn cywilyddio am eu hoediad, a pharatoent i ruthro ar y Cymry, y rhai er eu bod hyd yn hyn yn dirmygu cymryd sylw o nwydau gwyllt y brenin, ymddangosent yn awr fel pe yn ofni yr âi yn wir i eithafoedd, ac felly dalient eu cleddyfau yn barod i gyfarfod â'u gelynion.

"Fy Arglwydd Frenin!" llefai ei frawd, y Duc

Somerset, gan neidio ymlaen a gosod ei law ar fraich y brenin. "Ystyria beth wyt ar fedr ei wneuthur! Bydd dy enw yn felltigedig drwy yr holl fyd Cristionogol os gosodi gymaint â bys ar lysgenhadon neilltuedig, gwahoddedig yma gan dy herald di dy hun! Cyfyd pob barwn drwy y wlad, ac a'th felltithia! Ie, bydd i'r Iddewon, cŵn fel yr ydynt, gyfeirio bys ar dy ôl, a dywedid, 'Wele Gristion!' Ie, bydd i mi fy hun, er y byddai yn dda gennyf farw trosot, er y collwn waed fy nghalon er dy fwyn, a gwenu wrth wneud hynny, eto, myn y fam a'th ddug di a minnau, cei fy rhwygo aelod wrth aelod, cyn gei gyffwrdd â'r rhai hyn!"

Syfrdanwyd y brenin. Gwelai, fodd bynnag, nad oedd wiw iddo herio y canlyniadau fygythid fel yma; felly, gydag ymdrech enfawr, ataliodd ei hun, a chan droi at y Cymry, dywedodd:

"Ewch! Ac na foed i mi gael gweld wyneb yr un ohonoch byth mwy! Canys myn y nefoedd uwchben, y dydd y gwelaf wyneb yr un ohonoch eto fydd y dydd olaf iddo!"

"Na fygwth yn rhy frysiog, Bolingbroke!" ebe'r Marchog Du yn sarrug. "Cei edifarhau hyd angau dy wrthodiad heddiw o'n cynigion, canys gwae di mwyach!" A chyda chamau tywysogaidd, arweiniodd y ffordd trwy ganol y milwyr yn cael ei ganlyn gan ei gyfeillion, y rhai edrychent yn ddirmygus ar y brenin fel yr aent heibio iddo, tra y moesymgryment yn barchus i bawb arall.

Pan ddarfu sŵn eu traed ar y palmant oddi allan, dywedodd y brenin gan droi at ei frawd: "I ti; John, er dangos nad wyf yn dal digofaint i ti am dy ymyriad ers ennyd, yr wyf yn awr yn rhoddi holl etifeddiaeth Glyndŵr, yr hwn fwriadwn ei rannu rhwng y chwe' ffŵl acw."

"Fy Arglwydd Frenin, fy ngraslawn deyrn," ebe Esgob Trefor, gan benlinio o'i flaen "er ei bod yn bechod ynof blygu clun i ddim ond i'r nef ei hun, yr wyf ar fy ngliniau yn deisyf trugaredd gennyt i Gymru ac i Glyndŵr – "

"Yr enw melltigaid yna eto!" llefai y brenin gan ddirmyg-drin yr Esgob penliniol â'i droed. "Os wyt gymaint cyfaill iddo, dos ar ei ôl. Bydd Archesgob iddo. Corona ef yn Dywysog Cymru! Ond na ddangos dy wyneb mwy i mi, os wyt yn parchu dy einioes!"

Cododd yr Esgob yn araf ar ei draed, a chyda threm dosturiol ar y teyrn ffyrnig, gadawodd yr ystafell, ac fel yr âi, dywedodd y brenin: "Dyna deyrnfradwr newydd sbon eto! Ond os pregetha i Glyndŵr y fath bregethau meithion â'r rhai y'm blinodd i â hwynt, yr wyf yn amau a fydd i Glyndŵr ystyried ei hun yn enillwr."

A chan ddweud hyn gadawodd yr ystafell, a thorrodd y cyngor i fyny.

Pennod XX
Y Ffleminiaid

Yn y cyfamser yr oedd Glyndŵr ymhell oddi yno. Hyd yn oed cyn i'w frawd a'i fab gychwyn i Lety Fadog, yr oedd y pennaeth wedi dechrau rhyfel dymor y gwanwyn. Gan ei fod yn dymuno cadw ei brif allu hyd nes deuai galwad i'w ddefnyddio, ni chymerodd gydag ef gorff mawr ei fyddin. Sefydlodd ei wersyll ar Pumlumon. Yr oedd y lle hwn yn fanteisiol am ei safle ganolog, fel y gallai atgyfnerthu ei gyrraedd gyda'r un rhwyddineb o'r Deheudir ac o'r Gogledd, ac heblaw hyn, rhoddai yn ei law awdurdod ar Siroedd Maldwyn a Maesyfed, tueddiadau y rhai oeddent wedi bod o hyd gyda'r Saeson. Am hyn y gwnaeth Glyndŵr iddynt dalu yn ddrud, nid yn unig drwy ruthrgyrchoedd mynych, yn y rhai y cariodd ymaith eu hanifeiliaid &c., ond hefyd mewn ymosodiadau ffyrnig, y rhai oeddynt gan amlaf yn llwyddiannus, ar eu trefi a'u cestyll. Dioddefodd trefi Trefaldwyn a'r Trallwng yn enwedig, gan i'r ddwy gael eu llosgi i'r llawr.

Yn Maesyfed, cymerodd digwyddiad le yr ymofidir byth amdano. Yr oedd y Cymry wedi gwarchae ar y castell, ac wedi ymosod yn ffyrnig arno. Darfu i lywodraethwr y castell, yr hwn oedd yn ymddangosiadol wedi ei ddychryn gan lwyddiant ymosodiadau blaenorol y Cymry, ac am hynny yn awr yn awyddus i wneud y gorau o'r amgylchiadau cyfyng ydoedd ynddynt, ddyrchafu baner heddwch, a cheisio am un o brif flaenoriaid y Cymry ddyfod ato i'r castell i'r diben o gytuno ar amodau heddwch. Danfonwyd Syr Rhys ap Tewdwr, ac yn gwmpeini iddo aeth dau neu dri eraill o'r penaethiaid Cymreig. Nid cynt, fodd bynnag, yr oeddynt yn ddiogel tu fewn i furiau y castell nag y gorchmynnodd y llywodraethwr eu dal, ac archodd i'w herald hysbysu o ben mur y castell, os na fyddai i'r Cymry warchaent y castell ymadael cyn pen deuddeng awr, y byddai iddo grogi Syr Rhys Tewdwr a'i gyfeillion o ben y tŵr uchaf fel rhybudd i deyrnfradwyr. I ychwanegu at ddylanwad y proclamasiwn, gorchmyn-nodd i'w wŷr arddangos Syr Rhys a'i gyfeillion ar ben y mur, a rheffynnau am eu gyddfau! Gor-synnwyd y Cymry gan y weithred fradwrus yma, ac ni wyddent beth i'w wneud. Anerchodd Syr Rhys Tewdwr hwynt yn Gymraeg, gan lefain:

"Gydwladwyr dewr! Na hidiwch am ein bywydau ni, ond ymosodwch ar y castell, a dysgwch wers effeithiol i'r cŵn Sacsonaidd yma. Os bydd i mi a'm cyfeillion hyn syrthio, ewyllys y nef fydd hynny, ond os cymerwch y castell, dielir ein gwaed!"

Wedi ei ddeffro gan y geiriau cynhyrfus hyn o'r syfrdandod i'r hwn yr oedd y drychineb annisgwyliadwy wedi ei daflu, cyfeiriodd Glyndŵr ei gleddyf at y castell a bloeddiodd:

"Ymlaen filwyr dewr! Dialwn ar y Sacsoniaid bradwrus, ac am bob gwelltyn o ben y Tewdwr, boed i Sacson gael ei daro gennym!" a chan arwain y ffordd, rhuthrodd ymlaen, yn cael ei ganlyn gan ei wŷr. Mor ffyrnig oedd yr ymosodiad, fel na allai dim wrthsefyll y Cymry, ac ymhen ychydig amser yr oedd y castell yn eu dwylo. Er nodi eu dialedd am y fath fradwriaeth gosododd y Cymry bob enaid o fewn y castell i farwolaeth!

Synnwyd y Saeson gymaint gan ymosodiad annisgwyl y Cymry, a'r ffyrnigrwydd â'r hwn yr ymladdent, nes yr anghofiwyd Syr Rhys a'i gyd-garcharorion ganddynt, hyd nes oedd yn rhy ddiweddar i'w niweidio, a chafodd Glyndŵr y pleser o gael ei gyfeillion yn ddiogel. Darfu i'r digwyddiad ofnadwy hwn daro y fath ddychryn i galonnau y Saeson yn y parthau cylchynol fel na arddangoswyd un gwrthwynebiad mwy i Glyndŵr, a daeth ei enw yn ddychryn drwy y wlad. Nid felly, fodd bynnag, mewn mannau eraill. Yr oedd y Wladfa Ffleminaidd fawr yn Penfro wedi derbyn gorchymyn caeth oddi wrth y brenin i rwystro cadgyrchoedd ysbeilgar Glyndŵr a'i wŷr yn y Deheudir. Pennaeth y Wladfa hon oedd Vanderkelp, yr hwn, fel y cofia y darllenydd, a gymerwyd yn garcharor yn Ffair Rhuthun. Yr oedd y negesydd brenhinol wedi cyfeirio yn amlwg iawn at y ffafrau oedd y Wladfa wedi eu derbyn yn y gorffennol; hysbysodd hwynt yr un mor eglur y naceid y ffafrau hynny yn y dyfodol os methent gydffurfio â gorchymyn y brenin; ac mewn modd digamsyniol addawodd ychwanegu at eu rhagorfreintiau, a'u gwneud yn weithredol annibynnol pe gallent ddal Glyndŵr yn fyw neu yn farw.

Nid oedd y cymhellion hyn yn angenrheidiol i symbylu Vanderkelp i ddefnyddio pob moddion yn y cyfeiriad hwn. Yr oedd y dull y cafodd ef ei hun ei gymryd i mewn, tra yn ceisio cyfrwys-wylio y bugail ieuanc yn Rhuthun, eto yn ymwenwyno yn ei fynwes, ac yr oedd yr iawn trwm y gorfodwyd ef i dalu am ei ryddhad wedi gwasgu hyd yn oed ar ei adnoddau ef, ac wedi ei chwerwi fwy fyth yn erbyn y pennaeth Cymreig.

Ar weddill y Ffleminaid, fodd bynnag, nid oedd y cymhellion gynigwyd gan y negesydd brenhinol mor ddylanwadol. Gwir fod ambell gorff bychan o wŷr Glyndŵr wedi ymweld â'r sefydliadau pellaf, ac wedi achosi peth colled, ond nid oeddynt wedi cael eu cyffwrdd mor drwm yn y man tyner hwnnw – y llogell – ag i achosi iddynt deimlo rhyw elyniaeth fawr at yr arweinydd Cymreig. Ond yr oedd eu tai yn annwyl ganddynt. Yr oeddynt wedi cael eu gorfodi i ymadael â gwlad eu tadau, ond yma yng Nghymru yr oeddynt wedi cael noddfa diogel, yr hwn oedd erbyn hyn wedi dyfod yn ail Iseldiroedd iddynt. Nid yn unig yr oeddynt yn ddyledus i'r brenin Seisnig am hyn, ac fel y cyfryw dan rwymau teg i'w gynorthwyo yntau yn awr, ond yr oedd perygl, pe y gwrthodent, y cawsant unwaith eto eu gyrru o'r fan oedd bellach yn annwyl ganddynt, ac y deuent felly drachefn yn grwydriaid ar hyd wyneb y ddaear.

Nid yw yn rhyfedd gennym felly i'r Ffleminiaid ufuddhau i'r alwad, a chafodd Vanderkelp ei hun yn fuan yn arwain byddin gref, yn cynnwys mil o wŷr traed, a hanner hynny o feirch-filwyr. Nid oeddynt ychwaith yn elynion i'w dirmygu. Ni fu erioed ddewrach milwyr na'r Ffleminiaid. Pe ymddiriedid unrhyw orsaf iddynt, os na rhyddheid hwy yn swyddogol o'n gofal, dalient ato hyd farw. Yr oedd enghraifft nodedig o hyn wedi cymryd lle yn ystod rhyfeloedd Iorwerth I. Yr oedd y brenin hwnnw wedi cymryd tref Berwick trwy ymosodiad ffyrnig. Yr oedd un adeilad yn y dref a elwid Neuadd Goch. Ynddo yr oedd deg ar hugain o Ffleminiaid yn byw, a chaniataid iddynt fyw yno yn ddi-ardreth ar yr unig amod eu bod yn ei amddiffyn hyd farw yn erbyn y Saeson. Pan oedd yr holl dref, gyda'r eithriad o'r Neuadd Goch, wedi syrthio i law Iorwerth, galwodd arnynt hwythau i ymostwng. Gwrthodasant ufuddhau i'r alwad, gan ddweud na fuont erioed yn llai na'u gair, a bod eu deiliadaeth yn gofyn iddynt amddiffyn y lle hwnnw hyd angau, ac mai hyd angau y cadwent. Cadwasant eu gair. Gosodwyd yr adeilad ar dân, a darfu i'r gwarchodlu diofrydog, bob un ohonynt, gyfarfod ag angau yn y fflamau!

Yr oedd byddin Glyndŵr yn awr, rhwng y colledion dioddefasant mewn gwahanol frwydrau, a bod lliaws mawr wedi cael cennad i ddychwelyd adref, wedi lleihau gymaint fel na rifent dros chwe' chant o wŷr. Yr oedd y rhai hyn wedi gwersylla ar Hyddnant, cangen o Bumlumon, a chan eu bod newydd ddychwelyd o ymosodiad ysbeilgar llwyddiannus, yr oeddynt yn llawen wledda ar yr ysbail, ac yn llongyfarch eu hunain ar eu llwyddiant, pan y synnwyd hwynt un bore wrth gael bod eu gwersyll wedi ei amgylchu gan eu gelynion, y rhai, mewn niferoedd enfawr, oeddynt y funud honno yn dynesu i'r ymosodiad, a rhag y rhai nid ymddangosai un modd i ddianc.

Buasai llawer i flaenor wedi digalonni, ond nid felly Glyndŵr. Deallodd ar unwaith ei berygl, a gwelodd mai ei unig obaith am ddianc oedd cymryd y blaen ei hun, ac ymosod ar y Ffleminiaid cyn y disgwyliant amdano. Gan annerch ei ganlynwyr mewn araith fer a daniodd eu holl wladgarwch, arweiniodd hwynt ymlaen, a chafodd y Ffleminiaid eu hunain yn gorfod wynebu ffrydlif oedd bron yn an-wrthwynebol. Ymladdodd y Ffleminiaid gyda dewrder dihafal, ond ni allai dim wrthsefyll ymosodiad y Cymry, y rhai feddent y fantais mewn sefyllfa, ac oeddynt wedi ymosod yn annisgwyl arnynt hwy. Parhaodd y frwydr yn boeth am ddwy awr, pan y darfu i luoedd cynulliedig y Ffleminiaid ddechrau torri, yna gwasgaru, ac yna drachefn i chwilio am ddiogelwch trwy ffoi am eu heinioes. Gadawsent lawn y drydedd ran o'u gwŷr yn feirw ar y maes.

Darfu i Glyndŵr yn awr barhau ei yrfa fuddugoliaethus drwy y Deheudir. Syrthiodd cestyll Caerdydd, Penllyn, Llandog, Talyfan, ac eraill yn olynol o'i flaen, a braidd nad ymddangosai i'r Saeson syn na allai dim atal ei yrfa fuddugoliaethus.

Pennod XXI
Y Fföedigaeth Nosol

Ond yn y cyfamser, beth am Bronwen? Wedi cael ei chario ymaith i gaethgludiad mwy diogel nag erioed, pan oedd braich gref Gruffydd ymron o fewn cyrraedd iddi, a'i oergri anobeithiol o ddicllonedd yn swnio yn ei chlustiau, yn gymysgedig a chlec y drws haearn-wisgedig, yr hwn yn unig a'i gwahanai hi oddi wrtho, pa ryfedd yw darfod i'r eneth ddewr, oedd wedi dal ei hun i fyny cyhyd, ac mor dda, dorri allan yn awr mewn nwyd aflywodraethus o ddagrau? Ond, wedi'r cwbl, y siomedigaeth oedd y peth gwaethaf yn y carchariad yma, ac yr oedd Marglee, er ei fod wedi rhwystro Bronwen rhag dianc, wedi ei orfodi i'w gosod hi ymron mor belled o'i gyrraedd ef ei hun â phe byddai hi eto gartref yn nhŷ ei thad yn Rhug. Yr oedd galwadau y foment yn rhy uchel a thrwm, am iddo droi ei holl sylw at ddiogelu y castell, i ganiatáu i Marglee wneud un ymgais i gludo Bronwen yn ddirgel i'w ran ef o'r castell. Yng nghanol ei ffrydlif dagrau, teimlodd Bronwen law famaidd yn ei hanwylo, a llais tyner yn ei chysuro, a chan edrych i fyny mewn braw a syndod, canfu yr eneth foneddiges, gwisg ddrud yr hon, ynghyd â'i threm urddasol, a arddangosent ei safle uchel. Arglwyddes de Grey ydoedd. Yr oedd y wynepryd arferai arddangos ffroenucheledd yn awr yn llawn tynerwch at y forwyn gaeth oedd wedi cael ei thrin mor arw. Gan arwain Bronwen i ystafell y gwragedd, darfu i'r Arglwyddes yn fuan iawn ddirwyn allan hanes syml Bronwen, druan. Y canlyniad oedd, er na allai yr Arglwyddes dan yr amgylchiadau ganiatáu i'r Gymraes ieuanc ddychwelyd at

ei phobl, hyd nes y dychwelai yr Arglwydd de Grey i holi
i mewn i'r helbul, eto caniateid i Bronwen bob moeth a
chysur allai y castell gynnig, tra y rhybuddid Marglee y
cawsai yntau ei alw i gyfrif ar ddychweliad ei arglwydd.

Yr oedd y rhyfelgyrch ym Môn ac Arfon wedi galw
de Grey a Marglee ymaith, a darfu i Bronwen, ar ôl cael
ei gwared rhag presenoldeb ei gelyn, deimlo ei chalon
yn ysgafnhau, a dioddefodd ei charchariad yn dra
amyneddgar. Cynhyrfodd dychweliad Marglee o'r
rhyfelgyrch diwethaf, fodd bynnag, ei holl ofn greddfol
at ei herlidiwr ym mynwes Bronwen, a darfu i'r hiraeth
am ryddid oedd wedi gorwedd mor hir ar ei chalon
gyffroi mor eirias ag erioed.

Yr oedd Bronwen, druan, lawer gwaith wedi ceisio
dyfeisio rhyw ffordd i ddianc, ond yr oedd
gwyliadwriaeth Marglee yn ddiflino, ac o dipyn i beth,
collodd yr eneth bob gobaith. O bryd i bryd, clywai
newyddion am yr hyn oedd yn cymryd lle yn y byd oddi
allan. Gyda balchder y gwenai pan glywai am enciliad
gorfodol y Saeson dan arweiniad y brenin ei hun, ar ôl
ei brofiad erchyll yn ei ymgyrch anffodus i Ynys Môn.
Clywodd am ymadawiad Glyndŵr tua'r Deheudir, ac
hyd yn oed am ymneillltuad ei thad i Lety Fadog.

Yr oedd yr wyryf wedi ceisio rhagor nag unwaith
lwgrwobrwyo rhai o breswylwyr y castell fedrent ei
chynorthwyo i ddianc, ond yr oedd ei holl ymdrechion
wedi bod yn ofer. Yn ddiweddar, fodd bynnag, tybiai
Bronwen fod cyn-geidwad ei charchar, sef Meistress
Judith, gwraig Tom Hirgoes, yr hwn, am yr ymddiried
oedd gan Marglee ynddo, fedrai sicrhau ei fföedigaeth,
yn cymryd mwy nag arferol o ddiddordeb ynddi.
Rhagor nag unwaith yr oedd wedi holi am sefyllfa fydol
Madog, ac yr oedd ei llygad wedi goleuo i fyny gan
bleser, pan fyddai yr eneth yn ei sicrhau nad oedd ond
ychydig bendefigion yng Nghymru yn gyfoethocach nag

ef. Yna drachefn, taflai y ddynes allan awgrymiadau am safle bwysig ei gŵr, am ymddiried Marglee ynddo, a'i fod yn aml yn cael holl reolaeth y gwylwyr yn ei ddwylo ei hun, fel na allai neb ddyfod i mewn na mynd allan trwy byrth y castell heb ei ganiatâd ef.

Yr oedd hyn wedi deffro ym mynwes Bronwen obaith am ddianc, a chyda chryn ddeheurwydd, tynnodd y ddynes ymlaen, gan ddisgrifio gofid ei thad ynghylch ei charchariad, ei gyfoeth enfawr, a'r diolchgarwch y byddai yn sicr o ddangos i bwy bynnag a brofent eu hunain yn gymwynaswyr i'w annwyl ferch; a gwrandawodd y ddynes yn astud i'r cwbl.

Un diwrnod ym mis Mai, 1400, daeth y ddynes yma i mewn i ystafell Bronwen, ac, ar ôl edrych yn ofalus o amgylch yr ystafell, rhag y gallai rhyw rai fod yn clywed, gofynnodd i Bronwen pa swm a fodlonai hi dalu i'r neb a'i cynorthwyai i ddianc.

Bu y cwestiwn hwn bron â pheri i Bronwen golli ei hanadl gan syndod a llawenydd, ac atebodd y bodlonai i unrhyw swm ellid enwi, ar yr unig amod fod y trefniadau a gynigid iddi y cyfryw ag a roddent le digonol i obeithio y llwyddai i ddianc.

"Fy Arglwyddes," ebe'r ddynes, "gwyddoch y gall fy ngŵr, os ewyllysia, roddi i chwi y fath gymorth ag a'ch galluoga i fynd yn ddiogel tu allan i furiau y castell."

"Gwn, yn eithaf da," atebai yr eneth yn awyddus, "ond er y byddwn yn barod i dalu llawer am hynny o fantais, eto dyblwn y wobr pe cawn arweinydd cyfarwydd i'm dwym i dŷ fy nhad yn Llety Fadog."

"Gellid gwneud hynny hefyd, fy arglwyddes," ebe Meistres Judith, "ond byddai rhaid talu yn ddrud am hynny. Mae fy ngŵr yn ddigon cyfarwydd â'r holl wlad oddi amgylch, ond pe gadawai ei le a'r swydd ymddiriedwyd iddo, costiai iddo ei fywyd pe deuai fyth yn ôl."

"Ond ni raid iddo byth ddyfod yn ei ôl," atebai Bronwen. "Nid yn unig talai fy nhad yn dda iddo am ei gymwynas i mi, ond mynnai iddo hefyd swydd ym myddin Glyndŵr, fy ewythr."

"Pe byddai ganddo sicrwydd am hynny," ebe Meistres Judith, "o bosibl y tueddid ef i wrando arnom; canys, a dweud y gwir, mae rhai yn tybied y llwydda Glyndŵr, ac y coronir ef yn Dywysog Cymru. Yr wyf wedi bod yn cael allan sut mae'r gwynt yn chwytha gyda Tom Hirgoes, ac os bodlonwch chwi, fy arglwyddes, i dalu iddo ddwy fil o *ferks* mewn arian sychion, a chael iddo ef swydd ym myddin Glyndŵr, ac i minnau le yn nhŷ eich tad, nid yn unig egyr i chwi byrth y castell yma, ond gofala am geffylau cyflym, a daw ef a minnau gyda chwi i dŷ eich tad yn Llety Fadog!"

"Nawr, boed i'r nefoedd dy fendithio di ac yntau," llefai yr wyryf yn ddiolchgar, "yr wyf yn derbyn y telerau, ac yr wyf yn erfyn arnat na foed i ti golli amser i wneud y paratoadau."

"Na, na," ebe Judith, "rhaid i ni fynd ymlaen yn dra gofalus, rhag y byddai gormod brys yn dinistrio y cwbl. Mae Syr Philip Marglee i ymadael oddi yma wythnos i heddiw, i weini ar ei arglwydd yn Coventry, lle y mae byddin y brenin eto wedi ei galw ynghyd. Pan fyddo efe wedi mynd, bydd gennym ninnau siawns."

"Rhaid i mi ymdrechu i ymfodloni â'r oediad, ynte," atebai Bronwen, "a gweddïaf ar y nef na ddigwydd dim yn ystod yr wythnos i rwystro ymadawiad fy ngelyn. Bydd i'r gobaith y caf yn fuan weld fy annwyl dad fy nal i fyny yn ystod y dyddiau meithion hyn o ddisgwyliad pryderus."

"Rhaid i mi fynd, bellach," ebe y ddynes, "ond caniatewch i mi ddymuno arnoch, fy arglwyddes, i beidio gwneud un cyfnewidiad yn eich ymddygiad, ac na foed i chwi siarad gair â mi, rhag ofn magu drwgdybiaeth ym meddyliau neb."

"Gelli ymddibynnu ar fy ngwyliadwriaeth, Meistres Judith," atebai yr wyryf.

Ar hyn, aeth y ddynes allan, a syrthiodd Bronwen, wedi ei gorchfygu gan ei theimladau, ar ei gliniau, ac mewn dagrau a diolchgarwch i'r nef am y drugaredd hon, esmwythaodd ei chalon oedd yn or-lwythog o lawenydd.

Aeth y dyddiau yn araf heibio. Un ar ôl y llall canlynodd y dyddiau ei gilydd yr oedd rhaid iddynt fynd heibio cyn ymadawiad Marglee. Yr oedd y chweched ohonynt yn tynnu tua'i derfyn pan ddaeth Meistres Judith drachefn i mewn i ystafell Bronwen, gan ddweud wrthi, os oedd ganddi unrhyw baratoadau i'w gwneud, fod yn rhaid eu gwneud erbyn nos trannoeth, canys y deuai hi drachefn i'r ystafell ddwy awr cyn canol nos, i arwain Bronwen allan i ryddid. Diolchodd yr eneth iddi, a gwnaeth yr ychydig baratoadau oeddynt yn angenrheidiol.

Bore trannoeth, gwelai Marglee, a rhyw ddwsin o ganlynwyr, yn ymadael o'r castell ac yn marchogaeth i lawr i'r dyffryn. Yn fwy araf nag erioed ymddangosai oriau meithion y dydd pryderus hwnnw i fynd heibio i Bronwen. Gyda llawenydd y canfu yr haul yn disgyn i'r gorllewin, a gwyll y nos yn ymdaenu.

Yr oedd pob peth yn barod ganddi. Nid oedd ganddi ddim eisiau ei gymryd gyda hi ond clog trwm i droi am ei pherson i'w diogelu rhag awyr lem y nos. Ar yr awr apwyntiedig, daeth Meistres Judith i'w cheisio. Gyda chamau brysiog, distaw, yr ymlithrent fel ysbrydion drwy fynedfeydd tywyll y castell, ac yn ffodus ni chyfarfuasent â neb nes cyrraedd gorsaf y gwyliwr cyntaf. Gan sisial yn ei glust yr arwyddair am y nos, cafodd Judith a'i chydymaith ganiatâd i fynd heibio, a'r un modd wrth y gorsafoedd eraill basient. Agorwyd y culborth olaf iddynt, a chydag ochenaid o ddiolchgarwch, cafodd Bronwen ei hun yn ddiogel tu allan i furiau y castell, lle y bu yn garchares am gynifer o fisoedd. Wedi ei rhybuddio gan y ddynes i beidio â cholli amser, brysiodd Bronwen ymlaen, ac ar derfyn y coed wrth odre'r bryn, cawsent Tom Hirgoes a thri o geffylau, yn disgwyl eu dyfodiad yn amyneddgar.

Gan godi Bronwen yn frysiog ar gefn ei cheffyl, a'r wraig i'w un hithau, neidiodd yntau ar gefn ei farch ac arweiniodd y ffordd drwy y coed. Gwnaent eu ffordd ar y cyntaf, o angenrheidrwydd, yn dra araf, ond cyn hir, ar ôl cyrraedd tir mwy agored, marchogent ymlaen yn gyflym, gan gael eu goleuo ar eu llwybr gan y lleuad llawn ddisgleiriai drwy awyrgylch oedd ymron yn ddigwmwl.

Yr oedd Bronwen yn ystod ei charchariad gorfodol wedi colli peth o'i chaledwch naturiol, a theimlai awyr y nos yn awr yn llym. Cafodd y clog ddygodd gyda hi yn wasanaethgar iawn.

Heb dynnu ffrwyn, ymlaen yr aethant drwy oriau y nos, ac hyd nes oedd gwawr llwyd y bore yn dechrau lliwio yr awyrgylch ddwyreiniol. Yr oedd yr haul wedi teithio awr ar ei hynt ddyddiol pan gyraeddasant lan y môr mewn man adwaenai Bronwen yng nghymdogaeth cartref ei thad.

Yma, er ei mawr syndod, disgynnodd ei harweinydd, ac, mewn atebiad i'w cwestiynau, dywedodd yn sarrug fod yn rhaid gorffen y daith ar hyd y môr, gan ei fod yn ofni y gallai fod milwyr Seisnig yn crwydro oddi amgylch. Yna cynorthwyodd hi i ddisgyn, a chan godi chwiban at ei wefusau, chwythodd yn chwyrn. Yn fuan wedyn daeth cwch i'r golwg heibio trwyn craig ymwasgai allan i'r mor, ac, yn cael ei rwyfo yn gyflym gan ddau ddyn, darfu i ben blaen y cwch yn fuan daro yn erbyn y lan graeanog. Neidiodd un o'r dynion allan, ac ar ôl ymgynghoriad sisialedig rhyngddo a'i harweinydd, cymerodd ofal o'r ceffylau, tra y cynorthwyodd Tom Hirgoes hithau i'r bad, i'r hwn y canlynodd ef a Judith hi.

Hyd y foment yma, nid oedd un drwgdybiaeth am fradwriaeth wedi croesi ei meddwl, ond yn awr dechreuodd ystyried y fath beth hynod oedd fod y dyn yma, y mwyaf ffafredig o ganlynwyr Marglee, wedi cael ei brynu mor rhwydd i'w gwasanaethu hi; fod Sais, oedd wedi treulio ei oes yng ngwasanaeth de Grey, gelyn y Cymry, yn awr mor barod i adael ei hen gysylltiadau, ac ymuno â rhengoedd y Cymry arferai ymladd yn eu herbyn. Eto, mor hynod oedd na chawsant yr un rhwystr na'r un anhawster o gwbl i ymadael â'r castell. Mae'n wir fod Tom Hirgoes yn swyddog, ond yr oedd yn sicr yn groes i'r arfer yn amser rhyfel i ganiatáu y fath fynediad rhwydd i mewn ac allan o gastell ar y cyffiniau yn oriau'r nos. Eto yn rhagor, yr oedd yn ddrwgdybus ei bod dan orfod yn y fan yma, mor agos i'w chartref, i adael y ceffylau yng ngofal dynion oeddynt yn amlwg yn disgwyl eu dyfodiad, â moddion cludiad pellach yn barod iddynt. Fel y fflachiai y meddyliau hyn drwy ei mynwes, teimlodd Bronwen ei chalon yn suddo o'i mewn, a gwelodd mor wirioneddol ddigymorth ydoedd pe profai ei harweinwyr yn fradwyr. Ond eto ystyriai a oedd yn bosibl, os bwriadent unrhyw niwed iddi, y buasent wedi ei dwyn mor agos â hyn i dŷ ei thad, lle y buasent o angenrheidrwydd mewn mwy o berygl o gael eu dal a'u cosbi na phe baent wedi cyflawni eu hamcan, gan nad beth oedd, o fewn cyrraedd Castell Rhuthun. Heblaw hyn, yr oedd y swm oedd hi wedi addo am ei rhyddhad yn ddigon i gynhyrchu trachwant dyn cyfoethocach na'r milwr cyffredin hwn; felly, ar y cyfan, tybiodd nad oedd ganddi fawr achos ofni.

Aeth y cwch ymlaen yn gyflym, gan gadw o fewn

cysgod y creigiau grogent uwchben y môr. Yr oedd yr olygfa yn un eithafol brydferth. Yr oedd haul y bore yn fflachio ar wyneb y môr oedd ymron yn hollol ddigyffro. Yn uchel uwch eu pennau, dyrchafai uchelion Pen y Gogarth, a chrogai y creigiau mewn llawer man uwchben y bad yrrid ymlaen yn gyflym. Gellid clywed yr ehedydd yn canu yn yr awyr uchod, a'r gwylanod a'r adar môr eraill yn ysgrechian ar y creigiau a ymddangosent fel petaent yn grogedig rhwng nefoedd a môr.

Ar ôl peth amser, yn ystod yr hwn nid oedd y rhwyfwyr wedi llacáu dim ar eu hymdrechion, arweiniwyd y bad i mewn rhwng dwy graig anferth, ymddangosent fel pe yn gwasanaethu fel gwylwyr dros ryw fynedfa ddirgel; mynedfa yr hwn, fel mae gwaethaf y modd, a brofodd yn gyntedd i ffau y ddraig mewn gwirionedd. Agorodd safn ogof anferth o'i blaen, a thra yr oedd sŵn y chwibanogl oedd ei harweinydd newydd godi i'w enau, eto yn atseinio ymhlith y creigiau, daeth dyn i'r golwg yng ngenau yr ogof, yn yr hwn, er ei dirfawr ddychryn, yr adwaenai Bronwen, druan, y dihiryn Marglee, yr hwn gyda gwên wawdlyd a moesymgrymiad ffug-barchus, a'i croesawodd i'r hyn alwai efe ei gartref.

Yr oedd troad y teimladau yn ormod i natur ei ddal. Mor agos i dŷ ei thad, yn disgwyl cael mor fuan ei dal yn ei freichiau, cafodd ei hun yn lle hynny yng ngallu ei gelyn pennaf, ac yn fwy sicr yn ei afael nag erioed o'r blaen, a chyda griddfaniad torcalonnus, syrthiodd yr wyryf anffodus yn gorff llipa yng ngwaelod y ewch mewn dideimladrwydd marwol.

Pennod XXII
Y Mynach-Fradwr

Yr oedd y Brenin Seisnig wedi penderfynu gwneud un ymdrech egnïol arall i ddarostwng y pennaeth Cymreig, ac i'r diben hwnnw yr oedd wedi codi byddin o hanner can mil o wŷr, gyda'r rhai y cychwynnodd eto i oresgyn Cymru. Dechreuodd y rhyfel-dymor yn gynnar ym Mehefin, a chan benderfynu peidio gadael un moddion cynhaliaeth i'r Cymry gwrthryfelgar, os parhaent i'w wrthwynebu, dinistriodd yr holl lafur tyfol, yn ogystal a'r holl ŷd gafodd yn y pentrefi a'r wlad ar ei daith. Yr oedd y fyddin frenhinol yn gwersylla yn un o'r llanerchau mwyaf prudd-unig yng Nghymru – cymdogaeth Tregaron, sir Aberteifi. Yr oedd y gors enfawr orwedda i'r gorllewin i'r pentref, ac a adwaenir wrth yr enw Cors Garon, a'r hon gyflenwa yr holl danwydd yn ffurf mawn ddefnyddir am filltiroedd lawer o gwmpas, y pryd hwnnw gan mwyaf yn orchuddiedig gan ddwfr, gan ffurfio llyn mawr, ond bas. Cynrychiolydd annheilwng diweddar yr unwaith eang Llyn Caron yw y pwllyn bychan crwn o ddwfr, yr hwn y gall y teithydd ei ganfod i'r gorllewin o'r rheilffordd ychydig uwchlaw'r pentref. Yr oedd corsydd enfawr yn cylchynu y llyn, gan wneud ei gymdogaeth uniongyrchol yn anghymwys s fel gwersyllfan. Yr oedd y fyddin Seisnig, gan hynny, wedi dewis lle ar lethrau y bryniau i'r dwyrain o'r dref. Mae y bryniau hyn, cangau anheilwng o'r Pumlumon arglwyddaidd, yn cyrraedd eu huchder mwyaf yn Carn Gron, neu fynydd Tregaron, rhyw 1800 troedfedd o uchder, yr hwn saif gryn bellter i'r dwyrain o'r dref.

I fyny yn y bryniau hyn, ac yn guddiedig ganddynt o olwg y teithiwr ar y rheilffordd, saif heddiw adfeilion o'r hyn fo unwaith yn Abaty enwog Ystrad Fflur – enw sydd wedi hynny wedi ei Ladineiddio i Strata Florida. Yr oedd yr Abaty yna wedi ei sefydlu gan Rhys ap Tewdwr – nid y Syr Rhys, cyfaill Glyndŵr, ond un o'i henafiaid fu fyw ddau can mlynedd o'i flaen. Yn yr Abaty yma gorweddai cyrff Tywysogion Cymru, fuont gynt yn enwog; yma yr oedd y mynachod wedi corganu cyrff y tywysogion hyn i'r bedd, ac wedi gweddïo, y gobeithid, eu heneidiau iau o'r purdan. Yr oedd yr hen Abaty yma wedi bod erioed yn ffyddlon i draddodiadau y wlad y safai ynddi; yma y croesawid ei beirdd, yma y maddeuid pechodau ei milwyr, yma y bendithid ei harweinwyr, ac yma, pan oedd y milwyr a'r arweinwyr hyn mewn brwydr boeth â'r Saeson casedig, y gweddïai y mynachod da am gymorth Duw y rhyfeloedd o blaid eu gwlad.

Un bore, darfu i hen Abad teilwng Ystrad Fflur, gydag arwyddion amlwg o gyffro mawr, orchymyn y brawd Jerome, yr hwn oedd yn brysur gyda rhyw orchwyl yn ystafell yr Abad, i alw y Brawd Emrys ato yno. Pan ddaeth y mynach i mewn i'r ystafell, anerchodd y mynach ef yn dra brysiog, gan ddweud: "Y Brawd Emrys, yr wyf wedi dy wysio yma i ddiben na allwn ymddiried i bawb. Yr wyt ti, mi wn, yn caru Glyndŵr fel minnau. Gwyddost fod hysbysrwydd wedi ein cyrraedd fod y Brenin Seisnig wedi gwersylla ger Tregaron, ac y bydd iddo, yn ôl pob tebygolrwydd, barhau ei daith yfory. Y mae gennyf beth y rhaid i mi ei ddweud wrth Glyndŵr, yr hyn na raid i un glust ddynol ond ei eiddo ef glywed, ac yr wyt fy hun yn rhy wan i ymadael o'r Abaty. Mae ef ac ychydig o'i wŷr yn gwersylla ym Mhentre Brunant. Cymer di gan hynny farch o'r ystabl, brysia at Glyndŵr, dyro iddo y fodrwy hon, a dymuna arno, os yw yn caru rhyddid Cymru, i frysio i ymweld ag Abad Ystrad Fflur, ac i dderbyn y fendith olaf cyn yr aiff yn rhy hwyr."

"Sanctaidd Dad," atebai y Brawd Emrys, "gwnaf dy arch. Gelli fod yn dawel y bydd Glyndŵr yma cyn y troi'r yr awrwydr yna sydd ar y bwrdd deirgwaith ar ôl canol dydd."

"Hynny sydd dda," atebai yr Abad. "Dos bellach gyda phob brys, a boed i'r nef dy gynorthwyo a'th gadw."

Nid cynt yr aeth y Brawd Emrys allan nag y daeth y Brawd Jerome i mewn. Yr oedd Jerome, gyda'i gyfrwyster arferol, wedi bod a'i glust wrth y drws, ac wedi clywed pob gair o'r ymddiddan rhwng Emrys a'r Abad. Yn awr, gwnaeth foesymgrymiad isel, a dywedodd – "Sanctaidd Dad! Mae gennyf gais i'w wneud, yr hwn yr wyf yn hyderu y bydd i ti ei ganiatáu."

"Ychydig achos sydd gan Jerome, pechodau yr hwn sydd wedi rhoddi cymaint poen i mi, a blys yr hwn am ddiod gadarn ers dim mwy nag wythnos yn ôl a'i harweiniodd i anghofio ei ddyletswyddau, ac i ganu o flaen allor Duw ei hun, hen gân fasweddol meddwyn yn lle y Salm â'r hon y dylai glodfori ei Wneuthurwr – ychydig achos, yn wir, sydd ganddo i ddisgwyl ffafr."

"Mi m hynny yn rhy dda, Sanctaidd Dad," atebai Jerome yn rhagrithiol; "ac nid oes neb wedi gofidio yn fwy na myfi fod y temtiwr aflan wedi cael y trechaf arnaf eto. Ond pan ddwedaf wrthyt fy mod wedi darllen hen ysgrif sydd yn fy meddiant, wedi ei hysgrifennu gan un ers blwyddi meithion, oedd yn gwybod am holl rinweddau y llysiau mae Duw wedi eu rhoddi er ein lles, fod llysiau i'w cael, y rhai os cesglir hwynt cyn y cyrraedd yr haul entrych y nen, a'u berwi a'u hyfed yr un dydd, a gymerant ymaith yn llwyr y blys hwnnw at ddiod gadarn sydd yn fy mhoeni, a'r hwn a'm gesyd yn llaw y temtiwr, yr wyf yn hyderu y bydd i ti yn drugarog ganiatáu i mi fynd allan a chasglu y llysiau hyn yn ddi-oed."

"Da iawn yw gennyf ddeall fod eto obaith amdanat. Galluog yn wir yw rhinweddau y llysiau roddodd Duw i ni. Ond a wyddost ti pa le y gellir eu cael?" gofynnai yr Abad.

"Yr wyf yn ofni na cheir dim ohonynt yn nes yma na Charn Gron, y tad," atebai y mynach, "ond yr wyf yn cofio i mi weld rhai yno."

"Byddi yno mewn agosrwydd peryglus at y Saeson gwaedlyd, y rhai ydynt wedi ymweld â'n gwlad â'r fath greulonderau erchyll. Yr wyf yn ofni y gelli, o bosibl, syrthio yn eu dwylo hwynt," ebe'r Abad.

"Nage, fy nhad, ond byddaf yn ofalus iawn," atebai Jerome. "Yn ystod y dyddiau y darfu i ti, gyda'r fath ddoethineb, fy nghaethiwo yn fy nghell, gan wneud i mi ddioddef y penydian a haeddwn, er mor boenus ydynt, gwelais ffoledd fy ffyrdd, a chymerais lw y buaswn ar y cyfle cyntaf yn chwilio am y llysiau hyn, ac felly gosod fy hun o afael y temtiwr o hyn allan. Yr wyf yn dymuno arnat, y tad," ychwanegai yn daer, "na wrthod fy nghais, a chymeraf lw, os caniatei hyn i mi, na chei byth ond hynny fy nghosbi am bechod fel y gwnaethost y dyddiau diwethaf hyn."

"Wel, ynte, gelli fynd, ond cymer ofal rhag y milwyr Seisnig," ebe'r Abad.

Gan ddiolch yn gynnes am y caniatâd yma, gadawodd Jerome yr ystafell, ac ymhen ychydig amser yr oedd yn brysio mor awyddus tua gwersyll Harri, ag yr oedd Emrys tua gwersyll Glyndŵr. Yr oedd Jerome, gyda chyfrwystra digyffelyb, wedi llwyddo i ddianc o ddwylo yr ychydig filwyr Cymreig benodwyd gan Glyndwr i'w ddwyn i Ystrad Fflur, a chan na ddymunai y rhai hyn aros yn segur tra yr oedd eu cydwladwyr yn ymdrechu â'r gelyn, dychwelasant i'r gwersyll mor gynted ag y deallasant fod eu carcharor wedi dianc. Yr oedd Glyndŵr, yntau, wedi bod yn rhy brysur oddi ar hynny hyd yn awr i dalu ymweliad ag Ystrad Fflur, ac felly nid oedd yr Abad wedi clywed am fradwriaeth Jerome, er ei fod wedi darganfod ei dueddfryd am win. Yr oedd y penyd trwm orfodid Jerome i'w ddioddef am ei drosedd diwethaf wedi llenwi ei fynwes â digofaint, ac yn unigedd ei gell, tyngodd y mynnai ymddial ar yr Abad teilwng. Yr oedd bellach yn amser i weithredu, a hynny yn ddi-oed. Pe oedai hyd nes deuai Glyndŵr, yr oedd perygl y buasai ei fradwriaeth blaenorol i Bronwen yn cael ei ddwyn yn ei erbyn, tra yr oedd cymdogaeth agos y galluoedd Seisnig yn cynnig iddo y fath gyfleustra i ddial ar Glyndŵr a'r Abad, na allai ddisgwyl cael ond hynny. Yr oedd yr ysgrythurau hyn wedi rhuthro yn ffrwd drwy ei feddwl, pan, â'i glust wrth yr agen yn nrws ystafell breifat yr Abad, y clywodd Emrys yn cael ei gyfarwyddo i gyrchu Glyndŵr. Cymerodd ei fesurau yn ddi-oed. Wedi ennill caniatâd yr Abad i adael yr Abaty, yr oedd Jerome wedi brysio gyda chymaint eiddgarwch i hysbysu i Henry pa fodd y gellid dal Glyndŵr, ac yr oedd Emrys ffyddlon yn gweithio'n hollol ddiarwybod i ddenu Glyndŵr i'r fagl oedd Jerome mewn dull mor gyfrwys wedi paratoi iddo.

Pennod XXIII
Idris i'r Waredigaeth

Yr oedd y teulu yn Llety Fadog mewn helbul blin am absenoldeb Gruffydd Fychan. Pan, ar ôl cyfarfod o amgylch y bwrdd i forefwyd y bore canlynol i'r amgylchiadau yr ydym wedi groniclo mewn pennod flaenorol, sylwyd am y tro cyntaf ar absenoldeb y llanc, ac ar ôl holi, cafwyd allan na ddychwelodd y nos o'r blaen. Yr oedd braw Madog tu hwnt i fesur, ac arddangosodd y Marchog Du y fath gyffro anarferol fel yr anghofiodd ei hun a'i ddistawrwydd hunan-osodedig gymaint fel yr holodd y gweision ei hun. Dychrynodd beth pan gofiodd beth oedd wedi ei wneud, ond gan weld nad oedd wynepryd Madog yn arddangos dim ond syndod wrth glywed y Marchog distaw yn llefaru, a chan ganfod nad oedd tôn ei lais yn deffro unrhyw dant anghofiedig yng nghof ei letywr, parhaodd y Marchog Du ei ymholiadau.

Ni ellid, pa fodd bynnag, lloffa [*canfod*] dim. Nid oedd neb wedi gweld y llanc oddi ar iawn y dydd blaenorol, ac felly gadewid ei gyfeillion heb un math o ôl ar hyd yr hwn y gallent ei ganlyn. Ofnai rhai y gallai fod wedi syrthio i ddwylo rhyw gorfflu crwydrol o'r Saeson, a darfu i'r syniad yma, er y gwawdiai y Marchog Du ef, gymryd y fath afael yn meddwl Madog fel na allai gael ei wared, ac felly gyrrodd ei weision mewn gwahanol gyfeiriadau i chwilio am hysbysrwydd, gyda gorchymyn iddynt ganlyn unrhyw gorfflu o Saeson y gallent gael hanes amdanynt eu bod wedi bod yn y gymdogaeth yn ddiweddar.

Cychwynnodd dau arall o breswylwyr Llety Fadog i ffwrdd yr un pryd, ond mewn cyfeiriadau gwahanol. Y ddau hyn oedd Idris ap Cowryd, y pennaeth lladron, a'r Marchog Du.

Cyfeiriodd Idris ei gamau tua phen y creigiau, gan dybied nad oedd yn amhosib y gallai y llanc colledig fod wedi colli ei droed tra yn rhodio yn ôl ei arfer ar hyd ymyl y dibyn. Cerddodd yn ofalus ar hyd ymyl y dibyn ei hun, gan archwilio y ddaear a'r creigiau yn fanwl am ôl troed wedi llithro, ond y cwbl oll yn ofer. Yr oedd wedi cymryd y rhag-ocheliad o ddwyn gydag ef raff creigiwr gref, yr hon ni chafodd un anhawster i ddod o hyd iddi yn Llety Fadog. Gan dybied y galliasai o bosib, drwy ostwng ei hun ar hyd y rhaff dros y graig, gael gwell golwg ar wyneb y creigiau nag a allai oddi ar eu pennau, sicrhaodd Idris y rhaff wrth ddarn enfawr o graig, a gollyngodd ei hun i lawr yn ddwfn. Yr oedd ei hun yn creigiwr cyfarwydd, ac ni theimlai y gradd lleiaf o ofn. Llaw dros law y disgynnodd, gan orffwys yn awr ac yn y man ar ryw ysgwydd bychan, ac edrych yn fanwl dros wyneb cymaint o'r graig ag oedd yn y golwg – ond eto yn ofni.

O'r diwedd, ar ôl cyrraedd terfyn y rhaff, cafodd ei hun yn gorffwys ar uchelsarn bychan a redai ar hyd wyneb y graig. Gan adael y rhaff yng nghrog, dilynodd yr uchelsarn hwn nes y cafodd ei fod yn gorffen yn yr hyn ymddangosai fel llwybr garw toredig a arweiniai ar letgroes i lawr i'r graig, ac yn ôl pob ymddangosiad, tua'r dwfr ei hun.

Wedi ei ddiddori gan y darganfyddiad annisgwyl hwn, a chan dybied y gallai o bosib arwain i rywbeth a daflai oleuni ar fater ei ymchwil, dilynodd y llwybr yn ofalus, pob cam a gymerai yn ei argyhoeddi fod y llwybr yn arwain i lan y môr. Yn sydyn, canfu llygad craff yr ysbeiliwr ryw wrthrych obry a wnaeth iddo sefyll a thynnu yn ôl am foment. Y gwrthrych oedd wedi tynnu ei sylw, a deffro ei ddrwgdybion, oedd colofn denau o fwg a ddeuai allan o agen yn y graig, a'r hwn, i lygad cyffredin, fuasai yn anweladwy. Gan weld pob peth yn dawel o'i amgylch, aeth Idris ymlaen yn ofalus.

Nid oedd wedi disgwyl cyfarfod â bodau dynol yn y lle gwyllt, unig hwn. Cyffrôdd y darganfyddiad annisgwyl yma yn ei fynwes y gobaith ei fod ar fedr darganfod yr hyn a eglurai ddirgelwch diflaniad Gruffydd. Yr oedd yn ofynnol iddo fod yn ofalus iawn, ac felly, gyda mwy o wyliadwriaeth nag o'r blaen, aeth eto yn ei flaen. Yn sydyn, safodd drachefn, a gostyngodd ei glust i glywed. Dyrchafai histiad annealladwy lleisiau dynol drwy yr agen yn y graig. Gan bwyso ymlaen, gwrandawai yn astud, ac yn fuan galluogid ef i ddeall fod y personau, gan nad pwy oeddent, yn siarad yn Saesneg. Yr oedd ar fedr dychwelyd yn frysiog, ond gofalus, tua Llety Fadog, i geisio cymorth rhagor o wŷr, canys yr oedd iaith y personau cuddiedig yn profi mai gelynion oeddynt, pan y tynnwyd ei sylw drachefn gan lais mwy mwynaidd, yr hwn oedd yn amlwg iawn yn eiddo dynes. Gan wrando yn astud, daeth cyfnewidiad erchyll dros ei wynepryd. Dirwasgai ei wefusau ynghyd, tywyllodd ei ael, ymdaflai yn gadarn yn ei gledd, ac arddangosai ei holl ymddygiad y digofaint a'r cynnwrf mwyaf. Gan godi ar ei draed, a'i lygaid yn fflachio gan ddigofaint, anadlodd ddau air:

"Bronwen Fychan!"

Yr oedd eto mewn amheuaeth pa beth a wnâi; yr oedd gochelgarwch yn ei rybuddio i ddychwelyd i geisio cymorth, tra yr oedd ei ffyddlondeb i Bronwen yn ei gymell i fentro'r cwbl, pan y darfu i sgrech sydyn oddi fewn i'r ogof dorri y ddadl yn ei feddwl, a chan wasgu rheg allan rhwng ei ddannedd, neidiodd ymlaen, a chafodd ei hun wrth enau ogof dywyll, o ran fewnol yr hon y deuai sgrech ar ôl sgrech, yn gymysg â rhegfeydd geirwon.

Hon, yn wir, oedd yr ogof i'r hon yr oedd Bronwen anffodus wedi cael ei hudo gan y rhai oedd wedi ei thwyllo mor drylwyr. Ie, rhagor na hyn, hon oedd yr ogof i'r hon yr oedd Meistres Judith fradwrus wedi llwyddo i ddenu Gruffydd.

Yr oedd cynlluniau cyfrwys Marglee wedi llwyddo yn rhy dda. Gan ganfod Bronwen mor ddiogel dan Arglwyddes de Grey, fel na allai obeithio ei chael dan ei law tra y byddai yn y castell, trodd ei sylw at ddyfeisio rhyw gynllun i'w hudo o'i diogelwch, a'i gosod yn fwy llwyr yn ei law nag erioed o'r blaen. Yr oedd ei fynwes ar hollti gan orfoledd pan gafodd fod y gor-ffyddlon Tom Hirgoes a Meistres Judith wedi llwyddo yn eu cenadwri, ac i goroni ei ddialedd yr oedd wedi dal Gruffydd hefyd yn y fagl. Wedi ei ddallu gan gariad, yr oedd Gruffydd druan wedi syrthio yn rhy rwydd i'r cynllwyn osodwyd mor gyfrwys i'w ddal, a chyda llawenydd ellyllaidd yr oedd Marglee wedi llygadrythu ar yr olygfa a gynigid gan y llanc di-deimlad yn gorwedd yn ei waed ar ôl yr ergyd erchyll gafodd gan bastwn Tom Hirgoes.

Mor ddychrynllyd yn wir oedd yr ergyd gafodd y llanc anffodus ar ei ddyfodiad i'r ogof fel y gorweddodd yn hir yn ddideimlad, a byddai yn well ganddo fod wedi marw na deffro i ganfod yr olygfa oedd o flaen ei lygaid: wynepryd drwgfrydig Marglee yn ymwthio i mewn rhwng ei eiddo ef ac eiddo Bronwen. Gwnaeth ymdrechion ffyrnig i ryddhau ei hunan o'r rhwymau â'r rhai yr oedd wedi cael ei ddiogelu, tra yr oedd eto yn ddideimlad, ond yr un peth fyddai iddo geisio symud y graig ei hun.

Yr oedd Marglee, er mwyn ychwanegu eto at eu poenydiad, wedi eu gadael am noson mewn heddwch — noson, yr hon wrth roddi iddynt amser i ddarlunio iddynt eu hunain holl erchylltra'r trannoeth oedd o'u blaen, a'r hyn oedd ef wedi ei fygwth iddynt cyn yr aeth allan y nos o'r blaen, a ychwanegai yr erchylltra ddengwaith drosodd.

Yr oedd y bore wedi dyfod, a chyda'r bore, Marglee, yr hwn, a'i wyneb yn fflamio gan y nwydau aflywodraethus o'i fewn, oedd yn awr wedi dyfod i'r ystafell fewnol lle yr oedd y cariadon yn garcharedig ganddo. Yn ystod y nos yr oedd Gruffydd wedi ceisio trwy fygythion, a Bronwen trwy addewidion a gwobrau, i gymell y dyn a'u gwyliai i ganiatáu iddynt ddianc, ond yr oedd yn troi clust cyfartal fyddar i erfyniadau a bygythion, ac felly cafodd y bore hwynt wedi blino gan eu gwyliadwriaeth effro drwy y nos, a chan arddangos y teimladau poenus hyn mor amlwg yn eu wynepryd, fel y byddai unrhyw un ond cythraul parod, yn tosturio wrthynt.

Yn awr, ar ôl i Marglee ddyfod i mewn, dechreuodd wawdio dioddefiadau y llanc tynn-rwymedig, gan ymdrechu eu hychwanegu ym mhob modd dichonadwy. Yn ofer y rhinciodd y llanc ei ddannedd, nes y llifai y gwaed o'i wefusau; yn ofer y tynnodd wrth ei rwymau nes torrodd y rhaffau i mewn i'w gnawd – ni wnâi y dihiryn ond chwerthin yn ei wyneb.

"Ha ha ha!" chwarddai. "Yr wyf yn tybied fy mod wedi gosod terfyn effeithiol ar dy ganu di, y cyw ceiliog. Ac amdanat ti, fy morwyn foethus, nid wyt ond aros dyfodiad Jerome, yr hwn wyf yn ddisgwyl bob awr, i'th rwymo dithau yn ddiogel yn fy mreichiau."

"Dim byth!" llefai yr wyryf. "Dim byth y bodlonaf i fod yn eiddo i ti. Gwell gennyf syrthio yn farw wrth dy draed!"

"Nage, fy ngeneth!" gwawdiai Marglee. "Oni bai fy mod yn gwybod mwy amdanat nag a wyddost ti dy hunan, a'm bod am ddiogelu i mi fy hun yr etifeddiaeth honno na allaf ei chael ond trwy briodi â thydi, ni fuaswn yn aros i'r offeiriad o gwbl."

"Yr wyt yn camsyniad, y dihiryn!" llefai Gruffydd. "Ni fydd fy ewythr mor barod i gyfoethogi treisiwr ei ferch â'i gwaddol."

"A, y llanc mwyn," gwawdiai Marglee eto, "o bosib y gallwn ddweud wrthyt ddirgelwch cyn y'th osodaf allan o'th boen ar ôl i ti ganfod priodas gyfreithlon rhwng Bronwen deg a minnau – dirgelwch er hynny nid wyf yn tybied y diolchi i mi am ei hysbysu i ti."

"Na wrando arno Gruffydd annwyl," ebe Bronwen. "Nid yw ond ceisio ychwanegu at dy boen di a minnau. Ond ni chaniatâ y nef iddo gyflawni ei amcanion iselwael."

"Ni chaiff na nef nac uffern fy rhwystro i archwaethu dy wefusau ceirosaidd, yr eneth wawdlyd," llefai Marglee, gan ymaflyd yn arw ynddi, a cheisio dylifo ei gusanau arni. Ysgrechiodd yr wyryf gan ddychryn, ac ymdrechodd ymysgwyd yn rhydd oddi wrtho, tra yr atseiniai rhegfeydd Marglee drwy yr ogof.

Ar y foment hon, clywid bloedd uchel wrth enau yr ogof, a rhuthrodd Idris ap Cowryd i mewn â'i gleddyf noeth yn ei law.

Yr oedd Marglee, yr hwn, gan nad beth allai ei ddiffygion fod, na ellid ei gyhuddo o lwfrdra, yn ymddangos, er ei fod wedi ei gymryd dan anfantais, yn gyfaddas i'r achlysur. Gan wthio yr eneth oddi wrtho, tynnodd ei gledd; ac yno, yn yr ogof dywyll, heb ddim i'w goleuo ond pelydryn o oleuni oedd wedi gwneud ei ffordd i mewn drwy agennau yr ogof, a golau amherffaith y tân coed, a'r ffaglau osodid yma a thraw mewn agennau yn y mur, edrychodd Bronwen gyda diddordeb anhraethol ar ymdrechfa oedd mor bwysig iddi â'r un oedd o'r blaen wedi'i gweld yn cymryd lle ar y maes agored ger Glanmorwynion.

Pennod XXIV
Gwobr y Bradwr

Yr oedd y Brawd Jerome wedi a cyflawni ei orchwyl yn rhy dda; yr oedd Harri a'i wŷr wedi amgylchu yr Abaty cyn y gellid rhoddi unrhyw rybudd i'r Abad na Glyndŵr. "Yn awr, cyfod fy mab," ebe'r Abad, "y mae yn bryd i ni weithredu." Ac, yn wir, yr oedd yn bryd. Hyd yn oed tra yr oedd yn llefaru, daeth i'w clustiau sŵn y milwyr, y rhai oeddynt eisoes wedi torri y drws allanol, ac wedi gwthio eu ffordd i mewn i'r Abaty. Er hyn, parhaodd yr Abad yn dawel a digyffro. Gan godi ar ei draed, arweiniodd Glyndŵr i ben pellaf yr ystafell, yr hwn ni arddangosai yn allanol unrhyw wahaniaeth i weddill yr ystafell. Yma, gan dynnu ei law yn gyflym dros y mar, cyffyrddodd â *spring* cuddiedig, ac agorodd darn mawr o'r mur yn araf, gan ddatguddio oddi fewn fynedfa gul, dywyll.

"Yn awr, fy mab," ebe'r Adad, gan gymryd o'i logell rôl o femrwn, a'i roddi yn llaw Glyndŵr, "yr wyf yn dychwelyd i ti y papurau a berthynant i'r eneth Bronwen."

"Nage, fy nhad," atebai Glyndŵr, "ymddiriedais hwynt i'th ofal di, a phe gorfodet fi i'w cymryd yn ôl, achosaf ar yr un pryd i'm holl enwogrwydd ddyfod i bwyso drachefn ar fy nghydwybod."

"Fy mab," atebai yr hybarch offeiriad, "cred fi, gelli osod i ffwrdd bob ofnau o'th fynwes. Mae iawn wedi ei wneud am dy bechod, ac ni raid iddo mwy dy flino. Gwn fod fy nyddiau, ie, fy oriau, wedi eu rhifo, ac ni fynnwn er dim i'r papur yma syrthio i ddwylo eraill, rhag y gallai rhywun achosi blinder i ti drwyddynt. Yr wyf am hynny yn ewyllysio eu dychwelyd i ti, a chyda hwynt yr wyf yn rhoddi i ti faddeuant llawn am yr hyn fynegant hwy amdani hi a tithau."

"Sanctaidd Dad," ebe Glyndŵr, "yr wyf yn diolch i ti am y geiriau cysurlon hyn. Ond mae gennyf eto fwy o achos tristwch. Yr wyf yn mawr ofni fod fy mab, fy Ngruffydd ddewr, yn caru yr eneth, ac er nad yw wedi mynegi hynny i mi, eto gwn ei fod wedi gosod ei galon ar ei phriodi."

"Na, na, ni all hynny fod byth!" ebe'r Abad. "Eto, gosod dy hyder yn yr Hwn sydd yn peri i'w haul dywynnu ar ôl i'r storm fynd heibio, ac sydd yn rhoddi cysur ar ôl blinfyd."

Gellid clywed yn awr lais crynedig y Tad Emrys ym mhen pellaf y fynedfa oedd yn arwain i'r ystafell, yn llefain: "Nage, wŷr, na frysiwch fi. Yr wyf yn hen, ac mae fy ofnau wedi fy ngwanhau. Ac heblaw hyn, mae yn gweddu i ni agosáu at yr Abad Santaidd gyda phob dyledus barch." Yr oedd hyn, ynghyd â rhegfeydd y milwyr, y rhai oeddynt wedi eu llenwi â digofaint gan yr oediad oedd eisoes wedi cymryd lle, a sodlau haearn y rhai swnient yn uchel ar y palmant cerrig, yn rhybuddio yr Abad nad oedd ganddo bellach eiliad i'w golli. Gan gyfeirio â'i fys i lawr i'r fynedfa dywyll, dywedodd:

"Dos i mewn yn eofn, fy mab. Nid oes agoriad i'r fynedfa hon ar y dde na'r aswy, am hynny ni elli golli'r ffordd. Fel yr ei, cei glywed sŵn lleisiau dy elynion gerllaw i ti, ond nac ofna, nid oes yr un enaid byw ond fy hun yn gwybod am hyn. Dilyn y fynedfa pa le bynnag yr arweinia di, a byddi yn ddiogel. Nawr, dos di, Obaith Gwalia! A boed i fendith y Nef fynd gyda thi! Ffarwel fy mab, Ffarwel!"

"Ffarwel! Santaidd Dad, ffarwel!" atebai Glyndŵr, fel yr âi i mewn i'r fynedfa, ac y caeodd yr Abad y drws yn ddistaw ar ei ôl.

Dim moment yn rhy fuan. O'r braidd yr oedd yr Abad wedi cael amser i droi oddi amgylch nag y gwthiwyd drws yr ystafell yn agored, a rhuthrodd nifer o filwyr, yn cael eu harwain gan y Brenin, i mewn. Gan weld neb yno ond yr Abad hybarch gydag ymddangosiad tawel ac urddasol, a goleuni dieithr yn ei lygaid, y rhai fflachient yn ddisglair dan ei aeliau, safasant ennyd yn fud.

"Pa beth yw ystyr y traws-ymwthiad yma?" gofynnai yr Abad yn awdurdodol. "Ai lladron ac ysbeilwyr ydych, sydd yn beiddio fel hyn halogi Tŷ Duw?"

"Tŷ Duw, yn wir!" llefai Harri. "Ogof bradwyr yn hytrach! Nawr, taw â'th faldordd, ti Pharisead dadyrddol, a dywed wrthyf pa le yr ymguddia y bradwr?"

"Bradwr! Ni wn am yr un bradwr," atebai yr hen ŵr yn ddigyffro.

"Na ail adrodda fy ngeiriau, yr henwr, os wyt yn parchu dy einioes," llefai y brenin digofus, "ond dywed wrthyf pa le y mae Glyndŵr?"

"Glyndŵr! Ai ceidwad Glyndŵr ydwyf, fel y gofynnet i mi amdano; neu a wyt yn tybied fod mantell Myrddin wedi disgyn arnaf, fel y gallaf weld trwy furiau cerrig a mynyddoedd uchel?" atebai yr Abad.

"Nawr, cau dy geg, faldorddwr!" llefai Harri. "A gwybydd mai y brenin sydd yn siarad â thi!"

"Nid wyf yn cydnabod yr un brenin ond Brenin Nef," atebai yr Abad.

"Nawr, boed i ellyllon uffern ymaflyd ynot!" bloeddiai y teyrn. "A wyt yn bwriadu fy nghadw yma drwy y dydd yn baldorddi gennyt? Nawr, dywed wrthyf, pa le yr ymguddia Glyndŵr?"

"Ac yr wyf finnau yn gofyn i ti, paham yr holi i mi amdano?" atebai yr hen ŵr.

"Ai nid oedd efe yma yn yr ystafell hon ers chwarter awr yn ôl?" gofynnai y brenin.

"Pa fodd y gelli ddweud hynny?" gofynnai yr offeiriad ffyddlon, gan benderfynu oedi pethau cyhyd ag oedd yn bosibl, ac felly ychwanegu at siawns Glyndŵr i ddianc.

"Pa fodd?" ail-ddwedai y brenin. "Wel, cei wybod. Galwch yma y Brawd Jerome!"

Ymdaenodd wg dros wynepryd yr Abad pan enwyd Jerome, a deallodd mewn moment fod y mynach dialgar wedi troi yn fradwr. Daeth Jerome i mewn yn fuan.

"Nawr, dywed wrthyf, Jerome," ebe'r brenin, "a yw Glyndŵr wedi bod yma mewn gwirionedd?"

"Nid yn unig y mae wedi bod yma, ond rhaid yn sicr ei fod yma eto," atebai y mynach, "canys yma, i'r ystafell hon y gwelais ef yn dyfod, ac i'm gwybodaeth sicr i, nid aeth allan oddi yma drachefn."

"O tydi, fradwr, dwbl liwiedig!" llefai yr Abad. "Tydi ail Jiwdas, bradychaist waredydd dy wlad. Bydd dy gyfran di fel yr eiddo yntau, ac mewn poenau tragwyddol cei wingo!"

"Na hidia mohono, Jerome," ebe'r brenin. "Er ei holl fygythion, cei eto fwy o nefoedd ar y llawr nag ef. Yn awr, Abad," ychwanegai, gan droi yn swrth ar yr hen ŵr, "mae y tywod yn yr awr wydr yna," gan gyfeirio at un ar y bwrdd, "eisoes wedi rhedeg i lawr dair rhan o bedair. Os dywedi wrthyf pa le y mae Glyndŵr, os dangosi ef i mi, yna cei yr Abattir brasaf yn fy nheyrnas yn eiddo i ti! Ond, sylwa yn fanwl: os, pan red y gronyn olaf o'r tywod yna i lawr, y gwrthodi fy nghais, ac ufuddhau i'm gorchymyn, yna myn holl gythreuliaid uffern ei hun, tynnaf dy galon fradwrus ddu o'th fynwes, a cha' dy waed lifo yn gyflymach nag y rhed y tywod yna!"

"Gwna di yr hyn a fynni," atebai yr Abad. "Ni fu erioed hyd yn hyn yr un Abad Ystrad Fflur yn fradwr i'w wlad, ac yn sicr, ni bydd i mi, er mwyn ychydig ddyddiau byr yn ychwaneg yn y byd pechadurus yma, ddwyn yn awr y cywilydd hwnnw ar y lle hwn!"

"Cawn weld am hynny!" atebai y brenin. "Yn awr, de Rocheville," ychwanegai, gan annerch Marchog gerllaw, "cymer wŷr gennyt a chwilia y nyth bradwrus yma o'r nen i'r sylfaen. Na ad yr un twll heb ei chwilio, a'r dyn cyntaf a gaiff afael yn Glyndŵr, a gaiff fil o *ferks*, a chei dithau, de Rocheville, yn ôl i'th feddiant y tiroedd llydain hynny fuont yn dreftadaeth i'th gyndeidiau."

"Yr wyf yn mynd, fy Arglwydd Frenin," ebe de Rocheville, "ac os yw Glyndŵr yn guddiedig o fewn i'r muriau hyn, mynnaf afael ynddo!" a chan ddweud hyn, aeth allan o'r ystafell.

Manwl yn wir y bu yr ymchwil. Ni adawyd agen heb ei chwilio ond, fel y gall y darllenydd ddeall, ofer fu y cwbl! Ni ellid cael cymaint ag ôl yr ysglyfaeth am yr hwn y chwilient mor eiddgar. Yn y cyfamser, pa le yr oedd Glyndŵr? Yr oedd, fel y cyfarwyddodd yr Abad ef, wedi canlyn y fynedfa, ac er ei bod yn dywyll, ni chafodd un anhawster i wneud hynny. Am beth amser, yr oedd yr awyr yn afiach, a llwydaidd, a thybiodd Glyndŵr yn gywir ei fod yn teithio mynedfa danddaearol. Yn sydyn, ar ôl mynd ymlaen am gryn amser, trawodd yn erbyn rhyw gorff sylweddol o'i flaen, ac yna gwelodd fod pelydryn bychan oleuni yn disgyn oddi fry. Yr oedd yr awyr o'i gylch yn awr yn iachus. Gallai glywed sain yr adar yn pyncio uwchben. Trwy gymorth y pelydryn bychan o olau ddisgynnai oddi fry, gwelodd yr hyn a ymddangosai fel ysgol, o wneuthuriad garw, yr hon y tybiodd a'i harweiniai i ryw fynedfa o'r gell dywyll hon. Dringodd yr ysgol yn frysiog, a chafodd ei hun yn fuan yn sefyll yn uchel yn yr awyr yng nghanol brigau derwen ddeiliog enfawr, yng nghyff cau yr hon yr oedd yr ysgol oedd newydd ddringo, wedi ei gosod. Gan fod y dderwen yn sefyll yng nghanol coedwig o eangder cymedrol, ni phetrusodd Glyndŵr ddisgyn, a chan nodi ei gyfeiriad wrth yr haul, gwasgodd ymlaen yn frysiog i ymuno drachefn â'i wŷr oedd wedi eu gadael y bore hwnnw. Ar ôl esgyn bryn, o'r hwn y gallai weld yr Abaty, cynhyrfwyd ei ddigofaint a'i ofid wrth weld yr Abaty, o'r hwn yr oedd ers ychydig amser wedi dianc, yn awr yn un goelcerth enfawr o fflamiau, a thyngodd na chai y dinistr hwn fynd heibio heb ei ddial.[*]

Yr oedd y tywod yn yr awr wydr yn rhedeg yn rhy gyflym, ac, fel yr oedd y rhan fechan oedd eto yn aros yn graddol leihau, trodd y brenin yn fygythiol at yr Abad, a dywedodd yn bwysleisiol: "Gwêl, mae'r tywod eto'n rhedeg. Ond yn fuan bydd wedi mynd i gyd!"

I hyn atebodd yr Abad yn ddigyffro: "Gwêl, mae yr Abad eto yn sefyll yn ffyddlon i'w air!"

Yna bu distawrwydd. Ni ddywedodd neb air hyd nes y syrthiodd y gronyn olaf o'r tywod i lawr. Yna, y Brenin, gan dynnu ei gledd, a ddynesodd at yr hen ŵr diamddiffyn, gan ddweud: "Yn awr, a wnei di ddweud wrthyf pa le y mae Glyndŵr yn guddiedig?"

"Wel," atebai yr Abad, "gan fod yn rhaid i ti wybod, ti gei wybod. Dywedaf wrthyt; ie, rhagor, dangosaf i ti y fan y mae Glyndŵr yn guddiedig," a chan deimlo oddeutu ei wisg, datglymodd ei wasgod a'i ddillad isaf nes oedd ei fynwes yn noeth, ac yna, gan gyfeirio ei fys tuag at ei galon, dywedodd: "Yma y bu, yma y mae, ac yma y bydd Glyndŵr yn guddiedig!"

"Y bradwr gwargaled i ti!" llefai y teyrn digofus, a gwthiodd ei gledd hyd y carn ym mynwes yr hen ŵr!

Syrthiodd yr Abad i'r llawr, a'r gwaed yn llifo o'i fynwes, ac yn cochi ei wallt gwyn, ond chwaraeai gwên nefolaidd o amgylch ei wefusau, ac mewn llais methedig

---

[*] Ysbeiliwyd abaty Ystrad Fflur gan fyddin Harri yn 1401, er nad oes awgrym bod Glyndŵr ei hun ynddo ar y pryd.

ac aneglur, dywedai: "Yr wyf yn diolch i ti, frenin, am yr ergyd yna. Gyda hwn, rhoddaist i mi yr hyn na allai y byd ei roddi. Mae dy gleddyf di wedi datgloi i mi byrth perlog y nef, ac â'th law rhoddaist i mi delyn, ac ar fy mhen gosodaist goron aur – a – minnau – a rhoddaist – y mreichiau – Iesu!" a chyda'r gair olaf, rhedodd ei ysbryd at Dduw, yr hwn a'i rhoes ef.

Trodd Harri yn wgus ymaith, a rhodiodd yn ôl ac ymlaen ar hyd yr ystafell, wedi ymsuddo mewn meddyliau cythryblus a thywyll. O'r diwedd daeth de Rocheville i mewn, gan ddweud: "Fy Arglwydd Frenin! Yr ydym wedi chwilio pob twll ac agen, ac nid ydym wedi gadael un rhan o'r adeilad heb ei lwyr chwilio, ond eto yr ydym wedi methu ei ddarganfod."

"Ond rhaid ei fod ef yma!" llefai y brenin. Yna, a'i wynepryd yn cael ei oleuo yn fuddugoliaethus, dywedodd, "Gwnaf o'r gorau ag ef eto! Gosod bob peth yn barod i osod y lle melltigedig hwn ar dân, a dyro wybod i mi pan fyddo pob peth yn barod."

Gan foesymgrymu, ymneilltuodd y Marchog i ufuddhau i'r gorchymyn, ac yn fuan iawn yr oedd y milwyr yn brysur iawn yn paratoi pethau at losgi yr Abaty. Crynhowyd crugiau o ddefnyddiau llosgol mewn gwahanol fannau, fel ag i'w galluogi i osod tân mewn dwsin o fannau ar unwaith, ac yna aeth de Rocheville unwaith yn rhagor at y brenin, yr hwn oedd eto yn eistedd yn ystafell yr Abad, a'i ael yn wgus; ei unig gydymaith oedd Jerome, yr hwn oedd eto heb dderbyn pris y gwaed am yr hwn yr oedd wedi bargeinio, a'r hwn oedd yn penderfynnu cadw golwg ar y Brenin, hyd nes y cai ei dalu. Yr oedd corff yr Abad yn gorwedd yn y man lle y syrthiodd, a throai llygaid y Brenin yn awr ac eilwaith at y gwrthrych gwaedlyd ar y llawr, er ei fod yn gwneud ei oreu i edrych draw.

Yr oedd gan Jerome hefyd amcan arall mewn golwg

wrth aros yn yr ystafell. Gwyddai am y fan lle y cadwai yr Abad ei bapurau dirgel, ymhlith y rhai yr arferai gadw y papurau ddalient gysylltiad mor bwysig â Bronwen, a'r rhai roedd yntau wedi eu haddo i Marglee. Yr oedd ei ofn o bresenoldeb y Brenin ar y dechrau wedi ei gadw yn dawel, ond, gan weld fod y Brenin mewn myfyrdod rhy ddwfn i sylwi arno ef na pethau allanol eraill, cafodd y mynach o'r diwedd ddigon o galon i ddechrau ei ymchwil. Agorodd y cwpwrdd a chwiliodd yn ddyfal ond yn ofer ymhlith y papurau gynhwysai. Yr oedd yno draethodau dysgedig ar destunau diwinyddol; llawer memrwn yn llwyd gan oed, yn cynnwys ysgrifeniadau y tadau; llith-lyfrau addurnedig â lluniau celfaidd; breint-ysgrifau yr Abaty; rhestr o Abadau blaenorol Ystrad Fflur, a phapurau eraill digon pwysig i hawlio lle yn y man dirgel hwn – ond nid oedd yno ddim oedd yn dal unrhyw berthynas o gwbl â Bronwen na Glyndŵr. Yr oedd y mynach siomedig eto yn parhau ei ymchwiliad pan ddychwelodd de Rocheville.

"Fy Arglwydd Frenin," ebe de Rocheville, "mae pob peth yn awr yn barod, ac os yw eich Mawrhydi yn barod i ymadael, gallwn osod tân yn y lle ar unwaith."

"Gwna hynny, ynte, yn ddioed, de Rocheville," ebe'r Brenin, gan godi ar ei draed, "yr wyf yn dy ganlyn."

"Fy arian! Eich mawrhydi, fy arian!" llefai Jerome. "Fy neg ar hugain *merk*, fy Arglwydd Frenin! Boed i'ch mawrhydi graslon gofio na chefais fy nhalu!"

"A! Yr oeddwn wedi dy anghofio," atebai'r Brenin, gan droi yn ôl. "Ac yr wyt yn gofyn am dy dâl?"

"Ydwyf, eich mawrhydi," atebai Jerome yn llawen, gan obeithio cael trafod y pris gwaed o'r diwedd.

"Yna cymer ef, y ffŵl bradwrus!" ebe Harri, gan dynnu ei gledd a thrywanu y bradwr trwy ei galon. "Dyna'r tâl wyt ti yn haeddu. Oni bai i ti fy arwain yma, ni fuaswn wedi cyfarfod â'r siomedigaeth yma heddiw, ac ni fuasai gwaed yr hen ŵr duwiol yna ar fy enaid."

Syrthiodd y mynach Jerome yn gelain, heb gymaint ag ochenaid, a llifodd ei waed yn ffrwd goch ger eiddo yr Abad llofruddiedig, ond ni chyffyrddai y ddau waed â'i gilydd, ac ymddangosai fel na allai, hyd yn oed yn angau, i waed gwlad-garwr a bradwr gydgymysgu.

Trodd y Brenin ar ei sawdl a gadawodd yr ystafell. Ymhen ychydig amser, yr oedd yr Abaty yn goelcerth o fflamiau, tra y safai y milwyr yn gylch o gwmpas yr adeilad dedfrydedig, rhag y gallai Glyndŵr eto ddianc. Adroddwyd ganddynt straeon hynod o gwmpas eu gwersylloedd y noson honno. Yr oedd rhagor nag un yn cymryd ei lw y darfu iddo weld Glyndŵr a'r Abad yng nghôl ei gilydd yn esgyn ar y fflamiau uchaf tua'r nef!

Pennod XXV
Y Marchog Du i'r Waredigaeth

Yr oedd Browen â'i chalon yn curo yn gyflym, a Gruffydd gydag edrychiad eiddgar yn gwylio yr ymdrech farwol oedd i benderfynu eu tynged. Yr oedd y ddau ymladdwr yn gleddyfwyr medrus; anfynych yr oedd Marglee wedi cyfarfod â chystadleuydd, tra yr oedd pennaeth yr ysbeilwyr yn gwneud i fyny mewn ystwythder yr hyn oedd yn brin mewn celf; yr oedd felly yn amheus pa un o'r ddau fuasai y buddugwr pe gadewid iddynt heb ymyrryd â hwynt. Darfu i Bronwen, yr hon a ddeallodd bwysigrwydd y foment, ac ofnai y gallai Tom Hirgoes, neu Meistres Judith oeddynt allan ar y pryd, ddychwelyd ar unrhyw funud, neidio yn sydyn, a chyda chri hanner mogedig o lawenydd, a chodi i fyny gyllell lem oedd wedi syrthio o wregys un o'r ymladdwyr, a chydag ergydion brysiog torrodd y rhaffau rwyment ei chariadfab, gan adael Gruffydd unwaith eto yn ddyn rhydd!

Yn anffodus, fodd bynnag, nid atebodd y weithred feiddgar hon ei diben, canys yr oedd aelodau y llanc mor gysglyd a stiff gan y tyndra â'r hwn yr oedd wedi ei rwymo, ac yr oedd wedi gorwedd cyhyd yn rhwym, fel y teimlai ei hun yn awr mor ddiymadferth â phlentyn sugno, ac yn analluog i symud llaw na throed, tra yr oedd dychweliad araf cylchrediad y gwaed drwy ei aelodau yn rhoddi iddo y poenau mwyaf llym. Gosodwyd terfyn sydyn hefyd ar yr ymladdfa trwy ddyfodiad Tom Hirgoes i'r maes. Yr oedd wedi clywed sŵn y cleddyfau yn taro yr erbyn ei gilydd, ac wedi brysio i'r lle, ac nid cynt y deallodd pa fodd yr oedd pethau yn sefyll nag yr ymunodd â Marglee yn ei ymosodiad ar Idris, yr hwn ni allai yn hir ymgynnal mewn brwydr mor anghyfartal, ac a syrthiodd yn fuan yn aberth i'w ffyddlondeb ei hun a dialedd Marglee. Syrthiodd yn drywanedig gan liaws clwyfau, wrth draed Bronwen, gan sibrwd â'i anadl olaf: "Bronwen deg – bu Idris farw er mwyn eich gwared!"

Rhoddodd Marglee gic dirmygus i gorff marw Idris oedd mewn dull mor arwrol wedi aberthu ei fywyd dros Bronwen, gan ofni y gallai fod rhai o gymdeithion Idris tu allan, galwodd Marglee ar Tom Hirgoes i'w gynorthwyo i chwilio, a gwnaethant ymchwiliad manwl o gwmpas yr ogof, ond ni chawsant un arwydd o bresenoldeb un dyn byw. Gan deimlo yn foddhaus mai wrtho ei hun yr oedd yr ysbeiliwr dewr wedi dyfod, dychwelodd Marglee drachefn i'r ogof nesaf i mewn, gan gymryd y rhagofal, er hynny, o adael ei ganlynwr yn yr ogof allanol, gyda gorchymyn caeth, fel y parchai ei einioes, i fod ar ei wyliadwriaeth, ac i roddi rhybudd prydlon os digwyddai unrhyw ymyriad pellach.

Yr oedd Bronwen a Gruffydd hefyd wedi disgwyl yn bryderus, gan obeithio yn erbyn gobaith y gallai fod eraill o'u cyfeillion tu allan i'r ogof. Yr oedd y wên fuddugoliaethus ar wyneb Marglee pan ddychwelodd, fodd bynnag, yn hysbysu mewn dull mwy eglur na'r un geiriau mor llwyr yr oeddent yn nwylo yr adyn creulon.

Unwaith eto ymdrechodd Bronwen, drwy ddeisyfiadau, a Gruffydd trwy fygythion, i droi yr adyn oddi wrth ei amcan, ond chwarddai Marglee yn groch ar bob un o'r ddau.

"Ha! ha! ha!" ebe fe. "A ydych yn tybied fy mod y fath ffŵl â gadael i chwi ddianc o'm dwylo yn awr pan ydych yn fy ngafael? Yr un mor rhesymol fyddai i'r aderyn crynedig lefain am drugaredd gan y sarff a dorcha o'i amgylch, a llygaid yr hwn a'i cyfaredda; yr un mor rhesymol fyddai i'r hydd llefain am drugaredd gan y llew sydd eisoes wedi archwaethu ei waed. Yn awr, ti lanc disgynnydd tywysogion fel yr wyt, caf dalu i ti yn ôl dy ergyd ar Lanmorwynion, brathiad dy gledd ar yr Wylfa, a'th gast yn Rhuthun! Ie, yn debyg ddengwaith drosodd fe'th dalaf!"

Gruffydd, gan weld ei fod yn hollol yn llaw yr adyn, ac na allai un ymbiliad effeithio arno, a wenodd yn wawdlyd.

"A! A wyt ti yn gwenu?" gofynnai yr ellyll. "A wenu di, debyget, pan weli y forwynig foethus hon yn fy mreichiau?" Rhoddodd Gruffydd, druan, ochenaid o boen wrth y cyfeiriad yma at ddiben yr adyn.

"Ie, foneddiges ffroenuchel, forwynig foethus, Bronwen wawdlyd," ychwanegai Marglee, "nith fel yr wyt i Glyndŵr ei hun, ymffrostgar fel yr wyt yn dy waed urddasol, gwnaf fi, ie, myfi, mab y gwehydd tlawd o Rouen, wneud iti waeo iti erioed dy eni! Bydd Jerome Fychan yn fuan iawn yma, ac yna talaf yn dda i tithau am dy holl wawd!"

"Gwrando arnaf, ddihiryn!" llefai Gruffydd, i'r hwn yr oedd bygythion Marglee i Bronwen yn boen annisgrifiadwy. "Gollwng y forwynig yma ym mhob anrhydedd, a chei wneud â mi yr hyn a fynni; ie, cei ddefnyddio tuag ataf bob dirdyniad poenus y gall dy galon gythreulig ei ddyfeisio!"

"Yna," ebe Marglee, "y buaswn yn ffŵl i adael i un aderyn yn rhydd tra mae y ddau gennyf yn awr yn y fagl. Na, na, y cyw ceiliog! Mae dy ganu di drosodd am byth! Ac yn awr fy ngeneth i, amdanat tithau!" ychwanegai, gan droi at Bronwen.

Rhoddodd hithau ysgrech, a dihangodd o'i afael am funud, gan lefain: "Gwrando eto unwaith yn rhagor arnaf fi. Gad yn unig i'r llanc yma, fy nghefnder, fynd yn rhydd; gad iddo fynd oddi yma mewn diogelwch, ac yna cymer fi o flaen yr offeiriad, a mi a'th briodaf!"

"Ha! Ha! Ha!" chwarddai Marglee drachefn. "Ac a wyt yn tybied y trafferthaf fy hun i ofyn am dy gennad i'th briodi? Mae Jerome yn drwm iawn ei glyw pan fo angen, a bydd i'r eli euraidd gymhwysaf ato wneud i'th 'Nage' di swnio yn 'Ie' yn ei glustiau; gwna hynny lawn cystal â phe dywedet ef!"

"Y dihiryn!" bloeddiai Gruffydd drachefn, gyda ffyrnigrwydd, ac mewn llais atseiniai drwy yr ogof, "Ymatal! A wyt ti yn tybied y caniatâ y nef iti gyrraedd dy amcan uffernol? A wyt ti yn gweld pa fodd y danfonodd y nef y dyn anffodus yma i rwystro dy amcan gynnau fach?"

"Yna mae yn rhaid i'r nef chwilio am well cennad," atebai Marglee, gan estyn allan ei law, ac ymaflyd yn Bronwen.

"Mae y Nef wedi gwneud hynny, ynte!" llefai llais bygythiol o'r ogof allanol, a'r foment nesaf gwelid Tom Hirgoes yn ymdrechu rhwystro mynediad dyn cawraidd, ar ymddangosiad yr hwn y rhoddodd Gruffydd floedd o lawenydd, a Marglee udiad o ddigofaint siomedig, gan i'r ddau adnabod y dieithryn, mai neb llai na'r Marchog Du ydoedd.

Gwelodd Marglee y buasai yn ofer iddo geisio ymladd â'r fath wrthwynebydd peryglus, a chan ofni fod yr ogof allanol yn nwylo ei elynion, fe drodd ei feddwl at ddianc mewn rhyw ffordd arall, sef trwy fynedfa arall o'r ogof oedd yn arwain i'r creigiau uwchben. Safai Meistres Judith ym mhen draw yr ogof fewnol, wedi ei rhwymo i'r fan gan ddychryn, a chan wylied gyda'i llygaid bron â neidio o'u tyllau yr ymladdfa farwol rhwng ei gŵr a'r dieithryn.

Gwelodd Marglee fod Bronwen wedi'r cwbl ar ddianc o'i afael; darllenodd yn gywir ym mloedd llawen Gruffydd, a'i lygaid disglair, fod awr buddugoliaeth y llanc wedi dod o'r diwedd, a phenderfynodd droi ei lawenydd yn wylofain, a'i fuddugoliaeth yn alar a gwae iddo. Llefodd gyda rheg erchyll: "Na lawenha yn rhy fuan, ti hedyn Glyndŵr! Os wyt am gael Bronwen i'th freichiau, ni chant ddal ond ei chorff marw!" a chan ddweud hyn tyfodd ei gledd, ac anelodd at galon yr eneth a safai yn ei chynddaredd yn hollol anymwybodol o ystyr bygythiad yr adyn.

Yr oedd dau berson wedi gweld a deall ei amcan marwol. Gyda bloedd uchel o ddigofaint erchyll, ymaflodd y Marchog Du yng nghorff ei wrthwynebydd, Tom Hirgoes, o amgylch ei wasg, a chan eilebu yr orchestgamp gyflawnodd ar furiau Penmynydd, hyrddiodd gorff enfawr Tom Hirgoes at Marglee. Ond yn rhy ddiweddar i wared Bronwen o'i pherygl. Ymhyrddiodd corff Tom Hirgoes yn chwyrnu heibio pen Marglee, a thrawodd â'i ben gyntaf, gydag ergyd gwrthwynebus, yn erbyn mur creigiog yr ogof, yn agos i'r fan lle y safai Meistres Judith, gan daenellu wyneb a breichiau noeth y ddynes â gwaed ei gŵr.

Yr oedd yr edrychwr arall wedi bod yn fwy cyflym yn eu symudiadau. Pa un ai oedd Gruffydd wedi anghofio ei ddinerthedd blaenorol, neu ynte a oedd y perygl y gwelai Bronwen ynddo yn ei gynhysgaethu â nerth goruwchnaturiol, neidiodd y llanc ar ei draed, gan syrthio ar fynwes yr eneth o flaen blaen cleddyf Marglee, a'i ysgwyddau llydain yn ffurfio tarian i Bronwen, yn yr hwn y claddodd Marglee ei gleddyf gyda bloedd fuddugoliaethus, ac yna neidiodd yr adyn i ffwrdd drwy y fynedfa fewnol tua'r creigiau fry.

Atseiniwyd ei floedd gan ddwy ysgrech. Yr oedd Meistres Judith wedi ei deffro o'i swrthdra gan ei floedd, a chyda chwarddiad gwallgof rhuthrodd ar ei ôl, gan floeddio nerth ei llais. "Ho! Syr Philip! Mae Tom Hirgoes yn galw arnoch! Mae ei waed ar fy wyneb a'm

breichiau yn gweiddi arnoch! Mae yn galw arnoch i aros!
Na adewch fi i wynebu y cythraul du yma yn yr ogof!"

Darfu i Bronwen hefyd, pan y teimlodd Gruffydd yn
gorff llipa yn ei breichiau, ac yn syrthio o'i chôl i'r llawr
fel yn farw, roddi ysgrech galon-rwygol, a syrthiodd
wrth ochr corff ei chariadfab ar lawr creigiog yr ogof.

Gan ddiystyru erlid Marglee ffoedig, trodd y
Marchog Du ei sylw at ei gyfaill anffodus, dros gorff
gwaedlyd yr hwn yr oedd Bronwen yn griddfan. Wedi
tawelu yr eneth â geiriau tirion, archwiliodd y clwyf, yr
hwn, er ei lawenydd mawr, y canfu nad oedd yn
angheuol. Yr oedd blaen y cledd wedi llithro ar hyd llafn
yr ysgwydd, gan ddyfod allan dan y gesail; yr oedd y
gamdriniaeth oedd Gruffydd eisoes wedi ei ddioddef,
a'i sefyllfa wan oddi wrth effeithian ergyd bradwrus
Tom Hirgoes, yn gwneud i'r hyn fuasai dan
amgylchiadau cyffredin yn glwyf gymharol ddibwys, i
gael effeithiau gwaeth nag a ellid disgwyl. Gan gyflym
rwymo y clwyf i atal llif y gwaed, cododd y Marchog
Gruffydd yn ei freichiau, a chariodd ef i enau yr ogof,
i'r awyr agored. Dadebrodd y llanc yn fuan, ac yna, ar ôl
gosod Bronwen i eistedd yng nghefn y cwch yn yr hwn
yr oedd y Marchog Du wedi cyrraedd yr ogof mor
brydlon, a chan osod Gruffydd i led orwedd ar y
gwaelod, â'i ben yn pwyso ar fynwes ei Fronwen annwyl,
ymaflodd y Marchog Du yn y rhwyfau, a chydag
ergydion cryfion, gyrrodd y bad yn gyflym ac ysgafn ar
hyd wyneb y môr.

Nid oeddynt wedi mynd dros ryw ddwy neu dair
dwsin o lathenni pan y tynnwyd eu sylw gan floeddiadau
uchel o ben y creigiau, a chan edrych i fyny, canfyddant
olygfa a'u daliodd yn rhwym gan ddychryn. Yr oedd
Marglee, a'i fynwes wedi ei rhwygo gan deimladau
chwerwon effaith ei siomedigaeth, ac yn cael ei erlyn
gan y ddynes wallgof ysgrechlyd, wedi ffoi am ei einioes

ar hyd y llwybr arweiniai tua phen y creigiau. Yr oedd ysgrechfeydd Judith, fodd bynnag, wedi tynnu sylw rhyw bersonau ar ben y creigiau oeddent wedi dyfod y ffordd honno i chwilio am Gruffydd. Yn eu plith yr oedd yswain y Marchog Du, ac felly, pan ddaeth Marglee o fewn golwg pen y graig, cafodd ei hun yn cael ei gyfarfod yno gan hanner dwsin o wŷr arfog. Gyda llw dwfn, safodd, ac edrychodd o'i amgylch am le i ffoi. Canfu ei lygad cyflym y rhaff grogedig wrth yr hon yr oedd Idris wedi gollwng ei hun i lawr, ac, heb aros moment, neidiodd ar y llwybr cul oedd yn arwain tuag ato, a chan ymaflyd yn y rhaff dechreuodd esgyn yn gyflym, law dros law.

Yr oedd Meistres Judith fodd bynnag yn agos wrth ei sodlau; canlynodd ef tuag at y rhaff gan ysgrechian: —

"Arhoswch Syr Philip! Mae ar Tom eich eisiau! Mae Tom Hirgoes, chwi wyddoch, yn galw arnoch i'w achub o afael y cythraul du ddaeth i'ch ymofyn chwi, ond a'i daliodd ef yn eich lle!"

Yr oedd Marglee, yn anystyriol wrth gwrs o'i bloeddiadau, wedi ymaflyd yn y rhaff ac yr oedd eisoes yn esgyn, pan y llamodd y ddynes wallgof mewn dull na allai neb ond gwallgofddyn wneud oddi ar y graig, ac, â'i bysedd hirion bachog, ymaflodd yng nghoesau Marglee. Ymestynnodd y rhaff dan y pwysau dwbl hyn, ond yr oedd wedi cael ei phrofi o'r blaen a daliodd yn awr yn dda. Yn ofer yr ymdrechodd Marglee ryddhau ei hun; yr oedd gafael Judith arno fel eiddo angau ei hun, a theimlodd yntau ei nerth yn ei adael yn gyflym, a'i ddwylo yn colli eu gafael wallgof ar y rhaff.

"Help! Help!" sgrechiai y truan. "Er mwyn y Nefoedd, help! O Dduw, a raid i mi farw fel hyn?"

"Ha ha ha!" sgrechiai Judith yn lloerig; "Neidiwn i lawr ein dau at Tom, Syr Philip, yn gynt o lawer nag y ffoesom o ŵydd y cythraul du hynny yn yr ogof!"

"O! Fy Nuw!" sgrechiai yr adyn mewn dychryn, a'r dafnau enfawr o chwys yn torri allan ar ei wyneb, a phob gewyn yn crynu gan y dirwasgiad osodid arnynt. "Help!" sgrechiai drachefn, gydag acen galonrwygol, a rhuthrodd y Cymry, oeddent wedi sefyll yn syn yn edrych ar yr olygfa hynod, ar hyd y llwybr i geisio rhoi cymorth iddo.

Ond yr oedd yn rhy hwyr!

Gyda bloedd olaf anobeithiol a gymerwyd i fyny gan chwerthiniad ynfyd Judith, ac atebwyd gan ysgrech fuddugoliaethus pâr o eryrod nythent gerllaw, collodd yr adyn ei afael ar y rhaff, a syrthiodd dros y dibyn erchyll; arhosodd cyrff Marglee a Judith am ennyd yn rhwymedig gan afael y ddynes, gan sboncio o graig i graig; ond rhannwyd hwynt yn fuan, ymroliodd corff drylliedig y ddynes dros y graig i'r tonnau rhuol obry, tra yr arhosodd eiddo Marglee yn hanner crogedig dros graig ysgwyddog na allai un troed dynol byth ei gyrraedd yn fyw, ac yno gorweddai, fel pe bai daear a dwfr ill dau yn ei wrthod, gan nacau cymryd eu halogi â'i gorff, yr hwn a adawyd felly i ddod yn fwyd i adar y nefoedd. Gyda llef o ddychryn cuddiodd Bronwen ei hwyneb yn ei dwylo, i gau allan yr olygfa erchyll o'i gŵydd, a'r Marchog Du, ar ôl gwaeddi allan ei gyfarwyddiadau i'r bobl ar y graig i baratoi yr hyn oedd yn angenrheidiol i gludo Gruffydd o'r lan i Lety Fadog, a rwyfodd yn gyflym ymaith.

Cafwyd corff Idris, a rhoddwyd iddo gladdedigaeth anrhydeddus. Dan ofal tyner Bronwen, adferwyd nerth ac iechyd Gruffydd yn fuan.

Pennod XXVI
Helyntion Pwysig

Yr oedd Glyndŵr, ar ôl cael gwybodaeth gywir am niferoedd byddin ei elynion, wedi gwysio pob Cymro gwladgarol fedrai ddwyn arf unwaith eto i ymuno â'i faner ef, ac atebwyd yr alwad gyda brwdfrydedd. Cymerodd y frwydr le ger Stallingdown, mewn man sydd eto yn ei enw yn cadw y frwydr mewn coffadwriaeth – Bryn Owain.[*] O doriad cyntaf y wawr tan hwyr y nos, parhaodd y frwydr yn ffyrnig ac amhenderfynol. Am ddeunaw awr y parhaodd y ddwy ochr i arddangos y dewrder mwyaf di-ildio, nes o'r diwedd y gorfodwyd y Saeson i encilio o'r maes, gan adael y maes ym meddiant y Cymry buddugoliaethus, y rhai, fodd bynnag, ym marwolaeth llawer i wladgarwr dewr, a dalasant yn ddrud am eu buddugoliaeth.

Llenwid y flwyddyn 1402 â digwyddiadau o'r pwys mwyaf. Yn gynnar yn y flwyddyn ymddangosodd comed fflamiog, gyda phen disglair a chynffon hir, chwifiog. Yr oedd gweledyddion Cymru, yn ddieithriad, yn sicrhau fod y gomed yma yn dynodi gwae, gwarth, a gorchfygiad y Saeson, a llwyddiant a buddugoliaeth cydbwysol i'r Cymry; ac yn wir, braidd nad ymddangosai fod y dehongliad yma yn wir. Dychrynai y Saeson rhag yr ymwelydd dieithr yn y nefoedd uwchben, gan gredu fod ei ymddangosiad yn rhaghysbysu niwed iddynt hwy. Agorwyd y rhyfel-dymor gan frwydr erchyll a

---

[*] Ger y Bont Faen, Sir Forgannwg. Fodd bynnag nid oes sicrwydd i'r frwydr hon ddigwydd o gwbl, nac yn union pryd – arwyddocaol yw mai eiddo Iolo Morgannwg yw'r cyfeiriad cynharaf ati.

ymladdwyd yn Meifod, Trefaldwyn. Ymddengys fod y
frwydr hon, yn dra gwahanol i'r rhai blaenorol, wedi ei
phenodi gan y ddau arweinydd gwrthwynebol, y rhai a
gytunasant am y lle a'r amser i'w hymladd. Yr oedd,
mewn gwirionedd, yn ornest enfawr rhwng y Cymry a'r
Saeson, ac, fel y gweddai, yr arweinwyr gwrthwynebol
oeddynt y ddau ddyn yn achos y rhai y dechreuwyd y
rhyfel ar y cyntaf, sef Glyndŵr a de Grey. Yr oedd de
Grey wedi derbyn gyda llawenydd orchymyn y brenin i
deithio yn erbyn y Cymry, ac yr oedd Glyndŵr, gyda
chymaint o lawenydd ag yntau, wedi derbyn y newydd
fod ei hen elyn yn paratoi. Yr oedd gan y ddau achos,
neu o leiaf tybient fod ganddynt achos i gasáu ei gilydd.
Yr oedd de Grey wedi ei gynhyrfu yn erbyn Glyndŵr
gan gam-ddarluniadau Marglee, a Glyndŵr yntau wedi
ei gynhyrfu yn erbyn de Grey gan weithredoedd y tybiai
ef mai de Grey oedd wedi eu cyflawni, ond y rhai
oeddynt mewn gwirionedd, naill ai wedi eu cyflawni gan
Marglee ei hun, neu a ddygid oddi amgylch trwy ei
gyfrwystra ef. Dalid felly yn eiddgar ar frwydr Meifod
gan y ddau bennaeth, fel cyfle i benderfynu eu cwerylon
personol, yn ogystal ag i benderfynu materion o bwys
cenedlaethol. Mewn gair, edrychai pob un o'r ddau
flaenor ar y frwydr fel gornest, ac fel gwŷr yn ymladd
gornest yr oeddynt hwythau yn penderfynu defnyddio
eu holl gelfyddyd, a gosod allan eu holl alluoedd er
sicrhau buddugoliaeth. Gorweddai y fantais o ran nifer
yn ddiamheuol gyda de Grey, gan fod y fyddin Seisnig
o bob arfau yn rhifo 15,000, tra yr oedd byddin
Glyndŵr yn gyfansoddedig o 6,000 o wŷr traed, a 3,000
o feirchfilwyr, neu ryw ddwy ran o dair o nifer ei
wrthwynebwyr. Meddai y Cymry, fodd bynnag, y fantais
o fwy o ysbryd ac ynni. Yr oedd dehongliadau eu
gweledyddion am arwyddocâd y gomed fflamllyd,
ynghyd a'r llwyddiant oedd wedi coroni eu holl

ymdrechion hyd yn hyn, yn calonogi y Cymru, tra y tueddai yr un pethau i ddigalonni y Saeson.

Dan yr amgylchiadau hyn, ynte, yr ymladdwyd y frwydr. Cyflawnodd pob un o'r ddau flaenor wrhydri digyffelyb – pob o'r ddau yn ymdrechu, trwy ymdrechion mwy, a beiddgarwrch gwrolach, i daflu clod y llall i'r cysgod. Ymdrechai pob un o'r ddau hefyd gyrraedd ei wrthwynebydd – gan hyderu gallu, drwy ymladdfa law-law, benderfynu tynged y dydd; ond ni fedrai y naill na'r llall gyrraedd at ei wrthwynebydd. Pan y buasai y naill neu y llall wedi llwyddo, drwy ymdrechion dirfawr, i gyrraedd ger y fan y safai y llall, byddai rhyw don yn nhrai a llanw y frwydr yn ei daflu ymhell yn ôl gyda gallu anwrthwynebol. Ni allai brwydr gerid ymlaen mor ffyrnig barhau yn hir yn amhenderfynol, ac yn raddol darfu i'r rhengoedd Seisnig, oeddynt yn hir wedi dangos gwrthwynebiad diysgog i ymosodiadau y Cymry, ddechrau ysgwyd, ac yna torasant, a ffoesant bob un am eu bywydau, yn cael eu herlid gan y Cymry, y rhai a laddent yn ddiarbed. Gadawodd y Saeson ddim llai na dwy fil o'u nifer yn lladdedigion, a dwbl hynny o glwyfedigion ar y maes.

Gorfodwyd de Grey, â dicter a siomedigaeth yn cythryblu ei feddwl, i geisio diogelwch trwy ffoi, a chyfeiriodd ei yrfa, yn cael ei osgorddu gan nifer o farchogion, yn gywir tua Chastell Rhuthun. Yr oedd Glyndŵr â'i lygad arno, a chan adael ysglyfaeth llai breiniol i'w ganlynwyr, carlamodd ei hun, gyda chant o wŷr dewisedig, ymhlith y rhai yr oedd Gruffydd a'r Marchog Du, ar ôl de Grey. Ymlaen y brysiodd yr erledigion a'r erlidwyr. Cododd tyrau Castell Rhuthun i'r golwg, ac ymddangosai y meirch blinedig, fel eu marchogion, fel pe yn adfywio wrth yr olwg arnynt, ac yn ymdrechu yn fwy egnïol nag o'r blaen i gyrraedd y noddfa a gynigid gan y castell; ond yn dynn ar eu sodlau daeth Glyndŵr a'i fintai o farchogion dewisedig, ac ar y llannerch agored wrth droed y bryn lle y safai y castell, gorfodwyd de Grey a'i wŷr i droi a brwydro.

Yn awr, safai y ddau flaenor wyneb yn wyneb am y tro cyntaf ar ôl yr her a roddodd Glyndŵr i de Grey o flaen brenin ac arglwyddi Lloegr, yn y prawf yn Llundain. Profodd de Grey ei fod yn cyflawn haeddu y clod oedd wedi ennill fel marchog dewr a chelfgar, a synnwyd Glyndŵr tu hwnt i fesur pan gafodd fod y dyn a arferai efe edrych arno fel llyswr benywaidd yn cynnig y fath wrthwynebiad dewr, galluog, a llwyddiannus i'w ymosodiadau. Am y tro cyntaf, dechreuodd Glyndŵr amau am ei lwyddiant mewn gornest bersonol. Cyfarfuwyd brath or ôl brath, trowyd o'r neilltu yn ddianaf, ac ad-dalwyd ergyd ar ôl ergyd, ac eto nid ymddangosai fod y naill na'r llall wedi ennill unrhyw fantais. Yr oedd canlynwyr y ddau flaenor enwog yma fel pe yn ymfodloni i adael i'r ddau enwog-ddyn yma benderfynu y frwydr, ac felly gorffwysodd pawb arall ar eu harfau i wylio ffawd yr ornest ddiddorol hon. Yn awr ymddangosai y naill fel pe wedi ennill ychydig fantais ar y llall, a glawiai ei ergydion fel cenllysg ar gorff dur-amddiffynfeydd y llall, nes y fflachiai y ddur-wisg dân, ac y tasgai i ffwrdd yn ddarnau; yna, yn ei iro, deuai yr amddiffynnwr yn ymosodwr, pan y byddai ei wrthwynebydd wedi blino gan yr ymdrechion ofnadwy oedd yn ofynnol yn yr ystorm ddi-baid. Fel hyn y parhaodd yr ymdrechfa, nes o'r diwedd i Glyndŵr, gydag un ergyd nerthol tuag i lawr, dorri cleddyf de Grey, a'r ergyd, yn disgyn ar ysgwydd y Sais, a wnaeth iddo siglo ar ei draed a syrthio. Neidiodd Glyndŵr ymlaen, ac a'i gledd wrth wddf de Grey, hawliodd ei ymostyngiad, yr hyn y gorfodwyd y barwn ffroen-uchel, yn anfoddog, i wneud, ac yna rhoddodd y Cymro dewr ei law foneddigaidd i gynorthwyo ei elyn syrthiedig i godi ar ei draed, tra y taflodd y Saeson eraill eu harfau i lawr, fel arwydd o'u hymostyngiad.

Yr oedd yr ymladdfa hon, fodd bynnag, wedi deffro ym mynwesau pob un o'r ddau bennaeth edmygedd onest o'r naill i'r llall, yr hyn ni allasai dim arall, o bosibl, fod wedi gwneud cystal; a dygodd eu cysylltiad canlynol, fel caethgludwr a charcharor, rinweddau cuddiedig y naill a'r llall gymaint i olwg ei gilydd, fel y daethant yn gyfeillion mynwesol, ac y teimlai pob un ohonynt gywilydd eu bod wedi mynwesu teimladau mor annheilwng y naill at y llall. Wedi cael derbyniad i gylch teuluaidd Glyndŵr, trawyd de Grey gymaint gan brydferthwch a rhinweddau Jane, merch hynaf y pennaeth Cymreig, a syrthiodd hithau mewn cymaint cariad â'r barwn urddasol a dewr, fel y gellir yn rhwydd ddychmygu y canlyniadau. Darfu i'r marchog, a dderbyniwyd i dŷ Glyndŵr yn garcharor, ymadael oddi yno yn ŵr i ferch hynaf y pennaeth, ac yn gyfaill calon ac edmygydd gwresog i Glyndŵr; ond cyn i hyn gymryd lle, yr oedd Harri wedi talu y swm o 10,000 *merk* yn iawn am ryddhad ei ffafr-ddyn. Rhoddodd Glyndŵr y swm hwn yn waddol i'w ferch; rhoddodd hithau hwynt i'w gŵr; a dychwelodd de Grey hwynt drachefn i Glyndŵr, i'w defnyddio yn achos gwladgar rhyddhad Cymru. Cytunwyd fod y Croesau i'w roddi yn etifeddiaeth i ail blentyn y pâr urddasol; ac felly yr iachawyd y rhwyg rhwng y ddau bennaeth – rhwyg oedd wedi dechrau mewn annealltwriaeth bersonol, ac wedi ymledu yn rhyfel cenedlaethol.*

Yn y cyfamser parhaodd y rhyfel. Ni wnawn ond yn unig symio i fyny y prif ddigwyddiadau: gwysiodd Harri

---

* Mae Beriah neu ei ffynonellau, yn drysu yma. Ni phriododd Reginald de Grey yr un o ferched Glyndŵr, ac mi gofiwch i'w wraig ymddangos yn gynharach yn y nofel.

fyddin enfawr ynghyd drachefn i Litchfield, ar Gorffennaf 7fed, 1402; ond yma cafodd hysbysrwydd fod Syr Edmund Mortimer wedi cael ei orchfygu a'i gymryd yn garcharor ym mrwydr Brynglas, Maesyfed, ar yr 22ain o Fehefin. Parhaodd Glyndŵr ei yrfa fuddugoliaethus drwy y Deheudir, gan gyfarfod ag ond ychydig o wrthwynebiad, gyda'r eithriad o ambell gastell ystyfnig, y rhai, fodd bynnag, a orfodwyd yn fuan i daflu eu pyrth yn lled agored i'r Cymry buddugoliaethus. Crynhodd Harri drachefn, erbyn Awst 27ain, fyddin o 70,000, y rhai a deithient yn dair adran, gan groesi y cyffiniau mewn tri man gwahanol. Gweithredodd Glyndŵr gyda doethineb mawr. Nid anturiodd ei fyddin fechan i'r maes agored yn erbyn y fath allu gor-lethol, ond enciliodd i'r mynydd-dir gan yrru o'i flaen yr holl ychain a'r defaid a allai grynhoi, a phrinhau y wlad o'i ôl yn llwyr o bob moddion cynhaliaeth i'r Saeson. O'i amddiffynfa fynyddig gwnaeth ymosodiadau mynych a lluosog ar y gelyn, gan daro ergydion annisgwyl, y rhai, er na wnaent, bob yn un ac un, ryw gymaint o niwed, eto, pan gyfrifid colledion y Saeson yn yr oll ohonynt, cyrhaeddai niferoedd enfawr.

Cynhyrfodd hyn Harri tu hwnt i fesur, a phenderfynodd erlid Glyndŵr o'i ffau fynyddig, ac felly, yn annoeth iawn, caniataodd y brenin iddo ei hun a'i fyddin gael eu harwain i, a'u dyrysu yn, y mynydd-dir. Ymddangosai fel pe bai yr elfennau eu hunain wedi ymgynghrerio i ymladd o blaid y Cymry yn erbyn Harri. Tra yr oedd y brenin a'i wŷr yn y bylchau mwyaf peryglus yn y mynyddoedd, digwyddai, bron yn ddieithriad, fod ystormydd sydyn a ffyrnig o gawodydd dallol o law, neu ruthradau brathol o genllysg, ynghyd a mellt a tharanau, yn disgyn ar y Saeson anffodus; neu, pan fyddent ar y llwybrau peryglus uwch y llync-lynnoedd echrydus, lle y byddai un cam o'r neilltu yn eu hyrddio i'w hangau ar ddannedd llymion y creigiau obry, amgylchid y fyddin gan niwl mor ddudew fel na fedrent weld cam o'u blaen. Fel hyn y trengodd miloedd o'r Saeson anffodus, ac o'r diwedd gorfodwyd Harri, wedi ei lwyr ddigalonni, i encilio yn ôl gyda gweddill bychan ei fyddin drahaus-falch, â'r hwn yr oedd wedi bwriadu ysgubo y Cymry o'i ffordd. Dychwelodd i Loegr, gan adael y Cymry unwaith eto mewn llonyddwch. Priodolai y Saeson ddewiniaeth i Glyndŵr, a dywedai haneswyr y cyfnod fod Glyndŵr, "trwy ddewiniaeth, wedi peri i'r fath ystormydd erchyll a blin o wynt, glaw, eira, a chenllysg i boenydio byddin y brenin na chlywyd erioed am eu bath." Priodolai y Cymry, fodd bynnag, y cwbl i ymyriad Dwyfol uniongyrchol o'u plaid, a croesawant hyn fel arwydd y coronid eu hymdrechion â llwyddiant perffaith, yn y diwedd.

Gan fod pob peth, fel hyn, mor ffafriol i achos y Cymry, a bod gorfoledd Glyndŵr, mewn canlyniad, mor amlwg, barnodd Gruffydd fod adeg ffafriol wedi gwawrio o'r diwedd iddo wneud cais anffurfiol am law Bronwen mewn glân briodas. Wedi ymgynghori â'r Marchog Du, anogai hwnnw ef i wneud hynny yn ddi-oed, a cheisiai y marchog ar yr un pryd, fel ffafr bersonol, ganiatâd i fod yn bresennol yn yr ymddiddan rhwng y tad a'r mab. Gyda chryn dipyn o syndod at gais mor ddieithr, cydsyniodd Gruffydd. Yr oedd y pennaeth Cymreig yn eistedd wrtho ei hun yn un o ystafelloedd Caer Drewyn, pan y daeth ei fab a'r Marchog Du i mewn i'r ystafell. Yr oedd yr olaf, fel arferol pan ym mhresenoldeb Glyndŵr, a'i benwisg yn cuddio ei wyneb. Nesaodd Gruffydd at ochr ei dad, a gwnaeth ei foesymgrymiad arferol. Gwahoddodd Glyndŵr y marchog yn foesgar i eistedd, gwahoddiad a dderbyniodd yr olaf gydag ymgrymiad parchus. Yna Gruffydd, gan droi at ei dad, a ddywedodd:

"Fy nhad, yma yn unigedd eich ystafell, heb ddim clustiau, ond yr eiddom ni ein dau, ac eiddo y marchog ffyddlon a chyfeillgar yma, i'n clywed, gallwn, tybiwyf, siarad yn ddiogel."

"Dywed yr hyn sydd ar dy feddwl, fy mab," ebe ei dad.

"Dymunwn ofyn i ti, fy nhad, os ydwyf, o'r dydd y ceisiais gennyt ganiatâd i daro yr ergyd cyntaf dros Gymru, os ydwyf, meddaf, wedi dy fodloni?"

"Yr wyt wedi gwneud hynny erioed, fy mab," atebai ei dad; "ond gallwn dybied dy fod, o'r bore hwnnw pan daethost ataf gan ddweud, 'Fy nhad, mae wedi ei wneud!', wedi rhagori hyd yn oed arnat dy hun! Er mai fy mab ydwyt, nid wyf yn cywilyddio dweud na feddaf yn fy holl fyddin yr un marchog dewrach na thydi, na'r un yr wyf dan fwy o rwymau iddo."

"Mae dy eiriau, fy annwyl dad, yn syrthio ar fy enaid fel gwlith ar y ddaear sychedig," ebe y mab; "ac er mai er mwyn dy foddio di, ac nid er mwyn tâl, y gwneuthum yr hyn a wneuthum drosot, eto, dymunaf yn awr geisio gennyt un ffafr."

"Nid oes eisiau i ti ond ei enwi, Gruffydd," atebai ei dad, "ac os yw y cyfryw ag a all Glyndŵr ei roddi, y mae gennyt cyn y ceisi amdano."

"Yna, fy nhad, yr hyn wyf yn geisio, yr hyn wyf yn gweddïo amdano yw, i ti roddi i mi ganiatâd i geisio llaw Bronwen, fy nghyfnither, mewn glân briodas," ebe y llanc yn grynedig.

Neidiodd y pennaeth ar ei draed gan lefain, "Pa beth a ddwedaist? Bronwen?"

"Ie, fy nhad, Bronwen, ac nid neb arall," atebai y llanc, gan wylio yn bryderus wefusau dirdynedig ei dad.

"O! Na ddywed felly, fy mab," meddai ei dad, mewn poen a gofid amlwg. "Gofyn i mi unrhyw beth arall; ond na chais *hyn* gennyf!"

"A phaham na chaf geisio hyn?" gofynnai y llanc. "Ai nid yw hi o waed mor urddasol â minnau? Ac ai nid wyf fi deilwng ohoni?"

"Ydyw, ydyw, y mae o waed urddasol, ie, mor urddasol â thydi; ac am deilyngdod, nid oes eneth yn y byd i gyd nad wyt ti yn deilwng ohoni!"

"Yna, fy nhad, pa beth a all eich gwrthwynebiad fod?" gofynnai y llanc.

"Na ofyn hyn i mi! O, na ofyn hyn i mi, os wyt yn fy ngharu! Gruffydd, gosod y drychfeddwl yma i ffwrdd oddi wrthyt," ebe ei dad.

"Yr un peth fyddai i ti ddweud wrthyf am dynnu yr haul o'r nefoedd, a dweud wrthyf am dynnu o'm mynwes fy nghariad at Bronwen!" ebe Gruffydd yn nwydus.

"O! Fy Nuw!" ebe Glyndŵr, mewn ing meddwl, gan rodio yn ôl a blaen ar hyd yr ystafell gyda chamau ansicr, ei ddwylo ymhleth, a'i wynepryd yn ymweithio gan ofid dwys. "O! Fy Nuw! Paham y bu hyn? Paham yr ergyd trwm hwn eto? A yw fy mhechod gymaint fel y rhaid i mi ddioddef *hyn* o'i blegid?"

"Fy nhad, fy annwyl dad!" ymbiliai y llanc. "Na ad i unrhyw beth ysgafn sefyll rhyngot ti a chaniatáu fy nghais!"

"Peth ysgafn, fy mab," ebe Glyndŵr, "pe gallwn ond symud ffwrdd y peth hwn, dybi di yn ysgafn, a thrwy hynny roddi pleser i ti, mae y Nef yn gwybod y buaswn yn llawen yn barod i farw er mwyn i ti ei gael! Yr wyf yn deisyf arnat, fy mab, gosod y peth hwn o'th feddwl, canys ni all fod byth!"

"Ond," parhâi y llanc, "paham y rhaid i chwi, fy nhad, nacau? Mae fy ewythr Madog wedi cydsynio – mae ef wedi rhoddi caniatâd i mi."

"Caniatâd! Efe!" llefai Glyndŵr. "Nid oedd ganddo ef un hawl i roddi caniatâd i ti!"

"Dim hawl! Efe, ei thad?" gofynnai y llanc.

"Ei thad! NAGE!" llefai Glyndŵr.

"Pa beth a ddwedaist, fy nhad?" llefai y llanc syn. "Ai nid yw Madog fy ewythr yn dad i Bronwen?"

"Gwae fi! Pa beth a ddwedais?" llefai y pennaeth mewn gofid. "Ond gan fy mod wedi dweud yr hyn na fwriedais ddweud nes ar fy ngwely angau, mae yr un man i ti gael gwybod: *nid tad Bronwen yw Madog!* Ond, Gruffydd," ychwanegai yn bryderus, "os wyt yn fy ngharu i – os wyt yn gwerthfawrogi fy heddwch – os wyt yn gofalu am fy achubiaeth dragwyddol, yr wyf yn deisyf arnat na cheisia hyn gennyf; canys byddai fy heddwch tymhorol a'm cadwedigaeth dragwyddol, ill dau, wedi eu colli i mi am byth pe gwnawn ganiatáu hyn i ti! Mwy na hyn, ni allaf ddweud – mwy na hyn ni wnaf ddweud. Ond gelli yn awr wneud dy feddwl i fyny unwaith am byth – *Ni elli byth briodi Bronwen!* Yn awr, dos a gad fi; a chred fi, fy mab, pe gallwn dioddef yn dy le, a thrwy hynny arbed y poen yma i ti, y gwnawn hynny yn llawen – ond y mae y Nef wedi ewyllysio yn wahanol. Gweddïa di drosof fi, fel yr wyf finnau yn feunyddiol yn gweddïo drosof fy hun; a diolch i Dduw, fy mab, nad oes ar dy ysgwyddau di y gofid annisgrifiadwy sydd yn fy llethu i," a chan syrthio yn lluddedig ar ei eisteddle, amneidiodd arnynt i adael yr ystafell.

Gyda chamau araf a gofidus y dychwelodd Gruffydd i'w ystafell ei hun; ac yno, ar ôl sicrhau y drws, trodd y Marchog Du ato, a chan godi ei benwisg, datguddiodd wynepryd yn tywynnu gan lawenydd amlwg. Neidiodd Gruffydd ar ei draed gan lefain yn ddigofus.

"Ac a elli di wenu ar fy ngofid, ac at ofid fy nhad? Tybiais dy fod yn well cyfaill na hyn!"

"Fy nghyfaill, dy gyfaill, ie, a chyfaill dy dad, ydwyf mewn gwirionedd," ebe y marchog "a phe gwyddet yr hyn wn i, buaset tithau hefyd yn gwenu gan lawenydd.

Yr wyf yn dywedyd wrthyt, Gruffydd, fy mod yn gwybod gofid dy dad, ac yn gwybod ei achos; a phe bai ef wedi cydsynio â'th gais i ti gael priodi Bronwen, cyfodasai i fyny rwystr na ellid byth ei symud; ond yn awr, y mae gofid dy dad, a'i wrthodiad pendant i ti gael priodi Bronwen, wedi symud yr unig rwystr allai fodoli."

Pa beth wyt yn feddwl?" gofynnai y llanc mewn syndod.

"Cei wybod hynny yn ei amser priodol," atebai y marchog; "ond y mae eto yn rhy fuan. Mae yr amser, fodd bynnag, yn agosáu. Ymatal dros ychydig – cadw dy galon i fyny; canys, ar fy ngair fel marchog, yr wyf yn tyngu i ti, trwy lw, os cei di a hithau eich arbed, *y cei di briodi Bronwen!* Dywedaf i'th dad, yn yr amser priodol, yr hyn a'i gwna ef yn llawen i roddi Bronwen yn wraig i ti, a'r hyn, os nad wyf yn camsynied, a rydd fwy o bleser iddo na phe caffai goron Lloegr! Ond, ar dy fywyd, nac yngana air o hyn wrth un enaid byw!" A chan ddweud hyn gadawodd y Marchog Du yr ystafell, gan adael y llanc yn ceisio yn ofer am ryw ddehongliad i'r dirgelwch hynod hwn.

Pennod XXVII
Coroniad a Datguddiad

Yr oedd y Saeson eto wedi encilio, gan adael y Cymry unwaith eto mewn llonyddwch i droi eu sylw at achosion Cartrefol. Penderfynwyd yn unfrydol hawlio lle eto i Gymru ymhlith cenhedloedd, drwy ddewis Tywysog a'i goroni gyda rhwysgfawredd dyledus. Gwysiwyd penaethiaid Cymru, gan hynny oll i Senedd ym Machynlleth. Cyfarfu y Senedd Gymreig, a dewiswyd Glyndŵr gyda brwdfrydedd yn Dywysog Cymru; ond cyn y coroniad, aed drwy y ddefod arferol o herio gwrthwynebiad i hawl y teyrn newydd i'r goron. Caniatawyd i'r ryswriaeth ddisgyn i ran Syr Rhys Tewdwr, ac nid oedd neb a'i haeddai yn well. O waed brenhinol ei hun – rhai yn ystyried ei hawl yn well nag eiddo Glyndŵr ei hun – yr oedd ef wedi bod yn un o flaenoriaid pennaf y gwrthryfel oedd yn awr wedi terfynu mor foddhaol. Ymhlith y blaenaf i ymuno â baner Glyndŵr, nid oedd neb wedi bod yn fwy ffyddlon nag ef – yr unig un, yn wir, ellid edrych arno fel cystadleuydd iddo oedd y Marchog Du, rhwng yr hwn a Syr Rhys yr oedd cystadleuaeth gyson a chyfeillgar wedi bod am y safle o anrhydedd wrth ochr y Pennaeth, ond gan nad oedd y Marchog Du wedi gweld bod yn dda hyd yn hyn ddatguddio pwy ydoedd, ni allai, am resymau digon eglur, weithredu fel rhyswr dros y Tywysog. Gan daflu edrychiad balch o'i amgylch, marchogodd Syr Rhys allan o flaen y dorf gynulliedig, ac yno, "yn wyneb haul, llygad goleuni," heriodd yr holl fyd i amau hawl "Owain Fychan o Glyndyfrdwy" i gael ei goroni yn Dywysog Cymru. Gan na feiddiodd neb ddyrchafu ei lais, cyhoeddwyd Owain yn unfrydol yn Dywysog Cymru. Cyflawnwyd seremoni y coroniad gan yr Hybarch Esgob Trefor, oedd wedi cael ei yrru mewn dull mor arw o bresenoldeb Harri, a chydwybod yr hwn oedd wedi caniatáu iddo fynd mewn canlyniad, heb wrid ar ei wyneb, ar ôl ei galon i wersyll Glyndŵr. Effeithiol yn wir oedd yr olygfa pan osododd yr Esgob y goron ar ben Owain Glyndŵr, ac yna mewn gweddi danllyd a ddeisyfodd fendith y Nef ar weithrediadau y dydd. Pan orffennwyd y weddi, cododd y Tywysog newydd-goronedig ar ei draed, ac a gafodd ei groesawi gan fanllefai byddarol. Gan amneidio am ddistawrwydd, gwnaeth araith effeithiol, yn yr hon yr addawodd gadw i fyny draddodiadau y Cymry a iawnderau y bobl. Yna, pan ddistawodd y banllefau â'r rhai y croesawid yr anerchiad, galwodd y Tywysog ar Iolo Goch i ymddangos ger ei fron. Wedi i'r bardd ddyfod, tynnodd y Tywysog o'i fynwes allwedd aur fechan, wedi ei sicrhau wrth ruban edwedig, a chan ddal hon yn ei law, adroddodd wrth y dorf hanes yr allwedd, a'r ysbrydoliaeth oedd, ers mwy na dwy flynedd cyn hynny, wedi disgyn ar Iolo Goch, gan ddangos i'r bardd mewn gweledigaeth ddigwyddiadau y dydd hwnnw. Hir a pharhaus fu y banllefau a groesawodd y datguddiad yma; ac yna Iolo, yn llawen i allu ymaflyd unwaith eto yn ei delyn hoff, a gusanodd law ei Dywysog, a chan daro tanau y delyn, arllwysodd allan y fath gân fuddugoliaethus ag i fynd tu hwnt hyd yn oed iddo ei hun, gan ddal y dyrfa enfawr yn swynedig ar ei wefusau â seiniau peraidd y tannau.

Yn y prynhawn, cynhaliwyd cyfwyre cyntaf y teyrn newydd-etholedig, yn yr hwn y derbyniodd longyfarchiadau a gwrogaeth ei bendefigion, ac amlygiad o ddymuniadau da eu brenhinoedd priodol gan lysgenhadon neilltuol o Ffrainc a Sbaen. Cymerodd

un digwyddiad neilltuol le yn y cyfwyre yma a haedda ei
gofnodi. Darfu i Syr Dafydd Gam, pennaeth Cymreig
o'r Deheudir, a brawd-yng-nghyfraith i'r Tywysog
Owain, a'r hwn, meddir, a huriwyd i'r diben gan Harri,
Brenin Lloegr, wneud ymgais annheilwng i lofruddio y
Tywysog. Yr oedd y ddagr guddiedig eisoes wedi ei
thynnu allan, ac wedi ei hanelu at galon y Tywysog.
Buasai eiliad arall wedi rhoddi terfyn angheuol ar rwysg
seremoni coroniad, a buasai y llawenydd cyffredinol
wedi ei droi i alar mor gyffredinol â hynny, pan y darfu
i'r Marchog Du, yr hwn a safai gerllaw, gydag un ergyd
sydyn â'i ddwrn haearn-wisgedig, dorri braich y bradwr;
syrthiodd y ddagr o'i law ar droed y Tywysog, a
chwympodd y fraich a'i chwifiai yn llipa a di-nerth wrth
ystlys ei pherchennog. Yr oedd bygythiadau y
penaethiaid digllon yn lluosog a dwfn am yr ymdrech
bradwrus yma am fywyd eu hannwyl Dywysog, ac y mae
yn debygol y buasai bywyd Syr Dafydd Gam wedi cael
ei dalu yn iawn am ei gynnig bradwrus: ond cododd y
Tywysog ar ei draed, gan amneidio am ddistawrwydd.
Yna dywedodd na fynnai i lawenydd a disgleirdeb dydd
ei goroniad gael eu llychwino a gwaed, ac am hynny, yr
arbedid bywyd Dafydd Gam; ond, fel rhybudd i fradwyr,
y cai ei gadw yn garcharor cyfyng yn Llansantffraid.
Cariwyd y ddedfryd hon allan, ac yn y carchar tywyll
yma yr ymboenodd Gam am flynyddoedd meithion,
hyd nes iddo, o'r diwedd, gael ei ryddhau, drwy i Harri,
Brenin Lloegr, dalu'n uchel iawn am ei ryddhad. Gellir
gweld adfeilion yr hen adeilad eto yn Llansantffraid, yn
Nyffryn Dyfrdwy, ac adwaenir hwynt heddiw wrth yr
enw 'Carchar Owain Glyndŵr.'

Er y gall yr efrydydd hanesyddol deimlo yn gwbl
foddhaus gyda'r disgrifiad hanesyddol uchod; eto, o
bosibl, gall y darllenydd cyffredin deimlo yn o anfodlon
ffarwelio â Gruffydd a Bronwen yn eu perthynas

anfoddhaus presennol y naill at y llall, a'r dirgelwch am
Bronwen heb ei ddatguddio. Yn ffodus i'r cyfryw, y mae
gennym yn ein meddiant hen lawysgrif werthfawr sydd
yn egluro y cwbl. Gan y byddai y llawysgrif yma, pe y
gwnaem eileb cywir ohoni yma, yn waeth na'r Tsieinëeg
i fwyafrif ein darllenwyr, ymdrechwn, er budd y cyfryw,
osod ei chynnwys ger eu bron mewn Cymraeg plaen.

Ar derfyniad y cyfwyre, ymneilltuodd y Tywysog,
gydag ychydig o'i gyfeillion agosaf, ymhlith y rhai yr
oedd Syr Rhys Tewdwr, Madog Fychan, Gruffydd
Fychan, a'r Marchog Du. Wedi gweld y rhai hyn yn
gynnulledig yn un o ystafelloedd y palas brenhinol,
gadawodd y Marchog Du yr ystafell, gan ddychwelyd yn
fuan â Bronwen yn pwyso ar ei fraich. Gan sefyll felly o
flaen y Tywysog, a chyda llygaid pawb yn gyfeiriedig ato,
dywedodd y Marchog Du, mewn llais dwfn a threiddgar,
a wnaeth i'r Tywysog, Madog, a Syr Rhys neidio:

"Fy Arglwydd Dywysog, a chwithau fy nghyd-
benaethiaid, sydd wedi cyd-ddwyn cyhyd â'm hynodd-
ddull: mae bellach yn bryd i'r dirgelwch sydd wedi fy
amgylchu gael ei symud i ffwrdd; ond cyn y gwnaf
hynny, dymunwn wybod a ydych yn ystyried fy mod
wedi bod o wasanaeth, nid yn unig i Gymru, ond i'm
Tywysog, y cyn-Bennaeth Owain Fychan, yn bersonol?"

"Hynny," atebai y Tywysog, "ni all yr un dyn amau.
Mae dy fraich gref, farchog dewr, ar lawer i faes caled,
wedi cynorthwyo i droi y dydd o blaid Cymru; ac yr wyf
finnau wedi teimlo yn aml fy mod wedi bod mor
gyflawn ddyledus i ti am fy ngwaredu o berygl bywyd,
ag ydwyf am dy wasanaeth parod ac effeithiol di heddiw
i'm gwared rhag dagr y bradwr. Yr wyf yn ddyledus i ti
am fy mywyd."

"Eto, un gofyniad yn rhagor, fy Nhywysog urddasol,
ac na thybia fy mod o'm bodd yn rhoddi poen diachos
i ti, nac yn wir heb reswm digonol," ebe y Marchog Du.

"Os ydwyf wedi gwneud gwasanaeth ffyddlon i ti, tâl fi yn awr am hynny, trwy ddweud wrthyf, pa weithred o'th eiddo, yn dy holl fywyd blaenorol, yw yr un yr wyt yn gofidio mwyaf o'i herwydd?"

"Fy Nuw!" llefai y Tywysog, gan orchuddio ei wyneb â'i ddwylo. "I lawer dyn buasai yn bwnc anhawdd i ateb y fath ofyniad ond i mi, gwae fi i mi y mae yn rhy rwydd! Y mae un weithred yn fy mywyd sydd bob amser yn codi o'm blaen – gweithred y rhoddaswn fy nghoron i'w dadwneud – gweithred sydd wedi fy llethu gan ofid, gan wneud tywyniad haul yn dywyllwch i mi!"

"A yw hyn," gofynnai y marchog Du, gan gyfeirio â'i fys at yr arwyddlun ar ei fynwes – "dyn yn gorwedd yn ei hyd ar y llawr, a chleddyf wedi ei yrru i'r carn yn ei fynwes – a yw hyn yn ei arddangos?"

"Ydyw, ydyw, o ydyw, yn rhy dda!" atebai y Tywysog.

"Yna," ebe y marchog, "sylwa yn fanwl ar fy arwyddair, canys profaf ef yn wir!" a chan godi ei benwisg, datguddiodd ei wynepryd urddasol i'r cwmpeini syn o'i amgylch. Pan welodd y Tywysog wyneb y marchog, gwelwodd yn farwol, a syrthiodd yn ôl ar ei eisteddle mewn ymdrech am ei anadl, tra gwaeddai Madog Fychan a Syr Rhys Tewdwr yn unllais, "SYR HYWEL SELE!"

"Pa beth!" llefai y Tywysog. "A ydyw y meirw yn wir yn atgyfodi? Ac a ddaethost ti i'm poeni i?"

"Gwir yw yr atgyfoda y meirw y dydd diwethaf; ond ni ddeuthum i'th boeni di â'r *Resurgam!* Hywel Sele a gyfyd eto, ac y mae Hywel Sele wedi atgyfodi. Teimla, Dywysog, fy mraich – cig a gwaed cadarn yw, fel y gall llawer Sacson dystio."

"Ond y mae yn amhosibl!" llefai y Tywysog. "Â'm llaw fy hun y'th leddais! Â'm breichiau fy hun y dygais dy gorff marw i'r dderwen fall! Â'm llygaid fy hun y gwelais dy ysgerbwd di yno ymhen tair blynedd wedyn!"

"Trywanodd dy gleddyf di fy mron, yn wir, a chariwyd fy nghorff yn dy freichiau i'r goeden gau; ond ni welaist fy ysgerbwd, canys yma gwêl y cig a'r gwythi sydd yn awr yn gorchuddio fy esgyrn," ebe Syr Hywel.

"Y nefoedd annwyl! Pe gallwn ond dy gredu!" llefai y Tywysog.

"Wel, gwrando, tra yr eglurwyf," ebe Syr Hywel. "Pan derfynodd yr ymrafael anffodus hwnnw, fel y gwnaeth, ac fel y dylasai wneud, yn fy mod i yn cael fy nharo i'r ddaear, nid oeddwn yn farw, er yn ymddangos felly. Yr oeddwn mewn llesmair – pa fodd ei dygid oddi amgylch, ni wn, ond yn fy llesmair – clywais y cwbl ddwedaist, clywais fy Myfanwy fechan annwyl yn galw arnaf, ond, pe buasai nefoedd yn cael ei gynnig i mi am wneud symudiad, neu ddweud gair, ni chawswn nefoedd byth, canys yr oedd tu hwnt i'm gallu. Gadewaist tithau dy gledd yn fy nghorff, rhwystrodd hwnnw lifiad y gwaed. O'r diwedd, dechreuais ddadebru, codais ochenaid, ac agorais fy llygaid. Gyda hynny, clywais y llwyni tu allan yn cael eu cyffro, a gwelais ddyn yn edrych i mewn drwy y ceudwll. Hwnnw yw fy yswain ffyddlon yn awr – y meddyg gorau yng Nghymru oll, ie, yr wyf yn gwbl gredu y gorau yn y byd. Yr oedd wedi gorffwys ger y goeden, ac wedi clywed fy ochenaid. Ymddengys ei fod yn adwaen fy wynepryd. Dygodd fi i ogof wyddai amdani ar Foel Cynwch. Yno gweinodd arnaf gyda chelfydd di-gyffelyb. Tynnodd allan y cleddyf, caeodd y clwyfau, a dydd ar ôl dydd, ad-enillais fy nerth. Un diwrnod cymerodd fi allan, yn pwyso ar ei fraich, i gael anadlu yr awyr iachus. Ymosodwyd arnom gan ysbeiliwr, ond darfu i'n gwaredwr ei orchfygu, gan ei daro yn farw wrth ei draed hyd yn oed tu hwnt i'w allu celfydd ef ei hun ei wellhau. Pan welais yr ysbeiliwr yn gorwedd yn farw, a'r cleddyf drwy ei galon, trawodd drychfeddwl fi, a hysbysais ef i'm cyfaill, yr hwn y noson honno a ddug gorff y lleidr, ac a'i gosododd yn y dderwen gau, lle yr oeddet ti wedi fy ngadael i. Yna, fel penyd am fy mhechodau blaenorol, cymerais lw i alltudio fy hun o'm cartref, oddi wrth fy ngwraig a'm cyfeillion, ac na fuaswn mwy yn datguddio fy hun i un enaid byw fel Syr Hywel Sele, hyd nes gallwn, drwy wared bywyd Owain Fychan, yr hwn oeddwn wedi ceisio ei ddwyn oddi arno, sychu ffwrdd y pechod fûm yn euog ohono, a diolch fyddo i Dduw a'm galluogodd i wneud hyn."

"Ie yn wir. Diolch fyddo i Dduw!" llefai y Tywysog, gan ymaflyd yn llaw ei gefnder. "Mae cwpan fy llawenydd yn wir yn llawn."

"Ond nid yw yn rhedeg drosodd," ebe Syr Hywel, "felly tywyllaf iddo ddiferyn yn rhagor. Gruffydd, fy nghyfaill urddasol, tyrd yma."

Agosaodd Gruffydd ato, a'r Marchog, gan ei annerch â llygad llon, a ddywedodd: "A wyt ti eto yn caru Bronwen?"

"Gofyniad di-raid yw hwnna," atebai y llanc, "canys tra pery fy nghalon i guro yn fy mynwes, bydd pob curiad yn dweud Bronwen!"

"Yna," ebe'r Marchog, "gofyn i'th dad amdani!"

"Gelli ddychmygu, Syr Hywel, fy rheswm am wrthod ei gais o'r blaen?" gofynnai y Tywysog.

"Gallaf ddychmygu," ebe Syr Hywel, "fod ysbryd pur Owain Fychan yn arswydo rhag y drychfeddwl o ganiatáu i'w fab briodi merch y gŵr oedd tad y mab hwnnw wedi ei ladd, ac yn anfwriadol."

"Felly yr oedd," atebai y Tywysog, "ac yn awr, fy mab, os gelli gael cydsyniad Syr Hywel, cei fy un i, a'm bendith hefyd!"

"Mae fy nghydsyniad i yn cael ei roddi yn y'i ceisir," ebe Syr Hywel, gan osod llaw y ferch yn llaw Gruffydd.

Ie, ddarllenydd, felly yr oedd. Nid oedd Bronwen,

merch dybiedig Madog Fychan, yn neb llai na Myfanwy, merch fechan Syr Hywel Sele, yr hon y gorfodwyd Syr Owain i'w chludo gydag ef rhag y bradychai y llofruddiaeth. Yr oedd Owain wedi ymddiried y dirgelwch i'w frawd Madog, yr hwn a'i cynorthwyodd trwy fabwysiadu Myfanwy, a'i harddangos fel ei ferch ei hun dan yr enw Bronwen.

Ni ohiriwyd y briodas yn hir; gweinyddwyd hi gyda rhwysg mawr, ac yr oedd yn bresennol ar yr achlysur, heblaw y prif benaethiaid Cymreig, y llysgenhadon o Ffrainc a Sbaen gynrychiolent y teyrnasoedd hynny yn llys tad y priodfab. Gweinyddwyd y seremoni gan Esgob Trefor, a disgleiriodd Iolo Goch mor hynod yn ei briodas-gân i'r pâr ieuainc dedwydd ag y gwnaeth erioed yn ei ryfelganau cynhyrfus.

Hir a hapus y bu bywyd Gruffydd Fychan a Myfanwy Sele, ac er y galwai Syr Hywel bob amser ei ferch wrth ei henw bedydd, sylwai gyda gwên ei bod i'w gŵr bob amser yn *Bronwen!*

Ôl-arawd

Y mae ein hystori yn awr mewn effaith wedi ei gorffen, ar ôl glanio Gruffydd a Bronwen mewn gwynfyd; ond i gyfarfod pob chwaeth, ychwanegwn fraslun o hanes dilynol Owain Glyndŵr:

Pan ddaeth y Percy-aid yn anfoddog wrth y driniaeth gawsant gan Harri, troesant yn dra naturiol eu llygaid tua Chymru, gan weld yno gynghreiriad galluog, pe gallent ond ennill Owain i'w plaid, a chan fod eu plaid hwy yn wrth-bleidiol i Harri, ni chawsant un anhawster. Ffurfiwyd y cynghrair. Rhannwyd Prydain i'r deau i'r Tweed, ar bapur, yn dair teyrnas: Lloegr, Northumbria, a Chymru, gyda Mortimer, Percy, a Glyndŵr, yn eistedd ar eu gorseddau. Ffurfiwyd cynghrair ymosodol ac amddiffynnol rhwng y tri theyrn bwriadedig. Ym mrwydr Amwythig, fodd bynnag, dymchwelwyd eu cynlluniau yn llwyr, drwy fuddugoliaeth Harri. Ni chymerodd Glyndŵr un rhan yn y frwydr. Yr oedd yr Hafren orlifiedig yn ei wahanu ef oddi wrth yr ymladdwyr. Yr oedd ei flaenfyddin yn rhifo 4,000 o wŷr, dan arweiniad ei frawd-yn-nghyfraith, Syr Jenkin Hanmer, wedi blaenu; cymerasant ran yn y frwydr a lladdwyd yr Hanmer dewr. Yn 1404, ffurfiwyd cynghrair ymosodol, ac amddiffynnol rhwng Owain Tywysog Cymru, a Charles, Brenin Ffrainc. Mae eileb o'r cytundeb hwn eto mewn bodolaeth. Yn rhyfelgyrchoedd y flwyddyn hon, cymerodd y Tywysog Cymru arall, Harri o Fynwy, wedi hynny Harri V, ran flaenllaw, a darfu i'r llwyddiant oedd hyd yn hyn wedi cydfynd ag Owain ei adael, a nythodd y dduwies anwadal ym mynwes ei wrth-gystadleuydd. Ym mrwydrau enbyd Grosmont a Pwllmelyn, yng ngwanwyn 1404, gorchfygwyd Owain, torrwyd ei fyddin i fyny, lladdwyd ei frawd Tudur, a chymerwyd Gruffydd ei fab yn garcharor. Cyfnewidiwyd yr olaf yn dra buan am garcharorion Seisnig.

Yma terfyna y rhan fwyaf o'r hanesion Seisnig, gyda dymchweliad tymhorol Glyndŵr. Mae yn wir iddo neilltuo wedi digalonni, ac am beth amser cafodd noddfa mewn ogof unig ger Tywyn, Meirionnydd. Nid arhosodd yno yn hir. Cododd ei seren eto. Profodd llysgenhadaeth ddanfonwyd i Ffrainc yn llwyddiannus, a glaniodd byddin Ffrengig o 12,000 o wŷr o chwech ugain o longau, yn Aberdaugleddau. Unodd Owain ei fyddin grynoëdig yntau o 10,000 o Gymry gyda hwynt, ac yn un fyddin gref, teithiasant hyd o fewn golwg i byrth Caerwrangon. Daeth Harri i'w cyfarfod, ac am wyth niwrnod, gwersyllodd y ddwy fyddin o fewn golwg i'w gilydd, gan fod ar bob un o'r ddau ofn mentro brwydr, gan fod pob un o'r ddau yn gweld canlyniadau gorchfygiad, canys i Frenin Lloegr, fel i Dywysog Cymru, byddai gorchfygiad yn peri diorseddiad. O'r diwedd, enciliodd y Cymry, a'u cynghreirwyr, yn cael eu canlyn yn rhy frysiog gan y Saeson, y rhai a gosbwyd yn drwm am eu beiddgarwch, ac a gollasant nifer fawr o wŷr mewn ysgarmesau, tra y profodd y corsydd, â'r rhai yr oedd y Cymry yn hollol gyfarwydd, ymron mor niweidiol i'r Saeson ag y profodd bylchau mynyddoedd Eryri.

Bu y flwyddyn 1405 yn gymharol dawel. Dygodd 1406 ail gymorth o Ffrainc. Ni nodwyd 1407-8 ag unrhyw ddigwyddiadau pwysig. Yn 1409, gwnaeth y Cymry, o dan Rhys Ddu a Philip Scudmore, ysbeilgyrch i Sir Amwythig, a brofodd yn golledus; gorchfygwyd a gwasgarwyd y Cymry; cymerwyd y blaenoriaid yn garcharorion, a dienyddiwyd hwynt.

O 1409 hyd 1418, bu heddwch ymron yn ddi-dor, yn yr hwn y gadawyd Owain i fwynhau yr orsedd oedd ei gledd wedi ennill iddo.

Yn 1415, darfu i Harri V, dan gofio ei rwymau i Glyndŵr, ddanfon cynigion am heddwch anrhydeddus. Daethant yn rhy ddiweddar i wneud dim ond coroni â gorfoledd yr olygfa olaf ym mywyd y Tywysog Cymreig, canys pan ddaeth y llysgenhadol, yr oedd Owain Glyndŵr, Tywysog Gymru, ar ei wely angau yn nhŷ ei ferch ym Mornington, Swydd Henffordd.

Arwyddwyd y cytundeb heddwch gan ei fab y flwyddyn ddilynol, a dychwelodd Cymru unwaith yn rhagor i'r cysylltiad hwnnw â Lloegr, yr hwn ni thorrwyd byth wedi hynny. Ar ôl esgyniad Harri Tewdwr (Harri VII), gorwyr y Syr Rhys Tewdwr, chwaraeai rhan mor ddewr yn y tudalennau blaenorol, i orseddau Bolingbroke a Glyndŵr, ni theimlodd y Cymry un awydd i amau hawl y Brenhinoedd Seisnig i'r orsedd, gan fod y Brenhinoedd a'r Breninesau hyn mewn gwirionedd yn ddisgynyddion llinachol i hen Dywysogion Cymru.

DIWEDD

Ar gael hefyd gan yr un awdur gan Melin Bapur:

Beriah Gwynfe Evans
Llywelyn

"What would you have him be, then?"
"What his grandfather was before him — Prince of Wales in
name and deed, one under whose leadership every Cymro could
fight, be he Gogleddwr or Deheuwr, one to whose standard the
men of Maesyfed, as well as of Gwent, Morganwg, Dyfed, and
Arfon could alike flock and under whose reign rich and poor,
noble and peasant, could have equal justice."

The year is 1262 and Llywelyn ap Gruffydd, Prince
of Gwynedd, is about to embark on a daring plan to
cast off the yoke of the detested Norman Marcher
Lords and unite all of Wales under his banner. But
with all the might of the English crown seemingly
against him, how can he hope to triumph?

Beriah Gwynfe Evans (1848-1926) was a prolific
novelist of the Victorian era in both Welsh and
English, particularly associated with the genre of the
historical romance. *Llywelyn* was one of a sequence of
historical novels he referred to as the 'Gwynfe Novels'
covering the breadth of Welsh history, in which he
hoped to produce a Welsh equivalent to the
Waverley novels of Walter Scott.

Ar gael hefyd o www.melinbapur.cymru:

Isaac Foulkes
Rheinallt ap Gruffydd

"Un ymhen un; dyn dwy lath ymhen dyn dwy lath, ac mi a ymladdaf hyd y diferyn olaf o waed sydd yn fy nghalon!"

Sir y Fflint, y bymthegfed ganrif. Mae Ynys Prydain ar ganol Rhyfeloedd y Rhosynnau. Mae'r Cymry sy'n croesi'r ffin i Loegr yn cael eu trin fel dinasyddion eilradd yno, ac yn dioddef gormes cyfreithiau mympwyol a chreulon.

Pan gaiff y bardd adnabyddus Lewys Glyn Cothi ei gosbi am briodi Saesnes, mae'n gofyn cymorth gan yr uchelwr o Gymro, Rheinallt ap Gruffydd, marchog ac arwr, i ddial...

Roedd Isaac Foulkes (1836-1904) yn un o wŷr llenyddol gweithgar y bedwaredd ganrif ar bymtheg yn y Gymraeg: ef oedd sefydlydd a golygydd y *Cymro*, cofiannydd Ceiriog a Daniel Owen, a cyhoeddwr nifer fawr o lyfrau. Roedd hefyd yn nofelydd, ac mae *Rheinallt ap Gruffydd* yn enghraifft cynnar yn y Gymraeg o Ramant Hanesyddol, *genre* fyddai'n dod yn boblogaidd iawn ymhlith nofelwyr yr oes.

Ar gael hefyd o www.melinbapur.cymru

Emile Souvestre
Bugail Geifr Lorraine
Cyfieithiad Cymraeg gan R. Silyn Roberts

"Trysori'r tair ceiniog a roddasai Jeanne iddo a wnâi efe, a chadw ei chyngor yn ei gof. Hynny oedd am ei fod yntau hefyd wedi ei fagu ymhlith y gwerinos hyn na feddent ddim namyn mamwlad y dymunent ei chadw; yntau er yn fore wedi arfer caru ei bobl yn well nag ef ei hun, a gasâi â'i holl reddfau iau'r tramorwr, ac a fynnai gadw, â phris ei fywyd o bai raid, bethau hanfodol y genedl, sef y brenin, y faner, a saint gwarcheidiol Ffrainc."

Ffrainc, y 1420au. Mae'r Ffrancod a'r Saeson wedi bod yn brwydro dros oruchafiaeth am ddegawdau, gan droi pob cornel o'r wlad yn faes brwydr. Bugail digon di-nod yw Remy nes i farwolaeth ei dad arwain at ddarganfyddiad annisgwyl am ei orffennol ef ei hun. Gyda'i fentor, y mynach Cyrille, cychwynna Remy ar daith i hawlio'i etifeddiaeth; ar yr un pryd daw sibrydion am yr arwres newydd Jeanne D'Arc, sy'n bwriadu erlid y Saeson o'r wlad unwaith ac am byth.

Cyhoeddwyd *Bugail Geifr Lorraine*, cyfieithiad Silyn o nofelig hanesyddol Emile Souvestre Le Chevrier de Lorraine, yn wreiddiol yn 1925; mae'r argraffiad newydd hwn mewn orgraff fodern yn cyflwyno'r antur gyffrous hon i ddarllenwyr o'r newydd.

MELIN BAPUR

www.melinbapur.cymru

Dilynwch ni ar:

X (@melinbapur)
Facebook (@melinbapur

9 781917 237536